LES PARTENAIRES

DU MÊME AUTEUR

Chez le même éditeur

LA FIRME, 1992
L'AFFAIRE PÉLICAN, 1994
NON COUPABLE, 1994
LE COULOIR DE LA MORT, 1995
LE CLIENT, 1996
L'IDÉALISTE, 1997
LE MAÎTRE DU JEU, 1998
L'ASSOCIÉ, 1999
LA LOI DU PLUS FAIBLE, 1999
LE TESTAMENT, 2000
L'ENGRENAGE, 2001
LA DERNIÈRE RÉCOLTE, 2002
PAS DE NOËL CETTE ANNÉE, 2002
L'HÉRITAGE, 2003
LA TRANSACTION, 2004
LE DERNIER JURÉ, 2005
LE CLANDESTIN, 2006
LE DERNIER MATCH, 2006
L'ACCUSÉ, 2007
LE CONTRAT, 2008
LA REVANCHE, 2008
L'INFILTRÉ, 2009
CHRONIQUES DE FORD COUNTY, 2010
LA CONFESSION, 2011

JOHN GRISHAM

LES PARTENAIRES

roman

traduit de l'anglais (États-Unis)
par Isabelle D. Philippe et Abel Gerschenfeld

ROBERT LAFFONT

Ce livre est une œuvre de pure fiction. Noms, personnages, sociétés, organisations, sites, événements et incidents sont le fruit de l'imagination de l'auteur ou servent la fiction. Toute ressemblance avec des personnes existant ou ayant existé, des événements ou des lieux réels est purement fortuite.

Titre original : THE LITIGATORS
© Belfry Holdings, Inc., 2011
Traduction française : Éditions Robert Laffont, S.A., Paris, 2012

ISBN 978-2-221-12984-5
(édition originale : ISBN 978-0-385-53513-7 Doubleday Random House Inc., New York)

1.

Le cabinet d'avocats Finley & Figg se considérait comme une « boutique ». Cette appellation revenait très souvent dans le courant de la conversation et apparaissait même sous forme imprimée dans quelques-uns des divers projets pondus par ses associés pour racoler la clientèle. Employée à bon escient, elle signifiait que Finley & Figg se situait un tantinet au-dessus de la moyenne des établissements à deux balles. Boutique, pour petit, compétent et pointu dans un domaine spécialisé. Boutique, pour très cool et très chic jusque dans la « francitude » du mot. Boutique, pour le suprême bonheur d'être petit, sélectif et dynamique.

Mis à part la taille, ce n'était rien de tout cela. L'officine Finley & Figg pistait les dommages corporels, labeur quotidien qui exigeait peu de compétence ou de créativité et ne serait jamais considéré comme cool ou glamour. Ses rentrées étaient aussi insaisissables que son standing. Le cabinet était petit parce qu'il n'avait pas les moyens de s'agrandir. Il était sélectif seulement parce que personne ne voulait y travailler, à commencer par ses deux propriétaires. Même son emplacement évoquait une morne existence en dernière division du championnat de baseball. Avec un salon de massage vietnamien à sa gauche et un atelier de réparation de tondeuses à gazon à sa droite, il était clair au premier coup d'œil que Finley & Figg n'était pas dynamique. Il y avait un autre « cabinet boutique » juste de l'autre côté de la rue – des rivaux honnis – et d'autres avocats un peu plus loin. En réalité, le quartier fourmillait d'hommes de loi. Certains travaillaient seuls, d'autres dans de petits cabinets, d'autres encore dans leur propre version d'une « boutique ».

 F & F était situé dans Preston Avenue, une artère animée, remplie de vieilles maisons aujourd'hui réhabilitées pour servir à toutes sortes d'activités. Commerce (vins et spiritueux, teinturerie, massages), professions libérales (cabinets d'avocats ou cabinets dentaires, réparation de tondeuses à gazon) et restauration (enchiladas, baklavas et pizzas à emporter). Oscar Finley avait gagné le pavillon dans un procès, vingt ans plus tôt. L'emplacement compensait l'absence de prestige de l'adresse : deux numéros plus loin se trouvait le carrefour de Preston Avenue, de Beech Avenue et de la Trente-huitième Rue, une convergence chaotique d'asphalte et de circulation qui garantissait au moins un bon accident de voiture par semaine, et souvent davantage. Les frais généraux de F & F étaient couverts par les collisions qui se succédaient à moins de cent mètres de là. D'autres cabinets, boutique ou non, quadrillaient souvent le coin, dans l'espoir de trouver une maison pas trop chère et inoccupée d'où leurs avocats affamés pourraient guetter les crissements de pneus et les bruits de tôle froissée.

 Avec juste deux associés, il était bien sûr obligatoire que l'un soit appelé senior et l'autre junior. L'associé senior était Oscar Finley, soixante-deux ans, un rescapé de trois décennies passées à faire la loi à mains nues dans les rues chaudes du sud-ouest de Chicago. Oscar avait été un flic de base, mais il s'était fait limoger pour avoir fendu trop de crânes et avait failli aller en prison. Finalement, après une illumination, il s'était inscrit à l'université, puis à la faculté de droit. Comme aucun cabinet ne voulait de lui, il avait accroché sa petite enseigne et entrepris d'attaquer en justice quiconque passait par là. Trente-deux ans plus tard, il avait peine à croire que, trente-deux ans durant, il avait gâché sa carrière à s'occuper du règlement d'impayés, de tôles froissées, de chutes accidentelles ou de divorces express. Il était toujours marié à sa première femme, un dragon qu'il rêvait de traîner en justice pour obtenir son propre divorce. Mais il n'en avait pas les moyens. Après trente-deux ans de barreau, Oscar n'avait pas les moyens de grand-chose.

Son associé junior – Oscar était enclin à dire des choses comme : « Je vais charger mon associé junior de s'y atteler », pour tenter d'impressionner les juges, les autres avocats et surtout de possibles clients – était Wally Figg, quarante-cinq ans. Wally s'imaginait en bretteur des prétoires, et ses réclames décoiffaient. Ses « Nous Défendons vos Droits ! », « Tremblez, compagnies d'Assurances ! » ou « Nous ne plaisantons pas ! » s'étalaient sur les bancs publics, les autobus, les taxis, les programmes de matches de foot de lycée. Sur les poteaux de téléphone aussi, bien que cette pratique enfreigne plusieurs arrêtés municipaux. Elles étaient néanmoins invisibles sur deux supports cruciaux : la télévision et les panneaux publicitaires. Wally et Oscar s'empoignaient encore à ce sujet. Oscar refusait de dépenser un centime – ces deux médias revenaient atrocement cher – et Wally continuait à tirer des plans sur la comète. Il rêvait de se voir un jour à la télévision, le visage souriant et le cheveu luisant, en train de vilipender les compagnies d'assurances tout en promettant d'énormes dommages-intérêts à des victimes assez averties pour appeler son numéro vert.

Oscar ne voulait pas entendre parler même d'un simple panneau publicitaire. Wally en avait pourtant choisi un. À six pâtés de maisons du bureau, au coin de Beech Avenue et de la Trente-deuxième Rue, perché au sommet d'un immeuble de quatre étages et dominant les embouteillages, c'était le meilleur emplacement de toute la métropole de Chicago. Vantant actuellement de la lingerie bon marché (avec une charmante publicité, il en convenait), le panneau était fait pour lui. Oscar n'en démordait pas pour autant.

Wally avait obtenu son diplôme à la faculté de droit de la prestigieuse Université de Chicago. Oscar avait décroché le sien dans un institut aujourd'hui défunt qui proposait des cours du soir. Tous les deux avaient présenté l'examen du barreau trois fois. Wally avait quatre divorces à son actif ; Oscar, lui, pouvait toujours rêver. Wally voulait la grosse affaire, le gros coup, avec des millions de dollars à la clé. Oscar voulait seulement deux trucs : le divorce et la retraite.

Comment ces deux hommes étaient devenus associés dans une maison réhabilitée de Preston Avenue était une autre histoire. Comment ils survivaient sans s'étriper mutuellement était un mystère quotidien.

L'arbitre était Rochelle Gibson, une femme noire robuste, dont l'attitude et la jugeote montraient qu'elle avait fréquenté l'université de la rue. Mme Gibson était chargée de l'accueil – le téléphone, les possibles clients qui arrivaient pleins d'espoir et les mécontents qui repartaient furieux –, tapait une lettre à l'occasion (mais ses patrons avaient compris qu'il était beaucoup plus simple de le faire eux-mêmes), s'occupait du chien du cabinet et surtout des constantes chamailleries entre Oscar et Wally.

Des années plus tôt, Mme Gibson avait été blessée dans un accident de voiture dans lequel elle n'était pour rien. Elle avait réglé ses ennuis à l'amiable grâce au cabinet Finley & Figg, sans être pour grand-chose non plus dans ce choix d'avocats. À son réveil vingt-quatre heures après l'accident, gavée d'analgésiques et bardée d'attelles et de plâtres, elle s'était retrouvée face à la tête charnue et grimaçante de Figg qui planait au-dessus de son lit d'hôpital. Wally portait une tenue de bloc opératoire bleu-vert, un stéthoscope autour du cou, et réussissait à être crédible dans le rôle du médecin. Il l'avait embrouillée au point de lui soutirer un mandat de représentation en justice en lui promettant la lune, était sorti de sa chambre aussi discrètement qu'il y était entré, puis avait massacré son dossier. Elle avait empoché 40 000 dollars que son mari avait dépensés au jeu et en boissons en l'espace de quelques semaines, ce qui l'avait poussée à demander le divorce par l'entremise d'Oscar Finley, qui s'était également occupé de son surendettement. Peu impressionnée par la performance de ses deux hommes de loi, Mme Gibson avait menacé de les traîner en justice pour faute professionnelle. Cette menace avait retenu toute leur attention – ce n'était pas la première fois que cela se produisait – et ils s'étaient donné beaucoup de mal pour ramener leur cliente à de meilleurs sentiments. À mesure que ses ennuis se multipliaient, elle avait commencé à faire partie du mobilier. Avec le temps, le trio était devenu inséparable.

Finley & Figg n'avait rien d'un paradis pour secrétaires.

La paye était maigre, les clients en général désagréables, les autres avocats grossiers au téléphone, les heures longues. Le pire de tout étant les relations avec les deux associés. Oscar et Wally avaient essayé la voie de la maturité, mais les secrétaires plus âgées ne supportaient pas la pression. Ils s'étaient alors tournés vers l'âge tendre, mais avaient été poursuivis pour harcèlement sexuel par une jeune créature plantureuse sur laquelle Wally n'avait pu s'empêcher de poser ses grosses pattes. (Ils s'en étaient tirés avec un arrangement à 50 000 dollars et leur nom dans le journal.) Rochelle Gibson se trouvait par hasard au cabinet le matin où la dernière secrétaire en date avait donné sa démission et claqué la porte. Au milieu des sonneries de téléphone et des vociférations des associés, elle s'était installée à l'accueil et avait ramené un semblant d'ordre. Puis elle avait préparé du café. Elle était revenue le lendemain, et le surlendemain. Huit ans plus tard, elle tenait toujours la boutique.

Ses deux fils étaient en prison. Wally avait été leur avocat, bien qu'en toute justice personne n'eût pu leur sauver la mise. Adolescents, les deux lascars avaient occupé l'avocat avec leur kyrielle d'arrestations pour diverses infractions à la législation sur les stupéfiants. À mesure que leur business prenait de l'ampleur, il n'avait cessé de leur répéter qu'ils finiraient en prison ou à la morgue. Il disait la même chose à Mme Gibson, qui avait peu d'autorité sur ses garçons et priait pour qu'ils finissent derrière les barreaux. Après le démantèlement de leur réseau de crack, ils avaient été envoyés à l'ombre pour dix ans. Wally, qui leur en avait évité le double, ne reçut aucune marque de gratitude des garçons. Mme Gibson l'avait remercié avec des larmes. Pendant tous leurs ennuis, Wally n'avait jamais demandé d'honoraires.

Au fil des années, il y avait eu beaucoup de larmes dans la vie de Mme Gibson, et celles-ci avaient souvent coulé dans le bureau de Wally, porte close. Il la conseillait et tentait de l'aider quand c'était possible, mais son rôle était surtout de l'écouter. Puis, avec la vie sentimentale de Wally, les rôles s'inversaient vite. Quand ses deux derniers mariages avaient capoté, Mme Gibson avait eu droit à tous les détails et lui avait apporté son soutien. Quand il avait recommencé à boire, elle n'avait pas été dupe et n'avait pas hésité à lui tenir tête. Même s'ils s'affrontaient quotidiennement, leurs disputes étaient toujours passagères et servaient plutôt de soupape de sûreté.

Il y avait des moments chez Finley & Figg où tous les trois montraient les dents ou boudaient chacun dans leur coin, en général pour des histoires d'argent. Le marché était tout simplement saturé ; trop d'avocats couraient les rues.

La dernière chose dont le cabinet avait besoin, c'était d'une nouvelle recrue.

2.

David Zinc descendit tant bien que mal de la rame de la ligne L à la station Quincy, dans le centre de Chicago, et parvint même à emprunter l'escalier menant à Wells Street. Quelque chose clochait avec ses pieds. Ils étaient de plus en plus lourds, et ses pas de plus en plus lents. Il s'arrêta au coin de Wells et d'Adams pour examiner ses chaussures, en quête d'un indice. Il n'y avait rien, juste ses derbys classiques à lacets en cuir noir, les mêmes que portaient tous les avocats de la firme, ainsi que deux ou trois avocates. Il respirait difficilement et, malgré le froid ambiant, sentait ses aisselles mouillées de transpiration. Il avait trente et un ans, ce qui était trop jeune pour une crise cardiaque, et bien qu'il fût perpétuellement épuisé depuis cinq ans, il avait appris à vivre avec sa fatigue. C'est du moins ce qu'il croyait. Il tourna à un carrefour et vit la Trust Tower, un monument phallique miroitant dont le sommet, à trois cents mètres de hauteur, était plongé dans les nuages et le brouillard. Il marqua une halte pour lever les yeux, son pouls s'accéléra et il eut la nausée. Des corps le bousculaient en passant. Il traversa Adams Street avec la meute et continua son chemin.

Le hall d'entrée de la Trust Tower était vaste et ouvert, avec une profusion de verre et de marbre et une sculpture abracadabrante, censée réchauffer les cœurs alors qu'en réalité elle était plutôt glacée et menaçante, aux yeux de David en tout cas. Six escalators qui s'entrecroisaient hissaient des hordes de guerriers fourbus vers leurs boxes et leurs bureaux. David avait beau essayer, ses pieds refusaient de le propulser en avant. Finalement, il s'assit sur une banquette en cuir à côté d'un amas de gros rochers peints et se demanda ce qui lui arrivait. Autour de lui les gens se pressaient, les traits tirés, les yeux creux, déjà stressés. Il n'était que 7 h 30 par une matinée bien morne.

« Pétage de plombs » n'est pas un terme médical, c'est clair. Les experts emploient un langage plus recherché pour décrire l'instant où un individu perturbé franchit la ligne jaune. Pourtant le pétage de plombs existe. Il peut résulter d'un événement très traumatique et se produire en une fraction de seconde. Ou bien il peut s'agir de la goutte finale, celle qui fait déborder le vase, triste apogée d'une pression qui s'accumule et s'accumule jusqu'à ce que l'esprit et le corps doivent trouver un exutoire. Le pétage de plombs de David Zinc relevait de la deuxième catégorie. Ce matin-là, après cinq ans d'un labeur acharné avec des confrères qu'il honnissait, quelque chose se produisit pendant que, assis près des rochers peints, il regardait des zombies tirés à quatre épingles s'élever vers une nouvelle journée de travail absurde. Il péta les plombs.

— Hé, Dave ! Tu viens ? lança quelqu'un.

Al, du département anti-trust.

David réussit à sourire et à incliner la tête en marmonnant, puis il se leva et suivit Al sans trop se demander pourquoi. En arrivant à l'un des escalators, il marchait sur les talons d'Al, qui était intarissable sur le match de hockey de la veille. David continua de hocher la tête pendant leur ascension. Derrière lui, il sentait la présence de dizaines de silhouettes solitaires en pardessus sombre, d'autres jeunes avocats silencieux et sinistres, un peu comme des porteurs de cercueils à des obsèques hivernales. David et Al atteignirent le premier niveau et se retrouvèrent à attendre devant une rangée d'ascenseurs avec tout un groupe de personnes. David essayait de prêter attention au blabla d'Al, mais il fut pris de vertiges et eut à nouveau la nausée. Ils se ruèrent dans un ascenseur et s'entassèrent côte à côte avec les autres. Silence. Al s'était tu. Personne ne parlait, tout le monde regardait ses pieds.

David se dit : *C'est la dernière fois que je prends cet ascenseur, je le jure, point barre.*

La cabine vibra et bourdonna, puis elle s'arrêta au quatre-vingtième étage, en plein domaine de Rogan Rothberg. Trois avocats descendirent, trois têtes que David connaissait seulement de vue, ce qui n'était pas extraordinaire puisque la firme comptait six cents avocats entre le soixante-dixième et le centième étage. Deux autres complets sombres descendirent au quatre-vingt-quatrième. Comme ils continuaient à monter, David commença à avoir des suées, puis à hyperventiler. Son minuscule bureau était au quatre-vingt-treizième étage, et plus il s'en rapprochait, plus son cœur battait la chamade. D'autres inconnus descendirent au quatre-vingt-dixième et au quatre-vingt-onzième étage. À chaque arrêt, ses forces le quittaient un peu plus.

Ils n'étaient plus que trois au quatre-vingt-treizième étage – David, Al et une femme chevaline, surnommée dans son dos Frankenstein. L'ascenseur s'immobilisa, un tintement musical retentit, la porte coulissa en silence, et Frankenstein descendit. Al aussi. David, lui, refusa de bouger ; en réalité, il ne pouvait plus bouger. Quelques secondes s'écoulèrent. Al jeta un coup d'œil par-dessus son épaule.

— Hé, David, c'est notre étage. Viens.

Pas de réponse de David, juste l'air vide et inexpressif de quelqu'un qui est ailleurs. La porte se refermait déjà, mais Al la bloqua avec sa mallette.

— David, ça va ? demanda-t-il.

— Oui, marmonna David en se forçant à avancer.

La porte se rouvrit, le tintement retentit de nouveau. David sortit de l'ascenseur et regarda nerveusement autour de lui, comme s'il découvrait cet endroit. Il l'avait quitté seulement dix heures plus tôt.

— Tu es tout pâle, dit Al.

David avait la tête qui tournait. Il entendait la voix d'Al sans comprendre ce qu'il racontait. Frankenstein était à quelques mètres, perplexe, les fixant des yeux comme si elle venait d'être témoin d'un accident. L'ascenseur tinta encore, un son différent cette fois, et la porte se referma. Al dit autre chose, tendit la main dans un geste secourable. Soudain David pivota et ses pieds de plomb s'animèrent. Il bondit vers l'ascenseur et plongea à l'intérieur à l'instant précis où la porte se refermait. La dernière chose qu'il entendit fut la voix effarée d'Al.

Dès que l'ascenseur entama sa descente, David Zinc éclata de rire. Disparus, les vertiges et la nausée. Sa sensation d'oppression s'évanouit. Il l'avait fait ! Il avait abandonné l'usine Rogan Rothberg et dit adieu à un vrai cauchemar. Lui, David Zinc, entre tous les milliers de malheureux collaborateurs et assistants des grandes tours du centre de Chicago, lui et lui seul avait eu le cran de fuir en cette sinistre matinée. Il s'assit par terre dans l'ascenseur vide et regarda en souriant les chiffres rouge vif des numéros d'étage défiler par ordre décroissant. Il fit un effort pour reprendre ses esprits. Les acteurs : 1) son épouse, une femme délaissée, frustrée dans son désir d'enfant parce que son mari était trop fatigué pour lui faire l'amour ; 2) son père, un juge important qui l'avait pratiquement obligé à s'inscrire en droit, mais pas n'importe où, s'il vous plaît, à Harvard, parce que c'est là qu'il avait lui-même fait ses études ; 3) son grand-père, le tyran familial qui avait bâti un méga-cabinet à partir de rien à Kansas City et à quatre-vingt-deux ans bossait encore dix heures par jour ; enfin 4) Roy Barton, son supérieur, son patron, un vrai enfoiré qui hurlait et jurait à tout bout de champ et était peut-être l'individu le plus méprisable que David Zinc eût jamais rencontré. En songeant à Roy Barton, il éclata de rire une nouvelle fois.

L'ascenseur s'arrêta au quatre-vingtième étage. Deux secrétaires s'apprêtaient à entrer. Elles se figèrent en voyant David assis dans son coin, sa mallette à ses côtés. Puis, prudemment, elles enjambèrent ses pieds et attendirent que la porte se referme.

— Ça va ? demanda l'une.
— Et vous ? répondit David.

Il n'obtint pas de réponse. Les secrétaires restèrent raides et silencieuses pendant leur brève descente et sortirent en hâte au soixante-dix-septième étage. Lorsqu'il se retrouva seul, David eut une nouvelle attaque de panique. Et s'ils lui couraient après ? Al s'était certainement précipité chez Roy Barton pour lui raconter que David avait craqué. Que ferait Barton ? Il y avait une méga-réunion à 10 heures avec un client mécontent, une grosse légume de PDG ; de fait – c'est l'analyse que David ferait plus tard –, c'est sans doute cette perspective qui avait provoqué son pétage de plombs. Roy

Barton était non seulement un naze corrosif, mais aussi un lâche. Il avait besoin de David Zinc et des autres pour se cacher derrière eux quand le PDG déboulerait avec une longue liste de doléances justifiées.

Roy lancerait-il la Sécurité à ses trousses ? La Sécurité était composée de l'habituel contingent de vigiles sur le retour en uniforme ; c'était aussi un réseau d'espionnage interne qui changeait les serrures, s'occupait de la vidéo-surveillance et se livrait dans l'ombre à toutes sortes d'activités destinées à maintenir les avocats dans le rang. David sauta sur ses pieds, ramassa sa mallette et regarda avec impatience les chiffres défiler. L'ascenseur se balançait doucement comme s'il tombait au centre de la Trust Tower. Quand il s'arrêta, David fonça vers les escalators qui hissaient encore la cohorte de pauvres bougres silencieux. Les escalators pour descendre étaient dégagés, et David en dévala un quatre à quatre. Quelqu'un l'appela :

— Hé, Dave, où vas-tu ?

David sourit et agita vaguement la main en direction de la voix, comme si tout était normal. Il dépassa à grands pas les rochers peints et la sculpture abracadabrante, puis se faufila par une porte en verre. Il se retrouva dehors. Le temps qui tout à l'heure paraissait si humide et lugubre lui semblait maintenant porteur de nouveaux commencements.

Respirant à fond, il regarda autour de lui. *Tu dois continuer à avancer.* Il se mit à descendre LaSalle Street, rapidement, sans se retourner. *Fais comme si de rien n'était. Reste calme. C'est un des jours les plus importants de ta vie,* se dit-il, *alors ne le foire pas.* Il ne pouvait pas rentrer chez lui car il n'était pas prêt pour la confrontation. Il ne pouvait pas non plus traîner dans les rues parce qu'il risquait de rencontrer une connaissance. Où pouvait-il se cacher un moment pour réfléchir, s'éclaircir les idées, faire des projets ? Il consulta sa montre, 7 h 51, l'heure idéale pour un petit déjeuner. Au fond d'une allée, il repéra une enseigne clignotante rouge et vert, Chez Abner. En approchant, il ne savait pas si c'était un café ou un bar. Arrivé à la porte, il jeta un coup d'œil derrière lui pour s'assurer que la Sécurité n'était nulle part en vue, puis pénétra dans la chaude pénombre de Chez Abner.

C'était un bar. Les boxes du côté droit étaient vides, avec les chaises posées à l'envers sur les tables, dans l'attente qu'on lave le sol. Derrière son long comptoir en bois bien ciré, Abner arborait un petit sourire narquois, comme pour demander : « Que faites-vous ici ? »

— C'est ouvert ? cria David.
— La porte était fermée ? rétorqua Abner.

Affublé d'un tablier blanc, il essuyait une chope. Il avait des avant-bras épais et poilus et, malgré son abord bourru, le visage confiant d'un vieux briscard qui avait déjà tout entendu.

— Je n'ai pas eu l'impression.

David s'avança lentement jusqu'au comptoir, lança un regard sur sa droite et aperçut à l'autre bout un gars qui avait apparemment tourné de l'œil, un verre encore à la main.

David retira son pardessus anthracite et l'accrocha au dossier d'un tabouret de bar. Il s'assit, contempla les bouteilles d'alcool alignées devant lui, les miroirs, les tireuses à bière et les dizaines de verres parfaitement rangés par Abner et, une fois bien installé, demanda :

— Que conseillez-vous avant 8 heures ?

Abner examina le client à la tête posée sur le comptoir et répondit :

— Que diriez-vous d'un café ?
— J'en ai déjà bu un. Servez-vous un cocktail petit déjeuner ?
— Ouais, ça s'appelle un Bloody Mary.
— J'en prendrai un.

Rochelle Gibson vivait dans un logement social avec sa mère, l'une de ses filles, deux de ses petits-enfants, diverses combinaisons de nièces et de neveux, voire de temps en temps un ou deux cousins en quête d'un toit. Pour fuir le chaos ambiant, elle se réfugiait souvent sur son lieu de travail, bien que par moments ce fût pire qu'à la maison. Elle arrivait au bureau tous les matins vers 7 h 30, ouvrait la boîte aux lettres, ramassait les journaux sous la véranda, allumait, réglait le thermostat, préparait du café et s'occupait de CDA, le chien du cabinet. Elle fredonnait en sourdine en vaquant à sa routine. Bien qu'elle ne l'eût jamais reconnu devant l'un ou l'autre de ses patrons, elle était très fière d'être une secrétaire juridique, même dans une officine comme Finley & Figg. Quand on la questionnait sur son travail ou sa profession, elle s'empressait de répondre « secrétaire juridique ». Pas juste secrétaire, ce qui eût été banal, mais secrétaire juridique. Chez elle, l'expérience compensait l'absence de formation professionnelle. Huit années au sein d'un cabinet d'une rue animée lui avaient beaucoup appris sur la loi. Et encore plus sur les hommes de loi.

CDA était un corniaud qui vivait au bureau parce que personne ne voulait de lui à la maison. Il appartenait à Rochelle, Oscar et Wally à parts égales même si, dans la pratique, la responsabilité en incombait à Rochelle. C'était un chien errant qui avait élu domicile chez F & F quelques années plus tôt. Il passait la journée à dormir sur un petit matelas près de Rochelle, et la nuit il arpentait le cabinet. C'était un chien de garde convenable, dont les aboiements avaient déjà fait fuir des cambrioleurs, des vandales, et même des clients mécontents.

Rochelle le nourrit et changea l'eau de son bol. Du petit réfrigérateur de la cuisine, elle sortit un pot de yaourt à la fraise. Le café prêt, elle se servit une tasse et mit un peu d'ordre sur son bureau, qu'elle aimait bien rangé. C'était un meuble massif et imposant en verre et chrome, la première chose que voyaient les clients en franchissant la porte d'entrée. L'antre d'Oscar était un peu exigu. Celui de Wally tenait du dépotoir. Eux pouvaient toujours camoufler leurs affaires derrière des portes closes, mais celles de Rochelle étaient toujours en évidence.

Elle parcourut la une du *Sun Times*, puis ouvrit le journal. Elle prenait son temps pour lire, buvant son café à petites gorgées, mangeant son yoghourt et chantonnant, pendant que CDA ronflait à ses pieds. Rochelle chérissait ces rares moments de tranquillité au début de la matinée. Bientôt, le téléphone se réveillerait, les deux partenaires arriveraient, puis, avec un peu de chance, des clients, certains avec un rendez-vous, d'autres pas.

Pour fuir son épouse, Oscar Finley partait de chez lui à 7 heures du matin, pourtant il était rarement au bureau avant

9 heures. Il déambulait en ville pendant deux heures, s'arrêtait au poste de police, où un de ses cousins traitait les procès-verbaux d'accident, passait saluer des chauffeurs de dépanneuse pour se tenir informé des derniers potins en matière de collisions, buvait un café avec le propriétaire de deux salons funéraires de troisième catégorie, apportait des doughnuts à une caserne de pompiers et bavardait avec les ambulanciers quand il ne faisait pas la tournée de ses hôpitaux préférés, dont il quadrillait les halls encombrés en guettant d'un œil exercé les victimes de la négligence d'autrui.

Oscar arrivait donc à 9 heures. Avec Wally, dont la vie était moins organisée, on ne savait jamais. Il pouvait surgir à 7 h 30, chargé de caféine et de Red Bull, prêt à traîner en justice quiconque le contrarierait, mais il pouvait tout aussi bien débarquer à 11 heures avec la gueule de bois, les yeux gonflés, pour se réfugier aussitôt dans son bureau.

En ce jour mémorable, Wallis arriva quelques minutes avant 8 heures, le regard clair et un large sourire aux lèvres.

— Bonjour, madame Gibson ! s'écria-t-il avec entrain.

— Bonjour, monsieur Figg, répondit-elle au diapason.

Chez F & F, l'atmosphère était toujours tendue ; la moindre remarque pouvait déclencher les hostilités. Chaque mot était choisi avec soin et soumis à un examen minutieux par son destinataire. Les formules de politesse du matin étaient maniées avec prudence, car elles pouvaient servir de prétexte à une attaque en règle. Même l'usage des titres de civilité, « Monsieur » ou « Madame », était forcé et chargé d'histoire. À l'époque où Rochelle n'était encore qu'une cliente, Wally avait commis la bourde de l'appeler « Mademoiselle ». Une phrase du genre : « Écoutez, mademoiselle, je fais du mieux que je peux. » Il ne pensait absolument pas à mal, et la réaction de Rochelle avait été tout aussi injustifiée qu'excessive ; depuis, elle exigeait qu'on lui donne du « madame Gibson ».

Elle était légèrement agacée qu'on ose troubler sa solitude. Wally caressa la tête de CDA, puis s'enquit en allant chercher son café :

— Quelque chose d'intéressant dans la presse ?

— Non, répondit Rochelle, ne voulant pas entamer de discussion.

— Ça m'aurait étonné, commenta-t-il – première pique de la journée.

Elle lisait le *Sun Times*. Lui préférait la *Tribune*. Chacun méprisait le goût de l'autre en matière de journaux.

La deuxième pique tomba dès que Wally revint de la cuisine.

— Qui a fait le café ? demanda-t-il.

Rochelle ignora la question.

— C'est de la lavasse, vous ne trouvez pas ?

Lentement, elle tourna une page, puis avala une cuillerée de yaourt.

Wally aspira bruyamment une gorgée en faisant claquer ses lèvres, fronça les sourcils comme s'il buvait du vinaigre, puis prit son journal et s'installa à la grande table. Avant qu'Oscar ait gagné la maison dans un procès, quelqu'un avait abattu plusieurs murs du rez-de-chaussée, créant ainsi un vaste espace ouvert. Rochelle avait son coin d'un côté, près de la porte ; à un ou deux mètres d'elle, il y avait des chaises pour les clients en attente, et une longue table qui avait dû être une table de salle à manger. Au fil des ans, cette table était devenue le lieu autour duquel on se retrouvait pour lire son journal, boire son café, ou même recueillir des dépositions. Wally aimait y tuer le temps, tant son bureau ressemblait à une porcherie.

Il ouvrit théâtralement sa *Tribune*, en faisant le plus de bruit possible. Rochelle l'ignora de plus belle et continua à fredonner.

Quelques minutes s'écoulèrent, puis le téléphone sonna. Mme Gibson fit mine de ne pas l'entendre. Deuxième sonnerie. Après la troisième, Wally abaissa son journal.

— Vous voulez bien répondre, madame Gibson ?

— Non, répondit-elle sèchement.

Quatrième sonnerie.

— Et pourquoi pas ?

Elle persista à l'ignorer. À la cinquième sonnerie, Wally abattit son journal, se leva d'un bond et se rua sur un téléphone mural proche de la photocopieuse.

— Je ne ferais pas ça si j'étais vous, prévint Mme Gibson.

Il s'immobilisa.

— Et pourquoi donc ?

— C'est un recouvreur d'impayés.
— Comment le savez-vous ?

Wally regarda l'écran du téléphone. NUMÉRO MASQUÉ.

— Croyez-moi, je le sais. Il appelle tous les jours à la même heure.

Le téléphone se tut. Wally revint à la table et à son journal. Il se cacha derrière, se demandant bien quelle facture n'avait pas été payée, quel fournisseur était assez ulcéré pour appeler le cabinet et mettre la pression sur ses avocats. Rochelle le savait, évidemment, puisqu'elle tenait les comptes et savait presque tout, néanmoins il se garda de l'interroger. Sinon, ils n'auraient pas tardé à se bouffer le nez à propos des créances du cabinet, des honoraires impayés et du manque d'argent en général, ce qui pouvait facilement dégénérer en une discussion tous azimuts sur la stratégie du cabinet, son avenir et les travers des deux associés.

Personne ne voulait ça.

Abner tirait une grande fierté de ses Bloody Mary. Il mélangeait des quantités précises de jus de tomate, de vodka, de raifort, de citron et de citron vert, de sauce Worcestershire, de Tabasco, de sel et de poivre. Il ajoutait toujours deux olives vertes et, touche finale, une branche de céleri.

Il y avait longtemps que David n'avait pas pris un si bon petit déjeuner. Après deux des créations d'Abner, consommées à la hussarde, il souriait niaisement et se félicitait d'avoir tout plaqué. L'ivrogne au bout du bar ronflait. Il n'y avait pas d'autres clients. Abner, en vrai professionnel, lavait et essuyait ses verres à cocktail, dressait l'inventaire de ses alcools et astiquait ses tireuses à bière en dispensant des commentaires sur une grande variété de sujets.

Le portable de David finit par sonner. C'était sa secrétaire, Lana.

— Oh, putain ! dit-il.
— Qui est-ce ? demanda Abner.
— Mon bureau.
— Un homme a bien droit à son petit déjeuner, non ?

David retrouva le sourire.

— Allô, dit-il.

— David, où êtes-vous passé ? Il est 8 h 30.
— J'ai une montre, mon cœur. Je prends mon petit déjeuner.
— Tout va bien ? On vous aurait vu pour la dernière fois dévaler un escalator vers la sortie.
— Une rumeur, mon cœur, une simple rumeur.
— Bon. Dans combien de temps serez-vous là ? Roy Barton a déjà appelé.
— Laissez-moi finir mon petit déj, d'accord ?
— Bien sûr. Tenez-nous au courant.

David reposa son téléphone, tira sur sa paille, puis commanda :
— La même chose, s'il vous plaît.

Abner fronça les sourcils.
— Vous devriez peut-être lever le pied.
— J'ai levé le pied !
— OK.

Abner attrapa un verre propre et commença à élaborer son mélange.
— Je parie que vous n'irez pas au bureau aujourd'hui.
— Vous avez bien raison. J'ai donné ma démission. Je m'en vais.
— Quel genre de bureau ?
— Juridique. Rogan Rothberg. Vous connaissez ?
— J'en ai entendu parler. Un gros machin, non ?
— Six cents avocats à Chicago. Deux mille autour de la planète. Troisième cabinet au monde par la taille, cinquième par le nombre d'heures facturées par avocat, quatrième si vous considérez le profit net par actionnaire, deuxième si l'on compare les salaires des associés et incontestablement le premier si l'on compte le nombre de nazes au mètre carré.
— Désolé de vous avoir posé la question.

David reprit son portable.
— Vous voyez ce portable ?
— J'ai l'air d'un aveugle ?
— Cet engin me tyrannise depuis cinq ans. Je dois l'avoir sur moi à chaque instant. Politique de la société. Je ne le quitte jamais. Il m'a gâché d'agréables dîners au restaurant, il m'a tiré de sous la douche. Il m'a réveillé à toutes les heures de la

nuit. Une fois, il a même interrompu une partie de jambes en l'air avec ma pauvre petite femme délaissée. L'été dernier, j'assistais à un match des Cubs, super places, deux copains de fac et moi, sommet du second tour de batte, et ce truc se met à vibrer. C'était Roy Barton. Je vous ai parlé de Roy Barton ?

— Pas encore.

— Mon supérieur, un sale petit connard pernicieux. Quarante ans, un ego surdimensionné, tout ce qu'il faut pour. Il se fait 1 million de dollars annuels, mais ce n'est pas assez. Ça ne sera jamais assez. Il bosse quinze heures par jour, sept jours par semaine, parce que chez Rogan Rothberg tous les cadors bossent sans arrêt. Et Roy considère qu'il est un cador.

— Un charmant garçon, hein ?

— Je le hais. J'espère ne jamais revoir sa gueule.

Abner fit glisser le troisième Bloody Mary sur le comptoir.

— Vous m'avez l'air sur la bonne voie, l'ami. Santé.

3.

Le téléphone se remit à sonner. Rochelle consentit à décrocher.

— Finley & Figg Associés, dit-elle d'une voix professionnelle.

Wally ne leva pas les yeux de son journal. Elle écouta un moment, puis annonça :

— Je suis navrée, nous ne nous occupons pas d'opérations immobilières.

Quand Rochelle avait pris son poste huit ans plus tôt, le cabinet s'occupait bel et bien d'opérations immobilières. Elle avait vite compris que ce type d'affaires rapportait peu et ne coûtait rien aux avocats puisque la secrétaire se chargeait du gros du boulot. Après une rapide analyse de la question, elle avait décidé de détester l'immobilier. Comme c'était elle qui contrôlait le téléphone, elle filtrait tous les appels, et le service immobilier de Finley & Figg sécha sur pied. Oscar était sorti de ses gonds et avait menacé de la licencier, puis il avait battu en retraite quand elle avait évoqué, une fois de plus, l'éventualité d'un procès pour faute professionnelle à son encontre. Wally avait réussi à négocier une trêve, néanmoins la situation était restée plus tendue que la normale des semaines durant.

D'autres spécialités avaient été écartées grâce à son filtrage zélé. Le droit pénal était de l'histoire ancienne ; Rochelle n'aimait pas ça, parce qu'elle n'aimait pas les clients. Les cas de conduite en état d'ivresse étaient OK, parce qu'il y en avait beaucoup, qu'ils rapportaient bien et n'exigeaient presque rien de sa part. Les affaires de surendettement avaient mordu la poussière pour la même raison que l'immobilier – honoraires dérisoires, trop de travail pour la secrétaire. Avec le temps, Rochelle s'était débrouillée pour dégraisser la clientèle du cabinet, et cela n'en finissait pas de créer des problèmes. La théorie d'Oscar, la même théorie qui le maintenait dans la dèche depuis plus de trente ans, c'était que le cabinet devait prendre tout ce qui se présentait, ratisser large, puis trier les débris dans l'espoir de pêcher une bonne affaire de dommages corporels. Wally n'était pas d'accord. Il rêvait d'un gros coup. Même si les factures à payer l'obligeaient à effectuer toutes sortes de labeurs juridiques sans intérêt, il espérait toucher un jour le jackpot.

— Bien joué ! lança-t-il quand elle raccrocha. Je n'ai jamais aimé l'immobilier.

Elle dédaigna sa remarque et retourna à son journal. CDA se mit à grogner. Wally et Rochelle le regardèrent : il s'était dressé sur son petit lit, la truffe en l'air, la queue droite et tendue, les yeux rétrécis par la concentration. Ses grognements s'amplifièrent puis, comme au signal, le lointain hululement d'une ambulance rompit la gravité matinale. Les sirènes ne manquaient jamais d'exciter Wally. L'espace d'une ou deux secondes, il se figea, le temps d'analyser expertement le son. Police, pompiers ou ambulance ? C'était toujours la question, et Wally était capable de différencier les trois en un battement de cil. Les sirènes des camions de pompiers et des véhicules de police n'avaient aucun intérêt et étaient vite ignorées, mais une sirène d'ambulance faisait toujours battre son cœur plus vite.

— Ambulance, dit-il, avant de poser son journal sur la table et de se lever pour se diriger, l'air de rien, vers la porte d'entrée.

Rochelle se leva à son tour et alla à une fenêtre, dont elle tira le store pour jeter un rapide coup d'œil dehors. CDA grognait toujours, et quand Wally ouvrit la porte pour s'avancer sur la véranda, le chien le suivit. Sur le trottoir d'en face, Vince Gholston sortit de sa petite boutique et lança un regard plein d'espoir vers le carrefour de Beech Avenue et de la Trente-huitième Rue. En apercevant Wally, il lui fit un doigt d'honneur. Wally s'empressa de lui rendre la politesse.

L'ambulance dévala Beech Avenue en hurlant, zigzaguant pour se frayer un passage dans la circulation dense, klaxonnant furieusement, plus dangereuse et occasionnant plus de dégâts que ce vers quoi elle allait. Wally la suivit des yeux jusqu'à ce qu'elle disparaisse hors de vue, puis rentra.

La lecture de la presse continua sans autre interruption – pas de sirènes, pas d'appels téléphoniques de clients potentiels ou de recouvreurs d'impayés. À 9 heures, l'associé senior fit son entrée. Oscar portait son habituel long pardessus sombre et une grosse mallette en cuir noir, comme s'il avait travaillé toute la nuit. Il avait aussi son parapluie, comme toujours, quels que soient le temps ou les prévisions météo. Si Oscar ne jouait pas dans la cour des grands, il pouvait au moins avoir l'air d'un avocat distingué. Pardessus sombres, complets sombres, chemises blanches et cravates en soie. Sa femme l'habillait et insistait pour qu'il ait le physique de l'emploi. Wally, en revanche, mettait ce qu'il pouvait piocher dans le tas.

— B'jour, dit sèchement Oscar à hauteur du bureau de Mme Gibson.

— Bonjour.

— Rien dans les journaux ?

Oscar ne s'intéressait ni aux résultats sportifs, ni aux inondations, ni aux cotations boursières, ni aux dernières nouvelles du Proche-Orient.

— Un conducteur de chariot-élévateur s'est fait écraser dans une usine de Palos Heights, répondit prestement Mme Gibson.

Ça faisait partie de leur rituel matinal. Si elle ne trouvait pas un accident pour illuminer sa matinée, alors la mauvaise humeur d'Oscar empirait.

— Pas mal, approuva-t-il. Il est mort ?

— Pas encore.

— De mieux en mieux. Beaucoup de malheurs et de souffrances. Préparez un mémo. J'y jetterai un coup d'œil plus tard.

Mme Gibson hocha la tête comme si le pauvre homme était pratiquement un nouveau client. Ce qui n'était pas le cas, bien sûr, et ne le serait jamais. Finley & Figg étaient rarement les premiers à arriver sur le lieu d'un accident. Il y avait de grandes chances pour que la femme du conducteur soit déjà harcelée par des avocats plus agressifs, dont certains avaient la réputation d'offrir des espèces et autres cadeaux pour convaincre la famille.

Stimulé par cette bonne nouvelle, Oscar s'approcha de la table.

— Bonjour.

— B'jour, Oscar, répondit Wally.

— Des clients à nous dans le carnet ?

— Je n'y suis pas encore.

— Tu devrais toujours commencer par les nécrologies.

— Merci, Oscar. D'autres tuyaux sur la manière de lire le journal ?

Oscar s'était déjà éloigné. Par-dessus l'épaule, il lança à Mme Gibson :

— Qu'est-ce qu'on a aujourd'hui ?

— L'ordinaire. Divorces et outres à vin.

— Divorces et outres à vin, marmonna Oscar en entrant dans son bureau. Ce qu'il me faudrait, c'est un bon accident d'auto.

Il accrocha son pardessus derrière la porte, rangea son parapluie dans le porte-parapluies près de sa table de travail et commença à vider sa mallette. Wally ne tarda pas à le rejoindre, le journal à la main.

— Chester Marino, ça ne te dit rien ? demanda-t-il. Dans la nécro. Cinquante-sept ans, femme, enfants, petits-enfants, la cause du décès n'est pas indiquée.

Oscar gratta ses cheveux gris coupés ras.

— Peut-être. Il n'est pas impossible qu'on ait un testament.

— Il sera veillé chez Van Easel & Sons. Condoléances ce soir, service demain. Je vais y faire un saut, histoire de voir s'il y a quelque chose à en tirer. Si c'est un des nôtres, on envoie des fleurs ?

— Pas avant de connaître l'importance du patrimoine.

— Bien vu. – Wally tenait toujours son journal. – Ces Tasers sont dangereux, tu sais. Des flics de Joliet sont accusés d'avoir « taserisé » un type de soixante-dix ans qui était allé à Walmart acheter du Sudafed pour son petit-fils malade. Le pharmacien a pensé que le vieux fabriquait de la métamphétamine chez lui et, en bon citoyen, il a appelé la police. Les flics locaux venaient de recevoir des Tasers flambant neufs, alors cinq de ces clowns se sont jetés sur le vieux dans le parking et l'ont tasérisé de la tête aux pieds. État critique.

— Ça nous ramène donc à la loi sur le Taser, hein, Wally ?

— Et comment ! Ce sont de bons dossiers, Oscar. Il faut qu'on s'en dégotte quelques-uns !

Oscar s'assit en poussant un profond soupir.

— Alors cette semaine, c'est les Tasers. La semaine dernière, c'étaient les couches allergisantes – grosses plaintes en perspective parce que quelques milliers de bébés ont les fesses rouges. Et le mois d'avant, c'était le placoplâtre chinois.

— Pour le placoplâtre, les actions collectives ont déjà rapporté 4 milliards de dollars !

— Oui, mais on n'en a pas vu la couleur.

— Et pour cause, Oscar. Il faut qu'on s'occupe sérieusement de ces actions collectives. C'est là qu'il y a du fric à gagner. Des millions de dollars en honoraires, versés par des sociétés qui engrangent des milliards de bénéfices.

La porte était restée ouverte. Rochelle ne perdait pas un mot de la conversation, même si celle-ci n'avait rien de nouveau.

Wally éleva la voix.

— On déniche quelques-uns de ces dossiers, puis on se branche avec des avocats spécialisés, on leur donne une part du gâteau, ensuite on s'accroche à leurs basques jusqu'à ce qu'ils parviennent à un règlement négocié, et on récupère un bon paquet. C'est de l'argent facile, Oscar.

— Comme les couches allergisantes ?

— OK, ça n'a pas marché. Les Tasers, eux, c'est le jackpot.

— Encore un jackpot, Wally ?

— Ouais, et je vais te le prouver.

— Te gêne surtout pas.

L'ivrogne au bout du bar avait repris un peu du poil de la bête. Sa tête était dressée, ses yeux à demi ouverts. Abner lui servit un café en parlant de tout et de rien pour essayer de convaincre son homme qu'il était l'heure de rentrer. Un adolescent balayait le sol et remettait en place les tables et les chaises. Le petit pub montrait des signes de vie.

Le cerveau imbibé de vodka, David se regardait dans le miroir du bar et tentait en vain de prendre du recul. Tantôt il se sentait gonflé à bloc, fier d'avoir eu le courage de quitter la procession funéraire Rogan Rothberg, tantôt il avait peur pour sa femme, sa famille, son avenir. Mais l'alcool lui donnait du courage ; il décida de continuer à boire.

Son portable se remit à vibrer. C'était Lana, du bureau.

— Allô, dit-il doucement.
— David, où êtes-vous ?
— Je termine mon petit déjeuner.
— David, vous n'avez pas l'air bien. Ça va ?
— Je vais bien.

Un silence, puis :

— Vous avez bu ?
— Bien sûr que non. Il est 9 heures du matin.
— OK, comme vous voulez. Écoutez, Roy Barton sort de mon bureau à l'instant. Il est furieux. Je ne l'ai jamais entendu s'exprimer comme ça. Toutes sortes de menaces.
— Dites à Roy d'aller se faire voir.
— Je vous demande pardon ?
— Vous avez bien entendu. Dites à Roy d'aller se faire voir.
— Vous perdez la boule, David. C'est vrai, vous craquez. Ça ne m'étonne pas. Je l'ai vu venir, je le savais.
— Tout va bien.
— Ça ne va pas du tout. Vous avez bu et vous craquez.
— D'accord, j'ai peut-être bu, mais...
— Je crois que j'entends Roy Barton. Que dois-je lui dire ?
— D'aller se faire voir.
— Pourquoi ne pas le lui dire vous-même, David ? Vous avez un portable. Appelez-le donc.

Là-dessus, elle raccrocha.

Abner revenait doucement de son côté, curieux d'avoir un scoop sur ce dernier appel téléphonique. Il astiqua encore son comptoir en bois, pour la troisième ou quatrième fois depuis que David s'était installé au bar.

— Le bureau, déclara David, et Abner fronça les sourcils comme si c'était une mauvaise nouvelle pour tout le monde.

Le susnommé Roy Barton me cherche, en jetant tout ce qui lui tombe sous la main. J'aimerais être une petite souris pour voir ça. J'espère qu'il aura un AVC !

Abner se rapprocha encore.

— Je n'ai pas compris votre nom.

— David Zinc.

— Enchanté. Écoutez, David, le cuisinier vient d'arriver. Vous voulez manger quelque chose ? Peut-être quelque chose de bien gras ? Des frites, des beignets d'oignons, un gros burger bien épais ?

— Je voudrais une double portion de beignets d'oignons avec une énorme bouteille de ketchup.

— Bravo !

Abner disparut. David vida son dernier Bloody Mary et partit à la recherche des toilettes. À son retour, il reprit sa place, vérifia l'heure – 9 h 28 – et attendit sa commande. Il sentait l'odeur des oignons qui grésillaient dans l'huile bouillante, quelque part derrière. L'ivrogne à sa droite avalait goulûment son café et luttait pour garder les yeux ouverts. L'ado était toujours en train de balayer et de ranger le mobilier.

Son portable posé sur le comptoir se remit à vibrer. C'était sa femme. David ne se donna pas la peine de répondre. Une fois le téléphone redevenu silencieux, il patienta un moment, puis consulta sa boîte vocale. Le message d'Helen était plus ou moins ce qu'il escomptait : « David, ton bureau a appelé deux fois. Où es-tu ? Que fais-tu ? Tu vas bien ? Appelle-moi dès que possible. »

Helen était doctorante à la Northwestern University. Quand il l'avait embrassée ce matin-là à 6 h 45, elle était encore blottie sous les couvertures. Lorsqu'il était rentré la veille à 22 h 05, ils avaient dîné d'un reste de lasagnes devant la télévision avant qu'il s'endorme sur le canapé. Helen avait deux ans de plus que lui et désirait un enfant, une éventualité qui devenait de plus en plus improbable, vu le surmenage permanent de son mari. En attendant, elle préparait un doctorat en histoire de l'art sans se fouler.

Un léger bip, suivi d'un texto de sa part : *T ou ? ? ? Tu va bi1 ? Stp.*

Il préférait ne pas lui parler avant quelques heures. Il serait obligé d'avouer qu'il pétait les plombs, et elle insisterait pour qu'il se fasse aider par un professionnel. Le père d'Helen était psy et sa mère conseillère conjugale. La famille au complet croyait que quelques heures de thérapie pouvaient résoudre tous les problèmes et les mystères de l'existence. En même temps, il ne supportait pas l'idée qu'elle soit aux cent coups pour sa sécurité.

Il lui envoya un texto : *J métriz. du m'ab100T du bur. T 1kieT.* Elle répondit : *T ou ?*

Les beignets d'oignons arrivèrent, une énorme pile de rondelles d'un brun doré enrobées de pâte à beignets bien grasse et sortant tout droit de la friteuse. Abner les posa devant David.

— On ne peut pas faire mieux. Ça vous dit, un verre d'eau ?

— Un demi, plutôt.

— Ça marche.

Abner trouva un verre et se dirigea vers la tireuse à bière.

— Ma femme me cherche aussi, murmura David. Vous êtes marié ?

— Je ne vous ai rien demandé.

— Désolé. C'est une grande fille, elle veut une famille et tout, mais on a du mal à s'y mettre. L'an dernier, j'ai travaillé quatre mille heures, vous pouvez croire ça ? Quatre mille heures ! En général, je pointe à 7 heures du matin et je quitte vers 10 heures du soir. Ça, c'est une journée normale, mais il n'est pas rare qu'on travaille jusqu'à minuit passé. Alors quand je rentre à la maison, je m'écroule. Je crois qu'on a baisé une fois le mois dernier. C'est incroyable. J'ai trente et un ans, elle trente-trois. Dans la fleur de l'âge et rêvant d'un bébé, et ce grand garçon n'arrive pas à rester éveillé.

Il ouvrit la bouteille de ketchup et en vida un bon tiers dans son assiette. Abner posa le verre de bière glacée devant lui.

— Au moins vous gagnez plein de fric, dit-il.

David détacha un beignet d'oignon, le trempa dans le ketchup et l'enfourna dans sa bouche.

— Oh, oui ! Je suis bien payé. Vous croyez que je supporterais tous ces mauvais traitements si je n'étais pas très bien payé ?

David regarda autour de lui pour s'assurer que personne

n'écoutait. Il n'y avait personne. Il baissa la voix en mastiquant son beignet et poursuivit :

— Je suis un avocat senior, j'ai cinq ans de boîte, l'an dernier j'ai gagné dans les 300 000 dollars. C'est beaucoup, et comme je n'ai pas le temps de dépenser cet argent, il s'accumule à la banque. Pourtant, visez les comptes. J'ai travaillé quatre mille heures et n'en ai facturé que trois mille. Trois mille heures, c'est un record, dans la firme. Le reste s'éparpille entre diverses activités du cabinet et les dossiers dont je m'occupe bénévolement. Vous me suivez, Abner ? Je vous ennuie ?

— Non, j'écoute. J'ai déjà servi des avocats. Ils sont chiants comme la pluie.

David avala une longue gorgée de bière, puis se lécha les lèvres.

— J'aime votre franc-parler.

— Ça fait partie du job.

— La firme facture mon temps 500 dollars l'heure. Multiplié par trois mille, ça nous fait 1,5 million pour ce bon vieux Rogan Rothberg, mais moi ils me paient un maigre 300 K. Multipliez ça par cinq cents avocats qui réalisent tous grosso modo le même chiffre, et vous comprendrez pourquoi les facs de droit sont bourrées de brillants jeunes étudiants qui rêvent d'être embauchés par un gros cabinet d'affaires pour s'enrichir. Vous êtes sûr que je ne vous ennuie pas ?

— Non, c'est palpitant.

— Vous voulez un beignet ?

— Non, merci.

David en fourra un autre dans sa bouche desséchée, puis l'aida à descendre avec la moitié de son demi. Un bruit sourd retentit à l'autre bout du bar. L'ivrogne avait de nouveau tourné de l'œil. Sa tête reposait sur le comptoir.

— C'est qui, ce type ? demanda David.

— Ça, c'est Eddie. Son frère est propriétaire de la moitié des murs, alors il a une ardoise qu'il ne règle jamais. Ce type me soûle.

Abner s'écarta pour aller parler à Eddie, qui n'eut aucune réaction. Abner ramassa sa tasse à café et essuya le comptoir autour de lui, puis revint lentement vers David.

— Donc, vous avez dit bye-bye à 300 000 dollars. Vous allez faire quoi, maintenant ?

David rit beaucoup trop fort.

— Je n'en sais rien ! Je n'en suis pas encore là. Il y a deux heures, je me suis présenté au bureau comme d'habitude. Pour l'instant, je fais un pétage de plombs.

Nouvelle gorgée de bière.

— Dans l'immédiat, cher Abner, j'ai l'intention de rester ici un long moment pour tenter d'y voir plus clair dans ce qui m'arrive. Voulez-vous m'aider ?

— Ça fait partie du job.
— Je réglerai mon ardoise.
— Dans ce cas, tope là.
— Un autre demi, s'il vous plaît.

4.

Après une ou deux heures passées à lire le journal, manger son yaourt et savourer son café, Rochelle se mit au travail à contrecœur. Sa première mission : passer en revue le registre des clients à la recherche d'un certain Chester Marino, reposant à présent en paix dans un modeste cercueil chez Van Easel & Fils. Oscar avait raison. Le cabinet avait bien préparé un testament pour M. Marino six ans plus tôt. Elle retrouva le mince dossier dans le cagibi près de la cuisine qui leur servait d'archives et l'apporta à Wally, qui travaillait dur au milieu du fatras sur sa table.

Le cabinet de Wallis T. Figg, avocat-conseil, était autrefois une chambre à coucher ; au fil des déplacements de cloisons et autres ouvertures de portes, sa superficie avait connu une légère expansion. Il ne restait plus aucune trace de son passé de chambre à coucher, cependant la pièce n'avait pas grand-chose non plus d'un bureau. À partir de la porte, trois mètres et demi seulement séparaient les murs ; ensuite, à droite, un coude débouchait sur un espace plus grand où Wally trimait derrière une table de style années 1950 qu'il avait achetée en solde. Son bureau croulait sous des piles de dossiers, de blocs-notes usagés et de centaines de bouts de papier couverts de messages téléphoniques. Pour ceux qui n'y connaissaient rien, entre autres les clients potentiels, ce bureau donnait l'impression que l'homme qui y trônait était extrêmement occupé, voire important.

Comme toujours, Mme Gibson avança lentement vers ledit bureau, prenant soin de ne pas déranger les piles de gros livres de droit et de vieilles chemises entassées sur le chemin. Elle lui tendit le dossier.

— Nous avons bien rédigé un testament pour M. Marino.

— Merci. Du patrimoine ?

— Je n'ai pas regardé, répondit-elle, battant déjà en retraite.

Elle sortit sans ajouter un mot.

Wally ouvrit le dossier. Six ans plus tôt, M. Marino travaillait comme expert-comptable pour l'État de l'Illinois ; il gagnait 70 000 dollars par an, et menait l'existence tranquille des banlieusards avec sa deuxième femme et les deux enfants adolescents de celle-ci. Il venait de finir de payer leur maison, qui constituait leur unique bien d'importance. Le couple possédait des comptes joints, des fonds de retraite et quelques dettes. Le seul élément intéressant était une collection de trois cents cartes de baseball que M. Marino évaluait à 90 000 dollars. En page 4 du dossier, il y avait une photocopie d'une carte de 1916 montrant Shoeless Joe Jackson en tenue des White Socks sous laquelle Oscar avait écrit : 75 000 dollars. Oscar ne s'intéressait pas au sport, et il n'avait jamais mentionné cette petite curiosité à Wally. Il avait établi un simple testament pour M. Marino, que celui-ci aurait pu préparer tout seul sans rien débourser, pourtant il avait préféré payer 250 dollars d'honoraires à Finley & Figg. En lisant le document, Wally comprit que, puisque tous les autres avoirs étaient dans la communauté, la seule vraie finalité de ce testament était d'empêcher les deux beaux-fils de M. Marino de mettre les mains sur la collection de cartes de baseball ; M. Marino la léguait à son fils, Lyle. En page 5, Oscar avait griffonné : « L'épouse n'est pas au courant pour les cartes. »

Wally estimait le patrimoine à environ 500 000 dollars. Selon le régime d'homologation en vigueur, l'avocat gérant la succession de M. Marino empocherait environ 5 000 dollars. À moins d'un litige sur les cartes de baseball, et Wally espérait bien qu'il y en aurait un, l'homologation serait une affaire de routine et prendrait à peu près dix-huit mois. En revanche, si les héritiers se chamaillaient, la procédure traînerait bien pendant trois ans grâce aux efforts de Wally, ce qui triplerait ses honoraires. Il n'aimait pas les successions, cependant c'était plus lucratif que les divorces et les gardes d'enfants. Les successions payaient les factures. Parfois, elles donnaient même lieu à des dépassements d'honoraires.

Le fait que Finley & Figg eût préparé le testament était sans importance, une fois venue l'heure de la succession. N'importe quel avocat pouvait s'en occuper ; de par sa vaste expérience dans le monde obscur de la recherche des clients, Wally savait que des pelletées d'avocats miséreux épluchaient les rubriques nécrologiques à la recherche d'émoluments frais. Cela valait la peine de prendre le temps de payer ses respects à ce cher Chester et, par la même occasion, de mettre un pied dans la porte pour s'occuper des formalités juridiques nécessaires au règlement de ses affaires. Ça valait certainement le coup de passer d'un coup de voiture chez Van Easel & Fils, une des nombreuses agences de pompes funèbres sur son circuit.

Il restait à Wally encore trois mois avant de pouvoir récupérer son permis, suspendu pour conduite en état d'ivresse. Ce qui ne l'empêchait pas de prendre le volant. Il se cantonnait prudemment au voisinage de son domicile et du cabinet, où il connaissait les policiers. Quand il se rendait dans le centre-ville pour une audience, il empruntait l'autobus ou le métro.

Van Easel & Sons était à quelques pâtés de maisons de sa zone de sécurité, néanmoins il décida de courir le risque. S'il se faisait prendre, il saurait probablement plaider sa cause. Et si la police ne voulait rien entendre, alors il connaissait les juges. Il s'efforça de passer par les petites rues, loin de la circulation.

M. Van Easel et ses trois fils étaient morts depuis de nombreuses années. Pendant que leur agence de pompes funèbres passait de main en main, l'établissement avait décliné, en même temps que « ses services compétents et respectueux », toujours vantés par la publicité. Wally se gara à l'arrière du bâtiment, sur un parking désert, et franchit la porte d'entrée comme s'il venait présenter ses condoléances. Il était peu ou prou 10 heures du matin, un mercredi, et, au début, il ne vit personne. Il consulta le programme des visites dans le hall. Chester reposait deux portes plus loin à droite, dans le deuxième des trois salons funéraires. Sur sa gauche se trouvait une petite chapelle. Un homme en costume sombre, les dents brunes et le teint terreux, s'avança vers lui.

— Bonjour, monsieur. Puis-je vous être utile ?
— Bonjour, monsieur Grayber.
— Ah, c'est encore vous !
— Tout le plaisir est pour moi.

Autrefois, Wally aurait serré la main de M. Grayber, mais il ne se donnait plus cette peine. Sans avoir de certitude absolue, il le suspectait d'être un des embaumeurs. Il avait le souvenir de sa paume glacée et molle. M. Grayber préféra garder aussi ses mains pour lui. Chacun méprisait la profession de l'autre.

— M. Marino était un client, poursuivit Wally avec componction.
— Les visites débutent ce soir.
— Oui, je vois ça. Mais je quitte Chicago cet après-midi.
— Très bien.

Grayber fit un vague geste en direction des salons funéraires.

— Je ne pense pas que d'autres avocats soient déjà passés ? demanda Wally.

Grayber ricana, puis roula des yeux.

— Qui sait ? Je n'arrive pas à tenir le compte de vos confrères. La semaine dernière, nous avons organisé des obsèques pour un sans-papier mexicain qui s'est fait écraser par un bulldozer, nous étions dans la chapelle, dit-il avec un signe de tête vers la porte de la chapelle. Il y avait plus d'avocats présents que de membres de la famille. Le pauvre type n'a jamais été aussi aimé.

— Comme c'est charmant, dit Wally.

Il avait assisté au service en question. Finley & Figg était reparti bredouille.

— Merci, répéta-t-il en s'éloignant.

Il passa devant le premier salon – cercueil fermé, sièges vides. Il entra dans le deuxième, une pièce faiblement éclairée, six mètres sur six, avec un cercueil le long d'un mur et des chaises bon marché alignées le long des autres. Le couvercle était déjà scellé, ce qui rassura Wally. Il posa la main dessus comme pour refouler des larmes. Juste Chester et lui, partageant un dernier moment.

La routine, c'était de s'attarder quelques minutes, en espérant qu'un ami ou un membre de la famille pointerait son nez. Si personne ne venait, Wally signerait le registre de condoléances et laisserait sa carte à Grayber, avec pour instruction d'informer la famille que l'avocat de M. Marino était passé témoigner sa sympathie. Le cabinet enverrait des fleurs pour la cérémonie et un courrier à la veuve. Dans quelques jours, Wally appellerait la dame et agirait comme si elle était plus ou moins obligée de s'adresser à Finley & Figg puisque le cabinet avait préparé le testament. Ça marchait une fois sur deux.

Wally se sauvait déjà, quand un jeune homme pénétra dans le salon. La trentaine, beau garçon, sobrement vêtu d'un veston et d'une cravate. Il dévisagea Wally avec méfiance, comme le faisaient beaucoup de gens en le voyant, ce qui ne le dérangeait plus. Quand deux parfaits inconnus se rencontrent devant un cercueil dans un salon funéraire désert, les premiers mots sont toujours empruntés. Wally finit par réussir à se présenter. De son côté, le jeune homme dit :

— Oui, enfin, euh… c'était mon père. Je suis Lyle Marino.

Ah! le futur propriétaire d'une superbe collection de cartes de baseball! Wally se retint de le préciser, évidemment.

— Votre père était un client de mon cabinet, déclara-t-il. Nous avons préparé son testament. Toutes mes condoléances.

— Merci, répondit Lyle, visiblement soulagé. Je n'arrive pas à y croire. On est allé voir le match des Blackhawks samedi dernier, on s'est bien marré, et maintenant il n'est plus là.

— Je suis vraiment désolé. C'est donc arrivé brutalement ?

— Un infarctus. – Lyle claqua des doigts. – Comme ça. Il était au travail lundi matin, à son bureau. Tout d'un coup il s'est mis à transpirer et à respirer difficilement, puis il s'est effondré par terre. Mort.

— Je suis vraiment désolé, Lyle, dit Wally comme s'il connaissait le jeune homme depuis toujours.

Lyle tapota le cercueil et répéta :

— Je n'arrive pas à y croire.

Wally avait besoin de remplir certains blancs.

— Vos parents ont divorcé il y a une dizaine d'années, n'est-ce pas ?
— Quelque chose comme ça.
— Votre mère est toujours à Chicago ?
— Oui.

Lyle s'essuya les yeux du dos de la main.

— Et votre belle-mère, vous êtes proches ?
— Non, on ne se parle pas. Le divorce a été horrible.

Wally réprima un sourire. Une famille divisée doperait ses honoraires.

— Vous m'en voyez navré. Son nom, c'est…
— Millie.
— C'est ça. Écoutez, Lyle, je dois y aller. Voici ma carte.

Wally sortit adroitement une carte de visite et la lui tendit.

— Chester était un type bien, ajouta-t-il. Appelez-nous si vous avez besoin de quoi que ce soit.

Lyle glissa la carte dans une poche de son pantalon. Il regarda fixement le cercueil.

— Excusez-moi, je n'ai pas bien saisi votre nom.
— Figg, Wally Figg.
— Et vous êtes avocat ?
— Oui. Finley & Figg, nous sommes un petit cabinet spécialisé, nos traitons des affaires devant tous les tribunaux.
— Et vous connaissiez mon père ?
— Oh, oui, très bien. Il adorait collectionner les cartes de baseball.

Lyle écarta sa main du cercueil, puis fixa droit les yeux fuyants de Wally Figg.

— Vous savez ce qui a provoqué son infarctus ?
— Pas vraiment.

Lyle jeta un coup d'œil vers la porte pour s'assurer qu'ils étaient bien seuls. Ensuite, il parcourut le salon du regard pour vérifier que personne ne les écoutait. Il fit un pas vers Wally et s'approcha si près que leurs chaussures se touchaient presque. Wally s'attendait à apprendre que ce vieux Chester avait été assassiné d'une manière inventive.

Dans un quasi-chuchotement, Lyle lui demanda :

— Vous avez déjà entendu parler d'un médicament appelé Krayoxx ?

Il y avait un McDonald dans le centre commercial, à côté de Van Easel & Sons. Wally commanda deux cafés allongés et ils s'installèrent dans un box, le plus loin possible du comptoir. Lyle avait sur lui une liasse de papiers – des articles récupérés sur Internet –, et de toute évidence il avait besoin d'en parler à quelqu'un. Depuis le décès de son père, quarante-huit heures plus tôt, il était obsédé par le Krayoxx.

Ce médicament était sur le marché depuis six ans, et ses ventes avaient rapidement augmenté. Dans les trois quarts des cas, il faisait baisser le taux de cholestérol des personnes obèses. Le poids de Chester, lui, avait lentement grimpé vers les cent cinquante kilos, et cette hausse en avait provoqué d'autres – celles de la tension artérielle et du taux de cholestérol, pour nommer les plus évidentes. Lyle avait fait la guerre à son père sur la question de son poids, mais Chester était incapable de résister à la glace de minuit. Sa manière à lui de gérer le stress de son horrible divorce, c'était de rester assis dans le noir, à engloutir boîte après boîte de Ben & Jerry's. Une fois les kilos pris, il n'avait pas pu les perdre. Son médecin lui avait prescrit du Krayoxx un an plus tôt, et son taux de cholestérol avait chuté spectaculairement. Au même moment, il avait commencé à se plaindre d'avoir un pouls irrégulier et le souffle court. Il avait signalé ces anomalies à son médecin, qui lui avait certifié que tout allait bien. La baisse « spectaculaire » de son cholestérol compensait largement ces effets secondaires mineurs.

Le Krayoxx était fabriqué par Varrick Labs, une société du New Jersey qui occupait la troisième place sur la liste des dix plus gros laboratoires pharmaceutiques du monde, avec un chiffre d'affaires annuel de 25 milliards de dollars, et une longue et méchante histoire de bagarres éprouvantes avec les organismes fédéraux et les avocats spécialisés dans les actions collectives.

— Varrick engrange 6 milliards par an avec le Krayoxx, dit Lyle en feuilletant ses documents. Avec une augmentation annuelle de 10 %.

Wally abandonna son café pour examiner un rapport. Il écoutait en silence, mais les rouages de son esprit tournaient si vite qu'il en avait presque le vertige.

— J'ai gardé le meilleur pour la fin, poursuivit Lyle, sélectionnant une nouvelle feuille de papier. Vous connaissez le cabinet Zell & Potter ?

Wally n'avait jamais entendu parler du Krayoxx, et il était un peu surpris qu'avec ses cent vingt kilos et son cholestérol un peu trop élevé, son médecin ne le lui ait jamais proposé. Il ne connaissait pas davantage Zell & Potter mais, devinant que c'était des cadors dans leur domaine, il n'allait pas avouer son ignorance.

— Le nom me dit quelque chose, répondit-il, les sourcils froncés, l'air scrutateur.

— Un gros cabinet de Fort Lauderdale.

— Ouais, c'est ça.

— Ils ont lancé une procédure à l'encontre de Varrick en Floride, la semaine dernière, un énorme procès pour des décès suspects causés par le Krayoxx. Voilà l'article paru dans le *Miami Herald*.

Wally parcourut le papier, le cœur battant deux fois plus vite.

— Je suis sûr que vous en avez entendu parler, insista Lyle.

Wally était toujours épaté par la naïveté du citoyen lambda. Plus de deux millions de procès sont intentés chaque année aux États-Unis, et ce pauvre Lyle se figurait que Wally en aurait remarqué un intenté en Floride du Sud !

— Ouais, je suis ça de près, dit-il.

— Votre cabinet s'occupe d'affaires de ce genre ? demanda Lyle avec innocence.

— C'est notre spécialité. Les dommages corporels, on en mange au petit déjeuner. Je rêve d'assigner Varrick Labs.

— C'est vrai ? Vous l'avez déjà fait ?

— Non, pas eux, mais la plupart des grands groupes pharmaceutiques.

— C'est génial. Alors vous accepteriez de vous occuper du dossier de mon père ?

Bien sûr, mon pote, pensa Wally. Cependant, après des années d'expérience il savait ne pas se précipiter. Ou, en tout cas, ne pas paraître trop optimiste.

— Ce dossier a du potentiel. Mais je dois d'abord consulter mon associé, effectuer quelques recherches, causer avec les gars de Zell & Potter. Les procédures en recours collectif sont des affaires très compliquées.

Et aussi mortellement lucratives, ce qui était la pensée première de Wally en ce moment.

— Merci, maître Figg.

À 11 heures moins cinq, Abner s'échauffa un peu. Il surveillait la porte tout en continuant à astiquer ses verres à cocktail avec son torchon blanc. Eddie sirotait son café ; il avait repris conscience mais n'était pas encore tout à fait là. Abner finit par lancer :

— David, vous pourriez me rendre un petit service ?
— Tout ce que vous voudrez.
— Vous pourriez vous décaler de deux places ? Le tabouret sur lequel vous êtes assis est réservé tous les matins à 11 heures.

David regarda à droite – huit tabourets libres entre lui et Eddie. Puis à gauche – sept tabourets libres entre lui et l'autre bout du bar.

— Sérieusement ? bafouilla-t-il.
— Allez, soyez sympa.

Abner saisit son verre de bière, qui était presque vide, et le remplaça par un verre plein, qu'il posa deux tabourets plus loin à gauche. David se leva lentement et suivit son demi.

— C'est quoi, l'histoire ?
— Vous verrez, répondit Abner avec un signe de tête vers la porte.

Il n'y avait personne d'autre dans le bar, à part Eddie, bien sûr.

Quelques minutes plus tard, la porte s'ouvrait et un Chinois d'âge mûr faisait son apparition. Il portait un uniforme pimpant, un nœud papillon et une petite casquette de chauffeur. Il était accompagné d'une dame bien plus âgée que lui, qui se déplaçait seule en s'appuyant sur une canne. Tous deux traversèrent la salle en traînant les pieds pour se diriger vers le bar. David suivait la scène avec fascination en se demandant s'il hallucinait. Abner mixait un cocktail en observant aussi les nouveaux arrivants. Eddie parlait dans sa barbe.

— Bonjour, Miss Spence ! dit poliment Abner avec une pseudo-courbette.

— Bonjour, Abner, répondit-elle en se hissant au ralenti pour se percher délicatement sur le tabouret.

Son chauffeur suivait ses gestes des deux mains, sans jamais la toucher. Une fois qu'elle fut bien installée, elle déclara :

— Comme d'habitude.

Le chauffeur fit un signe de tête à Abner, puis recula et sortit discrètement du bar.

Miss Spence portait un long manteau de vison, un gros collier de perles autour de son petit cou, et des couches et des couches de rouge à lèvres et de mascara épais qui ne parvenaient pas à masquer son âge, sans doute plus de quatre-vingt-dix ans. David était admiratif. Sa propre grand-mère, qui avait quatre-vingt-douze ans, était attachée à son lit dans une maison de retraite, absente de ce monde. Et cette magnifique vieille dame s'alcoolisait avant le déjeuner !

Elle ne fit pas attention à lui. Abner finit de mixer son breuvage, un mélange déconcertant d'ingrédients.

— Et un Pearl Harbor, un ! lança-t-il en le lui présentant.

Elle porta lentement le verre à ses lèvres, avala une petite gorgée en fermant les yeux, fit tourner l'alcool dans sa bouche, puis offrit en échange le plus léger de ses sourires lourdement ridés.

Abner parut respirer.

David, pas complètement torché mais presque, se pencha vers lui.

— Elle aime boire dans le silence d'un bar ? demanda-t-il, incrédule.

— Oui, répondit sèchement Abner.

— Je pense qu'elle a choisi le bon bar, dit David, ouvrant un bras pour embrasser la pièce vide d'un geste ample. Il n'y a pas un chat. Ça vous arrive d'avoir du monde ?

— Chut, lui ordonna Abner.

« Ça va, relax », disait son expression.

David s'obstina :

— Il n'y a que deux clients ce matin, moi et ce bon vieil Eddie, là-bas, dont nous savons par ailleurs qu'il boit à crédit.

À cet instant précis, Eddie leva sa tasse de café vaguement en direction de sa tête, mais eut du mal à trouver sa bouche. Visiblement, il n'avait pas entendu le commentaire de David.

— Fermez-la, gronda Abner. Ou je vais devoir vous demander de sortir.

— Désolé, dit David.

Il se tut. Il n'avait aucune envie de sortir, il n'aurait pas su où aller.

La troisième gorgée fut la bonne et détendit un peu l'atmosphère. Miss Spence rouvrit les yeux, puis regarda autour d'elle. Lentement, avec une voix qui semblait venir du fond des âges, elle proféra :

— Oui, je viens souvent ici. Du lundi au samedi. Et vous ?

— C'est la première fois, répondit David, mais sans doute pas la dernière. Je vais avoir plus de temps pour boire, et aussi plus de raisons de le faire. Tchin-tchin.

Il leva son demi pression dans sa direction et heurta en douceur son verre au sien.

— Tchin-tchin, dit-elle à son tour. Que faites-vous donc ici, jeune homme ?

— C'est une longue histoire, qui n'est pas finie. Et vous ?

— Oh, je ne sais pas. La force de l'habitude, je suppose. Six jours sur sept depuis combien de temps, Abner ?

— Au moins vingt ans.

Apparemment, la longue histoire de David ne l'intéressait pas. Elle but une nouvelle gorgée et eut l'air d'avoir subitement envie d'un petit somme. Brusquement, David dodelinait aussi de la tête.

5.

Helen Zinc arriva à la Trust Tower à midi passé. De sa voiture, elle n'avait cessé d'appeler et de texter son mari, sans résultat. À 9 h 33, il lui avait envoyé un message lui recommandant de ne pas s'inquiéter, et à 10 h 42 il lui avait expédié son second et dernier texto : *Pa 2 blM. Ça va. T'1kiet.*

Helen se gara dans un parking, remonta la rue en hâte et pénétra dans le grand hall d'entrée de la tour. Quelques instants plus tard, elle sortait de l'ascenseur au quatre-vingt-treizième étage. Une réceptionniste la conduisit dans une petite salle de conférences, où elle attendit seule. C'était l'heure du déjeuner, mais la pause repas à l'extérieur n'était pas bien vue chez Rogan Rothberg. Le bol d'air frais accompagné d'un plat chaud ne faisait pas partie de la culture d'entreprise. Parfois, un des associés importants invitait un client à déjeuner dans un restaurant hors de prix – repas que le client finissait toujours par payer de sa poche grâce à toutes sortes d'astuces comptables –, mais la règle non écrite imposait aux avocats et autres collaborateurs de s'acheter un sandwich au distributeur. D'habitude, David avalait son petit déjeuner et son déjeuner au bureau, et il lui arrivait d'y dîner. Un jour, il s'était vanté devant Helen d'avoir facturé la même heure à trois clients différents grâce à un sandwich au thon accompagné de chips et de Coca light. Elle avait pensé qu'il plaisantait mais en doutait.

David avait dû prendre au moins quinze kilos depuis le jour de leur mariage. À l'époque, il courait le marathon et n'avait pas de problèmes de poids. Puis un régime régulier de malbouffe associé à une absence quasi totale d'exercice avait fini par les inquiéter tous les deux. Chez Rogan Rothberg, l'heure entre midi et 13 n'était qu'une autre heure de la journée.

C'était la deuxième visite d'Helen en l'espace de cinq ans. Les épouses n'étaient pas interdites de séjour, mais elles n'étaient pas bienvenues non plus. Helen n'avait aucune raison d'être là, et vu toutes les histoires horribles que David lui racontait, elle n'en avait pas non plus envie. Deux fois par an, elle accompagnait David à un abominable raout organisé par Rogan Rothberg, une sortie détestable censée favoriser la camaraderie parmi les juristes martyrs et leurs épouses négligées. Invariablement, ces mondanités dégénéraient en une beuverie monstre, accompagnée de toutes sortes de débordements aussi honteux qu'impardonnables. Prenez un groupe d'avocats surmenés, faites-le boire, et c'est gagné…

La dernière fois, à bord d'un bateau de réception ancré sur le lac Michigan, Roy Barton avait tenté de la peloter. S'il avait été moins soûl, il serait peut-être parvenu à ses fins, et il y aurait eu de sérieux problèmes. Pendant quinze jours, David et elle s'étaient disputés sur ce qu'ils devaient faire. David voulait affronter Barton puis déposer une plainte devant le comité de déontologie. Helen était contre ; cela ne pourrait que nuire à sa carrière. Personne n'avait assisté à la scène, et Barton ne se souvenait probablement de rien. Avec le temps, ils avaient cessé de parler de l'incident. Au bout de cinq ans, elle avait entendu tant d'histoires sur le compte de Roy Barton que David s'était juré de ne plus prononcer son nom.

Et soudain il se tenait devant elle ! Roy entra dans la petite salle de conférences, le visage tordu par un rictus, et lança :

— Helen, que se passe-t-il ?

— C'est drôle, j'allais vous poser la même question, riposta-t-elle.

Me Barton, comme il préférait être appelé, dirigeait son monde en commençant par aboyer pour intimider son interlocuteur. Helen n'allait pas se laisser faire.

— Où est-il ? aboya-t-il.

— C'est à vous de me le dire, Roy.

Lana, la secrétaire, Al et Frankenstein apparurent ensemble, comme s'ils avaient été cités à comparaître par le même magistrat. Le temps que Roy ferme la porte, les présentations étaient faites. Helen avait parlé plusieurs fois avec Lana au téléphone, sans jamais la rencontrer.

Roy fixa Al et Frankenstein, puis ordonna :

— Vous deux, racontez-nous exactement ce qui s'est passé.

Ils se relayèrent pour raconter le dernier trajet en ascenseur de David Zinc et, sans en rajouter, brossèrent le portrait d'un homme perturbé qui avait tout bonnement craqué. Il était pâle, il transpirait, respirait fort, et avait littéralement replongé la tête la première dans l'ascenseur, pour se retrouver par terre. Au moment précis où la porte se refermait, ils l'avaient entendu éclater de rire.

— Il allait bien quand il est parti ce matin, leur assura Helen, comme pour souligner que la crise de son mari était la faute de la firme, pas la sienne.

— Vous ! aboya Roy en direction de Lana. Vous l'avez eu en ligne ?

Lana s'était munie de ses notes. Elle lui avait parlé deux fois, puis il n'avait plus répondu au téléphone.

— La deuxième fois, ajouta-t-elle, j'ai eu la nette impression qu'il buvait. Son élocution était pâteuse, embrouillée.

Roy fusilla Helen du regard comme si elle était responsable.

— Où est-il allé ? vociféra-t-il.

— Oh, à l'endroit habituel, Roy, répondit Helen. Là où il aime se torcher quand il craque à 7 h 30 du matin.

Un lourd silence suivit sa réponse. Évidemment, Helen Zinc se sentait libre de se moquer de Barton. Ce n'était pas le cas des autres.

Baissant le ton, Me Barton lui demanda :

— Il boit ?

— Il n'a pas le temps de boire, Roy. Le soir, il rentre vers 10 ou 11 heures, prend parfois un verre de vin, puis s'endort sur le canapé.

— Il consulte un psy ?

— Pour quel motif ? Parce qu'il travaille cent heures par semaine ? Je pensais que c'était la norme, ici. Si vous voulez mon avis, c'est vous tous qui avez besoin d'un psy.

Nouveau silence. Roy se faisait remettre à sa place, c'était tout à fait inhabituel. Al et Frankenstein regardaient fixement la table, luttant pour ne pas sourire. Lana était une biche hypnotisée par des phares, sur le point de se faire écraser.

— Vous ne savez donc rien qui puisse nous aider ?

— Non, et vous non plus d'ailleurs, n'est-ce pas, Roy ?

Roy en avait jusque-là. Ses yeux s'étrécirent, ses mâchoires se raidirent, son visage s'empourpra. Toisant Helen, il déclara :

— OK, il finira bien par se pointer. Il grimpera dans un taxi et retrouvera le chemin du bercail. Il vous reviendra en rampant, puis il nous reviendra aussi en rampant. Il a droit encore à une chance, vous saisissez ? Je le veux dans mon bureau demain matin à 8 heures précises. Sobre et contrit.

Les yeux d'Helen se remplirent soudain de larmes. Elle s'essuya les joues.

— Je veux juste qu'on le retrouve, dit-elle d'une voix fêlée. Je veux savoir s'il est en sécurité. Pouvez-vous m'aider ?

— Commencez par le rechercher, dit Roy. Il y a un millier de bars dans le centre-ville de Chicago. Vous le retrouverez tôt ou tard.

Là-dessus, il sortit théâtralement de la salle, claquant la porte derrière lui. Dès qu'il eut disparu, Al s'avança et posa une main sur l'épaule d'Helen.

— Écoutez, Roy est un naze, mais il a raison sur un point, dit-il doucement. David est dans un bar quelque part, en train de picoler. Il prendra bien un taxi pour rentrer à la maison.

Frankenstein s'approcha elle aussi.

— Helen, c'est déjà arrivé. Ça arrive même régulièrement. Il ira mieux demain.

— Et puis nous avons un conseiller psy, un vrai professionnel qui s'occupe des victimes, ajouta Al.

— Une victime ? s'exclama Helen. C'est ce qu'est mon mari, une victime ?

— Oui, mais tout va s'arranger, répondit Frankenstein avec un haussement d'épaules.

Al leva à son tour les épaules.

— Il est dans un bar. J'aimerais bien être avec lui.

Chez Abner, le coup de feu avait fini par arriver. Les tables et les boxes étaient complets, et le bar surpeuplé d'employés de bureau qui avalaient des burgers arrosés d'un demi pression.

49

David s'était déplacé d'un tabouret sur sa droite, si bien qu'il était désormais côte à côte avec Miss Spence. Elle terminait son troisième Pearl Harbor. David, lui, en était au deuxième. Quand elle lui avait offert le premier, il avait d'abord refusé, alléguant qu'il n'avait aucun goût pour les cocktails tarabiscotés. Elle avait insisté, et Abner en avait préparé un aussi sec, qu'il avait posé devant David. On aurait cru un banal sirop contre la toux, alors que c'était un mélange détonant de vodka, de liqueur de melon et de jus d'ananas.

Ils avaient trouvé un terrain d'entente sur le baseball. Toute petite, Miss Spence avait accompagné son père à des matchs des Cubs, à Wrigley Field, et elle avait toujours supporté son équipe chérie. Elle détenait une carte d'abonnée depuis soixante-deux ans, un record, elle en était certaine. Miss Spence avait vu jouer les plus grands : Rogers Hornsby, Ernie Banks, Ron Santo, Billy Williams, Fergie Jenkins et Ryne Sandberg. Et elle avait énormément souffert, comme tous les fans des Cubs. Ses yeux papillotaient quand elle lui avait raconté l'histoire bien connue de la « Malédiction de la chèvre »[1]. Ses yeux s'étaient humectés quand elle avait évoqué par le menu l'automne doré de 1969[2]. Elle avait avalé une longue gorgée après avoir fait le récit de l'infâme chute de juin 1977[3]. À un moment elle laissa échapper que son défunt mari avait autrefois essayé d'acheter l'équipe mais avait trouvé plus fort que lui.

Après son deuxième Pearl Harbor, elle était complètement paf. Le troisième la mit sur le flanc. Elle ne montra plus aucune curiosité pour la situation de David. D'ailleurs, elle préférait tenir le crachoir, et David, qui fonctionnait au ralenti, était trop content de l'écouter sans rien faire. Abner s'arrêtait de

---

1. Les Cubs n'ont pas participé à une finale du championnat national de baseball depuis 1945. La raison en serait une prétendue malédiction proférée contre l'équipe par un spectateur mécontent qui était venu assister à un match en compagnie d'une chèvre et avait été expulsé du stade. *Toutes les notes sont des traducteurs.*
2. Au cours de cet automne, les Cubs avaient pris une avance qui leur aurait permis de se qualifier pour le championnat national... mais ils avaient fini par craquer sous la pression.
3. En juin 1977, les Cubs avaient été en position de se qualifier, mais avaient fini par ruiner toutes leurs chances en jouant lamentablement.

temps à autre à leur hauteur pour s'assurer qu'elle était contente.

À 12 h 15 précises, alors que le déjeuner chez Abner battait son plein, son chauffeur asiatique vint la chercher. Elle vida son verre, salua Abner sans payer la note, remercia David de sa compagnie et sortit du bar, la main gauche fourrée sous le coude de son chauffeur et la droite jouant de la canne. Sa démarche était lente, mais bien droite, fière. Elle reviendrait.

— C'était qui ? demanda David à Abner quand celui-ci revint à sa hauteur.

— Je vous expliquerai plus tard. Vous voulez déjeuner ?

— Oui. Ces burgers sont appétissants. Double fromage, avec des frites.

— C'est parti.

Le chauffeur de taxi s'appelait Bowie, et il était bavard. Au moment où ils quittaient la troisième entreprise de pompes funèbres, il ne put plus cacher sa curiosité :

— Hé, l'ami, j'ai un truc à vous demander, couina-t-il par-dessus son épaule. Pourquoi toutes ces boîtes de pompes funèbres ?

Wally avait recouvert la banquette arrière de rubriques nécrologiques, de plans de la ville et de blocs-notes jaunes.

— Allons chez Wood & Ferguson, dans la Cent-troisième Rue, près de Beverly Park, ordonna-t-il, ignorant pour le moment la question de Bowie.

Ils étaient ensemble depuis près de deux heures, et le compteur approchait les 180 dollars. Une jolie petite somme pour une course en taxi, mais de la menue monnaie dans le contexte du procès Krayoxx. D'après certains articles de presse que lui avait confiés Lyle Marino, les avocats estimaient qu'un décès impliquant ce médicament avait une valeur potentielle de 2 à 4 millions de dollars. Les avocats prendraient 40 %, et Finley & Figg devrait, bien sûr, partager ses honoraires avec le cabinet spécialisé qui conduirait le procès, Zell & Potter ou un autre. Après ce partage d'honoraires, le médicament restait tout de même un bon filon. Le plus urgent était de trouver des cas. Pendant qu'ils quadrillaient Chicago, Wally était persuadé d'être le seul avocat assez malin pour écumer les rues à la recherche d'éventuelles victimes du Krayoxx.

D'après un autre article, les dangers du médicament venaient d'être découverts. Un autre, citant une source judiciaire, affirmait que la communauté médicale et le public en général n'étaient pas encore conscients du « scandale du Krayoxx ». Wally, lui, l'était, et il se moquait bien de ce que coûtait le taxi.

— Je m'interrogeais sur toutes ces pompes funèbres, couina une nouvelle fois Bowie.

Il ne lâchait pas l'affaire.

— Il est 13 heures, annonça Wally. Vous avez déjeuné ?

— Déjeuné ? Je vous trimballe depuis deux heures. Vous m'avez vu déjeuner ?

— J'ai faim. Il y a un Taco Bell là-bas, à droite. Arrêtons-nous au drive-in.

— C'est vous qui payez, OK ?

— OK.

— J'adore Taco Bell.

Bowie commanda deux soft Tacos pour lui et un Burrito Supreme pour son passager. Comme ils faisaient la queue, Bowie insista :

— Je n'arrête pas de me demander : « Que cherche ce gars dans toutes ces pompes funèbres ? » Ce n'est pas mes oignons, mais je maraude depuis dix-huit ans et je n'ai jamais eu de client qui faisait la tournée des pompes funèbres. Je n'ai jamais eu de client avec autant d'amis décédés. Voyez ce que je veux dire ?

— Vous avez raison sur un point, répondit Wally en levant les yeux de l'abondante documentation de Lyle. Ce n'est pas vos oignons.

— OK, ça m'apprendra, hein ? Moi qui vous prenais pour un type sympa.

— Je suis avocat.

— J'étais vraiment à côté de la plaque. Je blague, vous savez, mon oncle est avocat. Un connard, cela dit.

Wally lui tendit un billet de 20 dollars. Bowie réceptionna le sac de nourriture et se chargea de la distribution. De retour sur la chaussée, il fourra un taco dans sa bouche et cessa de parler.

6.

Rochelle lisait en douce un roman à l'eau de rose quand elle entendit des bruits de pas sur la véranda. Elle fourra prestement le livre dans un tiroir et posa ses doigts sur le clavier, histoire d'avoir l'air de travailler dur quand la porte s'ouvrirait. Un homme et une femme entrèrent timidement, jetant des coups d'œil à la ronde, presque apeurés. Ce comportement n'était pas rare. Rochelle avait vu défiler un millier de couples, et presque tous arboraient des têtes sinistres et soupçonneuses en arrivant. Ça n'avait rien d'étonnant, après tout. Ils ne se seraient pas trouvés là s'ils n'avaient pas d'ennuis ; pour les trois quarts d'entre eux, c'était la première fois qu'ils mettaient les pieds chez un avocat.

— Bonjour, lança-t-elle d'un ton professionnel.
— Nous cherchons un avocat, dit l'homme.
— Un avocat spécialisé dans les divorces, corrigea la femme.

Il fut immédiatement évident pour Rochelle qu'elle le corrigeait depuis un certain temps et qu'il en avait probablement sa claque. Ils avaient pourtant la soixantaine, un âge inhabituel pour divorcer.

Rochelle déploya son plus beau sourire.

— Je vous en prie, asseyez-vous. – Elle montra du doigt deux sièges proches. – J'aurais besoin de vous poser quelques questions.

— On peut voir un avocat sans rendez-vous ? s'enquit l'homme.

— Ça ne devrait pas poser de problème, répondit Rochelle.

Ils se dirigèrent à reculons vers les chaises, s'y assirent, puis s'arrangèrent pour les écarter l'une de l'autre. Ça pourrait tourner au vinaigre, songea Rochelle. Elle sortit un questionnaire et trouva un stylo.

— Vos noms, s'il vous plaît. Noms et prénoms.
— Calvin A. Flander, dit l'homme, prenant son épouse de vitesse.
— Barbara Marie Scarbro Flander, dit la femme. Scarbro est mon nom de jeune fille, et je vais peut-être le reprendre, je n'ai pas encore décidé, mais tout le reste est réglé. Nous avons même signé un accord de répartition des biens, que j'ai trouvé en ligne. Tout est là-dedans.

Elle tendit une grosse enveloppe cachetée.
— Elle t'a juste demandé ton nom, maugréa M. Flander.
— J'ai compris.
— Elle peut reprendre son nom d'avant ? Excusez-moi, vous savez, ça fait quarante-deux ans qu'elle utilise le mien, et je n'arrête pas de lui répéter que personne ne saura qui elle est, si elle s'appelle de nouveau Scarbro.
— C'est cent fois mieux que Flander, répliqua Barbara. Flander, on dirait un nom de lieu en Europe, ou quelque chose dans le genre, vous ne trouvez pas ?

Tous deux fixaient Rochelle, qui, imperturbable, s'enquit :
— Vous avez un ou des enfants mineurs ?

Tous deux secouèrent la tête.
— Deux enfants adultes, répondit Mme Flander. Six petits-enfants.
— Elle ne t'a pas parlé des petits-enfants, dit M. Flander.
— Enfin, je lui ai bien répondu, non ?

Rochelle réussit à leur soutirer dates de naissance, adresse, numéros de Sécurité sociale et parcours professionnels, sans que le sang coule.

— Et vous êtes mariés depuis quarante-deux ans ?

Tous deux hochèrent la tête d'un air de défi.

Elle était tentée de leur demander pourquoi ils voulaient divorcer, ce qui avait dérapé. Il n'y avait vraiment rien à faire ? Cependant, elle se garda bien d'engager la conversation. C'était le boulot des avocats.

— Vous m'avez parlé d'une répartition des avoirs. J'imagine

que vous souhaitez un divorce par consentement mutuel, au motif d'incompatibilité d'humeur ?

— C'est exact, acquiesça M. Flander. Et le plus tôt sera le mieux.

— Tout est là-dedans, répéta Mme Flander, cramponnée à son enveloppe.

— Maison, véhicules, comptes bancaires, pensions de retraite, cartes de crédit, dettes, y compris mobilier et électroménager ? demanda Rochelle.

— Tout, confirma-t-il.

— Tout est là-dedans, répéta pour la troisième fois Mme Flander.

— Et vous êtes tous deux satisfaits de cet accord ?

— Que oui ! dit-il. On a fait tout le boulot, il ne nous reste plus qu'à trouver un avocat pour s'occuper des papiers et nous accompagner devant le juge. Nous ne voulons pas d'histoires.

— C'est la meilleure solution, approuva Rochelle, avec une assurance qui se voulait le fruit d'une longue expérience. Je vais vous donner un rendez-vous avec un de nos avocats pour voir les détails. Nos honoraires sont de 750 dollars pour un divorce à l'amiable, la moitié payable lors du premier entretien. L'autre moitié est à régler le jour de l'audience.

Les Flander eurent des réactions différentes. Elle ouvrit la bouche, étonnée comme si Rochelle avait demandé 10 000 dollars en liquide. Lui fronça les sourcils et plissa le front, comme si c'était exactement ce à quoi il s'attendait – une embrouille de première classe par une bande d'avocats marrons. Pas un mot ne fut prononcé, jusqu'à ce que Rochelle s'inquiète :

— Quelque chose ne va pas ?

— C'est quoi, cette histoire ? Le vieux truc de la carotte et du bâton ? Votre cabinet fait de la réclame pour un divorce à l'amiable à 399 dollars et, une fois le seuil franchi par le client, vous doublez le prix ?

La première réaction de Rochelle fut de se demander ce que Wally avait encore fabriqué. Il faisait tant de publicité, de tant de manières différentes, et dans tant d'endroits bizarres, qu'on n'arrivait pas à le suivre.

M. Flander se leva brusquement et sortit de sa poche quelque chose qu'il jeta sur le bureau de Rochelle.

— Regardez.

C'était un carton de loto de la section 178 de l'Association nationale des anciens combattants, à McKinley Park. Le bas était barré d'un bandeau jaune vif annonçant : *Finley & Figg, Avocats. Divorcer à l'amiable ? simple comme bonjour ! 399 dollars. Appelez le 773-718-JUSTICE.*

Rochelle avait été déjà surprise tant de fois qu'elle aurait dû être immunisée. Mais des cartons de loto ? Elle avait vu des clients potentiels fouiller dans leurs sacs à main, leurs mallettes ou leurs poches pour en tirer des brochures d'église, des programmes de matches de football, des billets de tombola du Rotary Club, des bons de réduction et cent autres petits spécimens de propagande dont Me Figg inondait l'agglomération de Chicago dans son incessant racolage de nouveaux clients. Et voilà qu'il avait recommencé ! Elle était vraiment surprise, il fallait le reconnaître.

Le barème des honoraires du cabinet était des plus changeants, le coût des formalités étant susceptible de varier d'une minute à l'autre en fonction du client et de sa situation. Un couple bien sapé, roulant à bord d'une voiture dernier cri, pouvait se voir demander 1 000 dollars pour un divorce par consentement mutuel par l'un des associés. Une heure plus tard, un ouvrier et sa femme hagarde pouvaient négocier avec l'autre associé la moitié de cette somme. Le gros du labeur quotidien de Rochelle consistait à aplanir les contestations et les désaccords au sujet des honoraires.

Des cartons de loto ? « Simple comme bonjour » pour 399 dollars ? Oscar allait péter un joint de culasse.

— Je vois, annonça-t-elle calmement, comme si la publicité sur des cartons de loto était une vieille tradition du cabinet. Pourriez-vous me montrer votre convention de répartition des avoirs ?

Mme Flander la lui tendit. Rochelle la parcourut rapidement, puis la lui restitua.

— Permettez-moi de m'assurer si Me Finley est là.

Elle emporta le carton de loto.

La porte d'Oscar était close, comme toujours. Le cabinet avait une stricte politique de fermeture des portes qui visait autant à protéger les avocats l'un de l'autre que des importuns qui pouvaient débarquer du dehors. De son poste d'observation, près de l'entrée, Rochelle embrassait du regard toutes les portes – celle d'Oscar, celle de Wally, la cuisine, les toilettes, le local de la photocopieuse et le petit cagibi qui servait à entreposer les archives. Elle savait aussi que les deux associés aimaient écouter derrière leur porte quand elle cuisinait un client potentiel. Wally disposait d'une sortie latérale qui lui permettait de fuir en cas de client à problèmes, mais Oscar n'avait pas cette chance. Elle était donc sûre qu'il était dans son bureau. Puisque Wally faisait la tournée des pompes funèbres, elle n'avait pas le choix.

Elle referma derrière elle et posa le carton de loto devant Me Finley.

— Vous n'allez pas le croire, déclara-t-elle.

— Qu'est-ce qu'il est encore allé faire ! s'exclama Oscar en examinant le carton. Trois cent quatre-vingt-dix-neuf dollars ?

— Exact.

— Je croyais qu'on était convenu que 500 dollars était le minimum pour un divorce à l'amiable ?

— Non, on a dit 750, puis 600, puis 1 000 et enfin 500. La semaine prochaine, je suis sûre que ça sera un autre chiffre.

— Je refuse de m'occuper d'un divorce pour 400 dollars. J'ai trente-deux ans de barreau derrière moi, et je ne m'abaisserai pas à ça. Vous m'entendez, madame Gibson ?

— Oui, et ce n'est pas la première fois.

— Figg n'a qu'à s'en occuper lui-même. C'est son affaire, son carton de loto. J'ai beaucoup à faire.

— Très bien, mais Figg est sorti, et vous n'êtes pas si occupé que ça.

— Où est-il passé ?

— Il fait une tournée funéraire, l'un de ses circuits habituels.

— Qu'est-ce qui lui a pris, cette fois ?

— Je ne sais pas encore.

— Ce matin, c'était les Tasers.

Oscar reposa le carton de loto sur son buvard et dévisagea Rochelle fixement. Il secoua la tête en maugréant.

— Quel esprit tordu peut avoir l'idée de faire de la publicité sur des cartons de loto d'une association d'anciens combattants ?

— Wally Figg, répondit Rochelle sans hésitation.
— Je vais l'étrangler.
— Je me charge de l'immobiliser.
— Déposez-moi cette merde sur son bureau. Fixez-leur un rendez-vous. Ils n'ont qu'à revenir plus tard. C'est une honte qu'on puisse s'imaginer être reçu sans rendez-vous par un avocat, même Wally Figg. Gardons un semblant de dignité, quand même...
— Oh, vous et votre semblant de dignité ! Écoutez, ils ont un petit patrimoine et presque pas de dettes, la soixantaine, les gosses sont partis. Scindez le dossier, commencez par elle, et faites tourner le compteur !

Il était 15 heures, et le calme était revenu Chez Abner. Eddie s'était volatilisé avec la cohue du déjeuner. David Zinc était seul au bar. Dans un box, quatre hommes d'âge mûr se soûlaient en dressant des plans pour une partie de pêche au gros au Mexique.

Abner lavait des verres dans un petit évier, près des tireuses à pression. Il parlait de Miss Spence.

— Son défunt mari s'appelait Angus Spence. Ça vous dit quelque chose ?

David fit non de la tête. En cet instant, rien ne lui disait rien. Il y avait de la lumière, mais plus personne à bord.

— Angus, c'était le milliardaire inconnu. Il possédait une kyrielle de gisements de potasse au Canada et en Australie. Il est mort il y a dix ans en lui laissant un bon paquet. Elle devrait être sur la liste du magazine *Forbes*, mais ils n'arrivent pas à inventorier tous ses avoirs. Le vieux était trop rusé. Elle habite un chalet au bord du lac, débarque tous les jours à 11 heures tapantes, écluse trois Pearl Harbor pour déjeuner et met les bouts à midi et quart, au moment où ça commence à se bousculer. Je parie qu'elle rentre chez elle pour cuver son vin.

— Je la trouve adorable.
— Elle a quatre-vingt-quatorze ans.
— Elle n'a pas réglé sa note.
— Elle n'a pas de note, elle me vire 1 000 dollars par mois,

en échange de quoi je lui garantis ce tabouret, trois verres et le respect de son intimité. Je ne l'ai jamais vue parler à personne jusqu'à ce jour. Vous devriez vous estimer heureux.

— Elle est folle de mon corps.

— Dans ce cas, vous savez où la trouver.

David avala une petite gorgée de Guinness. Rogan Rothberg n'était plus qu'un souvenir lointain. Pour Helen, c'était moins sûr, mais il s'en moquait. Il avait décidé de se murger en beauté et de profiter de l'instant. Le réveil serait cruel, et il serait toujours temps d'y faire face. Rien, absolument rien n'interromprait son glissement progressif vers l'oubli.

Abner posa une tasse de café devant lui.

— Je viens de le préparer, précisa-t-il.

David fit semblant de ne pas la voir et dit :

— Alors comme ça vous pratiquez l'avance sur honoraires, si j'ai bien compris ? Exactement comme les avocats. Que pourrais-je avoir en échange de 1 000 dollars par mois ?

— À la vitesse où vous éclusez, pas grand-chose. Vous avez appelé votre femme, David ?

— Écoutez, Abner, vous êtes patron de bar, pas conseiller conjugal. C'est un grand jour pour moi, un jour qui va changer ma vie pour toujours. Je suis en plein pétage de plombs ou en pleine débâcle, c'est selon. Ma vie ne sera plus jamais la même, alors laissez-moi profiter de cet instant.

— Je vous appelle un taxi quand vous voulez.

— Je ne vais nulle part.

Lors du premier entretien avec un client, Oscar mettait toujours son veston sombre et rajustait sa cravate. Il était important d'avoir de la classe ; or un avocat en costume noir était l'image du pouvoir, du savoir et de l'autorité. Oscar croyait dur comme fer que cela faisait aussi passer le message qu'il ne travaillait pas au rabais, même si c'était son habitude.

Il se pencha sur la convention de partage du patrimoine, fronçant le sourcil comme si celle-ci avait été rédigée par un demeuré. Les Flander lui faisaient face. De temps en temps, ils jetaient un regard sur le Mur de l'Ego, un pot-pourri de photos où l'on voyait un Finley souriant en train de serrer la main à des célébrités inconnues, de diplômes encadrés suggérant qu'il était un avocat surqualifié, et de quelques plaques qui étaient autant de preuves incontestables d'une reconnaissance bien méritée après des années d'exercice. Les autres murs étaient tapissés d'étagères encombrées d'ouvrages de droit imposants, preuve supplémentaire, s'il en fallait, que Finley connaissait son affaire.

— Combien vaut votre maison ? demanda-t-il sans quitter des yeux le document.

— Dans les deux cent cinquante, répondit M. Flander.

— Je pense qu'elle en vaut plus, ajouta Mme Flander.

— Ce n'est pas le bon moment pour vendre, déclara doctement Oscar, alors que c'était de notoriété publique.

Nouveau silence pendant que le sage étudiait leur œuvre.

Il reposa les papiers et, par-dessus ses lunettes de lecture achetées chez le pharmacien, sonda les yeux pleins d'espoir de Mme Flander.

— Vous gardez le lave-linge et le sèche-linge, ainsi que le four à micro-ondes, le tapis de course et la télévision à écran plat ?

— Oui, c'est ça.

— Ce qui correspond à environ 80 % du mobilier domestique, n'est-ce pas ?

— Probablement. Il y a quelque chose qui ne va pas ?

— Non, tout va bien, sauf que votre mari garde la majorité des liquidités.

— Je pense que c'est juste, dit M. Flander.

— Je n'en doute pas.

— Vous n'êtes pas d'accord ? s'enquit-elle.

Oscar haussa les épaules comme si ce n'était pas son affaire.

— C'est assez habituel. Néanmoins les liquidités sont plus importantes qu'un chargement de meubles usagés. Vous allez sans doute emménager dans un appartement, quelque chose de plus petit, et vous n'aurez pas assez de place pour tout votre vieux bric-à-brac. Lui, de son côté, a de l'argent en banque.

Elle lança un regard noir à son futur ex-mari. Oscar poursuivit le pilonnage :

— Et votre véhicule a trois ans, donc vous gardez une vieille voiture et de vieux meubles.

— C'était son idée à lui.

— Ce n'est pas vrai, nous étions d'accord.

— Tu voulais le plan épargne-retraite et la voiture la plus neuve.

— C'était ma voiture !

— Oui, tu as toujours eu la plus belle voiture.

— Ce n'est pas vrai, Barbara. Ne commence pas à exagérer comme tu le fais toujours, d'accord ?

Haussant la voix, Barbara lança :

— Et toi, ne commence pas à mentir devant l'avocat, Cal. On était d'accord pour dire la vérité sans nous bagarrer devant l'avocat. Oui ou non ?

— Oui, mais comment tu peux être assise là et affirmer que j'ai toujours eu la plus belle voiture ? Tu as oublié la Toyota Camry ?

— Mon Dieu, Cal, c'était il y a vingt ans !

— Ça compte quand même.

— Bon, oui, je m'en souviens, je me souviens aussi du jour où tu as eu un accident avec.

Rochelle entendit les éclats de voix et sourit. Elle tourna une page de son livre. CDA, qui dormait à ses pieds, bondit soudain sur ses pattes et se mit à grogner. Rochelle l'observa, puis se leva lentement et se dirigea vers la fenêtre. Elle ajusta le store pour mieux voir. À cet instant précis elle l'entendit. Un lointain hululement de sirène. Plus celui-ci s'amplifiait, plus le volume sonore du grognement de CDA augmentait.

Oscar était également à sa fenêtre, surveillant l'air de rien le carrefour au loin, dans l'espoir d'apercevoir une ambulance. C'était une habitude trop difficile à combattre, et contre laquelle il ne cherchait d'ailleurs pas à lutter. Oscar, comme Wally, et maintenant Rochelle, et peut-être aussi des milliers d'avocats de Chicago, ne pouvait réprimer une montée d'adrénaline au bruit d'une ambulance proche. Et la vision de l'une d'elles en train de dévaler la rue lui arrachait toujours un sourire.

Les Flander, eux, ne souriaient pas. Ils s'étaient tus. Tous les deux le fusillaient des yeux, se haïssant mutuellement. Quand on n'entendit plus la sirène, Oscar regagna son fauteuil.

— Écoutez, les amis, si vous devez vous battre, je ne peux pas vous représenter tous les deux.

L'un et l'autre furent tentés de se sauver. Une fois dehors, chacun pourrait suivre son chemin et trouver un meilleur avocat. Pourtant, pendant une ou deux secondes, ils restèrent indécis. Puis M. Flander cligna des yeux. Il se leva d'un bond.

— Pas de problème, Finley. Je vais me trouver un vrai avocat.

Il ouvrit la porte, la claqua derrière lui, puis passa lourdement devant Rochelle et le chien, au moment où ceux-ci reprenaient leurs places respectives. Il ouvrit à la volée la porte d'entrée, la claqua aussi et quitta allégrement Finley & Figg pour toujours.

7.

De cinq à sept, c'était l'heure de l'apéritif. Abner décida que son nouvel ami devait partir avant. Il appela un taxi, imbiba un torchon propre d'eau froide, puis se dirigea vers le bout du bar et secoua gentiment David.

— Réveille-toi, mon pote, il est presque 5 heures.

David était dans les vapes depuis une heure. Abner, comme tout bon barman, ne tenait pas à ce que sa clientèle du soir trouve un ivrogne comateux, affalé sur le bar, en train de ronfler. Il lui tapota le visage avec son torchon.

— Allez, mon grand. La fête est terminée.

David revint à lui. Sa bouche et ses yeux s'ouvrirent brusquement ; il demeura bouche bée devant Abner.

— Quoi ? quoi ? quoi ? bégaya-t-il.

— Il est presque 5 heures, faut rentrer à la maison, David. Un taxi vous attend dehors.

— Cinq heures ! s'écria David, abasourdi par cette nouvelle.

Il y avait une demi-douzaine d'autres consommateurs dans la salle, tous l'observaient avec sympathie. Demain, ce pouvait être eux. David descendit de son tabouret. Aidé d'Abner, il réussit à enfiler son pardessus et à retrouver sa mallette.

— Depuis combien de temps suis-je ici ? demanda-t-il, regardant frénétiquement autour de lui comme s'il venait de découvrir le lieu.

— Un bon bout de temps, répondit Abner en fourrant une carte de l'établissement dans une poche du pardessus. Appelez-moi demain et nous réglerons le problème de l'addition.

Bras dessus bras dessous, ils gagnèrent tant bien que mal la porte, la franchirent. Le taxi était garé le long du trottoir. Abner ouvrit la portière arrière, lutta pour installer David sur la banquette, la referma et lança « Je vous le confie » au chauffeur.

David le vit disparaître à l'intérieur du bar. Il dévisagea l'homme au volant.

— Quel est votre nom ?

Le chauffeur prononça des paroles inintelligibles. David aboya :

— Vous parlez anglais ?

— On va où, monsieur ?

— Ça, c'est vraiment une bonne question. Vous connaissez un bon bar dans le coin ?

Le chauffeur secoua la tête.

— Je ne suis pas prêt à rentrer, parce qu'elle sera à la maison et, bon... Oh, mon Dieu !

L'habitacle du taxi s'était mis à tournoyer. Un gros coup d'avertisseur retentit derrière eux. Le chauffeur se mêla à la circulation.

— Pas si vite, murmura David, les yeux fermés.

Ils roulaient à quinze kilomètres à l'heure.

— Allez vers le nord, dit-il.

— Il me faut une destination, monsieur, répondit le chauffeur en tournant dans South Dearborn Avenue.

La circulation était déjà dense et ralentie, c'était l'heure de pointe.

— Je vais être malade, geignit David, déglutissant péniblement et appréhendant d'ouvrir les yeux.

— S'il vous plaît, pas dans mon taxi.

Ils s'arrêtèrent, puis redémarrèrent pour longer deux pâtés de maisons. David réussit à se contrôler.

— Une destination, monsieur, répéta le chauffeur.

David ouvrit l'œil gauche, regarda par la vitre. À côté du taxi, un bus municipal bondé de travailleurs fatigués attendait dans l'embouteillage, polluant tout le voisinage avec ses gaz d'échappement. Sur son flanc, une publicité d'un mètre sur trente vantait les services de Finley & Figg, Avocats : *Conduite en état d'ivresse ? Contactez nos experts : 773-718 JUSTICE.* L'adresse était écrite en caractères plus petits. David ouvrit l'œil droit et entrevit un instant le visage souriant de Wally Figg. Il distingua le mot « ivresse » et se demanda si ces experts pouvaient l'aider. Avait-il déjà vu cette publicité ? Avait-il entendu parler de ces types ? Il n'en était pas sûr. Rien n'était clair, rien n'avait de sens. Soudain, le taxi se remit à tournoyer, plus vite cette fois.

— 418, Preston Avenue, lança-t-il au chauffeur avant de tourner de l'œil.

Rochelle n'était jamais pressée de partir car elle ne voulait jamais rentrer à la maison. Aussi tendue que fût l'atmosphère au bureau, elle y était beaucoup plus civilisée que dans son appartement exigu et chaotique.

Le divorce des Flander avait eu un démarrage cahotant. Grâce à l'adroite manipulation d'Oscar, il était désormais sur les rails. Mme Flander avait engagé le cabinet et versé un acompte de 750 dollars. Au final il y aurait un règlement à l'amiable, mais avant Oscar aurait carotté 2 000 dollars à la demanderesse. Oscar n'en fulminait pas moins sur le carton de loto en guettant son associé.

Wally débarqua à 17 h 30, après une journée stressante passée à rechercher des victimes du Krayoxx. Il n'avait réussi à dénicher que Chester Marino, pourtant il ne se laissait pas démonter. Il était sur un gros coup. Les clients étaient dans la nature, il leur mettrait la main dessus.

— Oscar est en ligne, dit Rochelle. Et il est de mauvais poil.

— Pourquoi donc ?

— Un de vos cartons de loto avec 399 dollars écrit dessus a refait surface.

— Malin, hein ? Mon oncle joue au loto chez les anciens combattants.

— Génial.

Elle résuma pour lui le dossier Flander.

— Vous voyez ? Ça marche ! s'exclama fièrement Wally. On va attirer du monde, madame Gibson, c'est ce que je dis toujours. Les 399 dollars, c'est l'appât, après il n'y a qu'à ferrer le poisson. Oscar sait faire ça à la perfection.

— Quid de la publicité mensongère ?

— Les trois quarts de ce qu'on fait sont de la publicité mensongère. Vous connaissez le Krayoxx ? Un médicament contre le cholestérol ?

— Peut-être. Pourquoi ?

— Ce médoc tue. Et il va nous enrichir.

— Il me semble avoir déjà entendu cette histoire. Oscar a raccroché.

Wally se dirigea tout droit vers le bureau d'Oscar et tambourina à la porte en l'ouvrant.

— Alors, j'apprends que tu adores ma publicité sur les cartons de loto ?

Debout devant sa table, épuisé, la cravate dénouée, Oscar aurait eu bien besoin d'un verre. Deux heures plus tôt, il était prêt à mordre. À présent, il n'avait qu'une envie, partir.

— Wally, je t'en prie, des cartons de loto !

— Ouais, on est le premier cabinet d'avocats de Chicago à y avoir pensé.

— Ce n'est pas la première fois qu'on est les premiers, pourtant on est toujours fauchés.

— Tout ça, c'est du passé, mon cher, déclara Wally en plongeant le bras dans sa mallette. Tu as entendu parler d'un médicament contre le cholestérol appelé le Krayoxx ?

— Ouais, ouais, ma femme en prend.

— Eh bien, Oscar, il tue.

Oscar ne put s'empêcher de sourire, puis il se reprit.

— Où as-tu pêché ça ?

Wally laissa tomber une pile de documents sur le bureau d'Oscar.

— Tiens, voilà un peu de doc sur le Krayoxx à lire chez soi. Un grand cabinet de Fort Lauderdale spécialisé dans les recours collectifs a attaqué Varrick Labs la semaine dernière, une action de groupe en justice. Il affirme que ce médicament accroît dangereusement les risques d'infarctus et d'AVC, et il a des experts pour le prouver. Varrick produit plus de merde que tous les autres grands labos pris ensemble, et il détient aussi le record des dommages et intérêts versés à des plaignants. Des milliards de dollars. Krayoxx serait leur dernier poison. Les as des recours collectifs viennent de s'en rendre compte. Ça se passe en ce moment, Oscar, et si on parvient à dénicher une douzaine de cas, alors on est riches.

— J'ai déjà entendu ça, Wally.

Quand le taxi s'arrêta, David était réveillé mais à demi conscient. Péniblement, il réussit à jeter deux billets de 20 dollars sur le siège avant et, plus péniblement encore, parvint à s'extraire du taxi. Il le regarda s'éloigner, puis vomit dans le caniveau.

Après, il se sentit beaucoup mieux.

Rochelle mettait de l'ordre sur son bureau en écoutant les associés se chamailler quand elle entendit des bruits de pas sur la véranda. Quelque chose heurta la porte, puis celle-ci s'ouvrit en grand sur un jeune homme bien habillé, titubant légèrement, avec des yeux hagards et le visage empourpré.

— Puis-je vous aider? demanda-t-elle, méfiante.

David la dévisagea sans la voir. Il parcourut l'entrée du regard, oscilla, loucha en essayant de fixer un point.

— Monsieur? insista-t-elle.

— J'adore cet endroit, lui dit-il. Vraiment, j'adore cet endroit.

— C'est trop aimable. Pourrais-je...

— Je cherche un boulot, c'est ici que je veux travailler.

Flairant des ennuis, CDA contourna le bureau de Rochelle.

— Il est craquant! s'exclama David avec un gloussement. Un chien. Comment s'appelle-t-il?

— CDA.

— Très bien, ça! Mais j'ai besoin d'un coup de main : ça veut dire quoi?

— Chasseur d'ambulances.

— J'adore, vraiment, j'adore. Il mord?

— Ne le touchez pas.

Les deux associés avaient discrètement fait surface et restaient plantés sur le seuil du bureau d'Oscar. Rochelle leur lança un coup d'œil inquiet.

— C'est ici que je veux travailler, répéta David. Il me faut un job.

— Vous êtes avocat? s'enquit Wally.

— Vous êtes Figg ou Finley?

— Moi, c'est Figg. Lui, c'est Finley. Vous êtes avocat?

— Je crois bien. Jusqu'à 8 heures ce matin j'étais un des six cents avocats qui triment chez Rogan Rothberg. Mais j'ai donné ma démission, craqué, pété les plombs, je me suis planqué dans un bar. La journée a été longue.

David s'accouda au mur pour ne pas perdre l'équilibre.

— Qu'est-ce qui vous fait penser que nous avons besoin d'un employé ? s'enquit Oscar.

— Un employé ? Je pensais plutôt intégrer votre boîte directement en tant qu'associé, répliqua David avant de se tordre de rire.

Personne d'autre ne rit. Ils ne savaient que faire – plus tard, Wally confessa qu'il avait songé à appeler la police.

Après s'être calmé, David, se retenant une nouvelle fois de tomber, répéta :

— J'adore cet endroit.

— Pourquoi êtes-vous parti de chez Rogan Rothberg ? demanda Wally.

— Oh, pour des tas de raisons ! Je détestais ce que j'y faisais, je détestais ceux avec qui je travaillais et je détestais les clients pour qui je travaillais.

— Vous ne seriez pas dépaysé chez nous, dit Rochelle.

— Nous ne cherchons personne, objecta Oscar.

— Allez, je sors de la fac de droit de Harvard. Je veux bien un temps partiel. Cinquante heures par semaine, la moitié de ce que je faisais avant. Vous pigez ? Un temps partiel ?

Il se marra encore tout seul.

— Désolé, mon gars, rétorqua Wally sur un ton définitif.

Non loin de là, un conducteur joua de l'avertisseur, un long hurlement déchirant qui ne pouvait que mal finir. Une voiture pila violemment. Un autre coup de klaxon et d'autres coups de frein. Pendant une seconde interminable, le cabinet Finley & Figg retint collectivement son souffle. La collision qui suivit fut assourdissante, un fracas hors normes ; de toute évidence, plusieurs véhicules venaient de se télescoper au carrefour de Preston Avenue, de Beech Avenue et de la 38e Rue. Oscar saisit son pardessus et Rochelle son pull. Ils suivirent Wally sur la véranda, laissant l'ivrogne se débrouiller seul.

Sur Preston Avenue, d'autres bureaux s'étaient vidés ; des avocats, leurs secrétaires et leurs techniciens juridiques se précipitaient vers le lieu du carnage afin d'offrir leur réconfort aux victimes.

Le carambolage impliquait au moins quatre véhicules, tous endommagés et dispersés. L'un d'eux reposait sur le toit, les roues tournant encore dans le vide. Des cris s'élevaient au milieu de la panique et des sirènes approchaient déjà. Wally courut vers une Ford méchamment cabossée. La portière côté passager avait été arrachée ; une adolescente essayait de s'extirper de la tôle. Elle était choquée et couverte de sang. Il la prit par le bras et l'aida à se dégager de l'épave. Rochelle conduisit la jeune fille jusqu'à un banc d'abribus proche. Wally repartit vers le massacre, en quête d'autres clients. Oscar avait déjà trouvé un témoin oculaire, quelqu'un qui pourrait aider à démêler les responsabilités et ainsi attirer d'autres clients. Finley & Figg s'y connaissaient en matière d'accident.

La mère de l'adolescente était assise sur la banquette arrière, et Wally l'aida aussi à sortir. Il l'accompagna jusqu'à l'abribus, où l'attendaient les bras secourables de Rochelle. Vince Gholston, leur rival d'en face, fit son apparition. Mais Wally l'avait repéré.

— Dégage, Gholston ! cria-t-il. Ce sont nos clientes.
— Pas question, Figg. Elles n'ont rien signé.
— Tire-toi, connard.

Une petite foule s'amassa rapidement, à mesure que les badauds se ruaient sur le lieu de l'accident. La circulation était bloquée ; beaucoup d'automobilistes descendirent de leurs voitures pour regarder. Quelqu'un cria : « Ça sent l'essence ! », ce qui déclencha un vent de panique. Une Toyota s'était retournée, et ses occupants cherchaient désespérément à se dégager. Un bonhomme corpulent donnait des coups de botte dans une vitre, sans parvenir à la casser. Des gens hurlaient, gémissaient. Les sirènes se rapprochaient. Wally tourna autour d'une Buick dont le conducteur avait l'air inconscient. Oscar distribuait des cartes de visite à la ronde.

Au milieu de cet enfer, une voix de jeune homme vociféra :
— Écartez-vous de nos clients !

Tout le monde se retourna pour voir d'où venait la voix. C'était une bien étrange vision. David Zinc se tenait devant l'abribus et agitait un gros bout de métal déchiqueté sous le nez de Vince Gholston, qui reculait, terrifié.

— Ce sont nos clients ! clamait-il.

Il avait l'air hors de lui. Aucun doute qu'il se servirait de son arme si nécessaire.

Oscar se rapprocha de Wally.

— Ce gamin a peut-être du potentiel, après tout.

Wally suivait la scène avec une vive admiration.

— Embauchons-le.

8.

Quand Helen Zinc se gara devant le 418, Preston Avenue, la première chose qu'elle remarqua ne fut pas la façade défraîchie de Finley & Figg Avocats, mais l'enseigne au néon clignotante de la maison voisine, qui annonçait des massages thaïlandais. Elle éteignit les phares, coupa le contact et resta immobile un moment pour rassembler ses esprits. Son mari était sain et sauf ; il avait bu « quelques verres », selon ce que lui avait expliqué un certain Wally Figg, le monsieur aimable qui lui avait téléphoné une heure plus tôt. M. Figg était « en compagnie de son mari », quoi que cela signifie. L'horloge numérique du tableau de bord indiquait 8:20 ; cela faisait donc douze heures qu'elle se demandait où était passé son mari et s'angoissait comme une folle pour sa sécurité. Maintenant qu'elle le savait vivant, elle avait envie de le tuer.

Elle embrassa les alentours d'un coup d'œil réprobateur, puis descendit de sa BMW et se dirigea lentement vers l'entrée. Elle avait demandé à M. Figg comment son mari s'était retrouvé loin des gratte-ciel du centre-ville, dans le quartier populaire de Preston Avenue. M. Figg avait déclaré ne pas connaître tous les détails ; ils auraient tout le loisir d'en discuter plus tard.

Elle ouvrit la porte d'entrée. Une sonnette bon marché grelotta. Un chien lui montra les dents, sans l'attaquer.

Rochelle Gibson et Oscar Finley étaient déjà partis. Assis à la table, Wally découpait des rubriques nécrologiques dans de vieux journaux en dînant d'un sachet de chips et d'un Coca light. Il se leva brusquement, s'essuya les mains sur son pantalon et lui décocha un grand sourire.

— Vous devez être Helen.

— Oui, c'est moi, répondit-elle, tressaillant quand il tendit la main.

— Wally Figg, enchanté, dit-il, la jaugeant déjà.

Un petit lot très charmant. Un mètre soixante-dix, mince, bien habillée, des cheveux courts auburn, des yeux noisette derrière une monture de marque branchée. Wally approuvait ce qu'il voyait. Il se retourna et agita un bras vers la table encombrée. Plus loin, contre le mur, il y avait un vieux canapé en cuir, et sur le canapé ronflait David Zinc, coupé du monde, de nouveau comateux. La jambe droite de son pantalon était déchirée – un souvenir de l'accident et de ses suites. Ce détail mis à part, il semblait aller bien.

Helen fit quelques pas dans sa direction.

— Vous êtes sûr qu'il est vivant ?

— Sûr et certain. Il s'est bagarré après l'accident et a déchiré son pantalon.

— Bagarré ?

— Oui, avec un type nommé Gholston, une crapule qui a son cabinet en face. Il essayait de nous voler un de nos clients après le carambolage, et votre David l'a chassé avec un bout de métal. Malheureusement, il a fait un accroc à son pantalon.

Helen, qui avait eu sa dose d'émotions pour la journée, secoua la tête.

— Vous voulez quelque chose à boire ? Un café, de l'eau, un scotch ?

— Je ne bois pas.

Wally la regarda, regarda David, la regarda de nouveau. *Drôle de couple*, pensa-t-il.

— Moi non plus, dit-il fièrement. Il y a du café frais. J'en ai préparé pour David, il en a avalé deux tasses avant de faire son petit somme.

— Je veux bien, merci.

Ils sirotèrent leur café à la table en parlant à voix basse.

— Selon ce qu'il a raconté, il a pété les plombs dans l'ascenseur ce matin, au moment d'aller travailler. Il a craqué, il est sorti de la tour et s'est réfugié dans un bar où il a passé presque toute la journée à picoler.

— C'est ce que j'avais compris. Mais comment est-il arrivé ici ?

— Rien n'est encore signé, Helen, mais je dois vous prévenir : il a juré qu'il ne reviendrait pas en arrière. Il veut travailler ici.

Helen ne put s'empêcher de balayer des yeux le grand espace ouvert et encombré. Il était difficile d'imaginer un lieu ayant l'air moins prospère.

— C'est votre chien ? demanda-t-elle.

— Je vous présente CDA. Il habite ici.

— Votre cabinet compte combien d'avocats ?

— Nous sommes deux. C'est un cabinet boutique. Je suis l'associé junior, Oscar Finley est l'associé senior.

— Et quel serait le travail de David ici ?

— Notre spécialité, c'est les dommages corporels.

— Comme tous ces types qui font de la pub à la télévision ?

— Nous n'avons pas besoin de la télé, déclara Wally d'un air suffisant.

Si seulement elle savait ! Il bossait sans arrêt sur ses scénarios. Il se disputait avec Oscar sur la question du coût. Il regardait avec envie leurs confrères inonder les ondes de publicités, selon lui presque toujours nulles. Ce qui le chagrinait le plus, c'était de penser à toutes les affaires qu'ils rataient, récupérées par des avocats moins talentueux mais disposant d'un budget télé.

David émit un gargouillement, suivi d'un ronflement rapide. Il faisait du bruit, néanmoins rien ne permettait de penser qu'il allait reprendre conscience.

— Vous croyez qu'il se souviendra de tout ça demain matin ? demanda Helen en regardant son mari de travers.

— Difficile à dire.

Wally avait bataillé dur avec l'alcool, et il ne comptait pas les matinées qu'il avait passées dans les vaps à essayer de se rappeler les événements de la veille. Il avala une petite gorgée de café.

— Écoutez, je me mêle sans doute de ce qui ne me concerne pas, mais ça lui arrive souvent ? Il dit qu'il veut travailler ici. Je préférerais savoir s'il a un problème avec la bouteille.

— Il ne boit pas, il n'a jamais bu. Peut-être de temps à autre à une soirée, mais il travaille trop pour avoir le temps de boire. Moi-même je touche rarement à l'alcool, nous n'en avons pas à la maison.

— Simple curiosité de ma part. J'ai eu mes soucis avec la boisson.

— Je suis désolée.

— Non, tout va bien. Je suis sobre depuis soixante jours.

Cette nouvelle n'avait pas de quoi rassurer Helen. Wally se battait encore avec la bouteille, et la victoire était loin. Elle était soudain lasse de la conversation, et de l'endroit.

— Je devrais le ramener à la maison.

— Je suis bien d'accord. Il peut aussi rester là, avec le chien.

— Ça lui ferait les pieds, de se réveiller demain matin sur votre canapé, toujours habillé, avec un mal de tête carabiné, l'estomac chamboulé, la bouche sèche, sans savoir où il se trouve. C'est tout ce qu'il mérite, non ?

— Sans doute, mais je préférerais ne pas avoir à nettoyer encore derrière lui.

— Il a déjà...

— Deux fois. Une fois sur la véranda, puis dans les toilettes.

— Je suis vraiment désolée.

— Ce n'est rien. Simplement il faut qu'il rentre chez lui.

— Je sais bien. Aidez-moi à le réveiller.

Une fois tiré de son sommeil, David devisa aimablement avec sa femme comme si de rien n'était. Sans l'aide de personne, il sortit du bureau, descendit le perron et marcha vers la voiture. Il lança un long au revoir et un merci sincère à Wally, et offrit même de prendre le volant. Helen refusa. Ils quittèrent Preston Avenue et se dirigèrent vers le nord.

Pendant cinq bonnes minutes, ils n'échangèrent pas une parole. Puis Helen commença d'un ton désinvolte :

— Écoute, je crois avoir compris les principaux rebondissements, pourtant certains détails ne seraient pas superflus. Dans quel bar étais-tu ?

— Chez Abner, à quelques rues du bureau.

Il était affalé sur son siège, le col de son pardessus relevé sur les oreilles.

— Tu y étais déjà allé ?

— Non, mais c'est un endroit sympa. Je t'y emmènerai un jour.

— Bien sûr. Pourquoi pas demain ? Et tu es entré Chez Abner à quelle heure ?

— Vers 7 heures et demie, 8 heures. Je suis parti en courant du bureau, j'ai dévalé la rue et j'ai trouvé Chez Abner.

— Et tu as commencé à boire ?

— Eh oui !

— Tu te rappelles ce que tu as pris ?

— Bon, voyons… – Il se tut pour mieux se concentrer. – Pour le petit déjeuner, quatre Bloody Mary, spécialité du chef. Ils sont vraiment bons. Puis je me suis tapé une assiette de beignets d'oignons et quelques demis. Miss Spence a débarqué et j'ai eu droit à deux de ses Pearl Harbor. On ne m'y reprendra pas.

— Miss Spence ?

— Ouais. C'est une habituée, même tabouret, même cocktail, jour après jour, six jours par semaine.

— Et elle t'a plu ?

— Je l'adore. Très mignonne, chaude.

— Je vois. Elle est mariée ?

— Non, veuve. Elle a quatre-vingt-quatorze ans et pèse plusieurs milliards de dollars.

— Il n'y avait pas d'autres femmes ?

— Ah non ! Juste Miss Spence. Elle est repartie vers midi et, euh, voyons, j'ai commandé un hamburger-frites pour déjeuner, puis j'ai continué à la bière, et à un moment je me suis endormi.

— Tu es tombé dans les pommes ?

— En quelque sorte.

Un silence. Elle conduisait et lui regardait devant lui.

— Comment es-tu allé du bar à ce cabinet d'avocats ?

— J'ai pris un taxi. J'ai payé le gars 40 dollars.

— Où es-tu monté dans le taxi ?

Nouveau silence.

— Je ne m'en souviens pas.

— On ne va pas aller bien loin avec ça. Et la grande question : comment as-tu trouvé Finley & Figg ?

David réfléchit en secouant la tête.

— Je n'en sais rien, avoua-t-il finalement.

Les questions se bousculaient dans la tête d'Helen... L'alcool. David avait peut-être un problème, quoi qu'elle ait raconté à Wally. Et Rogan Rothberg... allait-il y retourner ? Devait-elle mentionner l'ultimatum de Roy Barton ? Quant à Finley & Figg... Était-il vraiment sérieux ? Helen en avait gros sur le cœur, plein de choses à dire, une longue liste de griefs, mais en même temps elle ne pouvait réprimer une légère envie de rire. Elle n'avait jamais vu son mari totalement cuité. Le passage d'une tour du centre-ville à un minable cabinet d'avocats de banlieue ne tarderait pas à devenir une légende familiale. Il était sain et sauf, c'est tout ce qui comptait, dans le fond. Et il n'était probablement pas fou. Son pétage de plombs était gérable.

— J'ai une question, reprit David, les paupières de plus en plus lourdes.

— Moi, j'en ai un paquet.

— Je m'en doute, mais je n'ai pas envie d'en parler maintenant. Garde-les pour demain, quand j'aurai cuvé, d'accord ? Ce n'est pas gentil de m'enfoncer alors que je suis soûl.

— D'accord. Quelle est ta question ?

— Tes parents seraient-ils par hasard chez nous en ce moment ?

— Oui. Ils sont là depuis un moment. Ils sont très inquiets.

— Comme c'est gentil à eux ! Écoute-moi, je ne rentrerai pas à la maison si tes parents sont là. Tu comprends ? Je ne veux pas qu'ils me voient dans cet état.

— Ils t'aiment, David. Tu nous as fait peur.

— Qu'est-ce que vous avez tous à avoir peur ? Je t'ai envoyé deux textos pour te dire que j'allais bien. Tu savais que j'étais vivant. Pourquoi cette panique ?

— Ne commence pas.

— Bon, j'ai eu une sale journée. La belle affaire !

— Une sale journée ?

— Quoique, à y réfléchir, c'était une très bonne journée.

— Reparlons-en demain, d'accord ? C'est bien ce que tu m'as demandé ?

— Oui, mais je ne descendrai pas de voiture tant que tes parents ne seront pas partis. Je t'en supplie.

Ils étaient sur la voie express Stevenson, et la circulation se densifiait. Ils n'échangèrent plus un mot pendant que la BMW se traînait avec les autres véhicules. David luttait pour rester éveillé. Finalement, Helen prit son portable et appela ses parents.

9.

Environ une fois par mois, Rochelle Gibson arrivait au travail en s'attendant à pouvoir jouir de son moment de tranquillité pour trouver le bureau déjà ouvert, le café prêt, le chien nourri et un Wally Figg tout excité, occupé à concocter un nouveau plan pour traquer les victimes de préjudices corporels. Cette infraction aux habitudes l'irritait suprêmement. En plus de gâcher les rares moments paisibles de sa journée par ailleurs bruyante, cela signifiait aussi davantage de travail.

Elle avait à peine passé la porte ce matin-là que Wally la cloua sur place avec un « Bonjour, madame Gibson » admiratif, comme s'il était surpris de la voir arriver au bureau à 7 h 30 un jeudi matin.

— Bonjour, maître Figg, répondit-elle avec bien moins d'enthousiasme.

Elle faillit ajouter : « Et qu'est-ce qui vous amène de si bonne heure ? », mais tint sa langue. Elle entendrait parler assez tôt de son nouveau plan. Munie de son café, de son yaourt et de son journal, elle s'installa à son bureau et tâcha de l'ignorer.

— J'ai fait la connaissance de la femme de David hier soir, lança Wally de la table, à l'autre bout de la pièce. Très mignonne et très gentille. Elle m'a dit qu'il ne boit pas souvent, qu'il se lâche peut-être une fois de temps en temps. Trop de pression au bureau, je pense. Je sais, c'est mon histoire. Toujours la pression…

Quand Wally buvait, il n'avait nul besoin de prétextes. Il levait le coude après une dure journée, et les jours tranquilles il prenait du vin au déjeuner. Il buvait quand il était stressé et il buvait en jouant au golf. Rochelle avait déjà tout vu et tout entendu. Elle tenait aussi le compte : soixante et un jours sans boire. C'était l'histoire de la vie de Wally : il y avait toujours des comptes à tenir. Celui des jours au régime sec. Celui des jours de retrait de son permis de conduire. Celui des jours à attendre son jugement de divorce. Et, hélas, celui des jours restant à passer en désintoxication.

— À quelle heure elle est venue le chercher ?

— Après 8 heures. Il est sorti d'ici tout seul, il a même demandé s'il pouvait conduire. Elle a refusé.

— Elle était fâchée ?

— Non, plutôt cool. Soulagée, surtout. La grande question, c'est s'il se souviendra de quelque chose. Et si oui, reste à savoir s'il reviendra. Va-t-il vraiment renoncer à son job et à son salaire ? J'ai des doutes.

Rochelle aussi avait ses doutes, mais elle cherchait à couper court à leur conversation. Il n'y avait pas de place chez eux pour un diplômé de Harvard ayant travaillé dans un grand cabinet. Et, franchement, elle ne voulait pas d'un autre avocat pour lui compliquer la vie. Elle avait assez de pain sur la planche avec les deux autres.

— Pourtant, il pourrait m'être utile, poursuivit Wally, et Rochelle comprit que le dernier projet était déjà dans les tuyaux. Vous avez entendu parler d'un médicament contre le cholestérol appelé Krayoxx ?

— Vous m'avez déjà posé la question.

— Il provoque des troubles cardiaques et des AVC. La vérité commence à se faire jour. La première vague de procès est en route, il pourrait y avoir des dizaines de milliers de plaintes d'ici peu. Les spécialistes du recours collectif sont déjà sur le pont. Hier, j'ai discuté avec un important cabinet de Fort Lauderdale. Il intente une action collective et cherche de nouveaux cas.

Rochelle tourna une page comme si elle n'avait rien entendu.

— Bref, je vais passer les jours qui viennent à chercher des cas, et j'aurai sûrement besoin d'aide. Vous m'écoutez, madame Gibson ?

— Bien sûr.

— Combien de noms y a-t-il dans notre base de données clients, en cours et archivés ?

Rochelle avala une bouchée de yoghourt et prit un air exaspéré.

— Nous avons environ deux cents dossiers en cours.

Chez Finley & Figg, toutefois, un dossier « en cours » n'était pas nécessairement un dossier dont on s'occupait activement. Le plus souvent, c'était un dossier oublié que personne n'avait pris la peine de classer définitivement. D'ordinaire, Wally s'activait sur une trentaine de dossiers par semaine – divorces, testaments, successions, dommages corporels, conduite en état d'ivresse, menus litiges contractuels – et il évitait tout aussi activement de s'approcher d'une cinquantaine d'autres. Plus disposé à prendre de nouveaux clients et un tantinet mieux organisé que son associé, Oscar, lui, traitait une centaine d'affaires. Si l'on y ajoutait les inévitables dossiers égarés, cachés ou manquants, le nombre tournait toujours autour de deux cents.

— Et combien d'archivés ? demanda Wally.

Nouvelle gorgée de café, nouveau grognement.

— La dernière fois que j'ai vérifié, l'ordinateur comptabilisait trois mille dossiers classés depuis 1991. J'ignore ce qu'il y a à l'étage.

L'étage était la dernière demeure pour les vieux livres de droit, les ordinateurs obsolètes, les fournitures de bureau inutilisées et des dizaines de cartons d'archives qu'Oscar avait retirés de la circulation avant de prendre Wally pour associé.

— Trois mille, répéta Wally avec un sourire de satisfaction, comme si un nombre aussi élevé était la preuve évidente d'une longue et fructueuse carrière. Voici mon plan, madame Gibson. J'ai préparé un courrier que je vous demande de tirer sur notre papier à en-tête. Il est adressé à tous nos clients, présents et passés, en cours et archivés. Tous les noms de notre fichier clientèle.

Rochelle songea à tous les infortunés clients qui avaient quitté Finley & Figg. Aux honoraires impayés, aux lettres désagréables, aux menaces de procédure pour faute professionnelle. Elle avait même constitué un dossier spécial intitulé *Menaces*. Au fil des ans, une demi-douzaine de clients mécontents avaient été assez ulcérés pour coucher leurs sentiments sur le papier. Deux ou trois promettaient des retrouvailles et une correction. L'un parlait même d'un fusil de tireur d'élite.

Pourquoi ne pas laisser ces pauvres gens tranquilles ? Ils avaient assez souffert lors de leurs premiers démêlés avec le cabinet.

Wally se leva d'un bond et s'avança avec son brouillon de lettre. Rochelle n'eut d'autre choix que de le prendre pour le lire.

Cher…,
Gare au Krayoxx ! Il a été établi que ce médicament contre le cholestérol, fabriqué par Varrick Labs, provoque des troubles cardiaques et des accidents vasculaires. Malgré une mise sur le marché remontant à six ans, des observations scientifiques récentes viennent de révéler les effets secondaires mortels de ce produit. Si vous prenez du Krayoxx, arrêtez immédiatement !
Le cabinet Finley & Figg est aux avant-postes d'une action visant le Krayoxx. Bientôt, nous nous joindrons à un recours collectif d'ampleur nationale visant à traduire Varrick Labs en justice.
Nous avons besoin de vous ! Si vous ou une personne de votre entourage avez des antécédents avec le Krayoxx, vous avez peut-être de quoi constituer un dossier. Plus important, si vous avez connaissance d'une personne traitée au Krayoxx qui aurait eu des troubles cardiaques ou un accident vasculaire, ne manquez pas de nous contacter immédiatement. Un avocat de Finley & Figg se présentera à votre domicile dans un délai de quelques heures.
N'hésitez pas. Appelez-nous maintenant. Nous pensons que la procédure donnera lieu à un règlement négocié de grande ampleur.
Je vous prie d'agréer, cher…, mes sentiments les meilleurs
Wallis T. Figg
Avocat à la cour

— Vous avez montré ça à Oscar ? s'enquit-elle.
— Pas encore. Pas mal, hein ?
— C'est pour de vrai ?
— Vrai de vrai, madame Gibson. C'est notre plus grande occasion.
— Un nouveau jackpot ?

— Mieux qu'un jackpot.

— Et vous voulez que j'expédie trois mille lettres ?

— Exactement, vous les imprimez, je les signe, nous les mettons sous enveloppe et elles partent au courrier d'aujourd'hui.

— Ça représente plus de 1 000 dollars en affranchissement.

— Madame Gibson, le dossier Krayoxx moyen rapportera au cabinet dans les 200 000 dollars en honoraires, hypothèse basse. Ça pourrait atteindre 400 000 dollars par cas. Si nous dénichons dix cas, le calcul n'est pas difficile.

Rochelle fit le compte mentalement, et sa répugnance commença à se dissiper. Elle se prit à rêver. Avec toutes les lettres d'information et les gazettes qui transitaient par son bureau, elle avait lu un millier d'histoires de règlements colossaux. Certains avocats avaient empoché des millions de dollars en honoraires.

Elle aurait sûrement droit à une belle prime.

— D'accord, dit-elle en mettant son journal de côté.

Peu après, Oscar et Wally eurent leur deuxième prise de bec sur le Krayoxx. En arrivant vers 9 heures du matin, Oscar ne put que remarquer l'accès subit d'activité. Rochelle était scotchée à l'ordinateur. L'imprimante fonctionnait à plein régime. Wally signait des lettres. Même CDA était réveillé, aux aguets.

— C'est quoi, ce bordel ? demanda-t-il.

— La mélodie du capitalisme à l'œuvre, répondit gaiement Wally.

— Ça veut dire quoi, ça ?

— Nous défendons les droits des victimes de dommages corporels. Nous nous mettons au service de nos clients. Nous purgeons le marché de produits dangereux. Nous traînons devant les tribunaux des entreprises malfaisantes.

— Nous courons après les ambulances, ajouta Rochelle.

Oscar, l'air dégoûté, se réfugia dans son antre. Il n'avait pas eu le temps d'enlever son pardessus et de poser son parapluie que Wally était déjà devant son bureau, un muffin dans la bouche et une des lettres à la main.

— Tu dois lire ça, Oscar. C'est un coup de maître.

Oscar lut la lettre ; les rides de son front se creusèrent un peu plus à chaque paragraphe.

— Vraiment, Wally, tu vas remettre ça ? Combien d'exemplaires comptes-tu expédier ?

— Trois mille. Tout notre listing clients.

— Comment ! Tu as pensé au fric que ça va nous coûter, au temps qu'on va y perdre ? Ne recommence pas, Wally. Tu vas passer un mois à cavaler partout en hurlant Krayoxx ! Krayoxx !, à courir après des cas qui ne valent pas un clou, etc. Ce n'est pas la première fois, Wally. Fais quelque chose d'utile.

— Comme quoi ?

— Comme aller guetter les ambulances aux urgences. Je ne vais pas t'apprendre comment on trouve de bonnes affaires.

— J'en ai marre, de ces conneries, Oscar. Je veux gagner du fric. Si on jouait gros, pour changer ?

— Ma femme prend du Krayoxx depuis deux ans, elle en pense le plus grand bien.

— Tu l'as prévenue que c'est dangereux, qu'il faut arrêter ?

— Bien sûr que non.

Comme le ton montait, Rochelle se coula jusqu'au bureau d'Oscar et referma silencieusement la porte. Elle regagnait sa table quand la porte d'entrée s'ouvrit brusquement. C'était David Zinc, frais et sobre, avec un grand sourire, un costume classe, un pardessus en cachemire et deux grosses mallettes bourrées à craquer.

— Tiens, revoilà M. Harvard ! s'exclama Rochelle.

— Je suis de retour.

— Je suis surprise que vous ayez su nous retrouver.

— Ça n'a pas été facile. Où est mon bureau ?

— Eh bien, euh, voyons. Je ne suis pas sûre que nous en ayons un. Nous devrions peut-être consulter mes chefs à ce sujet.

D'un signe de tête, elle indiqua la porte d'Oscar, à travers laquelle résonnaient des éclats de voix.

— C'est eux ? demanda David.

— Oui, ils aiment bien commencer la journée par une petite dispute.

— Je vois.

— Écoutez, monsieur Harvard, vous êtes sûr de ce que vous

faites ? C'est un autre monde, ici. Vous plongez dans l'inconnu, ici, adieu la vie facile du droit des affaires, bienvenue en dernière division. Vous allez prendre des coups pour pas un rond, c'est clair.

— Le droit des affaires dans un gros cabinet, j'en ai soupé, madame Gibson, et plutôt sauter dans l'inconnu que faire machine arrière. Donnez-moi juste une petite place pour poser mes affaires, je me débrouillerai.

La porte s'ouvrit ; Wally et Oscar apparurent. Ils se figèrent en voyant David planté devant Rochelle. Wally sourit.

— Tiens, bonjour, David. Tu as l'air en forme.

— Merci, j'aimerais vous présenter mes excuses pour mon irruption d'hier. – Il leur adressa un signe de tête à tous trois en parlant. – Vous m'avez accueilli à la fin d'un épisode assez inhabituel pour moi, qui était pourtant l'un des moments les plus importants de ma vie. J'ai démissionné de mon job précédent, je suis prêt à me mettre au boulot.

— Quel genre de travail as-tu à l'esprit ? s'enquit Oscar.

David haussa les épaules, comme s'il n'en avait aucune idée.

— Depuis cinq ans je rame dans la soute de la souscription d'obligations, avec un accent particulier sur les *spreads* du marché des produits dérivés de deuxième et troisième niveau, essentiellement pour des multinationales étrangères qui préfèrent éviter de payer des impôts où que ce soit dans le monde. Si vous ne comprenez pas ce que je viens de vous expliquer, ne vous inquiétez pas, vous n'êtes pas seuls. Concrètement, c'est une équipe de connards qui passent quinze heures par jour dans une salle sans fenêtres à pondre de la paperasse, toujours plus de paperasse. Je n'ai jamais mis les pieds dans un tribunal. Je n'ai jamais croisé un juge revêtu de sa robe ni tendu une main secourable à quelqu'un ayant besoin d'un véritable avocat. Pour répondre à votre question, maître Finley, je suis entièrement à votre disposition. Considérez-moi comme un novice frais émoulu de la fac de droit qui ne sait pas distinguer son cul d'un trou dans le sol. Mais je suis rapide à la détente.

Ils auraient dû ensuite parler de sa rémunération, mais les associés n'aimaient pas parler argent devant Rochelle. Dans son esprit, toute nouvelle recrue, avocat ou autre, devait forcément être moins payée qu'elle.

— Il y a bien un peu de place en haut, proposa Wally.
— Je prends.
— C'est un débarras, objecta Oscar.
— Je prends, répéta David en saisissant ses deux mallettes, prêt à y aller.
— Je n'ai pas mis les pieds là-haut depuis des années, avertit Rochelle en roulant des yeux, visiblement inquiète de cette soudaine expansion du cabinet.

Une petite porte à côté de la cuisine donnait sur un escalier. David suivit Wally, Oscar fermant la marche. Wally était ravi d'avoir quelqu'un pour l'aider à gratter de nouvelles affaires Krayoxx. Oscar pensait uniquement au salaire, et à ce que cela lui coûterait en retenues à la source, cotisations d'assurance-chômage et, Dieu les en garde, mutuelle de santé. Finley & Figg n'offrait pas grand-chose en guise d'avantages – pas de compte d'épargne retraite, pas de régime de retraite personnel, pas de retraite en général, et certainement pas d'assurance santé. Rochelle rouspétait depuis des années parce qu'elle était forcée de cotiser pour son propre compte, comme les deux associés. Et si David exigeait une mutuelle ?

Dans l'escalier, Oscar sentit le fardeau des frais généraux peser de plus en plus lourd sur ses épaules. Plus de charges, moins de recettes. Sa retraite lui parut encore plus lointaine.

Le débarras était exactement ça : un dépotoir obscur et poussiéreux rempli de toiles d'araignées, de vieux meubles et cartons d'archives.

— Ça me plaît, déclara David quand Wally alluma.
Il doit être dingue, pensa Oscar.

Il y avait une petite table et deux chaises. Et aussi deux fenêtres. David vit seulement le potentiel du lieu. Le soleil serait une belle nouveauté dans son existence. Et quand il ferait nuit, il serait à la maison, occupé à procréer.

Oscar arracha une grande toile d'araignée.

— Écoute, David, on peut te proposer un petit salaire, mais il faudra générer tes propres honoraires. Ce ne sera pas facile, du moins au départ.

Au départ ? Oscar se battait pour générer ses maigres honoraires depuis plus de trente ans.

— Combien ? demanda David.

Oscar fixa Wally, qui fixa le mur. Le duo n'avait jamais recruté d'associé et n'avait jamais réfléchi à la question. David les avait pris par surprise.

En tant qu'associé senior, Oscar se sentit obligé de prendre l'initiative.

— Pour commencer, on peut te donner 1 000 dollars mensuels, et la moitié de ce que tu apporteras. Au bout de six mois, on fera le point.

Wally monta prestement au créneau :

— Ce sera dur au début, la concurrence ne manque pas dans les rues.

— On peut te repasser quelques dossiers, ajouta Oscar.

— On te confiera une partie du litige Krayoxx, promit Wally, comme s'ils engrangeaient déjà d'énormes honoraires.

— Le litige quoi ? demanda David.

— Peu importe, rétorqua Oscar avec un froncement de sourcils.

— Écoutez, les gars, déclara David avec le sourire, bien plus à l'aise qu'eux. Je viens de passer cinq ans à toucher un très bon salaire. J'ai pas mal dépensé, mais il y en a une bonne part à la banque. Ne vous inquiétez pas pour moi. Marché conclu.

Sur ces mots, il tendit la main et serra d'abord celle d'Oscar, puis celle de Wally.

10.

David fit le ménage dans l'heure qui suivit. Il dépoussiéra la table et les sièges. Il trouva un vieil aspirateur dans la cuisine et le passa sur le plancher. Il remplit trois sacs-poubelles, qu'il déposa sur la petite véranda de derrière. Il s'arrêtait de temps à autre pour admirer les fenêtres et le soleil, ce qu'il n'aurait jamais osé faire chez Rogan Rothberg. Certes, par temps clair, la vue sur le lac Michigan y était enchanteresse, mais au cours de sa première année il avait appris que le temps perdu à contempler le paysage depuis la Trust Tower n'était pas facturable. Les jeunes collaborateurs étaient installés dans des boxes proches du bunker, où ils bossaient vingt-quatre heures sur vingt-quatre et, à la longue, oubliaient ce qu'étaient l'éclat du soleil et la rêverie. Désormais, David ne supporterait plus d'être loin des fenêtres. Le panorama, il fallait le reconnaître, n'était pas aussi enchanteur. En bas, il apercevait le salon de massage et, plus loin, le carrefour de Preston Avenue, de Beech Avenue et de la Trente-huitième, là même où il avait fait fuir ce fumier de Gholston en brandissant un bout de métal. Après le carrefour s'étendait un autre pâté de maisons rénovées.

La vue n'était donc pas terrible, pourtant David était content. Elle représentait un important changement dans sa vie, un nouveau défi. Elle symbolisait la liberté.

Wally entrait toutes les dix minutes pour voir si tout se passait bien. De toute évidence, il avait une idée derrière la tête.

— David, je dois me rendre au tribunal pour une audience de divorce. Comme vous n'y avez jamais mis les pieds, je pensais que ça vous intéresserait peut-être de me suivre. Je vous présenterai au juge.

Le ménage était devenu lassant.

— D'accord, répondit David.

Au moment où ils sortaient par la porte de derrière, Wally lança :

— Le 4 × 4 Audi, c'est à vous ?

— Oui.

— Ça ne vous ennuie pas de conduire ? Je ferai la conversation.

— Bien sûr.

Comme ils prenaient Preston Avenue, Wally expliqua :

— La vérité, c'est que j'ai été contrôlé positif à l'alcootest il y a un an et qu'on m'a retiré mon permis. Voilà, c'est avoué. Je préfère être honnête.

— Pas de problème. Vous m'avez vu bien torché.

— Ça, vous pouvez le dire ! Mais votre adorable femme m'a assuré que vous n'étiez pas un buveur. Moi, en revanche, j'ai des antécédents. Je suis sobre depuis soixante et un jours maintenant. Chaque journée est un défi. Je suis aux Alcooliques Anonymes et j'ai fait plusieurs cures de désintoxication. Que voulez-vous savoir d'autre ?

— Je ne vous ai rien demandé.

— Oscar, lui, prend quelques verres bien tassés tous les soirs, et, croyez-moi, avec sa femme, il en a bien besoin. Mais il contrôle la situation. Il y a des gens qui ont cette chance, vous savez, ils peuvent s'arrêter après deux ou trois verres. Ils peuvent ne pas boire pendant plusieurs jours, voire des semaines, sans la moindre difficulté. D'autres sont incapables de s'arrêter avant d'être complètement torchés, un peu comme vous hier.

— Merci, Wally. Où allons-nous, à propos ?

— Au Daley Center, dans le centre-ville, 50, West Washington. Moi, je m'en sors temporairement. Je me suis déjà sevré quatre ou cinq fois, vous savez ?

— Comment le saurais-je ?

— Quoi qu'il en soit, assez parlé de l'alcool.

— C'est quoi, le problème avec la femme d'Oscar ?

Wally émit un sifflement, puis regarda un moment par la vitre de la portière.

— C'est une sacrée garce, mon pote. Elle a grandi dans les beaux quartiers, son père mettait un costume pour aller au bureau, pas un uniforme, elle a été élevée dans la croyance qu'elle était supérieure aux autres. Une vraie pimbêche. Elle s'est plantée en épousant Oscar parce qu'il était avocat. Les avocats sont censés gagner beaucoup, sauf que ce n'est pas toujours le cas. Et Oscar n'a jamais gagné assez pour la satisfaire, alors elle le harcèle constamment, parce qu'elle en veut toujours plus. Je déteste cette bonne femme. Vous n'aurez jamais l'occasion de la rencontrer vu qu'elle refuse de mettre les pieds à la boutique, ce qui me convient tout à fait.

— Pourquoi il ne divorce pas ?

— C'est ce que je lui répète depuis des années. Moi, je n'ai pas de problème avec le divorce. J'en suis à mon quatrième.

— Quatre divorces ?

— Ouais, et chaque fois ça valait le coup. Vous savez ce qu'on dit : la raison pour laquelle divorcer coûte si cher, c'est parce que ça le vaut bien.

Wally rit tout seul de sa blague éventée.

— Et en ce moment, vous êtes marié ? s'enquit David avec une certaine prudence.

— Dieu merci, non, je suis à nouveau en maraude, déclara Wally d'un air suffisant, comme si aucune femme n'était en sécurité.

David ne pouvait imaginer d'individu moins séduisant draguer dans les bars ou dans les soirées. En moins d'un quart d'heure, il avait donc appris que Wally était un alcoolique en sevrage, avec quatre ex-femmes, plusieurs cures de désintoxication et au moins une conduite en état d'ivresse à son actif. Il décida de ne plus poser de questions.

Pendant qu'il petit-déjeunait avec Helen, David avait fouiné un peu sur Internet et avait appris que 1) dix ans plus tôt, Finley & Figg avait réglé à l'amiable une plainte pour harcèlement sexuel déposée par une ancienne secrétaire ; 2) Oscar avait reçu un blâme du barreau pour avoir facturé des honoraires injustifiés dans le cadre d'une procédure de divorce ; 3) Wally avait reçu à deux reprises un blâme du barreau pour « sollicitation abusive » de victimes d'accidents de voiture, l'un des deux cas étant apparemment une sale affaire au cours de laquelle, déguisé en employé d'hôpital, il avait fait irruption dans la chambre d'un adolescent blessé qui était décédé une heure plus tard ; 4) au moins quatre anciens clients avaient poursuivi le cabinet pour faute lourde, mais il n'était pas sûr qu'ils avaient obtenu des dommages-intérêts ; et 5) le cabinet était mentionné dans un article cinglant d'un professeur de déontologie légale dénonçant les méthodes publicitaires des avocats. Tout ça pendant le petit déjeuner.

Helen avait été choquée, mais David, soutenant que ces agissements n'étaient en rien comparables aux crimes qu'on avait l'habitude de couvrir quotidiennement chez Rogan Rothberg, avait défendu une ligne dure et cynique. Il lui avait suffi d'évoquer l'affaire de la rivière Strick pour avoir le dernier mot. La rivière Strick, dans le Wisconsin, avait été entièrement polluée par une affreuse société chimique représentée par Rogan Rothberg ; après des décennies de litige brutal et de savantes arguties juridiques, les déversements continuaient.

Wally fouilla dans sa mallette.

La skyline de Chicago se profila devant eux, et David contempla les grandes et majestueuses tours qui se serraient dans le centre. La Trust Tower se trouvait au milieu.

— Je pourrais encore travailler là, murmura-t-il, comme pour lui-même.

Wally leva les yeux, vit l'horizon et comprit à quoi pensait David.

— Où ? s'enquit-il.

— La Trust Tower.

— J'ai passé un été dans la Sears Tower, comme stagiaire, après ma deuxième année de fac. Chez Martin & Wheeler. Je pensais que c'était ce que je voulais.

— Qu'est-ce qui s'est passé ?

— J'ai échoué à l'examen du barreau.

David ajouta cette information à la liste de plus en plus longue des points noirs.

— Ça ne va pas vous manquer, hein ? demanda Wally.

— Oh, non ! Rien que de voir la tour, j'ai des sueurs froides. Je refuse de m'approcher davantage.

— Tournez à gauche dans Washington. On est presque arrivé.

Une fois à l'intérieur du centre Richard J. Daley, ils franchirent des portillons de sécurité et prirent l'ascenseur jusqu'au seizième étage. Les lieux grouillaient de plaignants, d'avocats, d'employés et de flics, qui circulaient ou se regroupaient en des apartés on ne peut plus sérieux. La présence de la justice était palpable, et tous paraissaient la redouter.

David ne savait pas où il allait ni ce qu'il faisait, aussi ne lâcha-t-il pas d'une semelle Wally, qui semblait comme un poisson dans l'eau. David portait sa mallette, qui ne contenait qu'un bloc-notes. Ils longèrent salle d'audience après salle d'audience.

— Tu n'as vraiment jamais vu l'intérieur d'une salle d'audience ? demanda Wally pendant qu'ils accéléraient le pas, leurs chaussures cliquetant sur les dalles de marbre usé.

— Pas depuis la fac.

— Incroyable. Mais qu'est-ce que tu as fait ces dernières années ?

— Mieux vaut ne pas en parler.

— Je veux bien te croire. Nous y voici, dit-il soudain en montrant du doigt la lourde double porte d'une salle d'audience.

Sur un panneau, on pouvait lire : *Tribunal du district du comté de Cook – Division des divorces, honorable juge Charles Bradbury.*

— Qui est Bradbury ? s'enquit David.

— Tu vas faire sa connaissance.

Ils entrèrent. Quelques spectateurs étaient clairsemés sur les rangées de bancs. Les avocats étaient assis devant, à se morfondre. Le box des témoins était vide ; aucun procès n'était en cours. Le juge Bradbury lisait un document en prenant son temps. David et Wally s'installèrent au deuxième rang. Wally inspecta la salle, repéra sa cliente, sourit et inclina la tête.

Il chuchota à David :

— Ça s'appelle une audience de procédure, par opposition à une audience de plaidoirie. En général, on peut faire adopter des conclusions, approuver des points de procédure, ce genre de truc. La dame là-bas avec la robe jaune courte est notre chère cliente, DeeAnna Nuxhall. Elle croit qu'elle va obtenir un nouveau divorce.

— Un nouveau ? releva David en jetant un regard à DeeAnna, qui lui répondit par un clin d'œil.

Une blonde décolorée avec une énorme poitrine et des jambes tout en longueur.

— Je lui en ai déjà décroché un. Ce sera mon deuxième pour elle. Elle a un interdit bancaire, je crois.

— On dirait une effeuilleuse.

— De sa part, rien ne me surprendrait.

Le juge Bradbury signa quelques papiers. Des avocats s'approchèrent de l'estrade pour conférer avec lui, obtinrent ce qu'ils voulaient et s'éclipsèrent. Un quart d'heure s'écoula. Wally commençait à s'agiter.

— Maître Figg, énonça le juge.

Wally et David franchirent la barre, dépassèrent les tables et s'approchèrent à leur tour de l'estrade, assez basse pour permettre aux avocats de voir les choses presque du même œil que le juge. Bradbury écarta le microphone pour pouvoir parler sans être entendu.

— Comment ça va ? lança-t-il.

— Permettez-moi de vous présenter notre nouvel associé, votre Honneur, annonça fièrement Wally. Voici David Zinc.

David tendit le bras et serra la main du juge, qui l'accueillit chaleureusement :

— Bienvenue dans ma salle d'audience.

— David travaillait pour un important cabinet du centre-ville. Il a eu envie de voir de près le contentieux au quotidien, expliqua Wally.

— Ce n'est pas avec Figg que vous allez apprendre grand-chose, dit Bradbury avec un gloussement.

— Il sort de Harvard, ajouta Wally, encore plus fier.

— Que faites-vous donc ici ? s'enquit le juge, tout ce qu'il y a de plus sérieux.

— J'en avais jusque-là, répondit David.

Wally tendit des papiers.

— Nous avons un léger problème, votre Honneur. Ma cliente est la charmante DeeAnna Nuxhall, quatrième rang à gauche, avec la robe jaune.

Bradbury l'observa discrètement par-dessus ses lunettes de lecture.

— J'ai l'impression de l'avoir déjà vue.

— En effet, elle était là l'année dernière, deuxième ou troisième divorce.

— Même robe, si je me rappelle bien.

— C'est bien le cas. Même robe, mais les nichons ont été refaits.

— Vous les avez touchés ?

— Pas encore.

David se sentit mal à l'aise. Le juge et l'avocat discutaient du physique de la cliente en salle d'audience, même si personne ne pouvait entendre.

— Quel est le problème ? demanda Bradbury.

— Je n'ai pas été réglé. Elle me doit 300 dollars, pas moyen de la faire payer.

— Vous avez tenté de la traire ?

— Elle est bien bonne... Elle refuse de me payer, votre Honneur.

— Il faut que je voie cela de plus près.

Wally se retourna et fit signe à Mme Nuxhall de les rejoindre au pied de l'estrade. Elle se leva et s'extirpa d'entre les bancs en se déhanchant, puis s'avança vers la barre. Les avocats se turent. Les deux huissiers se réveillèrent. Les autres spectateurs restèrent bouche bée. Quand elle marchait, sa robe était encore plus courte, et elle portait des talons aiguilles à semelles compensées à faire rougir une putain. David se recula le plus loin possible quand elle approcha de l'estrade.

Le juge Bradbury feignit de ne pas la reconnaître, trop absorbé par le contenu de son dossier familial.

— Simple divorce par consentement mutuel, c'est bien ça, maître Figg ?

— C'est exact, votre Honneur, répliqua Wally.

— Tout est en ordre ?

— Oui, sauf le petit problème de mes honoraires.

— Je vois ça, dit Bradbury avec un froncement de sourcil. Un solde de 300 dollars, c'est ça ?

— C'est exact, votre Honneur.

Bradbury regarda par-dessus ses lunettes de lecture, lorgna d'abord la poitrine de la blonde, puis la fixa droit dans les yeux.

— Êtes-vous disposée à régler les honoraires de Me Figg, madame Nuxhall ?

— Oui, votre Honneur, répondit-elle d'une petite voix aiguë. Mais seulement la semaine prochaine. Voyez-vous, je me marie samedi prochain et je suis un peu à sec, là.

Les yeux papillonnant de sa poitrine à son visage, le juge déclara :

— Madame Nuxhall, je sais d'expérience que, dans les affaires de divorce, on ne règle jamais les honoraires une fois le jugement rendu. Je tiens à ce que mes avocats soient réglés avant de signer les ordonnances. Quel est le montant total de vos honoraires, maître Figg ?

— Six cents dollars. Mme Nuxhall m'a versé une avance correspondant à la moitié.

— Six cents dollars ? s'exclama Bradbury, faisant mine de s'étonner. Ce sont des honoraires très raisonnables, madame Nuxhall. Pourquoi n'avez-vous donc pas payé votre avocat ?

Les yeux de la jeune femme s'embuèrent.

Les avocats et le public ne pouvaient pas entendre le détail de la conversation, mais ils ne quittaient pas DeeAnna des yeux, surtout ses jambes et ses escarpins. David recula encore, outré d'être témoin d'une extorsion de fonds en pleine audience.

Bradbury porta le coup de grâce. Il éleva légèrement la voix.

— Je ne prononcerai pas ce divorce aujourd'hui, madame Nuxhall. Commencez par payer votre avocat, et je signerai les papiers. Vous m'avez compris ?

S'essuyant les joues, elle l'implora :

— Je vous en supplie.

— Désolé, mais je ne plaisante pas avec la discipline. J'insiste pour que toutes les obligations soient remplies – pension alimentaire, entretien des enfants, honoraires de justice. Ce ne sont que 300 dollars. Empruntez-les à un ami.

— J'ai essayé, votre Honneur, mais…

— Je vous en prie. J'entends ça tout le temps. Vous êtes excusée.

Elle se retourna et se dirigea vers la sortie, le juge se rinçant l'œil à chaque pas. Wally non plus n'en perdait pas une miette. Il secouait la tête, émerveillé, comme prêt à sauter sur sa cliente. Quand elle disparut, l'assistance reprit son souffle. Le juge Bradbury avala une gorgée d'eau.

— Autre chose ?

— Juste une, votre Honneur. Joannie Brenner. Procédure à l'amiable, partage des biens, pas d'enfants, et mes honoraires ont été entièrement réglés.

— Amenez-la-moi.

— Je ne suis pas sûr d'être fait pour les divorces, avoua David.

Ils se traînaient dans la circulation de midi, laissant le Dayley Center derrière eux.

— Génial, tu n'as assisté qu'à une seule audience, pendant moins d'une heure, et tu tries déjà ta clientèle ! répliqua Wally.

— C'est normal qu'un juge fasse ce qu'a fait Bradbury ?

— Quoi donc ? Protéger ses avocats ? Non, la plupart des juges ne savent plus ce que ça signifie être dans les tranchées. Dès qu'ils enfilent leur robe noire, ils perdent la mémoire. Bradbury, lui, est différent. Il n'oublie jamais que nous représentons une bande de sacrés casse-couilles.

— Qu'est-ce qui va se passer ? DeeAnna va obtenir son divorce ?

— Cet après-midi elle apportera l'argent au cabinet, et vendredi le juge prononcera son divorce. Elle se mariera samedi, comme prévu. Et dans six mois environ, elle reviendra me voir pour un nouveau divorce.

— Je maintiens que je ne suis pas fait pour les divorces.

— C'est sûr, ça craint ! Quatre-vingt-dix pour cent de notre activité craint. On gratte les affaires à deux balles pour payer le loyer tout en rêvant de décrocher la timbale. Mais hier soir, David, je ne rêvais pas, et je vais t'expliquer pourquoi. Tu as entendu parler d'un médicament appelé Krayoxx, un médicament contre le cholestérol ?

— Non.

— Eh bien, ça ne va pas tarder. Le Krayoxx est en train de tuer un paquet de gens, c'est la prochaine action collective qui va faire du bruit, et nous allons en faire partie. Où vas-tu ?

— Je dois faire une course, il y en a pour deux minutes. Puisqu'on est en ville, j'en profite.

Un instant plus tard, David se garait en double file devant Chez Abner.

— Vous connaissez cet endroit ? demanda-t-il.

— Tu parles ! Il y a peu de bars que je ne connaisse pas, David. Mais ça fait un bail.

— C'est là où j'ai passé la journée d'hier, et il faut que je paie la note.

— Pourquoi tu ne l'as pas payée hier ?

— Parce que je ne trouvais plus mes poches, vous vous rappelez ?

— Je t'attends dans la voiture, dit Wally avant de jeter un long regard de convoitise à la porte de Chez Abner.

Miss Spence trônait à sa place, les yeux vitreux, les joues rouges, perdue dans un autre monde. Abner s'affairait derrière le bar, préparant des cocktails, servant des demis, faisant glisser des plats sur le comptoir. David le coinça près de la caisse.

— Hé ! je suis revenu.

Abner sourit.

— Alors vous êtes toujours vivant, après tout.

— Oui. Je sors du tribunal. Vous avez mon addition quelque part ?

Abner farfouilla dans un tiroir et en sortit un ticket de caisse.

— Va pour 130 dollars.

— C'est tout ?

David tendit deux billets de 100 dollars.

— Gardez la monnaie.

— Votre pépée est là, dit Abner avec un signe de tête en direction de Miss Spence, dont les yeux étaient momentanément clos.

— Elle est moins mignonne aujourd'hui, remarqua David.

— J'ai un ami dans la finance qui était là hier soir, selon lui elle pèse 8 milliards de dollars.

— Tout compte fait...

— Je crois que vous lui plaisez, mais vous devriez faire vite.

— Je devrais surtout la laisser tranquille. Merci de m'avoir rendu service.

— Pas de problème. Revenez me voir un de ces jours.

Voilà qui ne risque pas de se produire, pensa David en échangeant une rapide poignée de main avec Abner.

11.

Wally avait beau ne plus avoir son permis, c'était néanmoins un habile navigateur. Quelque part près de l'aéroport Midway, il guida David à travers un dédale de petites rues, trouva la sortie de deux impasses impossibles, insista pour que son compagnon remonte deux pâtés de maisons à contresens, tout cela sur fond de monologue non-stop incluant plusieurs fois l'antienne « Je connais cette ville comme ma poche ». Ils se garèrent face à une maison déglinguée d'un étage dont les vitres étaient recouvertes de papier d'aluminium, avec un barbecue sur la véranda. Un gros matou roux montait la garde devant la porte.

— Et qui habite ici ? s'informa David, embrassant du regard le quartier délabré.

Sur le trottoir d'en face, deux adolescents louches avaient l'air fascinés par son Audi rutilante.

— Ici réside une dame charmante du nom d'Iris Klopeck, veuve de Percy Klopeck, qui est mort il y a environ dix-huit mois à l'âge de quarante-huit ans. Mort dans son sommeil. Très triste. Ils étaient venus me voir un jour pour leur divorce, puis ils ont changé d'avis. Autant que je me souvienne, il était plutôt obèse, mais loin d'être aussi énorme qu'elle.

Les deux avocats discutaient dans la voiture, comme s'ils ne voulaient pas en descendre. Seuls une paire d'agents du FBI en costume noir dans une berline noire auraient pu être plus voyants.

— Alors pourquoi sommes-nous là ? demanda David.

— Le Krayoxx, te dis-je, le Krayoxx. J'aimerais parler à Iris pour savoir si par hasard Percy ne prenait pas ce médicament au moment du décès. Si tel était le cas, et hop ! nous aurions une nouvelle victime du Krayoxx, d'une valeur comprise entre 2 et 4 millions de dollars. D'autres questions ?

Oh, des dizaines ! David eut le vertige en comprenant qu'ils allaient interroger Mme Klopeck sur son défunt mari.

— Elle nous attend ? s'enquit-il.

— Moi, je ne l'ai pas appelée. Et toi ?

— Non plus.

D'un coup sec, Wally ouvrit la portière et sortit. David l'imita à contrecœur et réussit à faire les gros yeux aux ados en admiration devant sa voiture. Le matou roux refusa de quitter son paillasson. La sonnette était inaudible de l'extérieur ; Wally frappa à la porte, de plus en plus fort, tandis que David surveillait nerveusement la rue. Finalement, un bruit de chaîne se fit entendre, et la porte s'entrebâilla.

— C'est qui ? demanda une femme.

— Maître Wally Figg, je cherche Mme Iris Klopeck.

Derrière la double porte vitrée apparut Iris. Aussi grosse que l'avait annoncé Wally, elle portait ce qui semblait être un drap de lit beige avec des trous pour la tête et les bras.

— Vous êtes qui ?

— Wally Figg, Iris. Je vous ai rencontrée avec Percy quand vous songiez à divorcer. Il y a trois ans, je pense. Vous êtes venus à mon cabinet, sur Preston Avenue.

— Percy est mort.

— Oui, je sais. Mes condoléances. C'est la raison de ma visite. J'aimerais vous poser quelques questions au sujet de son décès. Je suis curieux de savoir quels médicaments il prenait.

— Qu'est-ce que ça peut vous faire ?

— Il y a pas mal d'actions en justice concernant les médicaments contre le cholestérol, les antalgiques et les antidépresseurs. Certains de ces produits ont tué des milliers de personnes. Il y a beaucoup d'argent à la clé.

Un silence : elle les dévisageait.

— La maison est un dépotoir, prévint-elle.

Sans blague, pensa David. Ils la suivirent à l'intérieur, se retrouvèrent dans une petite cuisine malpropre et s'assirent autour de la table. Elle bricola du café en poudre dans trois mugs dépareillés à la gloire des Bears, puis s'installa face à eux. David était assis sur une chaise en bois branlante qui semblait sur le point de s'écrouler. Celle d'Iris paraissait être du même acabit. Le déplacement jusqu'à la porte, puis le retour à la cuisine suivi de la préparation du café avaient essoufflé Mme Klopeck. Son front spongieux était couvert de sueur.

Wally trouva enfin l'occasion de lui présenter David.

— David sort de Harvard et vient de rejoindre notre cabinet.

Elle ne lui tendit pas la main, M. Harvard non plus. Elle se moquait éperdument de savoir quelle fac de droit avaient pu fréquenter David, Wally ou n'importe qui d'autre. Sa respiration était bruyante comme une soufflerie. La pièce empestait le pipi de chat rance et le tabac froid.

Wally renouvela ses fausses condoléances pour la mort de ce cher Percy, puis entra dans le vif du sujet.

— Le principal médicament qui m'intéresse est le Krayoxx. Il s'agit d'un médicament destiné à combattre le cholestérol. Percy en prenait-il avant sa mort ?

Sans hésitation, elle répondit :

— Oui, et depuis des années. Moi aussi d'ailleurs, mais j'ai arrêté.

Wally fut à la fois électrisé par la nouvelle que Percy prenait le traitement et déçu qu'Iris l'eût interrompu.

— Il y a un problème avec le Krayoxx ? s'enquit-elle.

— Oh oui ! et un gros, répliqua Wally en se frottant les mains.

Il se lança dans ce qui devint un réquisitoire fluide et irrésistible contre le Krayoxx et Varrick Labs. Il grappilla des faits et des chiffres dans les recherches préliminaires mises en avant par les spécialistes des actions collectives. Il cita des passages entiers de la plainte partiale déposée à Fort Lauderdale. Il plaida de manière convaincante que c'était une question de temps, et qu'Iris devait confier immédiatement ses intérêts à Finley & Figg.

— Combien ça va me coûter ? demanda-t-elle.

— Pas un sou. Nous avançons les frais de justice et prenons 40 % des sommes accordées par le jury.

Le café avait un goût d'eau saumâtre. Après y avoir trempé

les lèvres, David eut envie de recracher. Iris, elle, semblait le savourer. Elle but une longue gorgée, la fit tournoyer dans sa bouche éléphantesque, puis l'avala.

— 40 %, ça me paraît beaucoup.

— C'est un procès très complexe, Iris, contre une société disposant de millions de dollars et de mille avocats. Il faut voir les choses de la manière suivante : aujourd'hui, vous avez 60 % de rien. Dans un an ou deux, si vous nous faites confiance, vous pourriez avoir 60 % de quelque chose d'énorme.

— Énorme comment ?

— Difficile à préciser, Iris, mais je me souviens maintenant que vous posiez toujours les questions difficiles. C'est ce qui m'a toujours plu chez vous. Une question difficile et, pour être franc, je suis incapable d'y répondre, parce que personne ne peut prédire un verdict de jury. Le jury verra peut-être juste sur le Krayoxx, il sera peut-être remonté contre les laboratoires Varricks et vous accordera 5 millions de dollars. Aussi bien, il peut gober les bobards de Varrick et de ses avocats douteux et ne rien vous accorder. À titre personnel, je dirais que votre dossier peut aller chercher dans le million de dollars, Iris, mais vous devez comprendre que je ne fais aucune promesse. – Il regarda David. – N'est-ce pas, David, qu'on ne peut pas faire de promesses dans ce genre de dossier ? Rien n'est sûr.

— Oui, c'est vrai, approuva avec conviction David, le nouveau spécialiste en recours collectif.

Mme Klopeck se gargarisa avec une nouvelle gorgée d'eau saumâtre, puis jeta un regard noir à Wally.

— Un coup de pouce ne serait pas du luxe, c'est sûr, dit-elle. Il n'y a plus que Clint et moi, et il ne travaille qu'à temps partiel.

Wally et David prenaient des notes avec force hochements de tête, comme s'ils savaient exactement qui était Clint. Elle ne se donna pas la peine de préciser.

— Je vis avec 1 200 dollars d'aide sociale par mois, alors tout ce que vous pouvez obtenir serait le bienvenu.

— Nous vous obtiendrons quelque chose, Iris. Je suis confiant.

— Ça serait pour quand ?

— Encore une question difficile, Iris. Une possibilité serait que, ébranlé par les victimes du Krayoxx, Varrick Labs hisse le drapeau blanc et négocie un énorme règlement. La plupart des avocats, dont moi-même, penchons pour une telle issue en moins de deux ans. L'autre option serait que Varrick choisisse d'aller au procès dans quelques cas, pour tâter le terrain en quelque sorte, voir ce que les jurés pensent du médicament. Alors il faudrait plus de temps pour imposer un règlement négocié.

Même David, avec ses beaux diplômes de droit et ses cinq années d'expérience, commençait à croire que Wally savait de quoi il parlait. L'associé junior poursuivit :

— En cas d'accord, et nous sommes intimement convaincus que cela se produira, les décès passeront en premier. Ensuite, Varrick sera prêt à tout pour régler tous les cas non mortels, comme le vôtre.

— Je suis un cas non mortel ? demanda Iris, déconcertée.

— Pour le moment. Les preuves scientifiques ne sont pas claires, néanmoins il y a de bonnes raisons de penser que le Krayoxx est responsable de troubles cardiaques chez beaucoup d'individus par ailleurs en bonne santé.

Qu'on puisse considérer Iris Klopeck en bonne santé était hallucinant, du moins aux yeux de David.

— Miséricorde ! s'écria Iris, ses yeux se remplissant de larmes. C'est tout ce qui me manquait, d'autres problèmes cardiaques.

— Ne vous tracassez pas pour ça maintenant, déclara Wally sans un soupçon de réconfort. Nous évoquerons votre cas plus tard. L'important, c'est Percy. Vous êtes sa veuve et sa principale héritière. Par conséquent, vous devez faire appel à mes services pour agir en tant qu'ayant droit.

Il sortit une feuille de papier pliée de son veston froissé et l'étala devant Iris.

— Voici un contrat type pour services juridiques. Vous en avez déjà signé un pour le divorce, quand vous et Percy êtes passés à mon cabinet.

— Je ne me rappelle pas en avoir signé un.

— Nous l'avons dans votre dossier. Vous devez m'en signer un nouveau afin que je puisse intenter une action contre Varrick Labs.

— Et vous êtes sûr que tout ça est légal et tout et tout ? s'enquit-elle, hésitante.

David trouva bizarre qu'un client potentiel demande à un avocat si un document était « légal ». Wally, toutefois, semblait s'asseoir sur la déontologie. La question ne le démonta pas.

— Tous nos clients Krayoxx doivent en signer un, déclara-t-il, s'avançant un peu puisque Iris était techniquement la première de sa catégorie.

Elle n'était pas le seul client potentiel, certes. Mais jusque-là personne n'avait signé un tel contrat.

Elle lut le papier et le signa.

Au moment où il le remettait dans sa poche, Wally reprit :

— Maintenant, écoutez-moi bien, Iris. J'ai besoin de votre aide. J'ai besoin que vous me trouviez d'autres victimes du Krayoxx. Des amis, des parents, des voisins, quiconque dont la santé a pu être lésée par ce médicament. Notre cabinet propose une commission d'apporteur, 500 dollars pour un cas mortel et 200 dollars pour un cas non mortel. Cash.

Les yeux d'Iris étaient redevenus secs. Ils s'étrécirent, puis un petit sourire apparut sur ses lèvres. Elle pensait déjà à d'autres personnes.

David réussit à garder son froncement de sourcils professionnel, tout en scribouillant des sornettes inutiles sur son bloc-notes, et fit de son mieux pour digérer ce qu'il entendait. Était-ce déontologique ? Légal ? Des pots-de-vin en liquide pour obtenir d'autres clients ?

— Connaîtriez-vous par hasard d'autres cas mortels impliquant le Krayoxx ?

Iris faillit parler, mais tint sa langue. Elle avait un nom en tête, c'était évident.

— Cinq cents dollars, c'est ça ? répéta-t-elle en lançant soudain des coups d'œil furtifs à David puis à Wally.

— C'est bien ça. Qui est-ce ?

— Il y a un type à deux pâtés de maisons d'ici qui jouait au poker avec Percy. L'an dernier, il a claqué sous la douche, deux mois après la mort de mon Percy. Je sais de source sûre qu'il prenait du Krayoxx.

Les yeux de Wally brillèrent.

— Comment s'appelle-t-il ?

— Cash, c'est ça? Cinq cents dollars cash? J'aimerais en voir la couleur, maître, avant de vous donner un nom. J'en ai bien besoin.

Momentanément surpris, Wally se ressaisit avec un mensonge convaincant :

— Bon, normalement nous effectuons un retrait sur le compte contentieux du cabinet, les comptables préfèrent, vous comprenez ?

Elle croisa ses moignons de bras sur sa poitrine, raidit le dos, plissa les paupières.

— Pas de souci. Allez retirer l'argent et apportez-le. Je vous donnerai le nom ensuite.

Wally tendit la main vers son portefeuille.

— Je ne pense pas avoir cette somme sur moi. David, combien as-tu en espèces ?

Instinctivement, David saisit son portefeuille. Avec beaucoup de suspicion, Iris observait les avocats qui se mettaient en quatre pour trouver du liquide. Wally sortit trois billets de 20 dollars plus un de 5 et, plein d'espoir, regarda David, qui réunit 220 dollars en différentes coupures. S'ils ne s'étaient pas arrêtés Chez Abner pour payer la note de David, ils auraient pu approcher de 15 dollars la commission d'apporteur.

— Je croyais que les avocats étaient pleins aux as, observa Iris.

— Notre argent est à la banque, rétorqua Wally, ne voulant pas reculer d'un pouce. Nous avons 285 dollars. Je repasserai demain avec le reste.

Iris hocha la tête en signe de refus.

— Allez, Iris! plaida Wally. Vous êtes notre cliente, maintenant. Nous formons une équipe. Nous avons parlé d'un énorme règlement négocié, et vous ne nous faites pas crédit de 200 dollars ?

— Signez-moi une reconnaissance de dette.

À ce stade, David aurait préféré ne pas céder, montrer un peu de fierté, ramasser l'argent posé sur la table et dire byebye. Mais David était tout sauf sûr de lui ; en outre, la décision ne lui appartenait pas. Wally, lui, était comme un chien enragé. Il griffonna en vitesse une reconnaissance de dette sur son bloc-notes, la signa et la glissa en travers de la table. Iris la lut lentement, fit la moue, puis tendit le document à David.

— Vous aussi.

Pour la première fois depuis sa grande évasion, David Zinc douta de sa sagesse. Approximativement quarante-huit heures plus tôt, il travaillait sur une restructuration sophistiquée d'obligations classées AAA émises par le gouvernement indien. En tout, l'opération tournait autour de 15 milliards de dollars. Maintenant, dans sa nouvelle vie d'avocat des rues, il se laissait malmener par une grosse vache de deux cents kilos qui exigeait sa signature au bas d'un papier sans aucune valeur.

Il hésita, inspira à fond, jeta à Wally un coup d'œil de pure perplexité, puis signa.

Le quartier se dégradait encore plus à mesure qu'ils s'y enfonçaient. Les « deux pâtés de maisons » dont avait parlé Iris étaient plutôt cinq. Le temps de repérer le numéro et de se garer devant, David craignait déjà pour leur sécurité.

La maisonnette de la veuve Cozart était un vrai blockhaus : un petit pavillon de brique sur un terrain étroit, cerné par une grille métallique haute de sept mètres. D'après Iris, Herb Cozart était en guerre avec les jeunes voyous noirs qui rôdaient dans les parages. Il passait les trois quarts de ses journées assis sur sa véranda, fusil à la main, à foudroyer la racaille du regard et à les injurier s'ils s'approchaient trop. À sa mort, quelqu'un avait attaché des ballons de baudruche le long de la clôture. Quelqu'un d'autre avait jeté un chapelet de pétards sur la pelouse au beau milieu de la nuit. Selon Iris, Mme Cozart voulait déménager.

Au moment où il coupait le contact, David inspecta la rue.

— Oh, mon Dieu !

Wally se figea et suivit son regard.

— Ça pourrait être intéressant, confirma-t-il.

Cinq jeunes Noirs, des adolescents, tous arborant la panoplie du parfait rappeur, avaient remarqué l'Audi flambant neuve et la jaugeaient à cinquante mètres de là.

— Je crois que je vais rester dans la voiture, dit David. Vous pouvez vous débrouiller tout seul.

— Sage décision. Je me dépêche.

Wally sauta hors de la voiture avec sa mallette. Iris avait téléphoné à l'avance ; Mme Cozart les attendait sur la véranda.

Le groupe de jeunes se dirigeait à présent vers le 4 × 4. David verrouilla les portières en pensant que ça aurait été sympa d'avoir un petit flingue pour se défendre. De quoi donner envie aux gamins d'aller jouer ailleurs. Il plaqua sa seule arme – son téléphone portable – contre son oreille et feignit d'être en grande conversation pendant que la bande se rapprochait. Ils entourèrent la voiture, sans cesser de palabrer, mais David n'arrivait pas à comprendre de quoi ils parlaient. Des minutes s'écoulèrent. David s'attendait à recevoir une brique en plein pare-brise. Les cinq ados se regroupèrent autour du pare-chocs avant ; ils s'y adossèrent sans se gêner, comme s'ils étaient propriétaires du véhicule et en avaient besoin pour se reposer. Ils le faisaient osciller doucement, en faisant bien attention à ne pas le rayer ou l'abîmer. Puis l'un d'eux alluma un joint, qui circula de main en main.

David aurait bien remis le contact pour tenter de se dégager, mais cette stratégie se serait heurtée à de nombreux problèmes, dont le moindre n'était pas qu'il devrait abandonner le pauvre Wally. Il envisagea également d'abaisser la vitre pour badiner gentiment avec les jeunes, sauf qu'ils n'avaient pas du tout l'air gentils.

Du coin de l'œil, David vit la porte de la maison de Mme Cozart s'ouvrir en coup de vent et Wally sortir en trombe. Wally plongea le bras dans sa mallette, exhiba une très grosse arme de poing noire et brailla :

— FBI ! Descendez de cette putain de caisse !

Les jeunes étaient trop sidérés pour bouger, ou pour bouger assez vite. Wally visa les nuages et tira un coup qui fit autant de bruit qu'un canon. Tous les cinq filèrent, s'égaillèrent, disparurent.

Wally rangea l'arme dans sa mallette, puis sauta dans le 4 × 4.

— Tirons-nous d'ici.

David accélérait déjà.

— Racailles, pesta Wally.

— Vous êtes toujours armé ?

— J'ai un permis. Oui, je suis toujours armé. Dans ce métier, on peut en avoir besoin.

— La plupart des avocats sont armés ?

— Je me moque de ce que font la plupart des avocats, d'accord ? Mon job n'est pas de défendre la plupart des avocats. J'ai été agressé deux fois dans cette ville, je ne le serai pas une fois de plus.

David prit un virage, puis traversa le quartier à grande vitesse.

Wally poursuivit :

— Cette dingue voulait de l'argent. Iris, bien sûr, lui a téléphoné pour la prévenir que nous arrivions et, bien sûr, elle a parlé à Mme Cozart de la commission d'apporteur, mais la vieille est zinzin, alors tout ce qu'elle a retenu, c'est le passage sur les 500 dollars.

— Elle a signé ?

— Non. Elle m'a demandé du liquide, ce qui est grotesque puisque Iris devait savoir qu'elle nous avait pris tout le nôtre.

— Où allons-nous maintenant ?

— Au cabinet. Elle n'a même pas voulu me dire la date de décès de son mari, alors on va regarder ça. Tu pourrais t'en occuper, par exemple.

— Mais il n'est pas notre client.

— Non, il est mort. Et comme sa femme est dingue, et tu peux me croire, c'est vraiment une folle, on pourrait faire désigner d'office un curateur pour approuver son procès. Il y a plusieurs manières d'étrangler un chat, David. Tu apprendras.

— Oh, j'apprends déjà ! Je croyais que la loi interdisait de tirer des coups de feu en ville ?

— Bien, bien, tu as eu de bons professeurs à Harvard. Oui, c'est vrai, et on n'a pas le droit non plus de tirer une balle dans la tête de quelqu'un. Ça s'appelle un meurtre, et ça arrive au moins une fois par jour à Chicago. Et parce qu'il y a tant de meurtres, les flics sont débordés et n'ont pas le temps de courir après les types qui tirent des balles qui fendent innocemment les airs. Tu songes à me livrer à la police ou quoi ?

— Non. Pure curiosité. Oscar aussi a un flingue sur lui ?

— Je ne crois pas, mais il en garde un dans un tiroir de son bureau. Oscar a été attaqué une fois, dans son bureau, par une cliente irascible. C'était un banal divorce par consentement mutuel, et Oscar a trouvé le moyen de planter le dossier.

— Comment plante-t-on un divorce par consentement mutuel ?

— Je l'ignore, mais ne pose pas cette question à Oscar, d'accord ? C'est encore un sujet sensible. Quoi qu'il en soit, il a informé la cliente qu'il leur fallait repartir de zéro et reprendre toute la procédure, elle a perdu les pédales et lui a cassé la gueule.

— Oscar a pourtant l'air capable de se défendre. Le gars devait être un sacré mauvais coucheur.

— Je t'ai parlé d'une cliente.

— Une bonne femme ?

— Ouais, une bonne femme très imposante et très énervée, une bonne femme néanmoins. Elle lui a balancé son café à la figure, une vraie tasse, pas un gobelet en papier. Elle l'a touché entre les deux yeux. Puis elle a attrapé son parapluie et a commencé à le bastonner. Quatorze points. Elle s'appelait Vallie Pennebaker, retiens ce nom.

— Qui les a séparés ?

— Rochelle. Oscar jure qu'elle a pris son temps pour venir. Elle les a séparés et a calmé la bonne femme. Ensuite, elle a appelé les flics, et ils ont embarqué Vallie, qui s'est retrouvée accusée de voies de fait aggravées. Elle a contre-attaqué avec une plainte pour faute. Ça a duré deux ans et il a fallu 5 000 dollars pour tout régler. Depuis, Oscar a un calibre dans son bureau.

Qu'auraient dit ses ex-confrères de Rogan Rothberg ? songea David. Des avocats armés. Des avocats qui se faisaient passer pour des agents du FBI et tiraient en l'air. Des avocats mis en sang par des clientes énervées.

Il faillit demander à Wally si lui aussi avait déjà été agressé par une cliente, mais il se mordit la langue et laissa glisser. Il pensait connaître la réponse.

12.

Ils réintégrèrent l'apparente sécurité du cabinet à 16 h 30. L'imprimante gerbait des feuilles de papier. Rochelle triait et tassait des piles d'enveloppes, assise à la table.

— Qu'avez-vous fait à DeeAnna Nuxhall ? gronda-t-elle à l'adresse de Wally.

— Son divorce a été ajourné tant qu'elle n'aura pas payé son avocat. Pourquoi ?

— Elle a appelé trois fois, en criant et en faisant toute une histoire. Elle voulait savoir à quelle heure vous rentreriez. Elle veut vous voir.

— Bien. Ça veut dire qu'elle a trouvé l'argent.

Wally parcourut des yeux une lettre extraite d'une des piles de la table. Il en tendit une à David, qui se mit à lire. Il fut immédiatement saisi par l'amorce : *Gare au Krayoxx !*

— Commençons à signer, proposa Wally. Je veux que ça parte cet après-midi. L'heure tourne.

Tirées sur du papier à en-tête de Finley & Figg, les lettres étaient envoyées par Me Wallis T. Figg, avocat-conseil. Après la formule de courtoisie «Je vous prie d'agréer, Monsieur, Madame, l'expression de mes sentiments les meilleurs», il n'y avait place que pour une seule signature.

— Qu'est-ce que je suis censé faire ? s'étonna David.

— Signer de mon nom, répliqua Wally.

— Comment ?

— Signer de mon nom. Tu ne t'imagines pas que je vais signer les trois mille ?

— Donc je contrefais votre signature ?

— Non. Par la présente déclaration, je te donne pouvoir de signer ces lettres en mon nom, ânonna Wally, comme s'il parlait à un demeuré.

Puis il regarda Rochelle et ajouta :

— À vous aussi.

— J'en ai déjà signé une centaine, dit-elle en tendant une autre lettre à David. Regardez-moi cette signature. Un élève de CP ferait mieux.

Elle avait raison. La signature était un gribouillis informe qui commençait par une ligne ondulée, censée représenter un « W », et remontait ensuite spectaculairement pour former un « T » – ou bien était-ce un « F » ? David ramassa une des lettres que Wally venait de signer et compara sa signature avec le faux de Rochelle. Les deux spécimens se ressemblaient vaguement et étaient aussi illisibles l'un que l'autre.

— Oui, c'est moche, approuva David.

— Ça n'a pas d'importance, personne ne peut la déchiffrer, de toute façon.

— Moi, je la trouve très classe, dit Wally, signant à tour de bras. Bon, on se met tous au boulot ?

David s'assit et expérimenta son propre gribouillis. Rochelle pliait les lettres, les glissait dans les enveloppes et collait les timbres. Au bout de quelques minutes, David lança :

— Qui sont tous ces gens ?

— C'est notre fichier clients, répondit Wally avec fierté. Plus de trois mille noms.

— Qui remontent à quand ?

— À une vingtaine d'années, répliqua Rochelle.

— Alors on n'a plus de nouvelles de bon nombre d'entre eux depuis des années, c'est ça ?

— C'est bien ça. Certains sont probablement morts, d'autres ont dû déménager. Et il y en a un paquet qui ne seront pas contents d'avoir de nos nouvelles.

— S'ils sont morts, espérons que c'est la faute au Krayoxx, lâcha Wally, avant de s'esclaffer.

Ni David ni Rochelle ne trouvèrent ça drôle. Il y eut un silence de quelques minutes. David pensait au rangement de son bureau à l'étage. Rochelle surveillait la pendule en attendant 17 heures.

Wally jetait allègrement ses filets pour attraper de nouveaux clients.

— Quel genre de réaction escomptez-vous ? s'enquit David.

Rochelle roula des yeux comme pour dire « Aucune ».

S'arrêtant une seconde, Wally secoua sa main qui s'ankylosait à force de signer.

— Très bonne remarque, admit-il, se frottant le menton et fixant le plafond comme si lui seul pouvait répondre à une question aussi complexe. Supposons que 1 % de la population adulte de ce pays prenne du Krayoxx. Maintenant...

— D'où tenez-vous ce chiffre ? l'interrompit David.

— C'est dans le dossier. Emporte-le avec toi ce soir et étudie les faits. Donc, 1 % de notre groupe, cela fait une trentaine de personnes. Si 20 % de ce 1 % ont eu des troubles cardiaques ou des AVC, cela nous ramène à cinq ou six cas. Peut-être sept ou huit, qui sait ? Et si l'on estime, comme je le fais, que chaque cas, et surtout chaque décès, vaut 2 ou 3 millions de dollars, alors cela fait un joli jackpot. J'ai le sentiment que personne ici ne me croit, mais je ne vais pas polémiquer.

— Je n'ai pas ouvert la bouche, protesta Rochelle.

— Je suis curieux, c'est tout, dit David.

Deux minutes s'écoulèrent, puis il demanda :

— Donc, quand déposerons-nous notre première assignation ?

Wally, l'expert, s'éclaircit la voix en vue d'un mini-exposé :

— Très bientôt. Nous avons le mandat d'Iris Klopeck, nous pourrions donc saisir la justice dès demain. Je proposerai nos services à la veuve de Chester Marino dès que les obsèques auront eu lieu. Ces lettres partent aujourd'hui ; le téléphone commencera à sonner dans un jour ou deux. Avec un peu de chance, on pourrait avoir une demi-douzaine de dossiers entre les mains en moins d'une semaine, après quoi on démarrera les opérations. Je commencerai à rédiger un projet d'assignation dès demain. Dans ces actions collectives, il faut aller vite. En lâchant la première bombe ici, à Chicago, nous ferons les gros titres. Tous les patients traités au Krayoxx jetteront leur médicament à la poubelle et nous téléphoneront.

— Ben voyons, murmura Rochelle.

— Ben voyons ? C'est vous qui allez voir ! Quand nous

aurons négocié un règlement, je vous le ferai manger, votre « ben voyons ».

— Tribunal d'État ou tribunal fédéral ? reprit David, soucieux d'étouffer la querelle dans l'œuf.

— Bonne question, et j'aimerais bien ton avis sur le sujet. Devant un tribunal d'État, nous pouvons également assigner les médecins qui ont prescrit le Krayoxx à nos clients. Ça signifie davantage d'accusés, mais aussi davantage de pointures du côté de la défense pour nous mettre des bâtons dans les roues. Très franchement, Varrick Labs a assez de fric pour rendre tout le monde heureux, alors je serais enclin à laisser les médecins en dehors de tout ça. En revanche, si on choisit une procédure fédérale, et dans la mesure où l'action contre le Krayoxx se fera au plan national, nous pourrons nous associer à l'ensemble des recours collectifs et profiter de la situation. Personne ne croit que ces plaintes aboutiront devant un tribunal, et quand les discussions concernant un règlement négocié démarreront, il faudra qu'on s'incruste chez les grands.

Une fois de plus, Wally paraissait si bien informé que David avait envie de lui faire confiance. Sauf qu'il était là depuis assez longtemps pour savoir que Wally n'avait jamais intenté la moindre action collective. Pas plus qu'Oscar.

La porte d'Oscar s'ouvrit ; il émergea de son bureau avec son froncement de sourcils et son air las habituels.

— Qu'est-ce que vous foutez ? lança-t-il aimablement.

Personne ne répondit. Il se dirigea vers la table, ramassa une lettre, puis la lâcha. Il s'apprêtait à dire quelque chose, quand la porte d'entrée s'ouvrit brutalement : un grand costaud couvert de tatouages entra à pas lourds et lança à la cantonade :

— Qui est Figg ?

Sans hésitation, Oscar, David et même Rochelle tendirent le doigt vers Wally, qui restait figé sur place, l'air hagard. Derrière l'intrus se tenait une poule en robe jaune, DeeAnna Nuxhall. Elle hurla :

— C'est lui, Trip, le petit gros !

Trip marcha droit sur Wally comme s'il allait le tuer. Le reste du cabinet s'écarta tant bien que mal, laissant Wally se défendre seul. Trip agita deux ou trois fois les poings, rôda autour de Wally.

— Écoute, Figg, espèce de petit blaireau ! On se marie samedi, alors ma copine ici présente a besoin de son divorce demain. Y a un problème ?

Wally, toujours assis et se recroquevillant en prévision des coups, répondit :

— J'aimerais juste être payé.

— Elle a promis de vous payer après, c'est pas vrai ?

— Oui, c'est vrai, ajouta DeeAnna gentiment.

— Si vous me touchez, je vous ferai arrêter ! cria Wally. On ne peut pas se marier quand on est en prison.

— Je t'avais prévenu que c'était un petit malin, dit DeeAnna.

Comme il avait besoin de taper sur quelque chose et qu'il n'était pas tout à fait prêt à tabasser Wally, Trip envoya valdinguer une des piles de lettres d'un revers de la main.

— Donne-lui son divorce, d'accord, Figg ? Demain, je serai au tribunal, et si ma copine n'a pas son divorce, je botterai ton petit cul grassouillet en pleine salle.

— Appelez la police ! aboya Oscar à Rochelle, trop terrifiée pour bouger.

En mal de mélodrame, Trip empoigna alors un gros livre juridique posé sur la table et le lança contre une fenêtre. Des éclats de verre tintèrent sur la véranda. Avec un glapissement, CDA battit en retraite et se réfugia sous le bureau de Rochelle.

Trip avait les yeux brillants et vitreux.

— Je vais te tordre le cou, Figg. Tu piges ?

— Vas-y, cogne-le ! l'exhorta DeeAnna.

David jeta un coup d'œil au canapé, aperçut la mallette de Wally. Il s'en rapprocha.

— On sera demain au tribunal, Figg. T'as intérêt à y être aussi !

Trip fit un pas de plus vers lui. Wally se ramassa pour se protéger. Rochelle se déplaça en direction du bureau, ce qui énerva Trip.

— Bouge pas ! T'as pas intérêt à appeler les keufs !

— Appelez la police, aboya une deuxième fois Oscar, sans faire d'effort pour s'en charger lui-même.

David n'était plus bien loin de la mallette.

— Je t'écoute, Figg, ordonna Trip.

— Il m'a humiliée en plein tribunal, geignit DeeAnna.

Elle voulait voir couler le sang, c'était clair.

— Tu es un fumier, Figg. Tu sais ça?

Wally allait faire une remarque maligne, quand Trip établit enfin le contact. Il poussa Wally, une petite bourrade inoffensive qui n'avait l'air de rien compte tenu de la montée de tension qui l'avait précédée mais n'en constituait pas moins une agression.

— Hé! faites gaffe! vociféra Wally en tapant sur la main de Trip.

David ouvrit prestement la mallette et en sortit le long Colt Magnum noir de calibre .44. Il ne se rappelait pas avoir jamais tenu un revolver, et il n'était pas très sûr d'en être capable sans se faire arracher la main, néanmoins il savait qu'il ne fallait pas toucher à la détente.

— Tiens, Wally, dit-il en posant l'arme sur la table.

Wally s'en empara et bondit de sa chaise. Le rapport de forces avait changé du tout au tout.

Trip laissa échapper un «Putain de merde!» d'une voix aiguë, puis recula d'un grand pas. DeeAnna plongea derrière lui en pleurnichant. Rochelle et Oscar étaient aussi impressionnés par l'arme que Trip. Wally ne visait personne en particulier, pas directement en tout cas, mais il maniait le revolver avec une telle aisance que personne ne doutait qu'il pourrait tirer plusieurs coups de suite et ne s'en priverait pas.

— Pour commencer, j'exige des excuses, proféra-t-il en avançant vers Trip, qui avait perdu de sa superbe. Tu ne manques pas d'air, te pointer avec des exigences alors que ta gonzesse refuse de régler sa note.

Trip, qui devait certainement avoir une expérience des armes de poing, regardait fixement le Colt.

— Ouais, je comprends, mec, tu as raison.

— Appelez la police, madame Gibson, reprit Wally.

Rochelle composa le 911. CDA sortit la tête de dessous son bureau pour montrer les dents à Trip.

— Je veux 300 dollars pour le divorce plus 200 pour la fenêtre, exigea Wally.

Trip reculait toujours, avec DeeAnna quasiment invisible derrière lui.

— Pas la peine de s'énerver, mec, dit Trip, ses deux mains levées face à Willy.

— Je suis très calme.

— Fais donc quelque chose, mon ange, gémit DeeAnna.

— Comme quoi ? Tu as vu la taille de son engin ?

— On n'a qu'à se tirer ! supplia-t-elle.

— Pas question, rétorqua Wally. Pas avant l'arrivée de la police.

Il leva le colt de quelques centimètres, veillant à ne pas le pointer directement sur Trip. Rochelle s'éloigna de son bureau et se réfugia dans la cuisine.

— T'énerve pas, mec, répéta Trip. On se casse.

— Non, pas question.

Les flics débarquèrent quelques minutes plus tard. Trip fut menotté et poussé sur la banquette arrière d'une des voitures. DeeAnna pleurnicha en vain, puis fit du rentre-dedans aux flics, ce qui se révéla légèrement plus productif. Au final, Trip fut tout de même emmené pour répondre aux accusations de voies de fait et de vandalisme.

Une fois l'excitation retombée, Rochelle et Oscar rentrèrent chez eux, laissant Wally et David balayer le verre cassé et terminer leur séance de signature. Ils travaillèrent une heure, signant machinalement « Wally », tout en discutant de ce qu'il fallait faire pour les carreaux cassés. Ils ne seraient pas remplacés avant le lendemain et le cabinet ne survivrait pas à une nuit sans fenêtre. Le quartier n'était pas dangereux, cependant personne ne laissait sa clé sur la voiture ni les portes ouvertes. Wally venait à peine de se résigner à passer la nuit au bureau, sur le canapé près de la table, avec CDA à ses pieds et le Colt à portée de main, quand la porte d'entrée s'ouvrit à nouveau brusquement. DeeAnna était de retour.

— Qu'est-ce que vous foutez là ? tonna Wally.

— Il faut qu'on parle, Wally, répondit-elle d'une voix hésitante et beaucoup plus douce.

Elle s'installa sur une chaise près du bureau de Rochelle et croisa les jambes de manière à laisser les trois quarts de sa chair exposés aux regards. Elle avait de très jolies jambes et portait les escarpins de traînée qu'elle arborait à l'audience le matin même.

— Oh là là ! s'exclama Wally à voix basse. – Puis : – Et de quoi aimeriez-vous me parler ?

— J'ai l'impression qu'elle a bu, chuchota David en continuant de signer.

— Je ne suis pas sûre de vouloir épouser Trip.

— C'est une brute, un loser, DeeAnna. Vous méritez mieux.

— Mais je veux vraiment divorcer, Wally. Vous ne pouvez vraiment pas m'aider ?

— Si, mais commencez par payer.

— Je ne peux pas trouver le fric d'ici demain, je vous le jure.

— C'est bien dommage.

David songea que, si ce dossier avait été le sien, il aurait fait ce qu'il fallait pour ne plus jamais entendre parler de DeeAnna et de Trip. Tous ces emmerdements ne valaient pas 300 dollars.

Elle décroisa, puis recroisa ses jambes. Sa jupe remonta un peu plus haut.

— J'ai pensé qu'on pourrait peut-être trouver un autre arrangement. Vous savez, juste vous et moi.

Wally soupira, lorgna sur ses jambes et réfléchit.

— C'est impossible. Je suis obligé de dormir ici ce soir parce qu'un connard a cassé un des carreaux de la façade.

— Je peux vous tenir compagnie, roucoula-t-elle en léchant ses lèvres rouge vif.

Wally avait toujours été incapable de résister à ce type de tentation, sans y avoir été souvent exposé. Rarement une cliente s'était montrée aussi entreprenante, aussi offerte. De fait, en cet instant abominable bien qu'excitant, il ne parvenait pas à se souvenir d'une occasion aussi facile.

— C'est à voir, dit-il, reluquant DeeAnna.

— Je file, cria David en sautant sur ses pieds et en attrapant sa mallette.

— Vous pouvez rester, proposa DeeAnna.

David eut une vision aussi fugace que déplaisante : lui-même dans les bras d'une jolie petite garce avec autant de divorces à son actif que son avocat nu et grassouillet. Il se précipita vers la porte.

Le restaurant préféré d'Helen et de David se situait à quelques centaines de mètres de leur maison de Lincoln Park.

Ils s'étaient souvent rejoints là pour dîner en vitesse à 23 heures, au moment où la cuisine fermait et où David rentrait du travail en titubant, après une journée éprouvante. Ce soir-là, toutefois, ils arrivèrent avant 9 heures, en plein coup de feu. Leur table se trouvait dans un coin.

À un moment, à peu près au milieu de sa carrière chez Rogan Rothberg, David avait décidé de ne jamais parler de son travail ni d'en rapporter à la maison. C'était si désagréable, si répugnant, et ennuyeux en prime, qu'il ne pouvait simplement pas vider son sac sur Helen. Elle se conformait de bonne grâce à cette politique et donc, en général, ils discutaient de ses études d'histoire de l'art ou de leurs amis. Cependant les choses avaient changé. Disparue, la grosse boîte juridique. Disparus aussi, les clients anonymes et leurs dossiers à mourir d'ennui. Désormais, David travaillait avec des personnes réelles qui faisaient des choses incroyables qu'il lui fallait raconter par le menu. Par exemple, les deux pseudo-fusillades auxquelles David avait survécu avec son copain Wally. Au début, Helen avait refusé de croire que Wally avait tiré en l'air pour faire peur à des voyous, puis elle avait dû céder face au récit haletant de David. Elle n'avait pas davantage cru à l'histoire de Trip. Elle avait également fait part de son scepticisme quand David lui avait raconté comment le juge Bradbury et Wally avaient fait chanter DeeAnna Nuxhall en plein tribunal. Elle n'arrivait pas à croire que son mari avait donné le contenu de son portefeuille à Iris Klopeck et signé une reconnaissance de dette pour le solde. L'histoire de l'agression d'Oscar par une cliente enragée était à peine plus crédible.

Gardant le meilleur pour la fin, David conclut le récit de son mémorable premier jour chez Finley & Figg sur une note élégante :

— Chérie, au moment même où nous parlons, Wally et DeeAnna sont à poil sur le canapé en train de forniquer sous les yeux du chien, avec la fenêtre ouverte. Spectaculaire règlement en nature des honoraires impayés.

— Tu me fais marcher.

— Si seulement c'était vrai. Les 300 dollars seront effacés, et DeeAnna obtiendra son divorce demain à midi.

— Quelle crapule !

— Lequel des deux ?
— Les deux ! C'est courant, ce mode de règlement, chez vos clients ?
— Je n'ai pas l'impression. Iris Klopeck ressemble davantage au client type du cabinet. Le canapé ne résisterait pas à son poids.
— Tu ne peux pas travailler pour ces gens, David. Vraiment pas. Démissionne de chez Rogan si tu veux, mais trouve-toi un autre cabinet. Ces deux bouffons sont une paire d'escrocs. Et la déontologie dans tout ça ?
— Je ne pense pas que la déontologie soit leur principale préoccupation.
— Tu ne pourrais pas trouver un bon cabinet de taille moyenne, avec des gens normaux qui ne portent pas d'armes, ne courent pas après les ambulances et ne se font pas payer en nature ?
— Quelle est ma spécialité, Helen ?
— Quelque chose qui a à voir avec les obligations.
— Exact. Je suis calé en matière d'obligations à long terme ou à rendement élevé émises par des sociétés et des États étrangers. C'est toute ma compétence juridique, parce que c'est tout ce que j'ai fait au cours de ces cinq dernières années. En résumé, les seules personnes que je risque d'intéresser sont une poignée de cérébraux à la tête de cabinets juridiques semblables à Rogan Rothberg.
— Tu peux apprendre.
— Bien sûr. Mais personne ne recrutera un jeune avocat à un niveau de salaire décent pour qu'il retourne à l'école. Il faut de l'expérience, or je n'en ai pas.
— Alors le seul cabinet où tu peux travailler, c'est Finley & Figg ?
— Ou une boîte du même type. Ce sera une sorte de stage pratique d'un an ou deux, puis je monterai peut-être mon propre cabinet.
— Génial... Tu viens d'y passer ta première journée et tu songes déjà à partir !
— Pas vraiment. J'adore cette boîte.
— Tu as perdu la boule.
— Oui, et c'est libérateur.

13.

Le mailing massif de Wally se révéla vain. La poste retourna la moitié des lettres pour diverses raisons. L'activité téléphonique connut un pic dans la semaine qui suivit, mais les trois quarts des appels émanaient d'anciens clients qui exigeaient d'être radiés du fichier d'adresses de Finley & Figg. Sans se laisser démonter, Wally déposa plainte auprès de la Cour fédérale pour le district nord de l'Illinois, nommant Iris Klopeck et Millie Marino, ainsi que « d'autres susceptibles d'être cités plus tard », et affirmant que leurs conjoints avaient été tués par le Krayoxx, un médicament commercialisé par Varrick Labs. Poussant le bouchon assez loin, Wally réclama la somme rondelette de 100 millions de dollars pour dommages et intérêts. Il sollicitait un jugement devant jury.

Le dépôt de sa plainte fut loin d'avoir l'effet spectaculaire qu'il escomptait. Il tenta d'intéresser les médias au procès qui se tramait, sans grand succès. Au lieu de se contenter de lancer la procédure par Internet, David et lui, vêtus de leur plus beau costume sombre, se rendirent en voiture à l'immeuble fédéral Everett M. Dirksen, dans le centre-ville, et remirent en mains propres au greffier du tribunal leur plainte de vingt pages. Il n'y avait ni reporters ni photographes. Cette absence contraria Wally. Il n'eut de cesse qu'un greffier adjoint prît une photo des deux avocats à l'allure de croque-mort en train de remplir les papiers. De retour au cabinet, il envoya par mail la plainte et la photographie à la *Chicago Tribune*, au *Sun Times*, au *Wall Street Journal*, à *Time*, à *Newsweek*, ainsi qu'à une dizaine d'autres publications.

David pria pour que la photo passe inaperçue, mais Wally eut de la chance. Un journaliste de la *Tribune* appela le cabinet ; on lui passa immédiatement un maître Figg aux anges. Une avalanche de publicité se déclencha.

Le lendemain matin, à la une de la Section B de la *Chicago Tribune*, un gros titre annonçait : « Un avocat de Chicago attaque Varrick Labs sur le Krayoxx. » L'article résumait la teneur de la plainte ; l'avocat Wally Figg se décrivait lui-même comme un « spécialiste du recours collectif ». Finley & Figg était un cabinet « spécialisé », avec une longue histoire de combats contre les grands groupes pharmaceutiques. Le journaliste, toutefois, avait un peu fureté et rapportait les propos de deux célèbres avocats : « On n'a jamais entendu parler de ces gars. » Et il n'y avait aucune trace de procédures similaires engagées par Finley & Figg au cours des dix dernières années.

Varrick réagit agressivement en défendant son produit ; les laboratoires promettaient une défense vigoureuse et « attendaient avec impatience un procès équitable devant un jury impartial pour laver leur nom de tout soupçon ». La photo occupait pas mal de place, ce qui flattait Wally et gênait David. Ils faisaient la paire : Wally était dégarni, corpulent et mal habillé, tandis que David était grand, soigné de sa personne et beaucoup plus juvénile.

L'histoire courut sur Internet, le téléphone sonnait sans arrêt. Par moments, Rochelle fut submergée et David lui donna un coup de main. Certains correspondants étaient des journalistes, d'autres des avocats en quête d'informations, mais la plupart étaient des utilisateurs du Krayoxx, paniqués et déconcertés. David ne savait que leur conseiller. La stratégie du cabinet, si on pouvait appeler ça comme ça, consistait à surveiller le net et à collecter les cas mortels puis, dans un futur encore indéterminé, à réunir les clients « non mortels » et à intenter une action collective. C'était impossible à expliquer par téléphone, David lui-même ne comprenant pas très bien.

Comme les téléphones sonnaient toujours et que l'excitation ne fléchissait pas, même Oscar sortit de son bureau et montra un certain intérêt. Son petit cabinet n'avait jamais connu pareille effervescence. Peut-être leur heure de gloire était-elle arrivée ? Peut-être Wally avait-il finalement eu raison ?

Peut-être, peut-être seulement, cette initiative allait-elle les enrichir, ce qui lui permettrait d'obtenir ce divorce qu'il appelait de tous ses vœux et de partir aussitôt à la retraite.

Plus tard dans la journée, les trois avocats se réunirent autour de la table pour comparer leurs notes. Wally était tendu, en nage. Il agita son bloc-notes dans les airs.

— Nous avons quatre cas de décès, des nouveaux. Il faut les faire signer tout de suite. Tu marches avec nous, Oscar ?

— Entendu, j'en prends un, répondit Oscar, qui s'efforçait d'arborer son habituel air réticent.

— Merci. Madame Gibson, il y a une dame noire qui habite sur la Dix-neuvième Rue, pas loin de chez vous. Bassit Towers, n° 3. Elle dit que le quartier est sûr.

— Je ne mettrai jamais les pieds là-bas ! protesta Rochelle. J'entends presque les fusillades depuis chez moi.

— Justement ! C'est à deux pas de chez vous. Vous pourriez y aller en rentrant.

— Pas question.

Wally jeta son bloc-notes sur la table.

— Vous ne comprenez pas ce qui est en train de se passer, merde ? Ces pauvres gens nous supplient de nous occuper de leurs dossiers, des dossiers qui valent des millions de dollars. Il pourrait y avoir un énorme règlement négocié d'ici à un an. Nous sommes à la veille d'un gros coup et, comme toujours, vous vous en moquez.

— Je ne vais pas risquer ma peau pour ce cabinet d'avocats !

— Génial ! Alors quand Varrick capitulera et que l'argent coulera à flots, vous renoncerez à votre prime. C'est bien ce que vous êtes en train de dire ?

— Quelle prime ?

Wally marchait de long en large entre la porte d'entrée et la table.

— Tiens, tiens, comme on oublie vite ! Vous vous souvenez du dossier Sherman, l'an dernier, madame Gibson ? Un joli petit accident de voiture, une collision par l'arrière. La compagnie d'assurances a déboursé 60 000 dollars. Nous en avons empoché un tiers, un beau paquet d'honoraires de 20 000 dollars pour ces bons vieux Finley & Figg. Nous avons payé les factures. J'ai empoché 7 000 dollars, Oscar aussi, et nous vous avons donné 1 000 dollars sous la table. N'est-ce pas, Oscar ?

— Tout à fait, et ce n'était pas la première fois, renchérit Oscar.

Rochelle faisait ses comptes pendant que Wally parlait. Et s'il avait raison, pour changer ? Ce serait dommage de ne pas toucher sa part de la cagnotte. Wally se tut, et le silence devint un petit peu tendu pendant que le ciel s'éclaircissait. CDA bondit sur ses pattes et se mit à grogner. Quelques secondes s'écoulèrent, puis le bruit lointain d'une ambulance parvint à leurs oreilles. Il devint de plus en plus fort. Bizarrement, personne ne se rua vers la fenêtre ou la véranda.

Avaient-ils déjà perdu tout intérêt pour leur gagne-pain ? Le petit cabinet avait-il dépassé le stade des accidents de voiture pour investir un champ plus lucratif ?

— Une prime de combien ? demanda Rochelle.

— Allons, madame Gibson ! s'écria Wally, ulcéré. Comment voulez-vous que je sache ?

— Qu'est-ce que je dois dire à cette pauvre femme ?

Wally reprit son bloc-notes.

— Je lui ai parlé il y a une heure, elle s'appelle Pauline Sutton, elle a soixante-deux ans. Son fils de quarante ans, Jermaine, est mort d'un arrêt cardiaque il y a sept mois. Elle m'a raconté qu'il était en surpoids et qu'il prenait du Krayoxx depuis quatre ans pour faire baisser son cholestérol. Une dame charmante, mais aussi une mère affligée. Munissez-vous d'un de nos mandats Krayoxx flambant neuf, expliquez-lui les tenants et les aboutissants, et obtenez sa signature. C'est du gâteau.

— Et si elle me pose des questions sur le procès et le règlement ?

— Dites-lui de passer au cabinet, je répondrai à toutes ses questions. L'important, c'est qu'elle signe. Nous avons mis le feu à Chicago. Tous les demi-sel de la profession battent actuellement le pavé à la recherche de victimes du Krayoxx. Le facteur temps est essentiel. Pouvez-vous faire ça, madame Gibson ?

— Je le pense.

— Je vous en suis reconnaissant. À présent, je suggère que nous nous mettions en chasse.

Leur première étape fut une pizzeria de la chaîne Tout à volonté non loin du bureau. Le restaurant appartenait à un groupe tristement célèbre qui se faisait incendier par la presse à cause de son menu. Un important magazine de santé avait fait analyser ses produits et les avait décrétés tous dangereux et impropres à la consommation. Le moindre aliment était saturé de graisse, d'huiles et d'additifs ; aucun effort n'était fait pour offrir une cuisine un tant soit peu saine. Une fois prêts, les plats étaient servis sur un buffet et proposés à des prix ridiculement bas. La chaîne était devenue synonyme de gens maladivement obèses se pressant devant ses buffets pour se gaver. Les profits explosaient.

L'adjoint du gérant, un jeune homme grassouillet nommé Adam Grand, les pria de patienter dix minutes en attendant qu'il prenne sa pause. David et Wally choisirent un box aussi loin que possible du buffet, ce qui n'était pas loin du tout. Le box était large et spacieux ; David comprit que tout le mobilier était surdimensionné : assiettes, verres, serviettes, tables, chaises, boxes. Wally était pendu à son téléphone portable, fixant allégrement un autre rendez-vous à un client potentiel. David ne pouvait pas s'empêcher de regarder les monstres occupés à bâfrer des piles de grosses pizzas. Il avait presque envie de les plaindre.

Adam Grand se glissa enfin à côté de David.

— Vous avez cinq minutes. Mon patron gueule dans l'arrière-cuisine.

Wally ne perdit pas de temps.

— Vous m'avez dit au téléphone que votre mère était décédée il y a six mois, arrêt cardiaque. Elle avait soixante-six ans et prenait du Krayoxx depuis deux ans. Et votre père ?

— Il est mort il y a trois ans.

— J'en suis navré. Il prenait du Krayoxx, lui aussi ?

— Non, cancer colorectal.

— Des frères ? des sœurs ?

— Un frère qui vit au Pérou. Il ne veut pas entendre parler de tout ça.

David et Wally griffonnaient sans arrêt. David sentait bien qu'il devait ajouter quelque chose d'important, mais il avait l'esprit vide. Il était là en qualité de chauffeur. Wally s'apprêtait à poser une autre question, quand Adam le prit à contre-pied :

— Au fait, je viens de parler avec un autre avocat.

Wally se raidit et il écarquilla les yeux.

— Ah bon, vraiment ! Comment s'appelle-t-il ?

— Il m'a dit qu'il était un expert du Krayoxx, et qu'il pouvait nous obtenir 1 million de dollars sans problème. C'est vrai ?

Wally était prêt au combat.

— Il vous raconte des histoires. Et s'il vous a promis 1 million de dollars, c'est un imbécile. On ne peut rien promettre en matière de dédommagements. En revanche, nous promettons de vous fournir la meilleure représentation légale qu'on puisse trouver.

— Certes, certes, mais j'aime bien l'idée d'un avocat qui me dit combien je peux toucher. Vous comprenez ?

— On pourra vous obtenir bien plus que ça, promit Wally.

— C'est ce que j'appelle parler. Combien de temps ça prendra ?

— Un an, peut-être deux, promit encore Wally, faisant glisser un contrat vers son interlocuteur. Jetez un coup d'œil là-dessus. C'est un mandat qui nous autorise à agir en votre nom, en tant que représentant légal de la succession de votre mère.

Adam parcourut le document.

— Pas d'avance au départ, c'est bien ça ?

— Bien sûr que non, c'est nous qui avançons les frais de justice.

— Quarante pour cent dans votre poche, ce n'est pas donné.

Wally secoua la tête en signe de dénégation.

— C'est la moyenne de la profession. Tout avocat spécialisé dans les recours collectifs qui se respecte prend 40 %. Certains demandent 50 %, mais pas nous. Cinquante pour cent, c'est immoral, à mon avis.

Il regarda David pour qu'il confirme ses propos. David

hocha la tête et fronça les sourcils à la pensée de ces avocats véreux à la déontologie douteuse.

— Je suis bien d'accord, dit Adam avant de signer le contrat. Wally le lui arracha des mains.

— Félicitations, Adam ! Bienvenue à bord. Nous allons joindre votre dossier à notre plainte et passer à la vitesse supérieure. Des questions ?

— Ouais, qu'est-ce que je raconte à l'autre avocat ?

— Dites-lui que vous avez pris les meilleurs, Finley & Figg !

— Vous êtes en de bonnes mains, Adam, déclara solennellement David, conscient sur-le-champ de ressembler à une mauvaise publicité.

Wally lui jeta un coup d'œil qui signifiait : « Tu te fous de moi ? »

— Ça, ça reste à voir, non ? répliqua Adam. On sera fixés quand vous me remettrez un gros chèque. Vous m'avez promis plus de 1 million, maître Figg. Je vous prends au mot.

— Vous ne le regretterez pas.

— Salut ! dit Adam.

Il disparut.

Wally rangea son bloc-notes dans sa mallette et s'exclama :

— Comme une lettre à la poste !

— Vous venez de promettre à ce gars plus de 1 million de dollars. Est-ce bien raisonnable ?

— Non, mais si c'est ce qu'il faut, alors c'est ce qu'il faut. C'est comme ça que ça marche, mon grand. On les fait signer, en voiture Simone, on les chouchoute, et quand l'argent est sur la table, ils ne pensent plus à ce qu'on a promis au début. Imaginons, par exemple, que d'ici un an Varrick Labs en ait marre de se faire tartiner de merde à cause du Krayoxx et jette l'éponge. Supposons que notre nouveau pote Adam ait droit à moins de 1 million, choisis un nombre... disons 750 000 dollars. Tu crois vraiment que ce minus dira non, merci, vous m'avez promis plus ?

— Sans doute pas.

— Exactement. Il sera heureux comme un roi et aura oublié tout ce qui s'est raconté aujourd'hui. C'est comme ça que ça marche.

Wally jeta un long regard de convoitise vers le buffet.

— À propos, tu as prévu de dîner ? Je meurs de faim.

David n'avait rien prévu, cependant il ne mangerait jamais là.

— Ouais, ma femme m'attend plus tard.

Wally lança un nouveau regard aux auges et aux gras troupeaux qui paissaient autour. Il se figea, puis se fendit d'un sourire.

— Quelle bonne idée ! s'exclama-t-il, se félicitant lui-même.
— Pardon ?
— Regarde-moi ces gens. Quel est leur poids moyen ?
— Aucune idée.
— Moi non plus, mais si je suis un peu enrobé à cent vingt kilos, ces gars-là font bien plus de deux cents kilos.
— Où voulez-vous en venir, Wally ?
— Ça crève les yeux, David. Cette boîte est bourrée d'individus en surpoids, dont la moitié prennent du Krayoxx. Je te parie que si je criais maintenant : « Qui ici prend du Krayoxx ? », la moitié de ces blaireaux lèveraient la main.
— Ne le faites pas.
— T'inquiète, mais tu vois où je veux en venir ?
— Vous voulez que je distribue des cartes de visite ?
— Non, l'intello, pourtant il doit bien y avoir un moyen de repérer les utilisateurs de Krayoxx.
— Avant qu'ils soient morts ?
— Ça ne saurait tarder. Regarde-les, nous pouvons les ajouter à notre seconde action de groupe pour les cas non mortels.
— Il y a quelque chose qui m'échappe, Wally. Éclairez-moi. Ne sommes-nous pas tenus de prouver, à un moment ou un autre, que ce médicament est réellement la cause d'un certain préjudice ?
— Bien sûr, nous le prouverons plus tard, après avoir recruté nos experts. Pour le moment, l'important, c'est de faire signer tout le monde. C'est la course, David. Nous devons trouver un moyen pour passer ces gens au crible et obtenir leur signature.

Il n'était pas loin de 18 heures, et le restaurant était bondé. David et Wally occupaient le seul box où l'on ne mangeait pas. Une famille de quatre s'approcha, chacun de ses membres chargé de deux pizzas. Ils s'immobilisèrent devant le box et fixèrent les deux avocats d'un air menaçant. L'affaire était sérieuse.

Leur arrêt suivant fut une maison dans un quartier proche de l'aéroport de Midway. David se gara au bord du trottoir, derrière une antique Coccinelle Volkswagen sur cales. Wally annonça :

— Frank Schmidt, cinquante-deux ans, a succombé l'an dernier à une attaque foudroyante. J'ai parlé à sa veuve, Agnes.

David n'écoutait que d'une oreille. Il n'arrivait pas à croire à ce qu'il faisait : à la tombée de la nuit, il crapahutait dans les quartiers sensibles du sud de Chicago avec son nouveau boss – qui ne pouvait pas conduire parce qu'il avait eu des problèmes –, à l'affût des voyous, et frappait aux portes d'intérieurs mal tenus sans savoir ce qui se cachait derrière, tout cela pour racoler des clients avant un autre avocat. Qu'auraient dit ses condisciples de Harvard ? Ils se seraient sans doute tordus de rire. Mais David décida qu'il s'en fichait. N'importe quel job était préférable à ce qu'il faisait avant, et le sort de la plupart de ses condisciples n'avait rien d'enviable. Lui, d'un autre côté, s'était libéré.

Agnes Schmidt se planquait ou n'était pas chez elle. Personne ne vint leur ouvrir. Les deux avocats repartirent bredouilles.

— Écoutez, Wally, commença David en conduisant, j'aimerais vraiment rentrer chez moi pour voir ma femme. Je l'ai un peu délaissée, ces cinq dernières années. J'ai du retard à rattraper !

— Elle est très mignonne, je ne te blâme pas.

14.

Une semaine après avoir déposé sa plainte, le cabinet avait réuni un total de huit cas de décès. C'était un nombre respectable, qui rendrait ses membres certainement riches. À force d'entendre Wally le répéter, Finley & Figg avait pour nouveau credo que chaque cas représentait en gros un demi-million de dollars d'honoraires net. Ses calculs chiffrés étaient discutables et reposaient sur des hypothèses peu réalistes, du moins à un stade aussi préliminaire du litige, néanmoins les trois avocats et leur secrétaire commençaient à avoir cette somme en tête. Le Krayoxx faisait parler de lui dans le pays, et pas en bien. L'avenir s'assombrissait pour Varrick Labs.

Le cabinet avait travaillé si dur pour dénicher ses cas de décès que la possibilité d'en perdre ne serait-ce qu'un fut un choc. Un matin, Millie Marino se présenta au cabinet de méchante humeur et demanda à voir Me Figg. Elle lui avait confié le règlement de la succession de son mari, puis elle avait accepté à contrecœur d'attaquer le groupe pharmaceutique. Dans le huis clos de son bureau, elle lui expliqua qu'elle trouvait inacceptable qu'un des avocats du cabinet – Oscar – ait préparé un testament la privant d'un actif important – la collection de cartes de baseball – et qu'un autre des avocats – Wally – se charge de l'homologation de ce même testament. Selon elle, il y avait un conflit flagrant d'intérêts, reflet de pratiques lamentables. Bouleversée, elle fondit en larmes.

Wally tenta de lui expliquer que les avocats étaient astreints à des règles de confidentialité. Quand Oscar avait préparé le testament, il était tenu de respecter les volontés de Chester ;

dans la mesure où Chester souhaitait dissimuler jusqu'après sa mort l'existence de ses cartes de baseball afin de les léguer à son fils Lyle, il en était ainsi. D'un point de vue déontologique, Oscar ne pouvait divulguer à qui que ce soit la moindre information sur Chester et son testament.

Millie ne l'entendait pas de cette oreille. En tant qu'épouse, elle avait le droit de connaître la composition de son patrimoine, surtout lorsqu'il recelait quelque chose d'aussi précieux que ces cartes. Elle avait déjà contacté un revendeur, et la carte de Shoeless Joe valait à elle seule au moins 100 000 dollars. La collection allait chercher peut-être dans les 150 000 dollars.

Wally se fichait pas mal des cartes de baseball. Comme de la succession, d'ailleurs. Les 5 000 dollars d'honoraires qu'il escomptait jusque-là étaient de la roupie de sansonnet. Il avait un dossier Krayoxx dans la balance et il était prêt à tout pour le garder.

— Très franchement, entre nous, j'aurais géré les choses autrement, avoua-t-il avec gravité, mais Me Finley est de la vieille école.

— C'est-à-dire ?

— Il est plutôt macho. Le mari est le chef de famille, le gardien de la communauté, le seul maître à bord, vous voyez ce que je veux dire ? Si l'homme veut cacher des choses à sa femme, il a le droit. Pour ma part, je suis beaucoup plus libéral.

Il fit suivre cette déclaration d'un rire nerveux légèrement déroutant.

— Mais c'est trop tard, objecta-t-elle. Le testament existe. Il ne reste plus qu'à l'exécuter.

— C'est vrai, Millie, néanmoins les choses vont s'arranger. Votre mari a laissé ses cartes de baseball à son fils, mais il vous a laissé un beau procès.

— Un beau quoi ?

— Vous savez, l'affaire Krayoxx.

— Ah, ça ! Je ne suis pas très contente de ça non plus. J'en ai parlé à un autre avocat. Il dit que vous êtes à côté de la plaque, que vous n'avez jamais plaidé d'affaire de ce type.

Wally essaya de reprendre son souffle, puis réussit à demander d'une voix grinçante :

— Pourquoi parlez-vous à d'autres avocats ?

— Parce qu'il m'a appelée l'autre soir. J'ai cherché son nom sur le net. Il appartient à un cabinet important qui a des bureaux dans tout le pays, et leur spécialité c'est d'attaquer les groupes pharmaceutiques. J'ai l'intention de lui confier mes intérêts.

— Ne faites pas ça, Millie. Ces lascars s'occupent de mille dossiers à la fois et roulent leurs clients dans la farine. Vous n'aurez plus jamais votre avocat au téléphone, juste un jeune stagiaire anonyme. C'est une arnaque, je vous le jure. Moi, vous pouvez toujours me contacter par téléphone.

— Je n'ai pas envie de vous avoir au téléphone, ni de vous voir en personne, d'ailleurs.

Elle s'était levée et avait pris son sac à main.

— Millie, je vous en supplie.

— Je vais y réfléchir, mais je ne suis pas contente.

Dix minutes plus tard, Iris Klopeck appelait pour réclamer une avance de 5 000 dollars sur sa part du règlement négocié. Wally se prit la tête dans les mains et se demanda ce qui l'attendait encore.

La plainte de Wally fut attribuée à l'honorable Harry Seawright, un juge nommé pendant l'ère Reagan qui siégeait à la cour fédérale depuis près de trente ans. Il avait quatre-vingt-un ans, attendait de prendre sa retraite et n'était pas très emballé par un procès qui risquait de durer plusieurs années et de plomber son calendrier. Mais il était curieux. Son neveu préféré prenait du Krayoxx depuis plusieurs années, avec succès et sans le moindre effet secondaire. Comme on pouvait s'y attendre, le juge n'avait jamais entendu parler du cabinet Finley & Figg. Il demanda à son greffier de se renseigner. Sur le courriel de son greffier, on pouvait lire : « Petit cabinet à deux associés, basé à Preston Avenue, dans le sud-ouest de la ville ; pubs pour divorces express et conduite en état d'ivresse, l'habituelle clientèle de dommages corporels, affaires familiales, infractions pénales ; pas trace de procédures devant la Cour fédérale au cours des dix dernières années ; pas trace de procès devant jury au cours des dix dernières années, ne participe pas aux activités du barreau ; quelques comparutions au tribunal au cours des douze dernières années, Figg a été condamné deux ou trois fois pour conduite en état d'ivresse ; le cabinet a été poursuivi une fois pour harcèlement sexuel, règlement négocié. »

Seawright n'en revenait pas. Il renvoya un courriel à son greffier : « Ces gars n'ont aucune expérience des prétoires et ils ont lancé un procès à 100 millions de dollars contre le troisième groupe pharmaceutique du pays ? »

Le greffier lui répondit : « Exact. »

Seawright : « C'est dingue ! Qu'est-ce que ça cache ? »

Le greffier : « La ruée sur le Krayoxx. Le poison le plus récent et le plus explosif du pays ; les spécialistes des recours collectifs sont déchaînés. De toute évidence, Finley & Figg veut accrocher son wagon au train du règlement négocié. »

Juge Seawright : « Continuez à creuser. »

Plus tard, le greffier ajouta : « L'assignation est signée par Finley & Figg, mais aussi par un troisième avocat : David Zinc, un ancien de Rogan Rothberg ; j'ai appelé un ami là-bas, qui m'a raconté que Zinc s'est tiré après avoir pété un plomb il y a une dizaine de jours, avant d'atterrir chez F & F ; aucune expérience du contentieux, il a trouvé la bonne place. »

Juge Seawright : « Suivons cette affaire de près. »

Le greffier : « Comme toujours. »

Le siège social de Varrick Labs se cachait dans un étonnant ensemble d'immeubles d'acier et de verre au milieu d'une forêt proche de Monville, dans le New Jersey. Le complexe était l'œuvre d'une ex-star de l'architecture qui, depuis, avait renié ses propres réalisations. Parfois on louait l'audace futuriste des bâtiments, bien plus souvent on leur reprochait d'être sinistres, d'affreux bunkers de style soviétique, et bien d'autres choses encore, aussi peu aimables. C'était une sorte de forteresse entourée d'arbres, loin du monde et de la circulation routière. Comme les laboratoires Varrick étaient souvent traînés en justice, leur siège social paraissait approprié. Le groupe était tapi dans les bois, paré pour la prochaine attaque.

Son président-directeur général s'appelait Reuben Massey. Homme du sérail, il dirigeait la compagnie depuis des années et l'avait guidée dans toute sorte de turbulences vers des profits de plus en plus impressionnants. Varrick était dans un état de guerre permanent avec les spécialistes des actions collectives. Alors que d'autres produits pharmaceutiques s'étiolaient ou disparaissaient sous des vagues de procès, Massey réussissait à rendre ses actionnaires heureux. Il savait quand se battre, quand négocier, comment négocier à bas prix, et comment exploiter la cupidité des avocats afin de protéger les résultats de sa société. Sous son mandat, Varrick avait survécu à 1) un règlement négocié de 400 millions de dollars pour un gel dentaire coupable d'avoir provoqué des empoisonnements au zinc ; 2) un règlement de 450 millions concernant un laxatif qui bouchait la tuyauterie ; 3) un règlement de 700 millions pour un anticoagulant qui avait liquéfié le foie d'un certain nombre de patients ; 4) un règlement de 1 demi-milliard pour un antimigraineux qui faisait exploser la tension artérielle ; 5) un règlement de 2 milliards 200 millions pour un anti-hypertenseur qui donnait la migraine ; 6) un règlement de 2 milliards 300 millions pour un antalgique qui rendait accro ; et, surtout, 7) un règlement de 3 milliards pour un coupe-faim qui bousillait la vue.

La liste était longue, et Varrick Labs en avait payé le prix devant le tribunal de l'opinion publique. Cependant Reuben Massey ne cessait de rappeler à ses troupes les centaines de molécules innovantes et efficaces que le groupe avait mises au point et vendues dans le monde entier. Ce dont il ne parlait pas, sauf dans le cadre discret du conseil d'administration, c'était que Varrick avait tiré profit de tous les médicaments qui avaient suscité des plaintes. Jusque-là, la compagnie avait gagné la bataille, même après avoir versé d'énormes dédommagements.

Avec le Krayoxx, toutefois, les choses risquaient de se passer différemment. Il y avait à présent quatre procédures en cours : la première à Fort Lauderdale, la deuxième à Chicago, et deux autres au Texas et à Brooklyn. Massey suivait toutes ces affaires de près. Il conférait quotidiennement avec ses avocats maison, étudiait les plaintes, épluchait les gazettes, les news-letters et les blogs juridiques, et consultait les différents cabinets d'avocats qui travaillaient pour lui à travers le pays. Un des signes annonciateurs de la guerre qui couvait fut la publicité télévisée. Dès que les ondes hertziennes se trouvèrent inondées par les publicités aussi viles que mercantiles des avocats spécialisés, Massey comprit que sa boîte aurait droit à une nouvelle bagarre qui lui coûterait la peau des fesses.

Les pubs anti-Krayoxx avaient commencé à pulluler. Et ce n'était qu'un début.

Ce n'était pas la première fois que Massey se faisait du souci pour un de ses produits. L'antimigraineux avait été une énorme boulette, et il se maudissait encore de l'avoir imposé à coups de recherches et d'autorisations officielles. L'anticoagulant avait failli lui coûter son job. Mais il n'avait jamais douté du Krayoxx et n'en douterait jamais. Son développement avait coûté 4 milliards de dollars. Son efficacité avait été validée par une campagne d'essais cliniques à grande échelle dans des pays du tiers-monde; les résultats avaient été spectaculaires. Les études avaient été exhaustives et irréprochables, son pedigree était sans tache. Le Krayoxx ne provoquait pas plus d'AVC ou d'arrêts cardiaques qu'un comprimé de vitamines. Les laboratoires disposaient de toute une batterie de tests pour le prouver.

Le briefing quotidien du service juridique avait lieu à 9 h 30 précises dans la salle du conseil d'administration, au cinquième étage d'un bâtiment qui ressemblait à un silo à blé du Kansas. Reuben Massey était à cheval sur la ponctualité; ses huit avocats maison étaient au port d'armes dès 9 h 15. L'équipe était placée sous la responsabilité de Nicholas Walker, qui avait été procureur puis avait dirigé un service du contentieux à Wall Street avant de devenir le cerveau de toutes les manœuvres de défense déployées par la compagnie. Quand les poursuites se mettaient à pleuvoir comme des bombes à fragmentation, Walker et Reuben Massey passaient des heures ensemble à préparer avec sang-froid leurs réactions, leurs manœuvres, leurs contre-offensives.

Massey entra dans la pièce à 9 h 25, jeta un œil sur l'ordre du jour et lança :

— Quelles sont les dernières nouvelles ?
— Sur le Krayoxx ou le Faladin ? demanda Walker.

— Zut, j'ai failli oublier le Faladin ! Restons-en au Krayoxx pour le moment.

Le Faladin était une crème antirides qui, selon des avocats forts en gueule de la côte Ouest, accentuait les rides. Le litige avait du mal à monter en puissance, surtout parce que c'était difficile de mesurer objectivement les rides.

— Eh bien, les vannes sont ouvertes. L'effet boule de neige. On a le choix de la métaphore. C'est la pagaille. J'ai bavardé avec Alisandros de Zell & Potter hier. Ils sont inondés de nouveaux cas. Il prévoit de mettre la pression pour imposer la procédure de litige multidistrict en Floride afin de garder le contrôle.

— Alisandros. Pourquoi retrouve-t-on toujours les mêmes voleurs à chaque nouveau hold-up ? s'exclama Massey. On ne les a pas suffisamment engraissés au cours des vingt dernières années ?

— Manifestement, non. Alisandros s'est offert son propre parcours de golf, réservé aux avocats de Zell & Potter et à quelques amis chanceux. Il m'a même invité. Un dix-huit trous.

— Ne vous gênez surtout pas, Nick, je vous en prie. Il faut absolument vérifier que notre argent est judicieusement investi par ces brigands.

— J'irai un de ces jours. Hier soir, Amanda Petrocelli, de Reno, m'a appelé. Elle prétend avoir racolé quelques cas mortels en vue d'une action collective, elle doit déposer son assignation aujourd'hui ou demain. Je lui ai répondu que la date nous importait peu. Il faut s'attendre à d'autres actions en justice cette semaine et la suivante.

— Le Krayoxx n'a jamais provoqué ni AVC ni infarctus, objecta Massey. J'ai confiance en ce médicament.

Les huit avocats hochèrent la tête pour exprimer leur accord. Reuben Massey n'était pas du genre à se répandre en communiqués audacieux ou fausses déclarations. Il avait des doutes sur le Faladin, et Varrick finirait par transiger à quelques millions bien avant le procès.

Le numéro 2 de l'équipe juridique était une femme, Judy Beck, encore une combattante expérimentée des actions collectives.

— Nous partageons tous le même sentiment, Reuben, dit-elle. Nos recherches sont meilleures que les leurs, à supposer qu'ils en aient. Nos experts sont réputés, nos preuves sont solides. Nous embaucherons les meilleurs avocats. Le moment est peut-être venu de contre-attaquer et de pilonner l'ennemi.

— C'est exactement ma pensée, Judy, approuva Massey. Vous avez une stratégie ?

— La situation est instable, dit Nicholas Walker. Pour l'instant, nous faisons comme d'habitude, les communiqués de routine, en attendant de voir qui intente quoi et où. Nous étudions les plaintes, les juges et les juridictions, pour bien choisir l'endroit. Lorsque les augures seront favorables – le bon plaignant, la bonne ville, le bon juge – on recrutera le meilleur avocat du coin et on mettra le paquet pour aller au procès.

— Vous savez qu'on a déjà utilisé cette stratégie et que ça ne nous a pas réussi, intervint Massey. Rappelez-vous le Klervex. Ça nous a coûté 2 milliards de dollars.

La pilule miracle contre l'hypertension artérielle était promise à un brillant avenir jusqu'au jour où des milliers de consommateurs avaient développé d'horribles migraines. Massey et ses avocats étaient persuadés que le médicament était inoffensif et avaient pris le risque de se présenter devant un jury, certains que l'affaire était dans le sac. Une victoire écrasante aurait refroidi l'enthousiasme du barreau et permis à Varrick d'économiser beaucoup d'argent. Sauf que le jury en avait décidé autrement et avait accordé 20 millions à la partie civile.

— Rien à voir avec le Klervex, objecta Walker. Le Krayoxx est un médicament formidable, et les plaintes sont bien plus faibles.

— J'en conviens, dit Massey. J'aime bien votre stratégie.

15.

Au moins deux fois par an, et plus si possible, l'honorable Anderson Zinc et sa charmante épouse, Caroline, se rendaient en voiture de St. Paul, où ils résidaient, à Chicago, pour voir leur fils unique et sa tout aussi charmante femme, Helen. Le juge Zinc présidait la Cour suprême du Minnesota, fonction qu'il avait l'honneur de remplir depuis quatorze ans. Caroline Zinc enseignait l'art et la photographie dans une école privée de St. Paul. Leurs deux filles cadettes étaient encore à l'université.

Le père du juge Zinc et grand-père de David était une légende du nom de Woodrow Zinc, qui à quatre-vingt-deux ans dirigeait toujours d'une poigne de fer le cabinet de deux cents avocats qu'il avait fondé cinquante ans plus tôt à Kansas City. Les Zinc avaient de profondes racines dans cette ville, pas assez profondes néanmoins pour retenir Anderson Zinc et son fils, qui avaient préféré s'exiler plutôt que de travailler pour le vieux Woodrow. Il s'en était suivi une fracture familiale qui avait mis du temps à se résorber.

Mais une autre fracture menaçait. Le juge Zinc ne comprenait pas le brutal changement de carrière de son fils et voulait en avoir le cœur net. Caroline et lui arrivèrent à temps pour un déjeuner tardif un samedi après-midi et furent agréablement surpris de trouver leur fils à la maison. D'habitude, il était au bureau, dans une tour du centre-ville. Lors d'une précédente visite, ils ne l'avaient même pas vu. Il était rentré à minuit passé, un samedi, et était retourné au travail cinq heures plus tard.

Ce jour-là, il nettoyait les gouttières, perché sur une échelle. Il sauta à terre et se précipita à leur rencontre.

— Tu es magnifique, maman, dit-il en la prenant dans ses bras pour la faire tournoyer dans les airs.

— Pose-moi, supplia-t-elle.

David serra la main de son père, mais ils ne s'embrassèrent pas. Chez les Zinc, les hommes ne s'embrassaient pas. Helen émergea du garage et vint saluer ses beaux-parents. David et elle arboraient tous les deux un grand sourire béat.

— Nous avons quelque chose à vous annoncer, dit finalement David.

— J'attends un bébé ! lança Helen.

— Vous allez être grands-parents ! ajouta David.

Le juge et Mme Zinc prirent bien la nouvelle. Après tout, ils approchaient la soixantaine, et nombre de leurs amis étaient déjà grands-parents. Helen avait trente-trois ans, deux ans de plus que David, et puis c'était le bon moment, non ? Ils digérèrent cette stupéfiante nouvelle, reprirent gentiment leurs esprits, puis les félicitèrent chaleureusement et exigèrent des détails. Helen n'arrêtait plus de parler tandis que David déchargeait leurs bagages. Tout le monde rentra dans la maison.

Pendant le déjeuner, le sujet du bébé à venir finit par s'épuiser. Le juge Zinc passa enfin aux choses sérieuses.

— Parle-moi donc de ton nouveau job, David.

David savait fort bien que son père n'avait pas dû se gêner pour déterrer tout ce qu'il y avait à savoir sur Finley & Figg.

— S'il te plaît, Andy, ne commence pas, dit Caroline, comme s'il s'agissait d'un sujet fâcheux à éviter à tout prix.

Comme son mari, Caroline estimait que David avait commis une grave erreur, mais la nouvelle de la grossesse d'Helen changeait tout. Pour la future grand-mère, en tout cas.

— On en a déjà parlé au téléphone, s'empressa de répondre David, impatient d'en finir avec cette discussion.

Il était prêt à se défendre, à se battre si nécessaire. Son père avait choisi une carrière qui n'était pas conforme aux vœux du vieux Woodrow. David n'avait fait que l'imiter.

— C'est un petit cabinet de deux associés, avec une clientèle généraliste. Cinquante heures par semaine, ce qui me laisse le temps de batifoler avec ma femme et d'assurer la postérité de notre nom. Tu devrais être fier.

— Je suis heureux pour Helen, pourtant je ne suis pas sûr de comprendre ta décision. Rogan Rothberg est un des plus prestigieux cabinets au monde. Ils ont formé des juges, des juristes, des diplomates, des dirigeants d'entreprise et des chefs de gouvernement. Comment peux-tu tourner le dos à tout ça ?

— Je ne leur ai pas tourné le dos, papa, je me suis sauvé en courant. Et je n'y remettrai jamais les pieds. J'exècre jusqu'au souvenir de Rogan Rothberg, et j'estime encore moins ceux qui y travaillent.

Ils discutaient tout en déjeunant. L'ambiance était cordiale. Andy avait promis à Caroline qu'il ne déclencherait pas les hostilités. David avait promis à Helen qu'il n'y répondrait pas.

— Donc, deux associés ? s'enquit le juge.

— Trois, à présent. Et il y a aussi Rochelle, la secrétaire, réceptionniste et tout un tas d'autres choses.

— Des documentalistes, des assistants, des stagiaires ?

— Rochelle veille à tout. C'est un petit cabinet, chacun s'occupe de sa propre documentation et de son courrier.

— Il rentre dîner à la maison tous les jours, ajouta Helen. Je ne l'ai jamais vu aussi heureux.

— Vous êtes resplendissants, confirma Caroline. Tous les deux !

Le juge n'avait pas l'habitude d'être mis en minorité.

— Tes deux associés, ils ont déjà plaidé devant un jury ?

— C'est ce qu'ils prétendent, mais je ne les crois pas. Au fond, c'est un duo de chasseurs d'ambulances qui font beaucoup de réclame et vivent des accidents de voiture.

— Pourquoi ce choix ?

David jeta un regard à Helen, qui détourna les yeux avec un sourire.

— Ça, papa, c'est une longue histoire avec laquelle je ne te raserai pas.

— Oh, mais elle n'a rien de rasoir ! protesta Helen, se retenant difficilement de rire.

— Le cabinet est rentable ? s'informa le juge.

— Je n'y suis que depuis trois semaines. Je n'ai pas vu leurs livres de comptes, mais ils n'ont pas l'air de s'enrichir. Je parie que tu te demandes combien je gagne. Même réponse. Je ne sais pas. Je touche un pourcentage sur les affaires que j'apporte, mais je n'ai aucune idée de ce que cela peut représenter.

— Mais ça ne t'empêche pas de fonder une famille.

— En effet, et je serai à la maison pour dîner avec ma femme et mes enfants, jouer au ballon, les accompagner aux louveteaux, assister aux spectacles de fin d'année et faire tous ces trucs merveilleux que les parents sont censés faire avec leurs mômes.

— J'étais là, David. Je n'ai pas raté grand-chose.

— C'est vrai, mais tu n'as jamais bossé pour des négriers comme Rogan Rothberg.

Il y eut un temps mort, pendant lequel tout le monde reprit son souffle.

— On a mis pas mal d'argent de côté, reprit David. On se débrouillera, attendons de voir.

— Je n'en doute pas, déclara sa mère, changeant complètement de bord et désormais liguée contre son mari.

Le juge tamponna les coins de ses lèvres avec sa serviette de table.

— Les stages commando sont monnaie courante, de nos jours, David. On y survit, puis on devient associé et la vie est belle.

— Je ne me suis pas engagé dans les Marines, papa, et la vie n'est jamais belle dans un énorme cabinet comme Rogan Rothberg parce que les associés ne gagnent jamais assez d'argent. Je connais ces associés, je les ai vus. Dans l'ensemble, ce sont de grands avocats et des êtres humains lamentables. J'ai démissionné. Je ne reviendrai pas en arrière. Laisse tomber.

C'était le premier éclat du déjeuner, et David s'en voulait. Il but une gorgée d'eau minérale, avala une bouchée de salade de poulet.

Son père sourit, avala à son tour une bouchée et mastiqua un long moment. Helen demanda des nouvelles des deux sœurs de David. Caroline sauta sur l'occasion pour changer de sujet.

Au dessert, son père s'enquit aimablement :

— En quoi consiste ton travail ?

— Il y a plein de choses intéressantes. Cette semaine, par exemple, j'ai préparé un testament pour une dame qui veut dissimuler son patrimoine à ses enfants. Ils la soupçonnent d'avoir hérité un peu d'argent de son troisième mari, ce qui est vrai, mais ils n'arrivent pas à mettre la main dessus. Elle veut tout laisser à son livreur FedEx. Je représente aussi un couple gay qui cherche à adopter un petit Coréen. J'ai deux dossiers d'expulsion de clandestins impliqués dans un trafic de drogue. Je représente aussi une jeune fille de quatorze ans qui est accro au crack depuis deux ans et ne trouve pas de place en cure de désintoxication. Plus deux clients mis en examen pour conduite en état d'ivresse...

— À t'entendre, on croirait la lie de la société, observa le juge.

— Tu te trompes, ce sont de vrais êtres humains, avec de vrais problèmes, et qui ont besoin d'aide. C'est la beauté de la loi de la rue. On est confronté à ses clients, on apprend à les connaître et, quand ça se passe bien, on réussit à les aider.

— Si tu n'es pas mort de faim avant.

— Je ne vais pas mourir de faim, papa, je te le promets. D'ailleurs, ces types touchent vraiment le jackpot de temps en temps.

— Je sais, je sais. J'en ai rencontré quand j'étais avocat, et maintenant je les croise en appel. La semaine dernière, nous avons confirmé un verdict d'un montant de 9 millions de dollars, une affaire terrible, un gosse sévèrement atteint de saturnisme à cause du plomb contenu dans un de ses jouets. Son avocat était un gars qui avait défendu la mère pour une conduite en état d'ivresse. Il a hérité du dossier, s'est associé à un ténor pour plaider devant le jury, et ils se sont partagé 40 % de 9 millions de dollars.

Ces chiffres firent le tour de la table pendant quelques minutes.

— Qui veut du café ? demanda Helen.

Tous déclinèrent son offre et se déplacèrent dans le salon. Au bout de quelques instants, Helen et Caroline décidèrent d'inspecter la chambre d'amis destinée à devenir celle du bébé.

Quand elles furent hors de portée de voix, le juge donna l'assaut final :

— Un de mes greffiers est tombé sur un article qui mentionnait un procès Krayoxx. Il a vu ta photo sur le net, celle du *Chicago Tribune*, avec ton Mᵉ Figg. Il est réglo, ce type ?

— Pas vraiment, avoua David.

— C'est ce qui m'a semblé.

— Disons que Wally est compliqué.

— Je ne suis pas sûr que ce soit bon pour ta carrière de fréquenter ces gens-là.

— Tu as peut-être raison, papa, mais pour le moment je suis heureux. Je suis content de me rendre au bureau. J'aime mes clients, enfin les rares que j'ai, et je suis par-dessus tout soulagé de ne plus travailler pour des négriers. Relax, tu veux bien ? Si ça ne marche pas, je ferai autre chose.

— Comment t'es-tu retrouvé impliqué dans ce procès Krayoxx ?

— On a déniché quelques cas.

David sourit en pensant à la réaction de son père s'il lui avait dit comment ils cherchaient les clients. Wally et son magnum .44. Wally distribuant des commissions d'apporteur. Wally écumant le circuit des pompes funèbres. Non, il y avait des trucs que le juge n'avait pas à savoir.

— Tu t'es documenté sur le Krayoxx ? demanda son père.

— Je suis en train de le faire. Et toi ?

— Oui, par la force des choses. Les pubs télévisées passent aussi dans le Minnesota. Ce médicament est au centre de l'attention. Ça m'a tout l'air d'une nouvelle arnaque au recours collectif. On empile les plaintes jusqu'à ce que les laboratoires soient contraints de négocier un énorme arrangement qui enrichira les avocats et permettra au fabricant de se maintenir à flot. Quant à la notion de responsabilité et aux intérêts des clients....

— C'est un assez bon résumé, reconnut David.

— Tu n'es pas emballé par cette affaire ?

— Pas encore. J'ai beau avoir avalé un millier de pages, je n'ai pas encore trouvé la preuve que le Krayoxx est nocif. Je ne suis pas certain que ce soit le cas.

— Alors pourquoi as-tu cosigné la plainte ?

David prit son inspiration et réfléchit un moment.

— Wally me l'a demandé, et comme je suis nouveau au cabinet, je me suis senti obligé de me joindre à la mêlée.

Écoute, papa, d'importants avocats dans tout le pays ont déposé le même type de plainte et pensent que c'est un mauvais produit. Certes, Wally ne m'inspire pas vraiment confiance, mais d'autres confrères, oui.

— Alors tu te contentes de suivre le mouvement ?
— Je m'agrippe pour ne pas tomber.
— Ne te fais pas mal.

Les femmes étaient revenues et planifiaient une partie de shopping. Prétextant subitement être passionné par la question du papier peint, David se leva. Le juge le suivit à contrecœur.

David dormait presque quand Helen se tourna vers lui :
— Tu dors ?
— Plus maintenant. Pourquoi ?
— Tes parents sont sympa.
— Oui, et il est temps qu'ils rentrent chez eux.
— Cette affaire dont a parlé ton père, ce petit garçon atteint de saturnisme...
— Helen, il est minuit passé.
— Le plomb provenait d'un jouet, et ça a provoqué des lésions cérébrales, c'est ça ?
— Je crois bien que c'est ça, oui. Où veux-tu en venir, ma chérie ?
— Il y a une dame dans un de mes cours, Toni, nous avons pris un sandwich ensemble la semaine dernière à l'amicale des étudiants. Elle est plus âgée que moi, ses gamins vont au lycée, et elle a une femme de ménage birmane.
— Passionnant. Si on dormait ?
— Écoute-moi donc ! Cette femme de ménage a un petit-fils, un petit garçon, qui est à l'hôpital en ce moment avec des lésions cérébrales. Il est dans le coma, sous respirateur, son état est désespéré. Les médecins pensent qu'il s'agit de saturnisme, ils ont demandé à sa famille de chercher du plomb dans tous les coins. La source est peut-être un de ses jouets.

David s'assit dans le lit et ralluma sa lampe de chevet.

16.

Rochelle était à son bureau en train de traquer avec application des infos sur une vente de linge de lit chez un soldeur du coin quand le téléphone sonna. Un certain Jerry Alisandros de Fort Lauderdale souhaitait parler à Wally Figg, lequel était lui aussi à son bureau. Elle lui passa donc la communication, puis retourna à ses achats sur le net.

Quelques instants plus tard, Wally sortit de son antre, bombant le torse et affichant son air d'autosatisfaction caractéristique.

— Madame Gibson, pouvez-vous regarder les vols pour Las Vegas de ce week-end, avec un départ à la mi-journée ?

— Ça doit pouvoir se faire. Qui va à Las Vegas ?

— Qui à part moi a mentionné Las Vegas ? À mon avis, personne. Il y a une réunion informelle des avocats concernés par le Krayoxx ce week-end au Grand Hôtel MGM. Je viens d'avoir Jerry Alisandros au bout du fil. C'est peut-être l'un des opérateurs les plus importants du pays en matière de recours collectif. Il insiste pour je vienne. Oscar est là ?

— Oui, je crois qu'il ne dort plus.

Wally frappa à la porte en même temps qu'il l'ouvrit. Il la claqua derrière lui.

— Entre donc, dit Oscar, sortant sa tête de la paperasse qui encombrait son bureau.

Wally s'affala dans un gros fauteuil de cuir.

— Je viens de recevoir un appel de Zell & Potter, de Fort Lauderdale. Ils veulent que je sois présent à Vegas ce week-end pour une petite réunion informelle de stratégie à propos du Krayoxx. Tous les ténors seront là. C'est très important. On va évoquer les plaintes multi-district, le choix du premier procès, et, surtout, un éventuel accord négocié. Jerry pense que Varrick Labs voudra aller vite sur ce coup.

Wally se frottait les mains en parlant.

— Jerry qui ?

— Jerry Alisandros, le légendaire spécialiste des dommages corporels. Son cabinet a empoché 1 milliard de dollars rien que sur l'affaire du Fen-Phen[1].

— Tu veux aller à Las Vegas ?

Wally haussa les épaules comme s'il n'avait pas le choix.

— Je me fiche d'y aller ou pas, Oscar, mais il est impératif qu'un membre du cabinet soit présent. Ils vont peut-être parler argent, transaction, grosse galette. Les choses pourraient aller plus vite qu'on le pense…

— Et tu veux que le cabinet prenne en charge ton excursion à Vegas ?

— Bien évidemment. Ce sont des frais professionnels légitimes.

Oscar farfouilla dans une pile de papiers, trouva ce qu'il cherchait. Il leva le document et l'agita au nez de son associé junior.

— Tu as lu le mémo de David ? Il nous l'a expédié hier soir. Celui sur le coût prévisionnel de notre action contre le Krayoxx.

— Non, j'ignorais qu'il était…

— Ce lascar est très brillant, Wally. Il fait ton boulot à ta place. Tu devrais y jeter un coup d'œil, ça fout les jetons. Il faut au moins trois experts, et tout de suite, pas dans une semaine. En réalité, on aurait dû les choisir avant de déposer notre plainte. Premier expert, un cardiologue capable d'expliquer la cause du décès de chacun de nos chers clients. Coût estimé, 20 000 dollars, et ça ne couvre que l'expertise initiale

---

1. Le « Fen-Phen », pour « Fenfluramine/Phentermine », est un traitement anti-obésité qui a défrayé la chronique dans les années 1990 en raison des graves effets secondaires qui l'accompagnaient (hypertension artérielle pulmonaire et valvulopathies cardiaques).

et la déposition sous serment. Si on veut qu'il témoigne au procès, il faut compter encore 20 000 dollars.

— On n'ira pas jusqu'au procès.

— C'est ce que tu ne cesses de répéter. Deuxième expert, un pharmacologiste capable d'expliquer aux jurés comment exactement ce médicament a tué nos clients. Quel effet a-t-il eu sur leur cœur ? Ce gars coûtera encore plus cher. Vingt-cinq mille dollars au départ et rebelote s'il témoigne au procès.

— Ce n'est pas donné.

— Rien n'est donné. Troisième expert, un chercheur capable de présenter au jury les conclusions d'une étude qui démontrera de manière concluante que, d'un point de vue statistique, on risque plus de souffrir de troubles cardiaques si on prend du Krayoxx qu'avec tout autre médicament anticholestérol.

— Je connais le gars.

— McFadden ?

— C'est ça.

— Génial. Il est l'auteur du rapport à l'origine de toute cette histoire, mais il hésite à se laisser entraîner dans un procès. Toutefois, si on lui verse une provision de 50 000 dollars, il pourrait donner un coup de main.

— C'est honteux.

— Qu'est-ce qui ne l'est pas ? Je t'en supplie, Wally, lis le mémo de David. Il y résume les réactions suscitées par McFadden et son rapport. Il a de sérieux doutes sur la nocivité du Krayoxx.

— Qu'est-ce que David connaît aux procès ?

— Et nous, on s'y connaît mieux, Wally ? C'est à moi que tu parles, à moi, ton vieil associé, pas à un quelconque client potentiel. On roule des mécaniques en menaçant d'aller au tribunal, mais la vérité, c'est qu'on finit toujours par trouver un arrangement.

— Et c'est exactement ce que nous allons faire, Oscar. Fais-moi confiance. J'en saurai bien davantage en rentrant de Las Vegas.

— Combien ça va coûter ?

— Trois fois rien, vu l'enjeu.

— C'est une affaire qui nous dépasse, Wally.

— Absolument pas. On va coller au train des cadors du barreau et faire fortune, Oscar.

Rochelle dénicha une chambre pas chère au motel Spirit of Rio. Les photos publiées sur son site web montraient des vues renversantes du Strip ; on avait facilement l'impression que ses clients se trouvaient au cœur de l'action. Sauf qu'ils ne l'étaient pas. Wally le comprit pour son malheur, quand la navette de l'aéroport finit par le déposer. Les grands hôtels-casinos aux lignes profilées étaient bien visibles, mais à un quart d'heure de voiture. Il maudit Rochelle en attendant de remplir sa fiche d'hôtel dans la chaleur de sauna du hall. Une chambre simple au MGM Grand coûtait 400 dollars la nuit. Dans cette taule, elle revenait à 125 dollars, une économie de deux nuits qui couvrait presque le prix de son billet d'avion. Des économies de bouts de chandelle, songea Wally en grimpant à pied deux étages pour atteindre sa chambrette.

Il ne pouvait pas louer de voiture à cause de son retrait de permis. Il apprit qu'une navette reliait le Spirit of Rio au Strip toutes les trente minutes. Il joua aux machines à sous dans le hall et gagna 100 dollars. C'était peut-être son week-end de chance !

La navette était bondée de retraités obèses. Wally ne trouva pas de place assise, il resta donc debout, cramponné aux barres de sécurité, se balançant, collé aux autres voyageurs moites de sueur. Il se demanda combien d'entre eux étaient des victimes potentielles du Krayoxx. Il voyait de l'excès de cholestérol partout. Bien qu'ayant comme toujours les poches remplies de cartes de visite, il laissa tomber.

Il déambula un moment dans le casino, observant de près une étonnante palette d'individus jouer au black-jack, à la roulette ou aux dés, des trucs auxquels il n'avait jamais joué ; il n'avait pas la moindre envie de commencer aujourd'hui. Il tua le temps à une machine à sous, dit deux fois non merci à une serveuse accorte. Wally se rendit compte qu'un casino était un lieu de perdition pour un alcoolique en rémission. À 19 heures, il se fraya un chemin vers une salle de banquet située sur la mezzanine. Deux vigiles en bloquaient la porte. Wally fut soulagé quand ils trouvèrent son nom sur la liste d'invités. À l'intérieur, une vingtaine d'hommes bien sapés et trois femmes papotaient en buvant un verre. Dans le fond, un buffet était dressé le long d'un des murs. Certains des avocats se connaissaient, mais Wally n'était pas le seul novice de l'assistance. Tous paraissaient savoir son nom, et ils étaient au courant de sa plainte. Très vite, il commença à se sentir à l'aise. Jerry Alisandros le débusqua et ils se serrèrent la main comme de vieux amis. Un petit groupe se forma autour d'eux, puis d'autres poches de conversation surgirent ici et là. Les convives parlaient procès, politique, jets privés, résidences aux Caraïbes, mariages et divorces. Wally n'avait pas grand-chose à dire, pourtant il s'incrusta courageusement et sut prêter l'oreille. Les vedettes du prétoire avaient tendance à parler sans arrêt, parfois tous en même temps. Wally se contentait de sourire et d'écouter en sirotant son eau minérale.

Après une rapide collation, Alisandros se leva et ouvrit la discussion. Le programme était de se retrouver le lendemain matin à 9 heures au même endroit et de se mettre au travail. Ils devraient en avoir fini vers midi. Il avait parlé à plusieurs reprises avec Nicholas Walker de chez Varrick ; visiblement, le groupe était secoué. Dans sa longue et pittoresque histoire judiciaire, Varrick n'avait jamais été confronté à tant d'actions en justice en si peu de temps. Il s'efforçait d'estimer en catastrophe l'ampleur des dégâts. Selon des experts consultés par Alisandros, le nombre total de victimes et de morts pouvait atteindre les cinq cent mille personnes.

Ces nouvelles – tant de souffrances et de malheurs – furent favorablement accueillies autour de la table.

Selon un autre expert consulté par Alisandros, le coût potentiel du scandale pour Varrick était d'au moins 5 milliards. Wally était sûr de ne pas être le seul à pouvoir faire ce simple calcul : 40 % de 5 milliards. Cependant personne ne broncha. Un nouveau médicament, une nouvelle guerre contre les géants pharmaceutiques, un nouveau règlement négocié colossal qui les rendrait encore plus riches. Cela signifiait plus de jets privés, plus de maisons, plus de jeunes et jolies épouses, autant d'avantages qui laissaient Wally indifférent. Tout ce qu'il voulait, lui, c'était un magot à la banque, assez de fric pour vivre agréablement, libéré du fardeau du labeur quotidien.

Dans une telle assemblée d'egos surdimensionnés, il suffisait d'attendre pour que quelqu'un d'autre veuille prendre la parole. Dudley Brill, de Lubbock, dans le Texas, se lança avec bottes et Stetson dans le récit d'un entretien récent avec un éminent avocat de Houston travaillant pour Varrick qui avait lourdement laissé entendre que les laboratoires n'étaient aucunement prêts à transiger tant que la responsabilité du produit n'aurait pas été démontrée devant plusieurs jurys. Par conséquent, en se fondant sur son analyse d'un entretien connu de lui seul, il avait la ferme opinion que lui, Dudley Brill de Lubbock, dans le Texas, devait engager le premier procès, et cela dans sa ville natale, dont les jurés avaient prouvé par le passé qu'ils l'aimaient et lui accorderaient des sommes énormes s'il les leur demandait. Visiblement, Brill avait bu, comme tout le monde d'ailleurs, sauf Wally, et son analyse intéressée déclencha un furieux débat. Rapidement, les esprits s'échauffèrent et les noms d'oiseaux commencèrent à voler.

Jerry Alisandros parvint à rétablir l'ordre.

— J'espérais que nous pourrions discuter de tout cela demain matin, dit-il diplomatiquement. Je propose qu'on lève la séance et que chacun rentre chez soi. On se retrouvera demain, frais et dispos.

Le lendemain matin, il était clair que tout le monde n'avait pas bénéficié d'une bonne nuit de sommeil. Yeux pochés, yeux rouges, verres d'eau fraîche et tasses de café dans des mains tremblantes, tous les signes étaient là. Il y avait des gueules de bois à la pelle, et pas mal d'avocats étaient absents. À mesure que la matinée s'éternisait, Wally comprit que beaucoup d'accords avaient été conclus autour d'un verre, tard dans la nuit. Des alliances s'étaient forgées, des ententes secrètes avaient été scellées, des coups de couteau plantés dans le dos. Wally ne savait plus très bien où il en était.

Deux experts parlèrent du Krayoxx et des études les plus récentes sur le sujet. Chaque juriste passa quelques minutes à évoquer son dépôt de plainte : nombre de clients, nombre de décès potentiels de clients comparés aux simples victimes de préjudices, juges, avocats adverses et tendances des verdicts dans la juridiction. Wally improvisa gentiment et en révéla le moins possible.

Un expert incroyablement ennuyeux disséqua la santé financière de Varrick Labs et estima le groupe assez solide pour supporter d'énormes pertes en cas de règlement négocié. Le terme « règlement » revenait souvent dans sa bouche et résonnait dans les oreilles de Wally. Le même expert devint encore plus assommant quand il entreprit d'analyser les diverses assurances dont bénéficiait Varrick.

Au bout de deux heures, Wally eut besoin d'une pause. Il se glissa hors de la salle et partit à la recherche des toilettes. À son retour, Jerry Alisandros l'attendait devant la porte.

— Tu rentres quand ? questionna-t-il.
— Tout à l'heure, répondit Wally.
— Sur un vol de ligne ?

Évidemment, pensa Wally, *je n'ai pas de jet privé, moi. Comme les trois quarts des Américains, je suis obligé de réserver une place dans un avion qui ne m'appartient pas.*

— Bien sûr, dit-il avec le sourire.
— Écoute, Wally, je m'envole pour New York cet après-midi. Pourquoi ne pas profiter du voyage ? Mon cabinet vient d'acquérir un Gulfstream G650 tout neuf. On déjeunera à bord et on te déposera à Chicago.

Il y aurait forcément un prix à payer, un marché à conclure, mais après tout c'était précisément ce que recherchait Wally. Il avait beau avoir lu plein de trucs sur les riches avocats et leurs jets privés, il ne lui était jamais venu à l'idée qu'il monterait un jour dans un de ces appareils.

— C'est très généreux, dit-il. Merci.
— Rendez-vous dans le hall de l'hôtel à 13 heures, d'accord ?
— Ça marche.

Une douzaine de jets privés s'alignaient sur le tarmac de l'aérodrome de McCarran Field. En passant devant, à la suite de son nouveau pote Jerry, Wally se demanda combien appartenaient à d'autres cadors de l'action collective. Arrivé devant celui de Jerry, il gravit l'échelle puis respira un grand coup avant de pénétrer dans le G650 étincelant. Une jeune Asiatique d'une beauté saisissante prit son pardessus et lui demanda ce qu'il voulait boire. Une eau minérale.

Jerry Alisandros avait toute une petite cour autour de lui : un associé, deux assistants juridiques et une sorte de secrétaire. Ils se réunirent brièvement à l'arrière de la cabine, tandis que Wally s'installait dans un grand fauteuil de cuir pour penser à Iris Klopeck et à Millie Marino, ainsi qu'à toutes ces merveilleuses veuves dont les défunts maris lui avaient permis de pénétrer dans le monde de l'action collective. Et de monter dans cet avion. Le steward lui tendit un menu. Tout au bout de l'allée centrale, il apercevait une cuisine avec un chef dans l'expectative. Pendant que le G650 se mettait en branle, Jerry se faufila à l'avant et s'assit en face de Wally.

— Comment tu trouves ? lança-t-il en levant les mains pour embrasser son dernier joujou.

— C'est sûr, c'est mieux qu'un vol de ligne.

Jerry éclata de rire. Comme s'il n'avait jamais rien entendu d'aussi drôle.

Une voix annonça qu'ils étaient sur le point de décoller ; tout le monde attacha sa ceinture. Tandis que le jet se détachait de la piste pour s'élancer dans les airs, Wally ferma les yeux et savoura le moment. Il ne se reproduirait peut-être jamais plus.

Dès qu'ils eurent atteint leur altitude de croisière, Jerry s'activa. Il bascula un interrupteur et tira une table d'acajou du mur.

— Parlons affaires !

C'est ton avion, songea Wally.

— OK.

— Combien de cas tu penses pouvoir rassembler, en étant réaliste ?

— Dix cas de décès, ça me paraît jouable. Nous en avons déjà huit. Pour les autres, je ne sais pas. Nous avons un groupe de plusieurs centaines de cas potentiels, mais il faut les passer au crible.

Jerry fronça les sourcils comme si cela ne suffisait pas, comme s'il perdait son temps. Wally se demanda s'il n'allait pas commander au pilote de faire demi-tour ou d'ouvrir une trappe sous ses pieds.

149

— Tu envisagerais de t'associer à un cabinet plus important ? demanda Jerry. Je sais que toi et tes gars, vous n'avez pas trop l'expérience des recours collectifs.

— Je suis ouvert à la discussion, bien sûr, répondit Wally, cachant mal son excitation. – C'était son plan depuis le début. – Mon mandat nous donne 40 % du résultat. Combien tu prendrais ?

— Dans notre accord type, on assume les frais, et ce sont des dossiers lourds. On se charge des médecins, des experts, des chercheurs, tout ce que tu veux, et ces gens coûtent une fortune. On prend la moitié des honoraires, 20 % donc, mais les frais sont à rembourser avant le partage des honoraires.

— Ça semble équitable. Quel serait notre rôle là-dedans ?

— C'est simple, trouver d'autres cas, mortels et non mortels. Les réunir. Je t'enverrai un avant-projet d'accord lundi. J'essaie de rassembler le plus de dossiers possible. L'étape suivante, très importante, c'est la création d'un LMD, un litige multidistrict. La cour désignera une commission juridique, cinq ou six juristes chevronnés qui piloteront la procédure. Ce comité a droit à un supplément d'honoraires, 6 % environ dans la plupart des cas, qui viennent s'ajouter à la quote-part des avocats.

Wally inclina la tête du début à la fin. Ayant déjà fait quelques recherches, il savait ce qu'Alisandros était en train de lui expliquer.

— Tu feras partie du comité de pilotage ? s'enquit-il.

— Probablement. Ça m'arrive souvent.

Le steward apporta des boissons fraîches. Jerry but une gorgée de vin et reprit :

— Dès que démarrera le processus de communication des pièces, on enverra quelqu'un pour te donner un coup de main avec les dépositions de tes clients. Rien d'extraordinaire. Du travail de procédure routinier. Wally, n'oublie jamais que pour la partie adverse, c'est aussi une mine d'or, ils peaufinent donc leurs dossiers. Je trouverai un cardiologue fiable qui s'occupera de faire passer des examens à vos clients. Il sera payé sur le résultat. Des questions ?

— Pas pour le moment.

Wally n'était pas enchanté à l'idée de rétrocéder la moitié

de ses honoraires, mais il était content d'être en affaires avec un cabinet comme celui d'Alisandros. Il resterait toujours assez d'argent pour Finley & Figg. En pensant à Oscar, il brûlait d'impatience de lui décrire le G650.

— Et au niveau de l'échéancier, tu vois ça comment? demanda-t-il.

En d'autres termes : à quand le fric ?

Après une longue et bonne lampée de vin, Jerry déclara :

— D'après mon expérience, qui, comme tu le sais, est assez vaste, je pense que dans un an nous aurons abouti à un accord avec Varrick. On commencera aussitôt à toucher de l'argent. Qui sait, Wally? Dans un an ou deux tu auras peut-être ton propre avion !

17.

Nicholas Walker, Judy Beck et deux autres avocats de Varrick s'envolèrent pour Chicago dans un des avions de la société, un G650 Gulfstream tout aussi flambant neuf que celui qui avait tant impressionné Wally. Le but de leur voyage était de virer leur ancien cabinet juridique pour en recruter un nouveau. Walker et son boss, Reuben Massey, avaient concocté un plan détaillé pour gérer le bourbier du Krayoxx, et avaient décidé qu'ils livreraient la première grande bataille à Chicago. Mais il fallait commencer par installer les bonnes personnes à la bonne place.

Les personnes qui se trouvaient à la mauvaise place étaient les membres du cabinet qui travaillait pour Varrick Labs depuis une décennie. Leurs prestations avaient toujours été considérées comme excellentes. S'ils ne faisaient plus l'affaire, ce n'était pas leur faute. Selon les recherches exhaustives menées par Walker et son équipe, il existait à Chicago un cabinet qui avait des liens particulièrement étroits avec le juge Harry Seawright. Et, comble de chance, un de leurs associés était le meilleur avocat de la place.

Cet avocat s'appelait Nadine Karros, avait quarante-quatre ans et n'avait pas perdu un procès depuis dix ans. Plus elle gagnait, plus ses dossiers devenaient difficiles et plus ses victoires étaient éclatantes. Après avoir sondé des dizaines de procureurs qui l'avaient affrontée au tribunal et avaient perdu face à elle, Nick Walker et Reuben Massey avaient décidé que Mᵉ Karros conduirait la défense du Krayoxx. Et ils se moquaient de ce que coûterait l'opération.

Cependant, il fallait d'abord la convaincre. Au cours d'une longue vidéoconférence, elle n'avait pas semblé disposée à se charger d'une affaire majeure qui prenait chaque jour plus d'ampleur. Elle était déjà surchargée de travail, ce qui n'avait rien d'étonnant ; son agenda était plein, etc. Elle ne s'était jamais occupée d'une action collective, néanmoins ce n'était pas vraiment un obstacle pour un avocat plaidant de son calibre. Walker et Massey savaient que sa récente collection de victoires couvrait un large éventail de sujets : contamination des nappes phréatiques, fautes médicales, collision aérienne de deux avions de lignes intérieures. Nadine Karros était un ténor du barreau, elle pouvait défendre n'importe quel dossier devant n'importe quel jury.

Elle travaillait chez Rogan Rothberg, au quatre-vingt-cinquième étage de la Trust Tower, département des litiges, et avait un bureau d'angle avec vue sur le lac, dont elle avait toutefois rarement l'occasion de profiter. Elle retrouva l'équipe dans une grande salle de conférences au quatre-vingt-sixième étage. Une fois que chacun se fut brièvement extasié sur le lac Michigan, ils s'installèrent autour de la table pour une réunion censée durer au moins deux heures. À la gauche de Mᵉ Karros se tenait le contingent habituel d'avocats juniors et d'auxiliaires juridiques, une bande de sbires aux traits tirés prêts à sauter par la fenêtre si Nadine le leur demandait. À sa droite était assis son bras droit, un associé nommé Hotchkin.

Plus tard, lors d'un entretien téléphonique avec Reuben Massey, Nicholas Walker dirait :

— Elle est très belle, Reuben. De longs cheveux noirs, une bouche et un menton fermes et décidés, des yeux noisette si chaleureux et si engageants qu'on se dit : Voilà la femme que je rêverais de présenter à ma mère. C'est quelqu'un de très attachant, elle a un sourire étincelant, une voix chaude et grave, une voix de chanteuse lyrique. On comprend pourquoi les jurés sont hypnotisés par elle. Mais c'est une dure à cuire, ça ne fait pas de doute, Reuben. Elle a de la poigne et sait se faire obéir, et son équipe lui est dévouée corps et âme. Je n'aimerais pas l'affronter dans un prétoire, Reuben.

— C'est donc elle qu'il nous faut ? insista Reuben.

— Sans aucun doute possible. J'ai hâte d'être au procès, rien que pour la voir en action !

— Et ses jambes ?

— Ah, ses jambes ! Au niveau du look, c'est la totale. Une silhouette élancée, on croirait qu'elle sort des pages d'un magazine de mode. Il faut que vous la rencontriez le plus tôt possible.

Comme elle était chez elle, Me Karros prit rapidement la réunion en main. Avec un signe de tête en direction de Hotchkin, elle déclara :

— Me Hotchkin et moi-même avons soumis votre proposition à notre comité d'honoraires. Mon tarif sera de 1 000 dollars l'heure hors audience, 2 000 dollars au tribunal, avec une avance de 5 millions, non remboursable bien évidemment.

Nicholas Walker négociait les honoraires des as du barreau depuis vingt ans. Il était rarement impressionné.

— Combien pour les autres associés ? s'enquit-il posément, comme si sa société était capable de tout encaisser – ce qui était le cas.

— Huit cents dollars l'heure, 500 pour les avocats salariés, répliqua-t-elle.

— D'accord.

Tous les présents savaient que le coût de la défense se monterait à plusieurs millions. Walker et son équipe avaient déjà fait une première estimation, quelque part entre 25 et 30 millions. Une bagatelle quand on risque des milliards de dommages et intérêts.

Une fois réglée la question du coût, ils passèrent au deuxième point à l'ordre du jour. Nicholas prit la parole :

— Notre stratégie est à la fois simple et complexe, commença-t-il. Simple parce que nous allons choisir une plainte dans la masse de celles qui ont été déposées, une plainte individuelle, pas un recours collectif, et allons tout faire pour aboutir au procès. Nous souhaitons un procès. Nous n'avons pas peur d'aller en justice car nous savons que notre produit est sûr. Nous pensons, et nous pouvons le prouver, que les recherches sur lesquelles s'appuient nos adversaires sont fondamentalement fausses. Le Krayoxx est un excellent médicament anticholestérol et il ne comporte pas de risques d'accidents cardiaques ni vasculaires. Nous en sommes certains, si certains que nous souhaitons qu'un jury, un jury constitué ici, à Chicago, entende nos arguments, et le plus vite possible. Nous avons la certitude que le jury nous croira. Quand il aura récusé les attaques contre le Krayoxx, qu'il aura rendu un verdict favorable, la situation changera du tout au tout. Les plaintes s'envoleront comme feuilles au vent. Tout se dégonflera. Il faudra peut-être un autre procès, une autre victoire, mais j'en doute. Bref, maître Karros, nous répliquons vite et bien par un procès avec jury, et quand nous aurons gain de cause, tout le monde rentrera à la niche.

Nadine Karros écoutait sans prendre de notes. Quand il eut terminé son intervention, elle reprit la parole :

— En effet, c'est assez simple, et pas vraiment original. Pourquoi Chicago ?

— À cause du juge Seawright. Nous avons enquêté sur tous les juges de toutes les plaintes déposées jusqu'ici, et nous pensons que Seawright est notre homme. Il est sans indulgence pour les recours collectifs. Il méprise les procès sans motif sérieux et les assignations de pacotille. C'est un adepte de la vitesse, il aime bien accélérer la communication des pièces et presser le pas pour aboutir devant un jury. Il n'aime pas les affaires laissées en carafe. Son neveu préféré prend du Krayoxx. Et, surtout, son meilleur ami est l'ex-sénateur Paxson, qui a maintenant un bureau ici même, au quatre-vingt troisième étage, chez Rogan Rothberg, si j'en crois mes informations ?

— Vous supposez que nous pourrions influencer un juge fédéral ? s'enquit-elle en arquant légèrement le sourcil gauche.

— Bien sûr que non, répondit Walker avec un sourire sardonique.

— Quel est donc le côté complexe de votre plan ?

— Nous allons leurrer nos adversaires. Nous allons faire semblant de rechercher un accord. Ce ne sera pas la première fois. Croyez-moi, nous ne sommes pas novices en matière de règlements négociés. La cupidité de ces spécialistes du recours collectif dépasse l'entendement. Ils ne demandent qu'à croire qu'on s'apprête à mettre des milliards sur la table, et ça va les déchaîner. La perspective d'un accord reléguera la préparation d'un grand procès au second plan. À quoi bon se fatiguer, puisqu'on va négocier ? D'un autre côté, nous – vous – œuvrerons avec diligence afin d'être prêts pour le procès. Selon nous, le juge Seawright sortira son fouet, et la procédure avancera au pas de charge. Au moment idéal, les tractations tourneront court, nos adversaires se retrouveront gros jean comme devant, et le juge Seawright refusera de reporter le procès.

Nadine Karros hocha la tête en souriant, appréciant le scénario.

— Je parie que vous avez une plainte précise en tête, dit-elle.

— Oh, oui ! Un avocaillon local, un certain Wally Figg, a intenté la première action contre le Krayoxx ici, à Chicago. C'est un minus, il fait partie d'un petit cabinet à trois associés du Southwest Side qui traite des affaires à deux balles. Aucune expérience du prétoire ni des actions de groupe. Il est de mèche avec un avocat de Fort Lauderdale, un certain Jerry Alisandros, un vieux de la vieille dont le but dans la vie est de poursuivre Varrick au moins une fois par an. Alisandros est un poids-lourd.

— Est-il capable de plaider ? s'enquit Nadine, pensant déjà au procès.

— Son cabinet, Zell & Potter, compte quelques avocats qui connaissent leur affaire devant un jury, mais ils vont rarement jusqu'au procès. Leur spécialité, c'est de forcer les groupes à négocier pour rafler d'énormes honoraires. À ce stade, nous ignorons qui sera à la manœuvre pendant le procès. Ils peuvent aussi bien choisir un avocat du cru.

Judy Beck, qui était assise à la gauche de Walker, s'éclaircit la voix et déclara avec une certaine nervosité :

— Alisandros a déjà déposé une requête en vue du regroupement de tous les dossiers Krayoxx dans un LMD, un litige multidistrict, et...

— Nous savons ce que veut dire LMD, le coupa sèchement Hotchkin.

— Nous n'en doutons pas. Alisandros a un juge fédéral dans sa poche en Floride. Son truc, c'est de monter le LMD, de se faire nommer au comité de pilotage des plaintes et de superviser le procès. Ça lui permet d'encaisser une rémunération supplémentaire pour sa participation au comité.

Nick Walker prit le relais :

— Au début, nous nous opposerons à toutes les tentatives de regroupement des dossiers. L'idée, c'est de sélectionner un des clients de Mᵉ Figg et de convaincre le juge Seawright de lui infliger son traitement express.

— Et si le juge de Floride ordonne le regroupement de tous les dossiers là-bas ? demanda Hotchkin.

— Seawright est un juge fédéral, répondit Walker. La plainte a été déposée chez lui. S'il veut la juger ici, personne, pas même la Cour suprême, ne peut s'y opposer.

Nadine Karros lisait attentivement un mémo rédigé par l'équipe de Varrick Labs.

— Si je comprends bien, dit-elle, on sélectionne un des cas de décès de Mᵉ Figg et on convainc le juge Seawright de disjoindre ce dossier des autres. Puis, à supposer que le juge nous donne raison, on y va doucement, on nie sans rien concéder, on gère paisiblement la procédure de communication des pièces parce qu'on ne veut surtout pas ralentir la procédure. On prend quelques dépositions, on transmet à la partie adverse tout ce qu'elle nous demande, bref on l'enfume, et quand elle se réveillera et comprendra qu'elle a un procès sur les bras, il sera trop tard. En attendant, on la laisse se bercer d'illusions sur son jackpot, dans une fausse atmosphère de sécurité.

— Vous avez parfaitement compris, approuva Nick Walker.

Ils passèrent presque une heure à étudier les cas de décès de Mᵉ Figg : Chester Marino, Percy Klopeck, Wanda Grand, Frank Schmidt et quatre autres. Une fois l'assignation dûment examinée, Mᵉ Karros et son équipe prendraient les dépositions des huit ayants droit des huit défunts. Cela leur permettrait de les observer de près. Ensuite, ils choisiraient quel dossier isoler en vue d'un procès.

Le cas du jeune David Zinc fut rapidement examiné. Il avait travaillé chez Rogan Rothberg pendant cinq ans, mais ne faisait plus partie de la boîte. Il n'y avait aucun conflit d'intérêts : à l'époque, le cabinet ne représentait pas Varrick, et Zinc ne représentait pas non plus les victimes. Nadine Karros ne l'avait jamais rencontré ; de fait, une seule personne de son côté de la table se souvenait vaguement de David. Zinc s'occupait de finance internationale, un univers très éloigné du contentieux.

Zinc travaillait à présent dans le monde de la justice au quotidien, heureux de se trouver aussi loin que possible de la finance internationale. Ce qui le préoccupait en ce moment, c'était l'histoire de la gouvernante birmane et de son petit-fils empoisonné au plomb. Il avait un nom, un numéro de téléphone et une adresse, pourtant la prise de contact s'était révélée difficile. Toni, l'amie d'Helen, avait conseillé à la grand-mère de consulter un avocat, mais cette perspective avait terrifié la malheureuse au point de la faire fondre en larmes. Elle était affectivement éprouvée, désorientée et, pour le moment, injoignable. Son petit-fils était toujours sous respirateur.

David avait envisagé de repasser le bébé à ses deux associés, avant de se raviser promptement. Wally se ruerait dans la chambre d'hôpital et flanquerait une trouille bleue à tout le monde. Oscar insisterait pour se charger du dossier et exigerait ensuite un pourcentage supplémentaire en cas d'arrangement. David avait appris que ses deux associés ne se partageaient pas les rentrées sur un pied d'égalité ; selon Rochelle, ils se disputaient âprement les honoraires. L'avocat qui avait pris contact avec le client recevait des points, celui qui préparait le dossier en recevait d'autres, et ainsi de suite. Toujours selon Rochelle, le moindre accident de voiture intéressant donnait lieu à des chamailleries sur le partage du gâteau.

David était en train de régler une succession simple pour un nouveau client – il saisissait le document lui-même, parce que Rochelle l'avait informé quelques semaines plus tôt que trois avocats étaient une charge trop lourde pour une secrétaire – quand un tintement de sa boîte de réception lui annonça l'arrivée d'un courriel du greffier de la Cour fédérale. Il ouvrit le message, trouva la réponse de la partie adverse à leur plainte. Ses yeux cherchèrent immédiatement qui représentait la défense, et quand il lut le nom de Nadine Karros, de Rogan Rothberg, il crut défaillir.

Sans l'avoir jamais rencontrée, David connaissait sa réputation. C'était une vedette du barreau. Elle plaidait et gagnait les affaires les plus importantes. Lui n'avait jamais prononcé un mot devant un tribunal. Et voilà que leurs noms se trouvaient accolés comme s'ils étaient des égaux ! Pour les demandeurs : Wallis T. Figg, B. Oscar Finley, David E. Zinc, du cabinet Finley & Figg, ainsi que S. Jerry Alisandros, du cabinet Zell & Potter. Et pour les laboratoires Varrick : Nadine L. Karros et R. Luther Hotchkin, du cabinet Rogan Rothberg. Sur le papier, David jouait dans la cour des grands.

Il prit son temps pour lire la réponse. Les faits évidents étaient reconnus ; toute responsabilité était réfutée. De bout en bout, c'était une réaction directe, presque affable, à une demande en réparations de 100 millions de dollars. Il ne s'attendait pas à ça. Selon Wally, Varrick déposerait une méchante requête en dessaisissement, accompagnée de volumineuses conclusions rédigées par les brillants collaborateurs du service juridique de la firme. La requête en dessaisissement donnerait lieu à un clash, mais ils prendraient le dessus, car ce type de demande était rarement accordée – toujours selon Wally.

La défense joignait à sa réponse une série de questionnaires basiques en vue d'obtenir des informations personnelles sur chacun des huit clients défunts et leurs familles, et demandait les noms et les témoignages des experts. David avait cru comprendre que les fameux experts n'étaient pas encore recrutés ; Jerry Alisandros devait s'en charger. Me Karros souhaitait également procéder dès que possible aux huit dépositions.

Il était précisé par le greffier qu'une copie papier de la réponse et des autres fichiers arriverait par la poste.

David entendit un pas dans l'escalier. Wally entra, haletant.

— Tu as vu la réponse ?

— Je viens de la lire. Plutôt courtois, vous ne trouvez pas ?

— Tu t'y connais, en procès ?

— Ouille.

— Désolé. Il y a anguille sous roche. Il faut que j'en parle à Alisandros pour savoir ce qui se trafique.

— Ce n'est qu'une réponse accompagnée de quelques demandes banales. Pas de quoi paniquer.

— Est-ce que je panique ? Tu la connais, cette bonne femme ? C'est ton ancien cabinet, non ?

— Je ne l'ai jamais rencontrée, mais on dit que c'est une tueuse devant un jury.

— Ouais, bon, Alisandros est du même calibre. Mais il n'y aura jamais de procès, objecta Wally avec une absence de conviction patente.

Il ressortit du cabinet en marmonnant et descendit lourdement les marches. Un mois s'était écoulé depuis leur dépôt de plainte ; le rêve de Wally, un jackpot facile, s'évaporait. Il faudrait bosser un peu en attendant les négociations.

Dix minutes plus tard, David reçut un courriel de l'associé junior :

« Tu t'occupes des questionnaires ? Je dois filer aux pompes funèbres. »

Bien sûr, Wally. Avec plaisir.

18.

Les charges mineures retenues contre Trip finirent par être abandonnées en raison de leur absence d'intérêt, mais le tribunal lui imposa tout de même une promesse écrite de se tenir à l'écart du cabinet Finley & Figg et de ses avocats. Trip disparut, mais pas son ex-fiancée.

DeeAnna déboula quelques minutes avant 17 heures, son heure habituelle. Ce jour-là, elle était déguisée en cow-girl : jean ultra-moulant, bottes mexicaines, chemise rouge ajustée dont elle avait oublié d'attacher les trois boutons du haut.

— Wally est là ? roucoula-t-elle à l'intention de Rochelle, qui ne pouvait pas la supporter.

Le sillage de son parfum la rattrapa et s'installa dans la pièce ; CDA renifla, puis grogna et se réfugia encore plus loin sous le bureau.

— Il est là, répondit Rochelle avec dédain.

— Merci, ma chère, lança DeeAnna, qui faisait de son mieux pour exaspérer Rochelle.

Elle se dandina en direction de la porte de Wally, entra sans frapper. Une semaine plus tôt, Rochelle l'avait priée de s'asseoir et d'attendre, comme tous les autres clients. Mais il était visible qu'elle avait plus de pouvoir que les autres, du moins aux yeux de Wally.

Une fois dans le bureau, DeeAnna se blottit dans les bras de son conseil. Après un long baiser avec étreinte plus le pelotage de rigueur, Wally s'écria :

— Tu es superbe, ma chérie !

— C'est pour toi, mon chéri.

Wally vérifia que la porte était bien fermée, puis retourna à son fauteuil pivotant.

— J'ai deux coups de fil à passer, et on s'en va, dit-il, bavant de convoitise.

— Tout ce que tu voudras, mon chéri, roucoula encore DeeAnna, avant de s'asseoir et de sortir un magazine people.

Elle ne lisait rien d'autre et était bête comme ses pieds, mais Wally s'en fichait. Il refusait de la juger. Elle avait été mariée quatre fois, lui aussi. Qui était-il pour s'ériger en juge ? En ce moment, ils s'éclataient à mort au lit et Wally n'avait jamais été plus épanoui.

À l'accueil, Rochelle rangeait ses dossiers, impatiente de partir maintenant que « la pétasse » était dans le bureau de Figg. Qui savait ce qu'ils fabriquaient là-dedans ? La porte d'Oscar s'ouvrit ; il apparut, des papiers à la main.

— Où est Figg ? demanda-t-il en regardant la porte close de son associé.

— Dans son bureau, avec une cliente. C'est fermé à double tour.

— Ne me dites pas…

— Si, c'est le troisième jour d'affilée.

— Ils négocient encore ses honoraires ?

— Je n'en sais rien. Il doit vouloir les augmenter.

Même si lesdits honoraires étaient modestes – un simple divorce par consentement mutuel –, Oscar avait droit à un pourcentage. Toutefois, il se demandait comment toucher sa part quand la moitié était payée en nature. Il fixa un moment la porte du bureau de Wally, comme s'il guettait la rumeur de la passion puis, n'entendant rien, il se tourna vers Rochelle en agitant ses papiers.

— C'est quoi ?

— Notre accord avec Jerry Alisandros et Zell & Potter. Huit pages, un tas de clauses particulières, déjà signé par mon associé, manifestement sans avoir été lu intégralement. Il est décrété ici que nous devons contribuer de 25 000 dollars aux frais de justice. Figg ne m'en jamais parlé.

Rochelle haussa les épaules. C'était le problème des avocats, pas le sien.

Oscar était remonté :

— Plus loin, il est spécifié que nous touchons 40 % du résultat sur chaque dossier, dont la moitié échoit à Zell & Potter. Mais dans les clauses particulières il est précisé que des honoraires additionnels de 6 % seront versés au comité de pilotage des plaintes, un petit bonus accordé aux grosses pointures pour leur dur labeur, et ces 6 % sont directement déduits du montant total du règlement. Donc, si je calcule bien, nous perdons 6 % d'emblée, ce qui nous laisse 34 % à partager avec Alisandros, lequel, bien sûr, prendra une bonne portion de ces 6 %. Vous trouvez ça normal, madame Gibson ?

— Non.

— Moi non plus. On se fait baiser par tout le monde, et en plus il faut qu'on avance 25 000 dollars ?

Les joues écarlates, Oscar ne quittait pas des yeux la porte de Wally, mais Wally était en sécurité à l'intérieur.

David descendit de l'étage et se mêla à la conversation.

— Tu as lu ça ? demanda Oscar avec fureur, agitant le contrat.

— Qu'est-ce que c'est ?

— Notre contrat avec Zell & Potter.

— Je l'ai parcouru. C'est plutôt correct.

— Ah bon ? Tu as lu aussi la partie concernant l'avance de frais de 25 000 dollars ?

— Oui, et j'ai questionné Wally à ce sujet. Il m'a dit qu'il n'y avait qu'à aller à la banque, utiliser la ligne de crédit du cabinet et rembourser une fois que le règlement aura été négocié.

Oscar et Rochelle échangèrent un coup d'œil. Ils se posaient la même question : ligne de crédit ? Quelle ligne de crédit ?

Oscar eut l'air de vouloir ajouter quelque chose, mais il pivota brusquement sur ses talons et retourna dans son antre, claquant la porte derrière lui.

— Qu'est-ce qui se passe ? s'enquit David.

— Nous n'avons pas de ligne de crédit, répondit Rochelle. Me Finley craint que le litige Krayoxx foire et nous tue financièrement. Ce ne serait pas la première fois qu'un des plans de Figg nous explose à la figure, mais celui-ci pourrait battre le record, c'est clair.

Regardant autour de lui, David s'avança d'un pas.

— Puis-je vous poser une question en toute confidentialité ?

— Ça dépend, dit-elle en reculant prudemment d'un pas.

— Ces gars font ce boulot depuis longtemps. Trente ans minimum pour Oscar, vingt minimum pour Wally. Ils ont de l'argent caché quelque part ? On n'en voit pas la couleur au cabinet, je me demandais donc s'ils en avaient mis un peu de côté.

Rochelle regarda aussi autour d'elle, puis chuchota :

— Je ne sais pas où passe l'argent. Je doute qu'Oscar ait un radis, puisque sa femme claque tout ce qu'il gagne. Elle se croit supérieure aux autres et aime jouer à ce petit jeu. Quant à Wally, qui sait ? Je le soupçonne d'être aussi raide que moi. Mais les murs leur appartiennent bien.

David ne put s'empêcher d'examiner les lézardes au plafond. *Laisse tomber*, songea-t-il.

— Simple curiosité, reprit-il.

Un strident éclat de rire féminin leur parvint du tréfonds du bureau de Figg.

— Il faut que j'y aille, ajouta-t-il en attrapant son pardessus.

— Moi aussi, dit Rochelle.

Tout le monde était parti quand Wally et DeeAnna refirent surface. Ils éteignirent les lumières vite fait, fermèrent à clé et montèrent dans la voiture de DeeAnna. Wally était content d'avoir non seulement une nouvelle copine, mais une qui veuille bien conduire. Il lui restait six semaines de suspension de permis et, avec un dossier aussi brûlant que le Krayoxx, il avait besoin d'être mobile. DeeAnna avait sauté sur l'idée de toucher une commission d'apporteuse – 500 dollars cash pour un cas mortel et 200 pour un non mortel –, mais ce qui l'excitait vraiment, c'était d'écouter les prédictions de Wally : il allait contraindre Varrick Labs à un énorme règlement qui lui rapporterait des honoraires mirifiques (et qui lui rapporterait peut-être quelque chose à elle aussi, même si la question n'avait pas encore été clairement abordée). Le plus souvent, leur conversation sur l'oreiller glissait vers le Krayoxx et ce qu'il pouvait représenter. Son troisième mari l'avait emmenée à Maui, et elle adorait la plage. Wally lui avait déjà promis des vacances paradisiaques.

À ce stade de leur relation, Wally lui aurait promis n'importe quoi.

— On va où, mon chéri ? s'enquit-elle en s'éloignant en trombe du cabinet.

C'était une conductrice dangereuse au volant de sa petite Mazda décapotable. Wally savait qu'il ne survivrait pas à un accident.

— Ralentis un peu, dit-il en tirant sur sa ceinture de sécurité. On va dans le nord, à Evanston.

— Il y a beaucoup de gens qui se manifestent ?

— Oh que oui ! Les appels n'arrêtent pas.

Wally ne mentait pas, son portable vibrait constamment sous les demandes de renseignements émanant d'individus qui avaient ramassé son petit prospectus *Gare au Krayoxx !* Il en avait imprimé dix mille exemplaires, dont il inondait Chicago. Il les collait sur les panneaux d'affichage des salles de réunion des Weight Watchers, dans les foyers d'anciens combattants, les salons de loto, les salles d'attente des hôpitaux et les toilettes de fast-food – dans tous les endroits que l'esprit astucieux de Wally s'imaginait fréquentés par des individus luttant contre leur cholestérol.

— Alors, combien avons-nous de cas ? demanda-t-elle.

Le « nous » n'échappa pas à Wally. Il n'allait pas lui révéler la vérité.

— Huit cas avec décès, plusieurs centaines de cas non mortels qu'il faudra passer au crible. Je ne suis pas sûr que tous les cas non mortels soient vraiment des cas. Il faut voir s'ils ont des lésions cardiaques avant de les compter.

— Comment tu vas faire ?

Ils filaient sur la voie express Stevenson, slalomant entre les voitures, dont DeeAnna semblait ignorer les trois quarts. Wally rentrait la tête chaque fois qu'ils frôlaient l'accident.

— Du calme, DeeAnna, nous ne sommes pas pressés.

— Tu critiques toujours ma façon de conduire, répondit-elle en lui jetant un long regard triste.

— Regarde la route. Et ralentis.

Elle décéléra et bouda pendant quelques minutes.

— Comment tu feras pour savoir si ces gens ont des lésions ?
— Un médecin les examinera. Le Krayoxx attaque les valves cardiaques, et il existe des tests qui permettent de savoir si un client a subi un préjudice à cause de ce médicament.
— Ça coûte cher, ces tests ?

Wally avait noté que DeeAnna s'intéressait de plus en plus à l'aspect économique du litige du Krayoxx, et ça commençait à l'agacer.

— Environ 1 000 dollars par tête de pipe, répondit-il, alors qu'il n'en savait rien.

Jerry Alisandros lui avait assuré que Zell & Potter avait déjà retenu les services de plusieurs médecins afin d'examiner les clients potentiels. Ces médecins seraient mis à la disposition de Finley & Figg dans un futur proche. Une fois le dépistage commencé, leur groupe de cas à risques s'agrandirait. Alisandros fendait quotidiennement les airs dans son jet pour rencontrer des avocats comme Wally, organiser de grands procès ici et là, recruter des experts, monter des stratégies judiciaires et, par-dessus tout, taper comme un sourd sur Varrick et son service juridique. Wally se sentait honoré de jouer dans la cour des grands.

— Ça fait beaucoup de fric, constata DeeAnna.
— Pourquoi toutes ces questions sur le fric ? répliqua Wally en jetant un coup d'œil dans le col ouvert de sa chemise de cow-girl.
— Excuse-moi, Wally. Tu sais bien que je suis curieuse. Tout ça est si excitant. Enfin, ce sera si impressionnant quand Varrick commencera à libeller ces gros chèques !
— On n'y est pas encore. Il faut d'abord trouver les clients.

Chez les Finley, Oscar et sa femme Paula suivaient une rediffusion de la série « M*A*S*H » sur le câble, quand ils se trouvèrent subitement confrontés à la voix stridente et à la tête anxieuse d'un avocat appelé Bosch, qui n'était pas un novice dans les publicités télé. Depuis des années, Bosch défendait les victimes d'accidents de la circulation et des cas liés à l'amiante, entre autres. De toute évidence, il venait de se recycler dans le Krayoxx. Il tonna contre les dangers de ce médicament et proféra des horreurs sur Varrick Labs. De la première à la trentième seconde du spot, son numéro de téléphone clignota au bas de l'écran.

Oscar l'observait avec beaucoup de curiosité, sans piper mot.

— Tu n'envisages pas de faire de la pub à la télé, Oscar ? Ton cabinet a vraiment besoin d'innover pour augmenter son chiffre d'affaires.

Cette conversation, elle, n'avait rien de nouveau. Depuis trente ans, sans qu'on lui eût jamais rien demandé, Paula dispensait ses conseils sur la gestion du cabinet, une activité qui ne générerait jamais assez de recettes pour la satisfaire.

— C'est très cher, répliqua Oscar. Figg, lui, voudrait bien tenter le coup. Je suis sceptique.

— Voyons, on ne peut quand même pas montrer Figg à la télévision ! Il ferait fuir tous les clients potentiels à cent cinquante kilomètres à la ronde. Je ne sais pas, ces pubs ont l'air si peu professionnelles.

Typique de Paula. La publicité télévisée pouvait rameuter des clients, et en même temps elle était peu professionnelle. Paula était-elle pour ou contre ? Ni l'un ni l'autre ou les deux ? Oscar était incapable de le préciser, et il s'était désintéressé de la question depuis des années.

— Figg a bien quelques dossiers Krayoxx ?

— Quelques-uns, oui, grogna Oscar.

Paula ignorait qu'Oscar, ainsi que David, avaient cosigné l'assignation et étaient co-responsables de l'action engagée. Elle ignorait que le cabinet s'était endetté pour faire face aux frais. Son seul souci, c'étaient les misérables recettes mensuelles qu'Oscar rapportait à la maison.

— Eh bien, j'en ai discuté avec mon médecin, et il dit que c'est un bon médicament. Il maintient mon taux de cholestérol sous la barre des 200. Je ne vais pas arrêter mon traitement.

— Tu as raison, dans ce cas, acquiesça Oscar.

Si le Krayoxx tuait réellement, il fallait absolument qu'elle continue à prendre sa dose.

— Mais les procédures se multiplient, Oscar. Je ne suis pas convaincue. Et toi ?

Elle est fidèle à son médicament, pourtant elle se pose des questions.

— Figg, lui, est convaincu que ce médicament provoque des lésions, reprit Oscar. Beaucoup de gros cabinets juridiques sont de cet avis et poursuivent Varrick. L'opinion générale, c'est que Varrick négociera plutôt que d'aller au procès. L'enjeu est trop gros.

— Mais s'il y a un arrangement, qu'adviendra-t-il des cas de Figg ?

— Jusqu'ici, ce sont tous des cas de décès. Il y en a huit. Si on négocie, on ramassera un joli petit paquet.

— Joli comment ?

— C'est impossible à dire.

Oscar tirait des plans sur la comète. Si les tractations devenaient sérieuses, il quitterait le domicile conjugal, demanderait le divorce, puis ferait tout pour empêcher sa femme de mettre ses pattes sur le magot du Krayoxx.

— Je pense qu'ils ne voudront pas négocier, conclut-il.

— Pourquoi donc ? Selon Bosch, il y aura peut-être un gros arrangement.

— Bosch est un imbécile, et il le démontre jour après jour. En général, ces grands groupes pharmaceutiques vont plusieurs fois devant un tribunal pour tâter le terrain. S'ils se font démolir par les jurés, alors ils commencent à négocier. S'ils gagnent, ils continuent à porter leurs dossiers devant les tribunaux jusqu'à ce que les avocats des demandeurs jettent l'éponge. Cela peut prendre des années.

Ne te fais pas trop d'illusions, ma chérie.

David et Helen Zinc étaient presque aussi amoureux l'un de l'autre que Wally et DeeAnna. Comme David travaillait moins, leur ardeur retrouvée avait permis à Helen de se retrouver enceinte en moins d'une semaine. Depuis que David rentrait tous les soirs à une heure normale, ils avaient rattrapé le temps perdu. Ils venaient de clore une séance et regardaient la télé tard dans leur lit, quand Bosch apparut à l'écran.

Après le spot, Helen commenta :

— On dirait que c'est la ruée.

— Tu peux le dire ! En ce moment même, Wally est en train d'inonder les rues de prospectus. Ça serait plus simple de faire de la pub à la télévision, mais on n'en a pas les moyens.

— Dieu merci ! Je ne tiens pas du tout à te voir dans la lucarne en train de te bagarrer avec les semblables de Benny Bosch !

— Je pense que je serais excellent dans le rôle : « Vous êtes blessé ? Nous nous battrons pour vous ! » « Tremblez, compagnies d'assurances ! » Tu ne trouves pas ?

— Ça ferait hurler de rire tes amis chez Rogan Rothberg.

— Je n'ai pas d'amis là-bas, rien que des mauvais souvenirs.

— Ça fait combien de temps que tu es parti ? Un mois ?

— Six semaines et deux jours, et je n'ai pas eu un seul instant envie d'y revenir.

— Et combien as-tu gagné dans ton nouveau cabinet ?

— Six cent vingt dollars et des broutilles.

— Bon, nous avons une expansion familiale en route. Tu as pensé à tes futurs revenus, ce genre de chose ? Tu as tourné le dos à 300 000 dollars annuels, pas de problème. Néanmoins on ne peut pas vivre avec 600 dollars mensuels.

— Tu doutes de moi ?

— Non, mais un peu de réconfort ne ferait pas de mal.

— OK. Je te promets de gagner assez d'argent pour assurer notre bonheur et notre confort. À nous trois. Ou à nous quatre ou cinq, autant que tu voudras.

— Et comment comptes-tu y parvenir ?

— Grâce à la télé. Je vais passer sur les ondes pour trouver des victimes du Krayoxx, dit David en riant. Bosch et moi. Qu'est-ce t'en penses ?

— Je pense que tu es fou.

Ils éclatèrent de rire, puis s'enlacèrent de nouveau.

19.

Le nom technique était « audience de mise en état ». C'était une brève réunion des avocats avec le juge pour apporter leurs conclusions et discuter des premières phases de la procédure. Pas de procès-verbal, juste des notes informelles prises par un greffier. Souvent, surtout dans la salle d'audience de Harry Seawright, le juge se faisait représenter par un de ses subalternes.

Ce jour-là cependant le juge Seawright présidait la réunion. En tant que doyen des juges du district nord de l'Illinois, il disposait d'une grande salle d'audience, un lieu splendide et spacieux au vingt-troisième étage de l'immeuble fédéral Dirksen, sur Deaborn Street, en plein centre. Les murs de la salle étaient lambrissés de chêne sombre ; il ne manquait pas d'imposants fauteuils de cuir pour accueillir les différents acteurs. Côté droit, à la gauche du juge donc, les plaignants, Wally Figg et David Zinc. Côté gauche, à la droite du juge, l'équipe de Rogan Rothberg, une dizaine d'avocats pour Varrick Labs. Leur chef, bien entendu, était Nadine Karros, la seule avocate présente dans la salle. Pour l'occasion, elle arborait un tailleur bleu marine classique de chez Armani, avec une jupe au-dessus du genou, des jambes nues, et des escarpins compensés de créateur aux talons de douze centimètres.

Wally ne pouvait pas détacher ses yeux des chaussures, de la jupe, de l'ensemble.

— On devrait peut-être plaider plus souvent devant un tribunal fédéral, avait-il lancé à David, qui n'était pas d'humeur à plaisanter.

Pas plus que Wally, en vérité. Pour l'un comme pour l'autre, c'était la première fois qu'ils s'aventuraient dans une salle d'audience fédérale. Wally prétendait que ça lui était arrivé plein de fois, mais David avait des doutes. Oscar, qui en tant qu'associé senior aurait dû être là à affronter avec eux Rogan Rothberg et Varrick Labs, s'était fait porter pâle.

Oscar n'était pas le seul excusé. Le grand Jerry Alisandros et son équipe de juristes de carrure internationale étaient fin prêts à débouler à Chicago pour une imposante démonstration de force, quand une audience imprévue de dernière minute en avait décidé autrement. Wally avait pété les plombs lorsqu'un des sous-fifres d'Alisandros l'avait appelé pour le prévenir.

— Ce n'est qu'une audience de mise en état ! avait dit le jeune homme.

Pendant le trajet jusqu'au tribunal, Wally avait laissé libre cours à son scepticisme sur Zell & Potter.

David était très mal à l'aise. Il mettait les pieds pour la première fois dans un tribunal fédéral, sachant qu'il ne prononcerait pas un mot car il ne saurait quoi dire. En face d'eux, ils avaient une équipe d'avocats bien sapés et hautement compétents, employés par un cabinet qui avait autrefois commandé sa loyauté, qui l'avait recruté, formé, qui lui avait versé un très bon salaire et promis une longue carrière. Un cabinet qu'il avait laissé tomber, rejeté. Pour quoi, au juste ? Finley & Figg ? Il pouvait presque entendre les duettistes ricaner derrière leurs blocs-notes. David, avec son pedigree et son diplôme de Harvard, appartenait à leur monde, un monde où l'on facturait ses services à l'heure, pas au camp des plaignants où l'on battait le pavé pour dénicher des clients. David aurait préféré être ailleurs, Wally aussi.

Le juge Seawright s'installa dans son perchoir et ne perdit pas de temps.

— Où est Me Alisandros ? grogna-t-il en direction de Wally et de David.

Wally se leva d'un bond, un sourire fuyant aux lèvres.

— Il a été retenu à Boston, votre Honneur.

— Il ne sera pas donc avec nous aujourd'hui ?

— C'est exact, votre Honneur. Il était en route quand une urgence l'a obligé à se rendre à Boston.

— Je vois. Il fait partie des avocats des plaignants, dans cette affaire. La prochaine fois que nous nous réunirons, dites-lui bien d'être là. Je lui inflige une amende de 1 000 dollars pour avoir manqué la conférence.

— Très bien, votre Honneur.

— Et vous, vous êtes Me Figg ?

— C'est exact, votre Honneur, et voici mon associé, David Zinc.

David se força à sourire. Il voyait tous les avocats de Rogan Rothberg tendre le cou pour l'examiner.

— Bienvenue à la cour fédérale, déclara le juge d'un ton sarcastique.

Puis il se tourna vers la défense et dit :

— Vous êtes Me Karros, je suppose ?

Elle se leva. Tous les regards de l'assistance étaient rivés sur elle.

— Oui, votre Honneur, et voici mon confrère, Me Luther Hotchkin.

— Et qui sont tous les autres ?

— C'est notre équipe, votre Honneur.

— Vous avez vraiment besoin de tout ce monde pour une simple audience de mise en état ?

Gueule-leur dessus, pensa Wally, les yeux toujours fixés sur la jupe de Me Karros.

— Absolument, votre Honneur. C'est une affaire importante et complexe.

— C'est ce qu'on me dit. Vous pouvez rester à vos places pour la suite de cette audience.

Le juge Seawright ramassa quelques notes et ajusta ses lunettes de lecture.

— Voyons, j'ai consulté deux de mes confrères de Floride, et nous ne savons pas si ces assignations aboutiront à un litige multidistrict. Apparemment, les avocats des plaignants ont un peu de mal à s'organiser. Il semblerait que beaucoup d'entre eux veulent une plus grosse part du gâteau, ce qui n'est guère surprenant. Dans tous les cas, nous n'avons pas d'autre choix que de passer à la communication des pièces de ce dossier. Maître Figg, qui sont vos experts ?

Mᵉ Figg n'avait pas d'experts et ne savait pas quand il en aurait. Il dépendait de Jerry Alisandros pour trouver les experts, puisque c'est ce qu'il avait promis, et il commençait à s'interroger sur sa fiabilité. Il se leva lentement, sachant que toute hésitation ferait mauvais effet.

— Nous pourrons vous communiquer leurs noms la semaine prochaine, votre Honneur. Comme vous le savez, nous sommes associés avec le cabinet Zell & Potter, un cabinet réputé, spécialisé dans les recours collectifs. Le soudain accès d'activité que connaît ce secteur nous a compliqué la tâche, les meilleurs experts n'étant pas forcément disponibles. Néanmoins nous avançons à grands pas.

— Formidable. Je vous en prie, rasseyez-vous. Dois-je en déduire que vous avez intenté cette action avant de consulter le moindre expert ?

— Eh bien, en quelque sorte, votre Honneur, ce n'est pas si rare.

Le juge Seawright avait des doutes sur la capacité de Mᵉ Figg à juger de ce qui était rare ou pas, mais il décida de ne pas ridiculiser le bonhomme alors que la partie commençait à peine.

Il saisit un stylo et déclara :

— Je vous donne dix jours pour désigner vos experts, et la défense sera autorisée à les interroger sans délai.

— Très bien, votre Honneur, dit Wally, s'affalant sur son siège.

— Merci. Bien, nous avons huit cas de décès devant nous, nous avons donc affaire à huit familles. Pour commencer, je vous demanderai de prendre les dépositions des représentants des huit familles. Maître Figg, quand ces personnes peuvent-elles se rendre disponibles ?

— Dès demain.

Le juge se tourna une nouvelle fois vers Nadine Karros.

— Cela vous convient-il ?

Elle répondit par un sourire :

— Nous préférons les délais raisonnables, votre Honneur.

— Je sais que votre agenda judiciaire est bien rempli, maître Karros.

— Comme toujours, oui.

— Mais vous disposez aussi de ressources illimitées. Je compte ici même onze avocats occupés à prendre des notes, et il y en a des centaines d'autres à votre siège. Ce sont juste des dépositions, maître, rien de bien compliqué. Alors, mercredi de la semaine prochaine, vous prendrez les dépositions de quatre plaignants, et jeudi, vous en prendrez quatre autres. Deux heures maxi par plaignant. S'il vous faut une rallonge, on s'en occupera plus tard. Et si vous ne pouvez pas être présente, maître Karros, vous n'avez qu'à choisir cinq ou six membres de votre groupe, je suis sûr qu'ils sauront s'en occuper.

— Je serai là, votre Honneur, répliqua-t-elle froidement.

— Maître Figg ?

— Nous serons présents.

— Mon greffier fixera la date, le programme, tous les détails, et nous vous les notifierons par courriel dès demain. Dans un deuxième temps, dès que Me Figg aura désigné ses experts, nous programmerons leurs dépositions. Maître Karros, quand vos experts seront prêts, je vous prierai de bien vouloir fournir les renseignements nécessaires, et on commencera par là. Je veux être débarrassé de ces premières dépositions avant soixante jours. Des questions ?

Pas de questions.

Il poursuivit :

— Bien, j'ai examiné trois autres actions impliquant le défendeur et ses produits. Honnêtement, je suis loin d'être impressionné par l'intégrité de Varrick ou par sa capacité à respecter les règles de la mise en état. Cette société, semble-t-il, a beaucoup de mal à transmettre les pièces que demande la partie adverse. Elle a déjà été prise en flagrant délit de dissimulation et sanctionnée par des juges d'État et des juges fédéraux. Elle a été mise en difficulté devant des jurys et l'a payé cher par de lourds verdicts. Pourtant, elle continue à dissimuler des documents. À trois reprises au moins, ses dirigeants ont été poursuivis pour parjure. Maître Karros, pouvez-vous m'assurer que votre client jouera le jeu ?

Elle défia le juge du regard, marqua une brève pause, puis déclara :

— Je n'étais pas le conseil de Varrick Labs dans ces autres

dossiers, votre Honneur, et j'ignore ce qui s'est passé alors. Ma réputation ne saurait être entachée par des épisodes judiciaires avec lesquels je n'ai rien à voir. Je connais les règles sous tous les angles, et mes clients les respectent.

— On verra ça. Prévenez votre client que je l'ai à l'œil. Au premier soupçon d'entrave, je traînerai son président-directeur général devant ce tribunal et ferai couler le sang. Compris, maître Karros ?

— Absolument.

— Maître Figg, vous n'avez encore demandé la communication d'aucun document. Quand comptez-vous commencer ?

— Nous y travaillons en ce moment, votre Honneur, répondit Wally avec autant d'assurance que possible. Nous devrions être prêts dans une quinzaine de jours.

Alisandros lui avait bien promis une liste exhaustive de documents à réclamer, mais Wally n'en avait pas encore vu la couleur.

— Je compte sur vous, dit Seawright. C'est votre plainte. Vous avez lancé cette action, mettez-vous au travail.

— Oui, votre Honneur, dit anxieusement Wally.

— Y a-t-il autre chose ? demanda le juge.

Les avocats hochèrent la tête négativement. Le doyen des juges se détendit et mâchouilla le capuchon de son stylo.

— Je pense que notre affaire pourrait bénéficier d'une application de la règle locale 83 :19. L'avez-vous envisagé, maître Figg ?

Me Figg ne l'avait pas envisagé, parce que Me Figg ne connaissait pas la règle locale 83 :19. Il ouvrit la bouche, rien ne sortit. David reprit aussitôt le flambeau et prononça ses premiers mots devant un juge :

— Nous l'avons envisagé, votre Honneur, mais nous n'en avons pas encore discuté avec Me Alisandros. Nous devrions prendre une décision d'ici la fin de la semaine.

Seawright se tourna vers Nadine Karros.

— Votre réponse ?

— Nous représentons la défense, votre Honneur. Nous ne sommes jamais pressés d'aller au procès.

Sa candeur amusa le juge.

Wally chuchota à David :

— Merde, c'est quoi la règle 83 :19 ?

— La voie express, murmura David. Simplifier l'affaire à fond les manettes.

— Ce n'est pas ce qu'on veut ? souffla Wally.

— Non, on veut négocier et passer à la caisse.

— Inutile de déposer une requête, maître Figg, déclara le juge. Je place ce dossier sous l'article 83 :19. Je le mets sur la voie express, maître Figg. Il va falloir se bouger.

— Absolument, votre Honneur, parvint à marmonner Wally.

Le juge Seawright abattit son maillet.

— Nous nous retrouverons dans soixante jours, et je compte sur la présence de Me Alisandros. L'audience est levée.

Pendant que David et Wally fourraient leurs dossiers et leurs blocs-notes dans leurs mallettes, Nadine Karros s'avança d'un pas nonchalant pour les saluer.

— Maître Figg, maître Zinc, ravie de faire votre connaissance, dit-elle avec un sourire, provoquant une extrasystole chez ce grand nerveux de Wally.

— Tout le plaisir est pour moi, dit-il.

David lui retourna son sourire en lui serrant la main.

— Le combat promet d'être long et éprouvant, poursuivit-elle, avec beaucoup d'argent en jeu. Je suis certaine que vous serez d'accord pour que nous restions professionnels, sans nous emporter.

— Tout à fait d'accord ! s'exclama Wally, presque comme s'il était sur le point de lui proposer de prendre un verre.

David, quant à lui, n'était pas dupe. Elle avait certes un charmant minois et un abord sympathique, mais sous ces apparences se cachait une guerrière impitoyable qui prendrait un grand plaisir à les massacrer en public.

— Nous nous revoyons mercredi prochain, je crois, dit-elle.

— Peut-être même avant ! lança Wally dans une tentative d'humour ratée.

Elle s'éloigna. David saisit Wally par le bras.

— Tirons-nous !

20.

Maintenant qu'Helen attendait un heureux événement et que son avenir proche serait occupé par le bébé, ses études semblaient moins importantes. Elle renonça à un cours à cause de ses nausées matinales et était moins motivée pour les autres. David essayait de la stimuler sans en avoir l'air, mais elle avait envie de faire un break. Elle avait près de trente-quatre ans ; la perspective d'être mère l'excitait, et elle se désintéressa rapidement de son doctorat en histoire de l'art.

Par un jour glacial de mars, ils déjeunaient dans un bistrot près du campus, quand ils tombèrent par hasard sur la condisciple d'Helen, Toni Vance. David ne l'avait rencontrée qu'une fois. Elle avait dix ans de plus qu'Helen, était mère de deux adolescents, et son mari s'occupait de transports maritimes par conteneurs. C'était le petit-fils de sa femme de ménage birmane qui était atteint de saturnisme. David avait poussé Helen à essayer d'organiser un rendez-vous, mais la femme de ménage n'avait pas donné suite. En furetant ici et là sans enfreindre la loi ni empiéter sur la vie privée de quiconque, David avait appris que le petit garçon avait cinq ans et qu'il était en soins intensifs depuis deux mois à l'Hôpital pour enfants de Lakeshore. Il s'appelait Thuya Khaing, était né à Sacramento et était donc citoyen américain. Quant à ses parents, David n'avait aucun moyen de connaître leur statut au regard des services d'immigration. Zaw, la femme de ménage, avait une carte de résident.

— Je crois que Zaw accepterait de vous rencontrer maintenant, dit Toni en buvant son expresso à petites gorgées.

— Quand et où ? demanda David.

Toni consulta sa montre.

— Mon prochain cours se termine à 14 heures, puis je rentre à la maison. Vous ne voulez pas faire un saut ?

À 14 h 30, David et Helen se garaient derrière une Jaguar dans l'allée d'une villa contemporaine démente du quartier résidentiel d'Oak Park. Si M. Vance s'occupait de cargaisons de conteneurs, il s'en occupait bien. De haut en bas la maison était un assemblage de protubérances, une masse de verre et de marbre sans plan d'ensemble discernable. Elle aspirait désespérément à être unique et y parvenait sans problème. Après avoir pas mal tâtonné, ils repérèrent la porte d'entrée, où les accueillit Toni, qui avait trouvé le temps de changer de tenue et ne cherchait plus à ressembler à une étudiante de vingt ans. Elle les entraîna dans un solarium avec vue panoramique sur le ciel et les nuages ; quelques instants plus tard, Zaw apparut, apportant un plateau avec du café. Les présentations furent faites.

C'était la première fois que David rencontrait une Birmane ; il devina qu'elle devait avoir la soixantaine. Elle était menue dans son uniforme de domestique, avec des cheveux courts grisonnants et un visage paraissant figé en un éternel sourire.

— Zaw parle très bien l'anglais, annonça Toni. Reste avec nous, Zaw, je t'en prie.

Zaw s'assit gauchement sur un tabouret bas, près de sa maîtresse.

— Depuis combien de temps êtes-vous aux États-Unis ? demanda David.

— Vingt ans.

— Et vous avez de la famille ici ?

— Mon mari, il travaille pour Sears. Mon fils aussi ici. Il travaille pour une société d'arbres.

— C'est lui, le père du petit garçon qui est à l'hôpital ?

Zaw inclina lentement la tête. Son sourire s'évanouit à l'évocation du garçonnet.

— Oui.

— Votre petit-fils a des frères et sœurs ?

Elle tendit vivement deux doigts et répondit :

— Deux sœurs.

— Elles ont été malades, elles aussi ?
— Non.
— D'accord. Vous pouvez me raconter ce qui s'est passé quand il est tombé malade ?

Zaw regarda Toni, qui l'encouragea :

— Tout va bien, Zaw. Tu peux avoir confiance en eux. Il faut raconter ton histoire à M. Zinc.

Zaw inclina la tête, puis se mit à parler, les yeux rivés au sol.

— Lui fatigué tout le temps, beaucoup dormir, puis très mal ici – elle tapota son ventre. – Lui pleurait très fort à cause du mal. Après lui commencer à vomir, perdre du poids, devenir très maigre. Nous voir docteur. Ils ont mis lui à l'hôpital et lui s'endormir – elle se toucha la tête. – Ils pensent lui avoir problème au cerveau.

— Le médecin a-t-il parlé de saturnisme, d'empoisonnement au plomb ?

Elle inclina la tête.

— Oui.

Sans hésitation.

David inclina la tête à son tour, digérant cette information.

— Votre petit-fils habite chez vous ?

— À côté, un appartement.

Se tournant vers Toni, il lui demanda :

— Vous savez où elle habite ?

— Rogers Park. C'est un vieux lotissement. Beaucoup de Birmans vivent par là.

— Zaw, est-ce que je pourrais visiter l'appartement où habite votre petit-fils ?

De la tête, elle fit signe que oui.

— Pourquoi avez-vous besoin de voir l'appartement ? s'enquit Toni.

— Il faut déterminer l'origine du plomb. Ça peut être la peinture des murs ou certains jouets. Il peut y en avoir dans l'eau. Il faut que j'y jette un coup d'œil.

Zaw se leva en silence.

— Excusez-moi, je vous prie.

Quelques secondes plus tard, elle était de retour avec un petit sachet d'où elle tira de fausses dents roses en plastique, avec deux énormes canines de vampire.

— Lui adorer ça, dit Zaw. Lui faire peur à ses sœurs, faire drôles de bruits.

David lui prit des mains le jouet bon marché. Le plastique était dur, la couleur ou la peinture s'était écaillée.

— Vous l'avez vu jouer avec ça ?
— Oui, plein de fois.
— Depuis quand il a ça ?
— L'an dernier, pour Halloween, répondit Zaw sans aspirer le « H ». Je sais pas si ça le rend malade, mais lui jouer tout le temps avec. Rose, vert, noir, bleu, beaucoup couleurs.
— Il y en a donc toute une collection ?
— Oui.
— Où est le reste ?
— À la maison.

Il tombait du grésil quand David et Helen trouvèrent le lotissement, à la nuit tombée. C'étaient des constructions de contreplaqué et de papier goudronné dans le style des années 1960, quelques briques en guise de perron, quelques arbustes ici et là. Tous les bâtiments avaient deux étages ; certains, avec des planches clouées en travers des fenêtres, étaient manifestement à l'abandon. Quelques voitures – toutes des modèles japonais anciens. Sans les efforts héroïques des immigrés birmans, on aurait eu facilement l'impression que l'ensemble était promis aux bulldozers.

Zaw les attendait devant le 14B et les conduisit au 14C, un peu plus loin. Les parents de Thuya paraissaient avoir vingt ans, mais ils étaient en réalité plus proches de la quarantaine. Ils avaient des yeux tristes, l'air épuisé et angoissé, comme l'aurait été tout autre parent dans leur situation. Ils appréciaient qu'un authentique avocat leur rende visite chez eux, même s'ils étaient terrifiés par le système judiciaire et n'y comprenaient rien. La mère, Lwin, s'empressa de préparer et de servir du thé. Le père, le fils de Zaw, s'appelait Soe et, en sa qualité d'homme de la maison, parlait la plupart du temps. Son anglais était bon, bien meilleur que celui de sa femme. Comme l'avait dit Zaw, il travaillait pour une société spécialisée dans l'arboriculture. Sa femme faisait le ménage dans des bureaux du centre-ville. Pour David comme pour Helen, il était évident que de nombreuses discussions avaient précédé leur visite.

Peu de meubles, néanmoins l'appartement était propre et bien rangé. Le seul effort décoratif consistait en une grande photo d'Aung San Suu Kyi, le prix Nobel de la paix 1991 et la plus célèbre dissidente de Birmanie. Quelque chose mijotait sur la cuisinière, dégageant un âcre parfum d'oignons. Dans l'auto, les Zinc s'étaient juré de ne pas rester dîner au cas improbable où on les aurait invités. Les deux sœurs de Thuya étaient invisibles et inaudibles.

Un thé jaune fut servi dans des tasses minuscules. Après une ou deux gorgées, Soe demanda :

— Pourquoi vous voulez nous parler ?

David avala sa première gorgée, espéra que ce serait la dernière, puis répondit :

— Parce que si votre fils a été victime d'un empoisonnement au plomb, et si le plomb provient d'un jouet ou de quelque chose d'autre dans l'appartement, alors vous pourriez – et j'insiste sur le mot « pourriez » – poursuivre le fabricant du produit dangereux. J'aimerais mener ma petite enquête, mais je ne promets rien.

— Vous voulez dire qu'on pourrait toucher de l'argent ?

— Peut-être bien. C'est le but, mais il faut d'abord creuser un peu plus.

— Combien d'argent ?

Là, Wally leur aurait promis n'importe quoi, bien sûr. David l'avait entendu promettre – ou quasiment garantir – 1 million, voire davantage, à plusieurs de ses clients Krayoxx.

— Je ne peux pas vous répondre. C'est trop tôt. J'aimerais enquêter, voir si nous pouvons monter un dossier, sans brûler les étapes.

Helen dévisageait son mari avec admiration. Il se débrouillait comme un chef dans un domaine où il ne connaissait rien et dont il n'avait aucune expérience.

— OK, dit Soe. Alors on fait quoi ?

— Deux choses. D'abord, j'aimerais jeter un œil à l'environnement de Thuya – ses jouets, ses livres, son lit –, tout ce qui pourrait contenir du plomb. Ensuite, je dois vous faire signer des papiers m'autorisant à constituer un dossier médical.

Zoe adressa un signe de tête à Lwin, qui plongea la main dans un coffret et en sortit un sac plastique à fermeture Éclair. Elle l'ouvrit, puis aligna sur la table basse cinq jeux de fausses dents de vampire : un bleu, un noir, un vert, un violet et un rouge. Zaw ajouta le rose de la visite de l'après-midi, et la collection fut complète.

— Ça s'appelle les Dents de l'Enfer, précisa Soe.

David regarda fixement la rangée de fausses dents. Pour la première fois, il eut l'intuition soudaine d'un grand procès. Il prit les dents vertes – le plastique était ferme mais souple, assez souple pour s'ouvrir et se fermer facilement. Il n'eut aucun mal à imaginer un petit garçon farceur en train de montrer ses pseudo-crocs à ses sœurs.

— Votre fils jouait beaucoup avec ? s'enquit-il.

Lwin inclina tristement la tête.

— Lui aimer beaucoup, garder dans la bouche, vouloir manger avec un soir, répondit Soe.

— Qui les lui a achetés ?

— Moi. J'ai acheté des déguisements pour Halloween. Ça coûtait pas trop cher.

— Où les avez-vous achetés ? demanda encore David, retenant son souffle.

Il espérait une réponse du genre Walmart, Kmart, Target, Sears, Macy's… une chaîne de grands magasins aux poches bien pleines.

— Au marché.

— Quel marché ?

— Gros centre commercial, près de Logan Square.

— Sans doute le Mighty Mall, dit Helen.

L'excitation de David faiblit. Le Mighty Mall était un embrouillamini de structures métalliques caverneuses abritant un dédale de boxes et d'étals où l'on trouvait presque toutes les marchandises légales, ainsi que de nombreux objets vendus au noir. Vêtements bon marché, articles d'électroménager, vieux vinyles, matériel sportif, CD pirates, livres de poche d'occasion, bijoux toc, jouets, jeux de société, un million de trucs. Les petits prix attiraient les foules. Quasiment toutes les transactions se faisaient en espèces. La comptabilité et les tickets de caisse n'étaient pas une priorité.

— Y avait-il un emballage ? s'informa David.

L'emballage aurait livré le nom du fabricant et peut-être celui de l'importateur.

— Oui, mais y a plus, répondit Soe. Jeté aux ordures y a longtemps.

— Pas d'emballage, ajouta Lwin.

L'appartement comportait deux chambres : celle des parents et celle des enfants. David suivit Soe pendant que les femmes restaient dans le séjour. Le lit de Thuya était un petit matelas posé par terre près de ceux de ses sœurs. Les enfants disposaient d'un petit rayonnage bon marché rempli de poches et de cahiers de coloriage. À côté, il y avait un seau en plastique rempli de jouets de garçon.

— Les jouets de Thuya, dit Soe en montrant le seau.

— Je peux y jeter un coup d'œil ?

— Oui, je vous en prie.

David se mit à genoux, puis fouilla lentement dans le seau : figurines, voitures de course, avions, un pistolet, des menottes, l'habituel assortiment de joujoux bon marché pour un petit garçon de cinq ans. En se relevant, il dit :

— J'examinerai ça plus tard. Surtout ne jetez rien pour le moment.

Une fois Soe et David revenus dans le séjour, les Dents de l'Enfer réintégrèrent leur sac à fermeture Éclair. David expliqua qu'il devait les envoyer à un expert en saturnisme pour les faire analyser. Si les fausses dents contenaient effectivement des taux de plomb dangereux, alors ils se reverraient et discuteraient des poursuites. Il leur expliqua qu'ils auraient sans doute du mal à mettre la main sur le fabricant de jouets, et s'efforça de refroidir tout enthousiasme qu'aurait pu susciter l'idée de toucher un jour beaucoup d'argent. Quand les Zinc partirent enfin, les trois malheureux – Zaw, Lwin et Soe – paraissaient aussi perplexes et angoissés qu'au moment de leur arrivée. Soe se préparait à retourner à l'hôpital pour veiller le petit Thuya.

Le lendemain matin, David expédia les Dents de l'Enfer par porteur spécial à un labo situé à Akron, dans l'Ohio, dont le directeur, le Dr Biff Sandroni, était un expert renommé en matière de saturnisme infantile. Il joignit à son envoi un chèque de 2 500 dollars tiré sur son compte bancaire personnel. Il n'avait pas encore évoqué ce dossier avec ses deux associés et préférait s'en abstenir avant d'en savoir davantage.

Sandroni l'appela deux jours plus tard pour accuser réception du colis et du chèque. Il prévint David qu'il était débordé et qu'il lui faudrait une ou deux semaines avant de tester les dents. Il était très intéressé car il n'avait encore jamais vu de jouet directement destiné à être placé dans la bouche, même si presque tous les jouets qu'il examinait avaient été sucés et mordillés par les enfants. Les pays d'origine probables du jouet étaient la Chine, le Mexique ou l'Inde. Sans emballage, il serait quasiment impossible de connaître l'importateur et le fabricant.

Sandroni était un grand bavard, et il s'étendit à n'en plus finir sur les affaires les plus importantes auxquelles il avait été mêlé. Il témoignait sans arrêt – « J'adore les salles d'audience » – et s'estimait personnellement responsable de verdicts d'un montant de plusieurs millions de dollars. Il appela David par son prénom et en échange insista pour qu'il l'appelle Biff. En l'écoutant, David n'arrivait pas à se souvenir d'avoir jamais parlé avec quelqu'un prénommé Biff. Cette faconde aurait inquiété David s'il n'avait pas préalablement fait des recherches sur les experts en saturnisme. Sandroni était un soldat aux excellents états de service.

À 7 heures du matin, le samedi suivant, David et Helen se garèrent sur un parking bondé du Mighty Mall. La circulation était dense, le marché déjà animé. Il faisait moins un degré à l'extérieur et guère meilleur à l'intérieur. Ils firent une longue queue pour acheter deux grands chocolats chauds, puis commencèrent à déambuler. Malgré l'apparence chaotique du marché, il régnait une certaine organisation. Les marchands de friandises s'agglutinaient près de l'entrée, où se retrouvaient les amateurs de Pronto Pups, de doughnuts et de barbes à papa. Ensuite, une rangée de boxes proposait vêtements et chaussures à bas prix. Une autre longue allée était bordée de livres et de bijoux, et d'autres encore de mobilier et de pièces détachées d'automobile.

Les chalands, comme les vendeurs, étaient de toutes les origines possibles et imaginables. Outre l'anglais et l'espagnol, on parlait beaucoup d'autres langues, asiatiques, africaines, et même slaves.

David et Helen avançaient avec la foule, s'arrêtant de temps en temps pour scruter quelque chose d'intéressant. Au bout d'une heure, leurs chocolats chauds ayant refroidi, ils trouvèrent enfin le carré de l'électroménager, puis les jouets. Il y avait trois boxes débordant de milliers de gadgets et de joujoux, dont aucun ne ressemblait aux Dents de l'Enfer. Halloween était passé depuis longtemps, et les Zinc savaient qu'ils avaient peu de chances de trouver des déguisements et autres jouets de ce type.

David prit une boîte contenant trois dinosaures différents, tous assez petits pour qu'un bambin puisse les mordiller mais trop grands pour être avalés. Tous trois étaient peints en divers tons de vert. Certes, seul un scientifique comme Sandroni pouvait gratter la peinture et déterminer combien de plomb elle contenait, pourtant, après des recherches tous azimuts, David était convaincu que les trois quarts des jouets bon marché étaient dangereux. Les dinosaures étaient commercialisés par Larkette Industries, de Mobile, dans l'Alabama, et fabriqués en Chine. Il avait vu le nom de Larkette apparaître dans plusieurs procédures.

Alors qu'il tenait encore ses dinosaures, son esprit fut révolté par l'absurdité du système. Un jouet bon marché, fabriqué à dix mille kilomètres de distance pour trois fois rien, décoré avec de la peinture au plomb, était importé aux États-Unis puis avalé par le système de distribution ; il échouait ici, dans un bazar, un marché aux puces géant, où il était mis en vente à 1,99 dollar avant d'être acheté par les clients les plus démunis, rapporté à la maison, offert à un enfant, qui le mordillait et finissait à l'hôpital avec des lésions cérébrales irréversibles. À quoi servaient toutes ces lois de protection des consommateurs, tous ces inspecteurs, tous ces bureaucrates ?

Sans compter les centaines de milliers de dollars nécessaires pour soigner l'enfant et subvenir à ses besoins pendant toute sa vie.

— Vous achetez ? aboya la minuscule Latino-Américaine.

— Non, merci, répondit David, revenant sur terre.

Il reposa les jouets sur la pile et s'éloigna.

— Tu as trouvé trace des Dents de l'Enfer ? demanda-t-il dans le dos d'Helen.

— Rien.

— Je suis gelé. Partons d'ici.

21.

Conformément au calendrier du greffier du juge Seawright, les dépositions des clients de Finley & Figg débutèrent rondement à 9 heures, dans une salle de bal de l'hôtel Marriott du centre-ville. Les frais de déposition étant à la charge du défendeur, Varrick Labs, ils eurent droit à une généreuse distribution de petits pains et de pâtisseries, avec café, thé et jus de fruits. Une longue table avait été installée avec, à un bout, une caméra vidéo et, à l'autre, le fauteuil destiné au témoin.

Iris Klopeck était le premier témoin. La veille, elle avait appelé les secours d'urgence et avait été transportée en ambulance à l'hôpital, où elle était suivie pour son arythmie cardiaque et son hypertension. Ses nerfs étaient à vif, et elle répéta à plusieurs reprises à Wally qu'elle ne serait pas capable d'aller au bout du procès. Il mentionna plus d'une fois que si elle tenait bon, elle recevrait rapidement un gros chèque, « 1 million de dollars, probablement », et cela l'avait requinquée – tout autant qu'une bonne provision de Xanax. Quand Iris prit place dans le fauteuil du témoin et découvrit une légion d'avocats, elle avait le regard passablement vitreux et planait au pays des merveilles. Au début, pourtant, elle s'était figée et avait regardé son avocat d'un air désespéré.

— C'est une simple déposition, l'avait prévenue Wally. Il y aura beaucoup d'avocats, mais les trois quarts d'entre eux sont des gens sympathiques.

Ils n'avaient pas du tout l'air sympathiques. À sa gauche s'alignait une rangée de jeunes gens à l'affût, costume sombre et sourcils froncés. Ils griffonnaient déjà sur leurs blocs-notes, alors qu'elle n'avait pas prononcé un mot. L'avocat le plus proche d'elle était une femme séduisante qui souriait et avait aidé Iris à s'installer. À sa droite, il y avait Wally et ses copains.

La femme dit :

— Madame Klopeck, je m'appelle Nadine Karros, et je suis le principal avocat de Varrick Labs. Nous allons prendre votre déposition pendant les deux heures qui suivent, et j'aimerais que vous essayiez de vous détendre. Je vous promets que je ne tenterai pas de vous piéger. Si vous ne comprenez pas une question, n'y répondez pas. Je me contenterai de la répéter. Êtes-vous prête ?

— Oui, répliqua Iris, qui voyait double.

Un sténographe assis à côté d'Iris énonça :

— Levez la main droite.

Iris obtempéra, puis jura de dire la vérité.

— Bien. Madame Klopeck, vos avocats ont dû vous expliquer que nous enregistrons une vidéo de votre déposition et que celle-ci pourra être utilisée à l'audience si, pour une raison ou une autre, vous êtes dans l'incapacité de témoigner. Est-ce que vous comprenez ?

— Je crois.

— Donc, si vous pouviez regarder la caméra en parlant, ce serait parfait.

— Je vais essayer, oui, je peux faire ça.

— Parfait. Madame Klopeck, êtes-vous actuellement sous traitement médicamenteux ?

Iris fixa la caméra comme si elle attendait que celle-ci lui dicte sa réponse. Elle prenait onze cachets par jour pour le diabète, la tension artérielle, le cholestérol, les palpitations, l'arthrite, les calculs rénaux et quelques autres affections, mais celui qui l'inquiétait, c'était le Xanax, parce qu'il pouvait altérer ses facultés mentales. Wally lui avait conseillé d'éluder toute allusion au Xanax si on lui posait la question. Or voilà que, d'entrée, Me Karros tapait dans le mille !

Elle émit un gloussement.

— Oui, je prends tout un tas de médocs !

Il lui fallut un bon quart d'heure pour les inventorier, le Xanax ne l'aidait pas, et juste au moment où Iris arrivait au bout de sa liste, elle se souvint d'un dernier et s'exclama :

— Et je prenais aussi du Krayoxx, mais j'ai arrêté. Ce truc vous tue !

Wally éclata de rire. Oscar trouva ça drôle, lui aussi. David réprima un léger ricanement en regardant, de l'autre côté de la table, les types impassibles de Rogan Rothberg, dont pas un ne se serait autorisé ne fût-ce qu'un sourire. Nadine, elle, souriait.

— C'est tout, madame Klopeck ? dit-elle.

— Je crois bien, murmura Iris, pas très assurée.

— Vous ne prenez donc rien qui puisse affecter votre jugement, votre mémoire ou votre aptitude à donner des réponses véridiques ?

Iris jeta un regard à Wally, qui se cachait derrière son bloc-notes. L'espace d'une seconde, il fut visible qu'il y avait de la dissimulation dans l'air.

— C'est exact, déclara Iris.

— Rien pour la dépression, le stress, les crises d'angoisse, l'anxiété ?

C'était comme si Me Karros avait lu dans ses pensées et découvert qu'elle mentait. Iris manqua s'étrangler en répondant :

— Normalement, non.

Dix minutes plus tard, ils se colletaient encore avec son « Normalement, non ». Iris finit par avouer qu'elle avalait un Xanax « de temps en temps ». Cependant elle resta suffisamment vague quand Nadine Karros essaya de la coincer sur son usage du Xanax. Elle trébucha en qualifiant le médicament de « pilule du bonheur » mais poursuivit laborieusement. Malgré sa langue pâteuse et ses paupières tombantes, Iris assura au mur des avocats à sa gauche qu'elle avait l'esprit clair et en bon état de marche.

Adresse, date de naissance, membres de la famille, emploi, éducation, la déposition sombra rapidement dans l'ennui, tandis que Nadine et Iris prêtaient chair à la famille Klopeck, avec un accent tout particulier sur Percy, le défunt. Iris, qui retrouvait peu à peu sa lucidité, réussit à s'étrangler deux fois en parlant de son cher époux, décédé depuis près de deux ans déjà. Me Karros explora la santé et les habitudes de vie de Percy – alcool, tabac, exercice, régime ; de son côté, Iris, en cherchant à redonner forme à ce bon vieux Percy, se débrouilla pour brosser de lui un portrait assez exact. Percy semblait avoir été un gros bonhomme mal portant, qui mangeait mal, buvait trop de bière et se levait rarement de son canapé.

— Mais il avait arrêté de fumer, ajouta Iris au moins à deux reprises.

Au bout d'une heure, ils firent une pause. Oscar s'excusa, prétextant une affaire pressante au tribunal, mais Wally ne le crut pas. Il avait fait pression pour que son associé soit présent pendant les dépositions, une démonstration de force, en quelque sorte, devant le déploiement de troupes de Rogan Rothberg, même si on pouvait douter que la présence d'Oscar Finley ébranlerait la défense. Avec ses effectifs au complet, le côté Finley & Figg de la table disposait de trois avocats. Moins un, désormais. À trois mètres, de l'autre côté, Wally en dénombrait huit.

Sept avocats assis à prendre les mêmes notes pendant qu'un seul parlait? Grotesque. Pourtant, pendant qu'Iris ânonnait de sa voix monotone, Wally songea soudain que cette démonstration de force était de bon augure. Le groupe Varrick était peut-être si inquiet qu'il avait demandé à Rogan Rothberg de mettre le paquet. Finley & Figg l'avait peut-être envoyé dans les cordes sans même s'en rendre compte.

Quand la déposition reprit, Nadine orienta Iris vers les antécédents médicaux de Percy. Wally décrocha. Il n'avait toujours pas digéré la dernière dérobade de Jerry Alisandros. Au début, Alisandros avait le projet grandiloquent d'assister aux dépositions avec tout son entourage, de soigner son entrée en scène, de défier Rogan Rothberg sur son turf et de marquer son territoire. Mais une urgence de dernière minute, qui requérait sa présence à Seattle cette fois, s'était révélée plus importante.

— On n'en est qu'au stade des dépositions, avait déclaré Alisandros la veille au téléphone à un Wally sur les dents. Des trucs élémentaires.

Élémentaires, ça oui! Iris était intarissable sur une des vieilles hernies de Percy.

Le rôle de David était limité. Il était présent en chair et en os, un authentique avocat qui occupait sa place, mais n'avait pas grand-chose à faire excepté gribouiller et lire. Il potassait une étude de la Food and Drug Administration sur le saturnisme chez les enfants.

De temps en temps, Wally lançait poliment des choses comme :

— Objection. Sommation de conclure.

L'adorable Mᵉ Karros s'arrêtait et attendait pour s'assurer que Wally avait bien terminé, puis elle reprenait :

— Vous pouvez répondre, madame Klopeck.

Et à ce moment-là Iris lui disait tout ce qu'elle voulait entendre.

La limite stricte de deux heures imposée par le juge Seawright fut respectée. Mᵉ Karros posa sa dernière question à 10 h 58, puis remercia aimablement Iris d'avoir été un si bon témoin. Iris se jeta sur son sac à main où elle gardait du Xanax. Wally la raccompagna jusqu'à la porte et l'assura qu'elle avait fait de l'excellent boulot.

— La transaction, ça sera pour quand, à votre avis ? chuchota Iris.

Wally posa un index sur ses lèvres et la poussa dehors.

Ce fut au tour de Millie Marino, veuve de Chester et belle-mère de Lyle, l'héritier de la collection de cartes de baseball et première source d'information de Wally sur le Krayoxx. À quarante-neuf ans, Millie était séduisante, en pleine forme, assez bien habillée et apparemment libre de toute imprégnation médicamenteuse, à mille lieues du témoin précédent. Elle avait beau s'être déplacée pour sa déposition, elle ne croyait toujours pas aux poursuites. Avec Wally, ils continuaient à se chamailler à propos des avoirs de son mari. Et elle menaçait toujours de se retirer de la procédure et de prendre un autre avocat. Wally avait proposé de lui garantir par écrit un arrangement de 1 million de dollars.

Mᵉ Karros posa les mêmes questions. Wally souleva les mêmes objections. David relut encore le mémo de la FDA et pensa : « Plus que six après elle ! »

Après un déjeuner rapide, les avocats se retrouvèrent pour la déposition d'Adam Grand, le directeur adjoint de la pizzeria Tout à volonté, dont la mère était morte l'année précédente après avoir pris du Krayoxx pendant deux ans. (La pizzeria que Wally fréquentait désormais, juste pour déposer en douce des exemplaires de son prospectus « Gare au Krayoxx ! » dans les toilettes.)

Nadine Karros fit une pause. Son numéro deux, Luther Hotchkin, se chargea de la déposition. Apparemment, Nadine lui avait refilé ses questions, car il posa les mêmes.

Pendant son insupportable carrière chez Rogan Rothberg, David avait entendu beaucoup de choses sur le service des litiges. Ces types formaient une race à part : des sauvages qui jouaient avec des sommes d'argent colossales, prenaient des risques énormes et vivaient sur le fil du rasoir. Dans tout cabinet important, c'était le groupe le plus pittoresque et le plus riche en personnages hauts en couleur et en egos surdimensionnés. Telle était la légende, en tout cas. À présent, alors qu'il jetait parfois un coup d'œil aux visages compassés de ses adversaires de l'autre côté de la table, David doutait sérieusement de la légende. Rien jusque-là dans sa carrière ne l'avait préparé à une expérience aussi mortelle qu'une séance de dépositions. Et c'était seulement sa troisième. Il regretta presque la corvée consistant à éplucher les archives comptables d'obscures sociétés chinoises.

Nadine Karros faisait une pause, mais elle ne ratait rien. Cette séance inaugurale de dépositions était juste une petite mise en jambes, une parade destinée à leur permettre, à elle et à son client, de faire connaissance et d'auditionner les huit concurrents afin de sélectionner le gagnant. Iris Klopeck était-elle en mesure de supporter les rigueurs d'un procès monstre de quinze jours ? Probablement pas. Elle planait pendant sa déposition, et deux des collaborateurs de Nadine travaillaient déjà sur son dossier médical. D'un autre côté, certains jurés la trouveraient peut-être sympathique. Millie Marino ferait un témoin marquant, et son mari, Chester, incarnerait peut-être le mieux le lien entre les troubles cardiaques et la mort.

Nadine et son équipe allaient en terminer avec les dépositions, avant de se les passer et repasser pour en éliminer peu à peu les meilleures. Avec leurs experts ils disséqueraient les antécédents médicaux des huit « victimes » et finiraient par sélectionner celui ou celle dont le cas leur paraîtrait le plus faible. Une fois le gagnant choisi, ils fonceraient au tribunal avec une belle requête, aussi impitoyable qu'argumentée, pour qu'on disjoigne les dossiers. Ils prieraient le juge Seawright de choisir leur dossier préféré et de le placer sur sa « voie express », dégageant ainsi la route menant à un procès devant jury.

À 18 heures passées, David sortit en trombe du Marriott et faillit courir à sa voiture. Il était groggy et avait besoin d'air frais. Quittant le centre-ville, il s'arrêta à un Starbucks, dans une rue commerçante, et commanda un double expresso. Deux portes plus loin, un magasin de farces et attrapes exhibait en vitrine des déguisements et des accessoires ; selon sa nouvelle habitude, il y jeta tranquillement un coup d'œil. Depuis quelques jours, aucun magasin de farces et attrapes n'était à l'abri de lui ou d'Helen. Ils recherchaient un jeu de Dents de l'Enfer dans leur emballage d'origine, avec le nom de la marque en petits caractères. Ce magasin-ci présentait l'arsenal habituel d'appareils péteurs, de décorations, de paillettes, de déguisements et de papier cadeau bon marché. Il y avait plusieurs modèles de dents de vampire, fabriqués au Mexique et distribués par une société texane, Mirage Novelties.

C'était un nom qui n'était pas inconnu de David, il avait même un petit dossier sur cette société. Des capitaux privés, 18 millions de chiffre d'affaires pour le dernier exercice, trois quarts des produits dans le même segment que celui qu'il inspectait en ce moment. Il avait des dossiers sur des dizaines de sociétés spécialisées dans les gadgets et les jouets bon marché, et ses recherches s'élargissaient quotidiennement. Ce qu'il n'avait pas encore trouvé, c'était un autre jeu de Dents de l'Enfer.

Il acheta une paire de crocs à 3 dollars pour ajouter à sa collection, puis reprit son auto et se rendit à Brickyard Mall, où il avait rendez-vous avec Helen dans un restaurant libanais. Pendant le repas, il refusa de lui raconter sa journée – la même épreuve l'attendait le lendemain. Ils parlèrent donc des études d'Helen et, comme c'était prévisible, de l'élargissement à venir de la famille.

L'hôpital Lakeshore pour enfants n'était pas loin. À l'unité de soins intensifs, ils retrouvèrent Soe Khaing dans une salle d'accueil, entouré de parents. Soe fit les présentations, même si ni David ni Helen ne retinrent un seul nom. Les Birmans étaient visiblement touchés que les Zinc aient pris le temps de rendre visite au petit malade.

L'état de Thuya était stationnaire depuis un mois. Le lendemain de leur visite à l'appartement familial, David avait contacté un des médecins. Après qu'il lui eut fait parvenir par mail l'autorisation signée par Soe et Lwin, le médecin avait accepté de lui parler. Le pronostic n'était pas bon. Le plomb dans l'organisme de l'enfant avait atteint des concentrations hautement toxiques et causé de graves lésions aux reins, au foie, au système nerveux et au cerveau. Le petit garçon était conscient de façon intermittente. S'il survivait, il faudrait des mois, voire des années, pour mesurer l'étendue des dégâts au cerveau. Normalement, les enfants ne survivaient pas à de telles quantités de plomb.

David et Helen suivirent Soe dans le couloir, longèrent le bureau des infirmières et arrivèrent devant une baie vitrée derrière laquelle se trouvait Thuya, attaché sur un petit lit et relié à un étrange assortiment de tuyaux, fils et moniteurs de contrôle. Une machine l'aidait à respirer.

— Je le touche une fois par jour, il m'entend, dit Soe, avant d'essuyer les larmes sur ses joues.

David et Helen regardaient fixement à travers la vitre, sans trouver quoi que ce soit à dire.

22.

Il y avait encore un aspect de la vie d'un grand cabinet que David avait appris à détester : la réunionnite aiguë. Évaluations, bilans, réunions pour discuter de l'avenir du cabinet, réunions de planification, réunions pour accueillir de nouveaux avocats, pour des pots d'adieu à des anciens, réunions de mise à niveau, réunions pour coacher les nouveaux, pour se faire coacher par les anciens, réunions budgétaires, sur les objectifs de travail et toute une liste interminable de sujets tout aussi assommants. La culture d'entreprise chez Rogan Rothberg était le travail non-stop et la facturation non-stop, or il y avait tant de réunions inutiles que la rentabilité finissait par s'en ressentir.

Sachant cela, David suggéra néanmoins, sans enthousiasme, à son nouveau cabinet d'organiser une réunion. Il était là depuis quatre mois et s'était installé dans un confortable train-train. Le manque de courtoisie et l'absence de communication entre les membres du cabinet l'inquiétaient. La procédure du Krayoxx traînait en longueur. Les rêves de jackpot entretenus par Wally s'estompaient, les rentrées se faisaient rares. Oscar était de plus en plus irritable, si c'était possible. En bavardant avec Rochelle, David apprit que les associés ne s'asseyaient jamais autour de la table pour réfléchir à leur stratégie et exprimer leurs doléances.

Oscar prétendit qu'il était trop occupé, Wally que ce genre de réunion était une perte de temps. Rochelle trouva l'idée exécrable jusqu'au moment où elle comprit qu'elle y serait conviée, ce qui fit aussitôt d'elle sa plus fervente partisane.

Étant la seule qui n'était pas avocat, elle était ravie de disposer d'une tribune pour plaider. À la longue, David réussit à convaincre l'associé senior et l'associé junior : Finley & Figg programma sa réunion plénière inaugurale.

Ils attendirent 5 heures de l'après-midi, puis fermèrent à clé la porte d'entrée et enclenchèrent la messagerie de leur téléphone. Après un silence un peu gêné, David prit la parole :

— Oscar, en tant qu'associé senior, je pense que c'est à vous de présider la séance.

— De quoi veux-tu qu'on parle ?

— Content que vous me posiez la question, répondit David en leur distribuant promptement un ordre du jour.

Premier point, barème des honoraires. Deuxième point, examen des dossiers. Troisième point, classement des dossiers. Quatrième point, spécialisation.

— Ce ne sont que des suggestions, reprit David. En réalité, je me fiche un peu de l'ordre du jour, l'important est que chacun puisse dire ce qu'il a sur le cœur.

— Tu as passé trop de temps dans un grand cabinet, lança Oscar.

— Alors, qu'est-ce qui te soûle ? demanda Wally à David.

— Rien. Je crois juste que nous pourrions faire du meilleur boulot en uniformisant nos honoraires et en discutant ensemble de nos affaires. Le système de classement des dossiers a vingt ans de retard, et nous ne deviendrons jamais rentables si nous ne nous spécialisons pas.

— Tiens, puisqu'on parle d'argent, dit Oscar, prenant un bloc-notes. Depuis que nous avons déposé ces plaintes contre le Krayoxx, notre chiffre d'affaires est en baisse, et ça fait trois mois que ça dure. On passe beaucoup trop de temps sur ces dossiers, notre trésorerie atteint la cote d'alerte. Voilà ce qui me soûle !

Il regardait fixement Wally.

— On va bientôt passer à la caisse, affirma Wally.

— C'est ce que tu ne cesses de répéter.

— Le mois prochain, on va conclure la transaction pour l'accident de voiture de Groomer, on devrait encaisser dans les 20 000 dollars. On a toujours connu des passages à vide, Oscar, tu le sais aussi bien que moi. Il y a des hauts et il y a des bas. L'an dernier, on a perdu de l'argent pendant neuf mois et on a quand même fini par réaliser un joli bénéfice.

On frappa lourdement à la porte. Wally se leva d'un bond.

— Zut alors ! s'exclama-t-il. C'est DeeAnna. Désolé, les gars, je lui avais dit de prendre sa journée.

Il se précipita vers la porte. DeeAnna fit son entrée – pantalon de cuir noir moulant, talons de pétasse, haut moulant en coton.

— Salut, mon chou, on est en réunion. Tu peux m'attendre dans mon bureau ?

— Combien ça va durer ?

— On n'en a pas pour longtemps.

DeeAnna adressa un sourire putassier à Oscar et David en se dirigeant vers le bureau de Wally. Celui-ci lui tint la porte, puis la referma derrière elle. Il revint à la table, gêné aux entournures.

— Vous voulez que je vous dise ce qui me soûle, moi ? intervint Rochelle. Ça. – elle fit un signe de la tête en direction du bureau de Wally. – Qu'est-ce qui l'oblige à se pointer tous les après-midi ?

— Avant, tu recevais des clients après 5 heures, renchérit Oscar. Maintenant tu t'enfermes avec elle dans ton bureau.

— Elle ne dérange personne ! protesta Wally. Et pas si fort !

— Moi, elle me dérange, déclara Rochelle.

Wally leva ses mains au ciel et haussa les sourcils, aussitôt prêt à en découdre.

— Elle et moi, ça devient sérieux. Et ce n'est pas vos oignons. Pigé ? Je refuse d'en discuter plus longtemps.

Il y eut un silence, tout le monde respira un bon coup, puis Oscar lança une nouvelle salve :

— Je suis sûr que tu lui as parlé du Krayoxx et du jackpot à l'horizon, ça ne m'étonne pas qu'elle passe son temps ici. Dis-moi si je me trompe.

— Je ne parle jamais de tes femmes, Oscar, riposta Wally.

Tes femmes ? Il y en avait donc plus d'une ? Rochelle écarquilla les yeux et David se rappela soudain pourquoi il détestait autant les réunions. Oscar décocha un regard incrédule à Wally. Les deux hommes semblaient stupéfiés par leur échange.

— Venons-en au point suivant, annonça David. J'aimerais que

vous m'autorisiez à examiner notre grille d'honoraires pour tenter de mettre au point un barème unique. Des objections ?

Il n'y en eut aucune.

Ayant le vent en poupe, David fit circuler quelques feuilles de papier.

— J'ai mis la main sur cette affaire, je pense qu'elle a beaucoup de potentiel.

— Les Dents de l'Enfer ! s'exclama Oscar devant une photo couleur de la collection de fausses dents.

— Oui. Le client est un petit garçon de cinq ans plongé dans le coma à cause d'un empoisonnement au plomb. Son père lui a acheté ces fausses dents pour Halloween, et le gamin les a portées pendant des heures. Les peintures de différentes couleurs sont bourrées de plomb. La page 3 est un rapport préliminaire du Dr Biff Sandroni, une référence en matière de saturnisme, qui a examiné les dents. Sa conclusion est au bas de la page : tous les modèles sont farcis de plomb. Selon lui, il n'a rien vu de tel en vingt-cinq ans. Il pense que les dents ont été fabriquées en Chine et importées par un marchand de jouets bas de gamme, comme il y en a beaucoup aux États-Unis. En matière de peinture au plomb, les usines chinoises ont des antécédents terribles. La Food and Drug Administration et le Bureau de protection des consommateurs ont beau se déchaîner et ordonner le retrait d'un tas de produits, il y en a toujours qui passent au travers.

Rochelle, qui avait en main le même document qu'Oscar et Wally, s'apitoya :

— Pauvre gamin. Il va s'en sortir ?

— Les médecins sont pessimistes. Son cerveau, son système nerveux et bon nombre de ses organes ont subi de graves lésions. S'il survit, ça ne sera pas beau à voir.

— Qui est le fabricant ? s'enquit Wally.

— C'est toute la question. Je n'ai pas encore réussi à trouver un autre spécimen des Dents de l'Enfer, et j'ai cherché partout. Ça fait un mois qu'on écume les étalages, avec Helen. Rien sur Internet non plus. Rien dans les catalogues des fournisseurs. Jusqu'ici, pas le moindre indice. Il est possible que ce produit ne fasse surface qu'à Halloween. La famille n'a pas conservé l'emballage.

— Il doit exister des produits similaires, dit Wally. Si cette société fabrique une merde pareille, elle doit aussi fabriquer des fausses moustaches et d'autres trucs du même genre.

— Oui, c'est ma théorie. Je suis en passe d'acquérir une jolie petite collection de gadgets similaires, et je recense tous les importateurs et les fabricants.

— Qui a payé ce rapport ? demanda Oscar d'un air suspicieux.

— Moi. Deux mille cinq cents dollars.

La réponse de David fut suivie d'un blanc dans la conversation, tandis que tous quatre contemplaient le fameux rapport. À la fin, Oscar s'enquit :

— Les parents nous ont signé un mandat ?

— Pas encore. Ils m'ont signé une autorisation me permettant d'avoir accès au dossier médical et de conduire mon enquête. Quand je le leur demanderai, ils signeront le mandat. La question est la suivante : le cabinet Finley & Figg prendra-t-il ce dossier ? Si oui, il va falloir dépenser un peu d'argent.

— Combien ? murmura Oscar.

— Le stade suivant consiste à demander à l'équipe de Sandroni d'inspecter l'appartement de la famille de l'enfant pour trouver l'éventuelle source du plomb responsable de l'empoisonnement. Il s'agit peut-être d'autres jouets, ou de peinture qui s'écaille, ou même de l'eau du robinet. J'ai visité l'appartement, le bâtiment a au moins cinquante ans. Il faut que Sandroni identifie de manière concluante l'origine du plomb. Il est presque certain qu'il s'agit des Dents de l'Enfer, mais il doit impérativement exclure les autres hypothèses.

— Combien ? insista Oscar.

— Vingt mille dollars.

Oscar resta bouche bée, puis secoua la tête. Wally, lui, émit un sifflement qui éparpilla les feuilles de papier. Seule Rochelle paraissait d'accord, malheureusement elle n'avait pas voix au chapitre pour les questions d'argent.

— En l'absence de défendeur, il ne peut y avoir de poursuites, observa Oscar. À quoi bon claquer du fric sur ce dossier alors que tu ne sais pas qui assigner ?

— Je trouverai le fabricant, affirma David.

— Génial, et quand tu l'auras trouvé, on aura peut-être un dossier. Peut-être...

La porte du bureau de Wally grinça, puis s'ouvrit. DeeAnna fit un pas à l'extérieur.

— Ça va durer combien de temps, encore, mon chou ?

— On a presque fini, il y en a pour quelques minutes, répondit Wally.

— J'en ai marre d'attendre.

— D'accord, d'accord. J'arrive dans une minute.

Elle claqua la porte. Les murs tremblèrent.

— C'est elle qui préside la réunion ? ironisa Rochelle.

— Ça suffit, la rembarra Wally, avant de poursuivre à l'intention de David : ce dossier me plaît, David, vraiment il me plaît. Mais avec le litige du Krayoxx sur le feu, on ne peut pas se permettre de s'engager financièrement sur un autre dossier. Je te suggère de le mettre en attente, peut-être de continuer à chercher l'importateur et, une fois qu'on aura réglé l'affaire du Krayoxx, on sera en position de faire ce qu'on veut. Tu as déjà signé avec cette famille. Le gosse n'ira nulle part. Gardons ça sous le coude, on s'en occupera à fond l'année prochaine.

David n'était pas en position de discuter. Ses deux associés avaient refusé. Rochelle aurait accepté si elle avait eu le droit de voter, mais elle s'en désintéressait déjà.

— Très bien, déclara-t-il. Dans ce cas, je vais poursuivre mes investigations, à mes moments perdus, sur mes deniers, et sous la couverture de mon assurance professionnelle personnelle.

— Tu as une assurance personnelle ?

— Non, mais je vais m'en trouver une.

— Et les 20 000 dollars ? revint à la charge Wally. Selon les comptes, tu as facturé moins de 5 000 dollars au cours des quatre derniers mois.

— C'est vrai, néanmoins le chiffre est en augmentation constante. En outre, j'ai un peu d'argent à la banque. Je vais tenter ma chance et essayer d'aider ce petit garçon.

— Le problème n'est pas d'aider un petit garçon, riposta Oscar. Le problème, c'est de pouvoir financer ce dossier. Je suis d'accord avec Wally. Pourquoi ne pas attendre l'année prochaine ?

— Parce que je n'ai pas envie d'attendre, répliqua David. Cette famille a besoin d'aide aujourd'hui.

Wally haussa les épaules.

— Alors vas-y. Je n'ai pas d'objection.

— Moi non plus, dit à son tour Oscar. Mais je veux voir une augmentation de ta facturation mensuelle.

— Compte là-dessus.

La porte du bureau de Wally s'ouvrit à nouveau ; DeeAnna sortit en trombe. Elle traversa la pièce en faisant vibrer le sol, siffla : « Salaud ! » à voix basse, ouvrit en grand la porte d'entrée, lança : « Ne m'appelle pas ! » à la cantonade et fit trembler les murs une nouvelle fois en claquant le battant derrière elle.

— Elle a du tempérament, remarqua Wally.

— Quelle élégance ! murmura Rochelle.

— Tu ne peux pas être sérieux à son sujet, Wally ! implora presque Oscar.

— C'est mes oignons, pas les tiens. On a fini ? Je n'en peux plus, de cette réunion.

— C'est bon pour moi, dit David.

— La réunion est levée, annonça l'associé senior.

23.

L'éminent Jerry Alisandros fit enfin sa grande entrée en scène à Chicago, dans sa croisade contre Varrick Labs. Son arrivée fut impressionnante. Il atterrit à bord du Gulfstream G650, dont rêvait encore Wally, entouré d'une cour aussi imposante que celle de Nadine Karros lorsqu'elle s'était présentée au tribunal. Une fois Zell & Potter passé au premier plan, l'équilibre fut rétabli. Enfin, il avait les compétences, l'expérience et la réputation nationale dont manquait cruellement Finley & Figg.

Oscar sécha l'audience, sa présence n'étant pas nécessaire. Wally, lui, ne tenait plus en place, tant il rêvait de se pavaner enfin en compagnie de son illustre allié. David suivit le mouvement par curiosité.

Nadine Karros, son équipe et son client avaient décidé qu'Iris Klopeck serait la cible de leur plan stratégique, ce dont ni ses avocats ni Iris elle-même ne se doutaient le moins du monde. Varrick Labs avait déposé une requête afin d'obtenir la dissociation du dossier, qu'il voulait voir scindé en huit assignations différentes, et pour demander que le litige reste à Chicago et ne soit pas joint aux milliers de plaintes réunies dans le cadre d'un litige multidistrict en Floride. Les avocats des plaignants s'opposèrent vigoureusement à ces demandes. D'épaisses conclusions furent échangées. Quand les équipes adverses s'assemblèrent dans la salle d'audience du juge Seawright, l'ambiance était tendue.

Pendant qu'ils attendaient, un greffier se présenta et annonça que le juge était retardé par une urgence ; il serait là dans une demi-heure. David traînait près de la table des plaignants, bavardant avec un associé de Zell & Potter, quand un avocat de la défense s'avança discrètement pour le saluer d'un air embarrassé. David le reconnut vaguement pour l'avoir croisé dans les couloirs de Rogan Rothberg, mais il avait tout fait pour oublier ce monde.

— Je suis Taylor Barkley, dit le gars en même temps qu'il lui serrait la main. Harvard, deux promotions avant vous.

— Enchanté.

David présenta Barkley à l'avocat de Zell & Potter dont il venait de faire la connaissance. Ils parlèrent quelques instants des Cubs, de la pluie et du beau temps, avant d'en venir finalement au fait. Barkley déclara qu'il travaillait vingt-quatre heures sur vingt-quatre depuis que Rogan Rothberg subissait la pression de l'affaire du Krayoxx. David avait mené cette existence-là, il avait survécu et n'avait aucune envie d'en reparler.

— Ça sera un sacré procès, lança-t-il pour combler un silence.

Barkley ricana comme s'il détenait un scoop.

— Quel procès ? Aucun de ces dossiers n'aboutira devant un jury. Allez, vous le savez bien ! lança-t-il en lorgnant en direction de l'avocat de Zell & Potter.

Barkley poursuivit, à voix basse car le lieu grouillait d'avocats surexcités.

— On va se battre pendant quelque temps comme de beaux diables, ensuite on s'assoira sur le dossier, on encaissera des honoraires monstrueux, et on conseillera à notre cher client de transiger. Si vous vous accrochez assez longtemps, David, vous finirez par comprendre comment ça marche, tout ça.

— Je pense que j'ai compris, dit David, attentif au moindre mot.

Avec l'avocat de Zell & Potter, ils étaient aux aguets et avalaient les informations sans pouvoir y croire.

— Ça va vous faire plaisir, chuchota Barkley, vous êtes une sorte de légende chez Rogan. Le gars qui a les couilles de partir, de prendre un job plus peinard, pour se retrouver assis sur une pile de dossiers qui constituent un vrai jackpot. Nous, on continue à facturer à l'heure…

David se borna à un signe de tête, dans l'espoir que ça mettrait un terme à la conversation.

Revenant soudain à la vie, l'huissier ordonna à tout le monde de se lever. Le juge Seawright surgit de derrière son siège et ordonna à tous de se rasseoir.

— Bonjour, dit-il dans son micro en posant ses dossiers devant lui. Nous avons beaucoup de questions à couvrir au cours des deux prochaines heures. Comme toujours, je vous prie d'être concis. J'ai fait le point sur la procédure de communication des pièces, et il semblerait que les choses suivent leur cours. Maître Alisandros, avez-vous des doléances à ce sujet ?

Jerry se leva fièrement. Tous les regards se portèrent sur lui. Il avait de longs cheveux gris tirés derrière les oreilles qui rebiquaient dans le cou, le teint hâlé. Son costume sur mesure mettait en valeur sa sveltesse.

— Non, votre Honneur, pas pour le moment. Permettez-moi de vous assurer que je suis heureux d'être là.

— Bienvenue à Chicago. Maître Karros, y a-t-il des problèmes ?

Elle se leva à son tour, avec sa robe en lin et soie gris perle, col en V, taille empire, qui enserrait ses jambes galbées jusqu'en dessous du genou, et ses escarpins noirs compensés. Tous la dévoraient des yeux. David rêvait du procès rien que pour assister au défilé de mode. Wally bavait d'admiration.

— Votre Honneur, nous avons échangé nos listes d'experts ce matin, donc tout est en ordre, répondit-elle d'une voix bien timbrée, à la diction parfaite.

— Très bien, dit Seawright. Ce qui nous amène à la grande question du jour, celle du lieu où seront jugées ces plaintes. Les plaignants ont déposé une requête en vue de la délocalisation de tous les dossiers, qui seraient joints au litige multidistrict entamé devant la Cour fédérale de Miami. La défense s'y oppose et demande non seulement que les plaintes restent à Chicago, mais qu'elles soient jugées individuellement, en commençant par celle concernant le regretté Percy Klopeck. Ces questions ont fait l'objet de conclusions complètes et exhaustives. Je les ai lues très attentivement. À ce stade, j'autoriserai les deux parties à formuler des remarques, en commençant par les avocats des plaignants.

Jerry Alisandros se dirigea avec ses notes vers un petit pupitre au centre de la salle d'audience, face au juge Seawright mais un ou deux mètres plus bas. Il mit de l'ordre dans ses papiers, s'éclaircit la voix et commença par le rituel « Plaise au tribunal ».

Wally vivait le moment le plus excitant de sa carrière. Lui, le petit avocat des quartiers sud de Chicago, assistait à une audience de la Cour fédérale au cours de laquelle de célèbres avocats s'affronteraient au sujet de plaintes qu'il avait lui-même rédigées et déposées – c'était presque trop beau. Il réprima un sourire, et son euphorie fut à son comble lorsqu'il glissa un doigt sous sa ceinture. Il avait perdu sept kilos, il n'avait pas bu depuis cent quatre-vingt-quinze jours. Il ne faisait pas de doute que sa perte de poids et la clarté d'esprit qu'il ressentait étaient liées au fait que DeeAnna et lui s'envoyaient en l'air comme des bêtes au lit. Il prenait du Viagra, conduisait une Jaguar décapotable neuve (neuve pour lui, mais pas de toute première main et achetée avec un crédit sur soixante mois) et avait rajeuni de vingt ans. En roulant capote baissée dans Chicago, il rêvait continuellement au jackpot à venir et à la vie merveilleuse qui l'attendait. DeeAnna et lui voyageraient et passeraient leur temps à la plage, et il ne travaillerait qu'en cas d'absolue nécessité. Il avait déjà décidé qu'il se spécialiserait dans les recours collectifs et passerait la vitesse supérieure, qu'il oublierait la banalité de la rue, les divorces au rabais et les conduites en état d'ivresse. Il était sûr qu'Oscar et lui se sépareraient. Franchement, au bout de vingt ans, il était temps. Il aimait Oscar comme un frère, mais Oscar n'avait pas d'ambition, pas de vision, pas de vrai désir de progresser. Ils avaient déjà discuté du meilleur moyen de dissimuler l'argent du Krayoxx pour le mettre à l'abri de sa femme. Oscar divorcerait, ça se passerait mal, et Wally serait là pour le soutenir. Une fois la chose réglée, leurs chemins divergeraient. C'était triste mais inévitable. Wally voyait grand, Oscar était trop vieux pour changer.

Jerry Alisandros prit un mauvais départ en tentant d'argumenter que le juge Seawright n'avait d'autre choix que de transférer les dossiers à Miami.

— Ces plaintes ont été déposées à Chicago, pas à Miami, lui rappela le juge. Personne ne vous y a obligé. Vous auriez pu les déposer partout où les laboratoires Varrick vendent leurs produits, c'est-à-dire dans n'importe lequel des cinquante États de l'Union. Je ne vois pas en raison de quoi un juge fédéral de Floride pourrait commander à un juge fédéral de l'Illinois de lui transférer ses dossiers. Pouvez-vous m'éclairer sur ce point, maître Alisandros ?

Mᵉ Alisandros ne le pouvait pas. Il suggéra hardiment que de nos jours, dans les recours collectifs, il était habituel d'ouvrir un litige multidistrict et de faire en sorte qu'un seul juge s'occupe de toutes les affaires.

Habituel, mais pas requis. Seawright n'appréciait pas qu'on lui suggère qu'il était contraint de délocaliser les plaintes. C'étaient ses plaintes !

David était assis derrière Wally, dans une rangée de chaises située devant la barre. Il était fasciné par la dramaturgie de la salle d'audience, la tension, l'importance des enjeux. Il était aussi inquiet parce que le juge Seawright ne semblait pas être de leur côté sur cette question. Alisandros leur avait expliqué qu'il n'était pas essentiel d'obtenir gain de cause. Si Varrick souhaitait un procès-test à Chicago le plus vite possible, il en serait ainsi. Il n'avait jamais reculé devant un procès. En avant !

L'hostilité du juge était patente. Pourquoi David était-il inquiet ? Après tout, il n'y aurait pas de procès. Tous les avocats de son côté de l'allée centrale étaient intimement, ardemment persuadés que Varrick solderait l'ardoise du Krayoxx bien avant le début des procès. À en croire Barkley, du côté de la défense on penchait aussi pour un règlement à l'amiable. Les dés étaient-ils pipés ? Ça se passait toujours comme ça, une action de groupe ? Un médicament nocif était mis en cause, les avocats des plaignants s'activaient comme des fous, les assignations pleuvaient, les avocats de la défense mobilisaient toutes les ressources juridiques à leur disposition. Les deux camps se tapaient dessus jusqu'au moment où le groupe pharmaceutique se lassait de distribuer de gros chèques à ses avocats. À partir de ce moment, tout s'arrangeait : les avocats des plaignants ramassaient d'énormes honoraires et leurs clients

obtenaient bien moins que prévu. Au bout du compte, tous les avocats se seraient enrichis. Quant au groupe pharmaceutique, il passerait tout cela par pertes et profits et mettrait au point un médicament de substitution.
Tout n'était donc qu'une comédie écrite à l'avance ?

Au moment où Jerry Alisandros commençait à se répéter, il décida de se rasseoir. Les avocats dressèrent la tête quand Nadine Karros se leva à son tour pour s'avancer vers le pupitre. Elle tenait à la main quelques notes, dont elle ne se servit pas. Étant donné que le juge penchait déjà en sa faveur, elle ne s'étendit pas. Elle s'exprimait par de longues phrases éloquentes, qui paraissaient être le produit d'une longue réflexion. Elle parlait distinctement, sa voix claire résonnait dans la salle d'audience. Ce fut un modèle de concision : pas de verbiage spécieux, pas de gestes inutiles. Cette femme était faite pour la scène. Elle démontra qu'aucun précédent, aucune règle de procédure, rien nulle part n'obligeait un juge fédéral à transférer ses dossiers à un autre juge fédéral.

Au bout de quelques instants, David se demanda s'il verrait Nadine Karros en action devant un jury. Savait-elle déjà qu'il n'y aurait pas de procès ? Continuait-elle sur sa lancée à 2 000 dollars l'heure ?
Un mois plus tôt, Varrick Labs avait publié ses résultats trimestriels, qui avaient spectaculairement baissé. Le groupe avait surpris les analystes en provisionnant 5 milliards de dollars pour les litiges en cours, essentiellement le Krayoxx. David suivait cela de près dans la presse financière et sur les blogs spécialisés. Certains estimaient que Varrick s'empresserait de nettoyer ses écuries grâce à une énorme transaction, d'autres que le groupe pharmaceutique tenterait de sauver la mise par un procès brutal. Le prix de l'action oscillait entre 35 et 40 dollars, les actionnaires avaient donc l'air raisonnablement calmes.
David avait également étudié des recours collectifs passés, et avait été surpris par le nombre de fois où l'action d'une société attaquée avait connu une hausse impressionnante une fois que celle-ci avait transigé afin de se débarrasser d'une flopée

de procès. Habituellement, la première vague de mauvaises nouvelles et le déferlement des plaintes provoquaient un creux dans le prix de l'action. Ensuite, pendant que les lignes de front se formaient et que les chiffres devenaient définitifs, Wall Street semblait préférer un bon arrangement. Wall Street détestait avant tout le « risque mou », quand une grosse affaire était déférée devant un jury et que l'issue judiciaire devenait imprévisible. Au cours des dix dernières années, toutes les grandes actions de groupe ou presque s'étaient conclues par des transactions de quelques milliards.

Cela réconfortait David. Ce qui l'inquiétait, c'est que pour l'instant pas grand-chose ne permettait d'affirmer que le Krayoxx était responsable des horreurs dont on l'accusait.

Après un débat approfondi et équitable, le juge Seawright en avait entendu assez. Il remercia les avocats de leur excellente préparation et leur promit une décision sous dizaine. Ce délai n'était pas indispensable, il aurait pu trancher sur-le-champ, sans se lever de son fauteuil. Il ne faisait aucun doute que les dossiers resteraient à Chicago. Le juge avait l'air de pencher en faveur d'un « grand procès ».

Les avocats des plaignants se retrouvèrent à déjeuner dans un restaurant huppé du centre dont Alisandros avait réservé l'arrière-salle. Wally et David compris, il y avait sept avocats et deux auxiliaires juridiques, tous des hommes. Jerry avait déjà commandé du vin, qu'on leur servit dès qu'ils furent assis. Wally et David déclinèrent de boire.

— Un toast, annonça Jerry en tapotant son verre de vin.

Silence général.

— Je propose qu'on porte un toast à notre très cher Harry Seawright et à sa légendaire « voie express ». Le piège est tendu, et ces idiots de Rogan Rothberg nous croient aveugles. Ils veulent un procès. Le vieil Harry aussi, alors, nom de Dieu, on va leur en donner un !

Tout le monde but une gorgée. Dans les secondes qui suivirent, la conversation partit en vrille dans une analyse des jambes et du postérieur de Nadine Karros. Wally, qui occupait le siège à droite du trône d'Alisandros, fit rire tout le monde. Au-dessus des salades composées, les bavardages se frayèrent très naturellement un chemin vers leur deuxième sujet de prédilection : la négociation, le compromis. David, qui parlait le moins possible, fut invité à rapporter sa conversation avec Taylor Barkley juste avant l'audience. On l'écouta avec beaucoup d'intérêt. Trop, à ses yeux.

Jerry était le centre de l'attention, il parlait sans discontinuer. Il était emballé à l'idée d'un grand procès avec un gros verdict à la clé, tout en étant intimement convaincu que Varrick lâcherait prise et mettrait des milliards sur la table.

Des heures plus tard, David ne savait toujours pas quoi penser, même si la présence de Jerry Alisandros l'avait rassuré. C'était un vieux briscard, aussi à l'aise dans les prétoires qu'autour d'une table de négociation, et il n'avait presque jamais perdu une affaire. Selon le *Lawyers Weekly*, les trente-cinq associés de Zell & Potter s'étaient partagé un bénéfice net de 1,3 milliard de dollars l'année précédente. Net, malgré l'achat de plusieurs nouveaux jets, la construction d'un terrain de golf appartenant au cabinet et toute sorte d'autres frais considérables autorisés par le fisc. D'après le magazine *Florida Business*, Jerry valait dans les 350 millions de dollars.

Pas mal pour un avocat !

Toutefois, David avait préféré ne pas montrer ces chiffres à Wally.

24.

Pendant près de trente ans, Kirk Maxwell avait été élu au Sénat par l'État de l'Idaho. Il était généralement tenu pour quelqu'un de sérieux qui fuyait la publicité et obtenait des résultats sans montrer sa tête à la télé. Discret, sans prétentions, c'était aussi un des membres les plus populaires du Congrès. Sa disparition fut aussi brutale que spectaculaire.

Maxwell avait pris la parole en séance, micro à la main. Il était en pleine discussion avec un de ses collègues quand il porta soudain la main à sa poitrine, lâcha le micro, ouvrit la bouche en un rictus horrifié et s'affala sur le pupitre devant le sien. Il était mort subitement d'un arrêt cardiaque ; la scène fut enregistrée dans son intégralité par la caméra officielle du Sénat, puis diffusée sans autorisation et visionnée par la planète entière sur YouTube, alors que sa femme n'était même pas arrivée à l'hôpital.

Deux jours après ses obsèques, son fils confia inconsidérément à un journaliste que le sénateur prenait du Krayoxx et que la famille envisageait d'attaquer Varrick Labs. Le temps que ses déclarations soient digérées par le système d'information en continu, tout le monde était convaincu que le Krayoxx avait tué le sénateur. Âgé seulement de soixante-deux ans, Maxwell était en bonne santé, bien que dans sa famille on ait du cholestérol.

Un confrère indigné annonça la création d'une sous-commission d'enquête sur les risques liés au Krayoxx. La Food and Drug Administration fut assaillie de demandes de retrait du médicament. Varrick Labs, tapi dans les collines à la périphérie de Montville, refusa de s'exprimer. Ce fut une sombre journée pour le groupe, mais Reuben Massey en avait vu d'autres.

Les poursuites seraient ironiques à deux titres. Primo, pendant les trente ans qu'il avait passés à Washington, les grands groupes pharmaceutiques avaient versé des millions à Maxwell et il avait toujours voté comme il le fallait. Secundo, le sénateur était un ardent partisan d'une réforme du droit civil, et depuis des années il cherchait à imposer des restrictions aux poursuites en responsabilité civile. Mais dans les remous émotionnels suscités par toute tragédie, ceux qui restent perdent souvent le sens de l'ironie. La veuve de Maxwell engagea les services d'un célèbre avocat de Boise, capitale de l'Idaho, mais seulement « aux fins de consultation ».

Comme le Krayoxx faisait la une des journaux, le juge Seawright décida qu'un procès serait intéressant, après tout. Il déclara irrecevables les demandes des plaignants, sur tous les points soulevés. Les procédures intentées par Wally seraient donc disjointes ; le dossier du défunt Percy Klopeck serait le premier à être soumis à la furie de la règle locale 83:19, la fameuse « voie express ».

Wally fut pris de panique quand il reçut la notification de la décision du juge, puis il se calma suite à une longue et rassurante conversation avec Jerry Alisandros. Jerry lui expliqua que le décès du sénateur Maxwell était un don du ciel – à plus d'un égard, puisqu'un réformateur enragé du droit civil avait été réduit au silence ! – et ne ferait qu'accroître la pression sur Varrick, ce qui inciterait le laboratoire à engager les discussions en vue d'un arrangement. D'ailleurs, comme il ne cessait de le répéter, Jerry se réjouissait à l'avance d'avoir l'occasion d'occuper le devant de la scène face à Me Karros dans une salle d'audience bondée de Chicago.

— Le dernier endroit où ils souhaitent me voir, c'est dans une salle d'audience, répétait-il.

Son « bureau spécial Klopeck » travaillait d'arrache-pied. Ce n'était pas la première fois que son cabinet avait affaire à un juge fédéral égocentrique, et chacun avait sa propre version de la « voie express ».

211

— Seawright ne l'a donc pas inventée ? s'enquit innocemment Wally.

— Penses-tu ! J'ai entendu pour la première fois ce terme il y a trente ans, dans le nord de l'État de New York.

Jerry pressa ensuite Wally de continuer à ratisser les rues à la recherche de nouveaux cas.

— Je vais t'enrichir, promettait-il.

Quinze jours après la mort du sénateur Maxwell, la FDA céda à la pression et ordonna le retrait du Krayoxx. Les as du recours collectif étaient en transe. Un peu partout, des avocats publièrent des communiqués de presse, tous du même tonneau : Varrick Labs aurait à répondre de sa scandaleuse négligence. Une enquête fédérale devait être diligentée. La FDA n'aurait jamais dû autoriser la commercialisation du médicament. Parfaitement au courant des problèmes qu'il posait, Varrick n'avait pas hésité à en inonder le marché, ce qui avait rapporté plus de 30 milliards en six ans au groupe pharmaceutique. Quels résultats de ses laboratoires de recherche Varrick s'était-il empressé d'enterrer ?

Face à ces nouvelles, Oscar était partagé. D'un côté, évidemment, il voulait que le médicament ait la plus mauvaise presse possible pour forcer Varrick à s'asseoir à la table des négociations. D'un autre côté, il espérait secrètement, ardemment, que le Krayoxx se chargerait de sa femme. Certes, le retrait du Krayoxx augmenterait la pression sur Varrick, seulement cela ferait également disparaître le médicament de son armoire à pharmacie. En réalité, aux yeux d'Oscar, le scénario idéal aurait été l'annonce d'un arrangement imminent avec Varrick à l'instant où sa femme clamserait à cause du médicament. Il aurait gardé tout l'argent, fait l'économie d'un divorce sordide et aurait porté plainte au nom de sa regrettée épouse, épinglant Varrick une deuxième fois.

Il rêvassait derrière sa porte close. Les lignes téléphoniques sonnaient sans arrêt, mais il refusait de décrocher. Les trois quarts des appels émanaient de « cas non mortels » de Wally, des clients qu'il avait racolés grâce à divers stratagèmes. Rochelle, Wally et le jeune David n'avaient qu'à se charger des appels et des clients hystériques ! Oscar avait la ferme intention de rester barricadé dans son bureau, à l'écart du bruit et de la fureur.

Rochelle était sur le point de démissionner. Elle exigea une nouvelle réunion.

— Regarde ce que tu as déclenché ! lança Oscar à David d'un air méprisant, alors qu'ils se retrouvaient de nouveau autour de la table, à la fin d'un après-midi.

— Quel est l'ordre du jour ? s'enquit Wally, comme s'il l'ignorait.

Rochelle avait forcé la main à David ; il avait accepté d'intervenir. S'éclaircissant la voix, il entra dans le vif du sujet.

— Il faut mettre de l'ordre dans les dossiers Krayoxx. Depuis le retrait du médicament, on est submergés d'appels, des gens qui ont déjà signé ou qui veulent se joindre à nos plaintes.

— C'est quand même génial, non ? tonna Wally avec un large sourire de satisfaction.

— Peut-être, Wally, mais notre cabinet n'est pas spécialisé dans les recours collectifs. Nous ne sommes pas équipés pour gérer quatre cents dossiers à la fois. Les cadors du domaine ont des dizaines de collaborateurs et d'auxiliaires de justice, il y a un paquet de monde pour faire le boulot !

— Nous avons quatre cents dossiers ? s'exclama Oscar.

Difficile de savoir s'il était ravi ou effondré.

Wally avala à grand bruit un peu de son Coca light, puis répondit fièrement :

— Nous avons les huit cas de décès, bien sûr, et quatre cent sept cas non mortels, sinon plus. Je suis désolé que ces cas mineurs causent autant de soucis, mais quand l'heure de la négociation aura sonné et que nous alignerons ces gars sur la grille d'indemnisations mitonnée par Jerry Alisandros, il s'avérera que chaque cas non mortel vaut 100 000 ou 200 000 misérables dollars. Multipliés par quatre cent sept. Qui veut bien faire le calcul ?

— La question n'est pas là, Wally ! protesta David. On a bien compris vos calculs. Ce qui semble vous échapper, c'est que ces cas n'en sont peut-être pas. Pas un seul de vos clients « non mortels » n'a été examiné par un médecin. Il n'est même pas sûr qu'ils aient subi un préjudice !

— Certes, mais nous n'avons pas encore déposé des plaintes en leur nom, que je sache ?

— Non, mais ces gens sont persuadés qu'ils sont des clients à part entière et vont avoir droit à des dédommagements. Vous leur avez dépeint la situation en rose.

— Quand seront-ils examinés par un médecin ? demanda Oscar.

— Bientôt, lança Wally dans sa direction. Jerry est en train de recruter un médecin-expert qui examinera chaque client et rédigera un rapport.

— Vous semblez présumer que tous ont des revendications légitimes, insista David.

— Je ne présume rien du tout.

— Quel sera le coût de l'examen individuel ? pinailla Oscar.

— Je pourrai te répondre quand on aura trouvé le médecin.

— Qui paiera ? s'obstina Oscar.

— Le Groupe des plaignants du Krayoxx, le GPK, pour faire court.

— On en fait partie ?

— Non.

— Comment ça se fait ?

— C'est quoi, ces histoires ? grogna Wally, ulcéré. Pourquoi vous me tombez dessus ? La première réunion du cabinet a été consacrée à ma petite amie. Celle-ci porte sur mes dossiers. Je commence à ne pas aimer les réunions. C'est quoi, votre problème ?

— J'en ai marre du téléphone, déclara Rochelle. Ça n'arrête pas de sonner. Tout le monde appelle pour raconter sa petite histoire. Certains pleurnichent parce que vous les avez terrifiés, Wally. D'autres se pointent ici et s'imaginent que je vais leur tenir la main. Ils sont tous persuadés d'avoir un problème cardiaque, grâce à vous et à la FDA.

— Et s'ils ont réellement un problème cardiaque, et si ce problème cardiaque est causé par le Krayoxx, et si on peut leur obtenir un peu d'argent ? Ce n'est pas ça que les avocats sont censés faire ?

— Et si on embauchait une assistante juridique pendant quelques mois ? suggéra David assez abruptement, se préparant à encaisser leurs réactions.

Comme les trois autres ne répondaient pas assez vite, il enchaîna :

— On pourrait l'installer dans le grenier et entreposer là-haut tous les dossiers Krayoxx. Je l'aiderai à mettre en place le système informatique pour gérer le litige et le classement, ce qui lui permettrait de tenir les dossiers à jour. Je superviserai le projet, si vous voulez. Tous les appels relatifs au Krayoxx aboutiraient sur sa ligne. Ça soulagerait Rochelle, et Wally pourrait continuer à faire ce qu'il fait le mieux – racoler des clients.

— Nous ne sommes pas en état de recruter qui que ce soit, décréta Oscar, comme c'était prévisible. Grâce au Krayoxx, notre trésorerie est au plus bas. Et comme tu ne paies pas encore les factures, et que tu n'es pas près de le faire, je ne pense pas que tu sois le mieux placé pour nous conseiller de dépenser plus d'argent.

— Je comprends, acquiesça David. Je me bornais à suggérer une manière d'organiser le cabinet.

Tu as bien de la chance qu'on ait décidé de te recruter, pensa tout bas Oscar, qui était sur le point de le dire tout haut.

Wally, quant à lui, aimait bien l'idée. Toutefois, pour le moment il n'avait pas le cran d'affronter son associé. Rochelle admirait David pour son audace, mais elle n'allait pas se permettre une remarque sur les frais généraux.

— J'ai une meilleure idée, lança Oscar à David. Pourquoi tu ne t'occuperais pas toi-même du suivi des dossiers Krayoxx ? Tu es déjà à l'étage. Tu t'y connais un peu en informatique. Tu pestes toujours contre notre manque d'organisation. Tu réclames un nouveau système de classement. À en juger par ce que tu rapportes, tu dois avoir pas mal de temps libre. Ça nous permettra de faire des économies. Qu'est-ce que t'en penses ?

Tout était entièrement vrai, et David n'allait pas se défiler :

— D'accord, mais quelle sera ma part du gâteau ?

Oscar et Wally échangèrent un regard ; leurs quatre yeux s'étrécirent, pendant que cette question tournait dans leur cervelle. Ils n'avaient pas encore décidé comment eux-mêmes allaient se répartir l'argent. Il avait bien été question d'une vague prime pour Rochelle et d'une autre pour David, cependant rien n'avait été décidé quant au vrai partage du butin.

— On doit en reparler entre nous, répliqua Wally.

— Oui, cela concerne les associés, ajouta Oscar, comme s'il s'agissait d'un club puissant et fermé.

— Bon, dépêchez-vous de prendre une décision ! lança Rochelle. Je ne peux pas répondre à tous ces appels et classer tous ces dossiers.

On frappa à la porte. DeeAnna était de retour.

25.

Le plan de Reuben Massey pour faire face au dernier problème de Varrick Labs avec un de ses produits avait été mis à mal par la mort du sénateur Maxwell que, depuis, on appelait « Max la menace » dans les couloirs de la compagnie. La veuve du sénateur n'avait peut-être pas porté plainte, néanmoins son moulin à paroles d'avocat profitait à fond de son quart d'heure de gloire, se répandant en interviews et se faisant inviter dans des talk-shows. Il se teignait les cheveux, arborait des costumes flambant neufs et voyait enfin se réaliser les rêves inassouvis de célébrité de tant de ses confrères.

L'action de Varrick avait dégringolé jusqu'à 29,50 dollars, son cours le plus bas depuis six ans. Deux analystes financiers, des hommes que Massey vomissait, recommandaient de vendre. Le premier avait écrit : « Six ans seulement après sa mise sur le marché, le Krayoxx représente 25 % des bénéfices de Varrick. Suite à son retrait, le pronostic de la compagnie à moyen et long terme est entaché d'incertitudes. » L'autre renchérissait : « Les chiffres font froid dans le dos. Avec plus d'un million de victimes potentielles, le Krayoxx risque de plonger Varrick dans un bourbier de dommages et intérêts pour les dix ans à venir. »

— Bourbier... Il a trouvé le mot juste, au moins, marmonna Massey en parcourant les chiffres et les analyses du matin.

Il n'était pas encore 8 heures. Le ciel au-dessus de Montville était plombé, et l'ambiance dans le bunker maussade, pourtant, bizarrement, il avait le moral. Au moins une fois par semaine, sinon plus, Massey se faisait les dents sur quelqu'un au petit déjeuner. La victime du jour s'annonçait particulièrement appétissante.

Au temps de sa jeunesse, Layton Koane avait été élu quatre fois à la Chambre des représentants, puis avait dû regagner ses pénates lorsque ses électeurs avaient mal pris une affaire scabreuse impliquant une de ses collaboratrices. Tombé en disgrâce, sans diplômes, ni compétences, ni talents particuliers, il avait peiné à retrouver du travail dans son Tennessee natal. Son mince CV n'était pas de ceux que l'on exhibait avec fierté. Il était divorcé, sans le sou et sans emploi à quarante ans à peine, quand ses pas l'avaient de nouveau conduit à Washington : il avait décidé d'emprunter la voie royale suivie avant lui par tant d'hommes politiques dont la carrière avait été brisée dans l'œuf. Il avait endossé l'habit de l'un des plus vieux et des plus honorés métiers de la capitale. Il s'était fait lobbyiste.

Grâce à son absence totale de scrupules, Koane était rapidement devenu l'une des étoiles montantes du sport consistant à obtenir l'inclusion de projets locaux sans intérêt dans de grandes lois fédérales de financement. Il savait comme nul autre dénicher les opportunités et les livrer clés en main aux clients qui acceptaient de payer ses honoraires de plus en plus confortables. Il avait été un des premiers lobbyistes à maîtriser les arcanes de ces procédures qui font la joie des membres du Congrès tout en étant financées par les impôts d'ouvriers ne se doutant de rien. Koane s'était fait remarquer pour la première fois dans ce domaine, quand une université publique réputée lui avait versé 100 000 dollars pour lui avoir permis de s'offrir un nouveau terrain de basket. L'Oncle Sam avait généreusement contribué de 10 millions de dollars au projet ; la ligne de crédit pertinente figurait en toutes petites lettres dans un projet de loi long de trois mille pages voté aux environs de minuit. Lorsqu'une université concurrente avait découvert le pot aux roses, il y avait eu des protestations, mais il était déjà trop tard.

La polémique avait donné à Koane un début de notoriété, et d'autres clients avaient accouru. L'un d'eux était un promoteur immobilier de Virginie qui souhaitait ériger un barrage sur un fleuve afin de créer un lac avec, sur ses rives, un lotissement qu'il aurait revendu à un joli prix. Koane lui avait facturé 500 000 dollars et avait suggéré de faire un don de 100 000 dollars au comité de soutien du représentant de ce district qui n'avait jamais eu besoin de barrage. Une fois qui de droit payé et convaincu de la pertinence du projet, Koane se plongea dans les comptes fédéraux et dénicha 8 millions de dollars non affectés dans le budget du corps des ingénieurs militaires. Le barrage fut construit. Le promoteur se remplit les poches. Tout le monde était content, sauf les écologistes, les défenseurs de la nature et les communautés installées en aval.

Tout cela faisait partie de la routine de Washington et serait passé inaperçu si un journaliste obstiné n'avait pas fourré son nez là où il ne fallait pas. Noms d'oiseaux et yeux au beurre noir pour le membre du Congrès, le promoteur et Koane, mais dans le lobbying la honte n'existe pas et toute publicité est bonne à prendre. Les affaires de Koane prospérèrent. Cinq ans après ses débuts, il créait sa propre société, le Groupe Koane, spécialisé dans les affaires gouvernementales. Dix ans plus tard, il devenait multimillionnaire. Vingt ans encore, et il figurait à la troisième place du classement annuel des lobbyistes les plus influents de Washington. (Dans quelle autre démocratie existe-t-il un classement des lobbyistes ?)

Varrick versait au Groupe Koane une avance de 1 million de dollars par an pour ses services, à laquelle s'ajoutaient des sommes bien plus importantes dès qu'il y avait un travail précis à accomplir. Pour ce tarif, M. Layton Koane serait arrivé en rampant à l'appel de son client.

Massey avait convié ses avocats de confiance, Nicholas Walker et Judith Beck, au bain de sang matinal. Ils étaient déjà là lorsque Koane arriva, non accompagné, comme Massey l'en avait prié. Koane possédait un jet, une voiture avec chauffeur et aimait voyager avec son entourage, mais aujourd'hui les choses étaient différentes.

Au début, l'atmosphère était on ne peut plus cordiale pendant qu'ils échangeaient des amabilités en grignotant leurs croissants. Koane avait encore pris du poids, et son costume gris sur mesure, luisant comme une tenue de télé-évangéliste, semblait sur le point de craquer aux coutures. Sa chemise blanche amidonnée faisait des bourrelets à la ceinture. Son triple menton était engoncé dans son col. Comme toujours, il portait une cravate orange et une pochette de la même couleur. Il avait beau être riche, il ne savait toujours pas s'habiller.

Massey détestait Layton Koane, qui était à ses yeux un plouc, un idiot, un bonimenteur, un bidonneur qui avait eu la chance de se trouver au bon endroit au bon moment. En fait, Massey exécrait tout ce qui touchait à Washington : le gouvernement fédéral avec ses réglementations étouffantes ; la horde de fonctionnaires qui les rédigeaient ; les politiciens qui les approuvaient ; les bureaucrates qui les appliquaient. Pour survivre dans un tel endroit, raisonnait-il, il fallait être détestable comme Layton Koane.

— C'est un sale quart d'heure pour nous, à Washington, attaqua Massey, énonçant une évidence.

— Pas que pour vous, répliqua Koane. Je détiens quarante mille stock-options de votre compagnie, au cas où vous l'auriez oublié.

C'était vrai. Un jour, Varrick Labs avait réglé les honoraires de Koane en stock-options.

Massey prit des papiers sur la table et dévisagea Koane par-dessus ses lunettes de lecture.

— L'année dernière, on vous a versé plus de 3 millions de dollars.

— Trois millions deux cent mille, précisa Koane.

— Et on a farci à ras bord la caisse des comités de soutien de quatre-vingt-huit sénateurs sur cent, dont le grand et regretté Kirk Maxwell, paix à son âme. Ce qui ne nous a pas empêchés de casser également notre tirelire pour trois cents membres de la Chambre des représentants. On a aussi alimenté les caisses noires des deux partis, à la Chambre et au Sénat. Sans compter les comités de soutien divers que nous avons financés par ailleurs, pour le bien de la cause. Sur un plan plus personnel, vingt-quatre de nos cadres dirigeants y sont allés de leur propre poche, le tout sous votre supervision. À présent, grâce à l'infinie sagesse de notre Cour suprême, nous allons pouvoir inonder le système électoral de quantités colossales d'argent dans le plus strict anonymat. Cinq millions et demi de dollars juste pour l'année écoulée. Au total, si on y ajoute les paiements en tous genres, déclarés et non déclarés, par-dessus et par-dessous la table, Varrick Labs et ses cadres dirigeants ont craché au bassinet plus de 40 millions de dollars en un an, afin que notre grande et belle démocratie ne dévie pas du droit chemin.

Massey lâcha les papiers et lança un regard haineux à Koane.

— Quarante millions de dollars pour quoi, Layton ? Pour payer votre seul et unique produit : l'influence.

Koane hocha lentement la tête.

— Alors, Layton, pourriez-vous avoir l'obligeance de m'expliquer comment, en dépit de toute cette influence que nous achetons depuis des années, la FDA a quand même retiré le Krayoxx de la vente ?

— La FDA, c'est la FDA. C'est un monde à part, insensible aux pressions politiques.

— Insensible aux pressions ? Tout baignait dans l'huile jusqu'au moment où un politicien a cassé sa pipe. Vu de chez moi, on penserait que ses potes sénateurs ont mis une sacrée pression sur la FDA.

— Bien évidemment.

— Et vous faisiez quoi, pendant ce temps ? Vous avez bien des ex-membres de la commission de la FDA dans votre poche ?

— Oui, j'en ai un, mais le mot qui compte, c'est « ex-membre ». Ce monsieur ne prend plus part aux votes.

— Apparemment, vous vous êtes fait rouler dans la farine.

— Peut-être, Reuben, mais rien n'est fini. On a perdu une bataille, mais on peut encore gagner la guerre. Maxwell est mort, et à chaque minute qui passe il sombre un peu plus dans l'oubli. C'est comme ça, Washington – on y a la mémoire courte. On lui cherche déjà un remplaçant dans l'Idaho. Laissez un peu de temps au temps, et on n'y pensera même plus.

— Du temps au temps ? La FDA me coûte 18 millions de dollars par jour ! Depuis que vous avez garé votre voiture, on a perdu 400 000 dollars en ventes ! Je n'ai pas de temps à perdre, Layton.

Nicholas Walker et Judy Beck prenaient des notes, comme il se devait. Ils gribouillaient sur leurs carnets, sans lever les yeux, et se délectaient de cette petite mise en jambes.

— Vous croyez que j'y suis pour quelque chose, Reuben ? demanda Koane d'une voix presque plaintive.

— Oui. Absolument. Je ne comprends rien à Washington, alors je paie une fortune à quelqu'un pour m'aider à naviguer dans cet endroit épouvantable. Et donc, Layton, quand ça foire, j'ai tendance à penser que vous n'y êtes pas pour rien. Un excellent médicament vient d'être retiré du marché sans la moindre raison valable. J'aimerais comprendre !

— C'est difficile à comprendre, mais je refuse de porter le chapeau. Je suis monté au créneau depuis le premier dépôt de plainte. J'ai d'excellents contacts à tous les niveaux, et je peux vous assurer que la FDA n'avait nullement l'intention d'interdire le Krayoxx, en dépit de tous ces avocats qui hurlaient. Ça baignait dans l'huile, comme vous dites. Et puis Maxwell a cassé sa pipe en direct. Ça a changé la donne.

Il y eut une pause, pendant que tous les quatre buvaient une gorgée de café.

Koane prenait toujours soin d'avoir sous le coude un ou deux bruits de couloir, pris aux meilleures sources, de ceux qui se chuchotaient discrètement, et il ne résista pas à l'envie de partager :

— Une de mes sources, une très bonne source, m'a informé que la famille Maxwell ne compte pas déposer de plainte.

— De qui s'agit-il ? exigea Massey.

— Un membre du club, un sénateur proche de Maxwell et de sa famille. Il m'a appelé hier. On a pris un verre. Sherry Maxwell ne veut pas d'un procès, mais son avocat pousse à la roue. C'est un malin, il sait qu'il a Varrick dans le viseur. S'il y a plainte, ce sera un coup dur, et la FDA sera tentée de ne pas remettre le médicament sur le marché. Sans plainte, en revanche, Maxwell sera vite oublié. Un de moins, au suivant !

Massey faisait des moulinets dans l'air de la main droite.

— Poursuivez, allez-y, dites-moi ce que vous avez en tête.

— Cinq millions de dollars et la plainte disparaît. Mon bureau se chargera de tout. Il y aura un accord de confidentialité, aucun détail ne filtrera.

— Cinq millions de dollars alors que le médicament est parfaitement sûr ?

— Non. Cinq millions pour vous enlever une grosse épine

du pied, rétorqua Koane. Maxwell a été sénateur pendant plus de trente ans, de surcroît, il était intègre, et son patrimoine est modeste. Sa famille ne refuserait pas un peu de cash.

— Si ça se sait, on aura tous les as du recours collectif sur le dos, intervint Nicholas Walker. On ne pourra pas garder le secret. Tous les journalistes nous surveillent.

— Je m'occupe des journalistes, Nick, je sais m'y prendre. Faisons le deal tout de suite, on signe à huis clos et on attend. La famille et l'avocat la boucleront. Je me charge d'expliquer à la presse pourquoi les Maxwell ont décidé de ne pas porter plainte. Écoutez, rien ne les oblige à nous poursuivre. Ça arrive tout le temps, que les gens laissent tomber, pour toute sorte de raisons. Je dis : on négocie, on signe la paperasse et, pour verrouiller le tout, on leur précise qu'ils toucheront l'argent dans deux ans, intérêts compris. C'est quelque chose que je peux leur vendre.

Massey se leva et s'étira. Il se dirigea vers une grande fenêtre et contempla la brume qui sortait du bois. Sans se retourner, il demanda :

— Vous en pensez quoi, Nick ?

Réfléchissant à voix haute, Walker répondit :

— Ça serait une bonne chose de se débarrasser de la famille Maxwell. Layton a raison. Ses potes au Sénat l'auront oublié en moins de deux, surtout s'il n'y a pas de procès. Vu le contexte, je dirais que 5 millions, c'est une affaire.

— Judy ?

— Totalement d'accord. La priorité, c'est la remise en vente du Krayoxx. Si en faisant plaisir aux Maxwell on accélère le mouvement, faut pas hésiter.

Massey retourna lentement s'asseoir, fit craquer ses doigts, se frotta le visage et but une nouvelle gorgée de café, comme s'il était profondément plongé dans ses pensées. Mais il n'avait rien d'un indécis.

— D'accord, Layton, occupez-vous-en. Débarrassez-moi de Maxwell. Mais si ça nous revient dans la figure, ça sera fini pour vous. En ce moment, je ne suis pas vraiment content de vos prestations, il ne m'en faudrait pas beaucoup pour aller voir ailleurs.

— Ne vous inquiétez pas, Reuben. Je vais régler le problème Maxwell.

— Formidable. Et ensuite, combien de temps avant la remise sur le marché du Krayoxx ? Et combien cela va-t-il me coûter ?

Koane se massa légèrement le front et essuya quelques gouttelettes de sueur.

— Impossible à dire. Chaque chose en son temps, il faut laisser tourner l'horloge. Commençons par Maxwell, revoyons-nous ensuite.

— Quand ?

— Dans un mois ?

— Formidable. Un mois. C'est-à-dire trente jours. C'est-à-dire 540 millions de chiffre d'affaires en moins.

— Je suis capable de compter, Reuben.

— Ça, j'en suis certain.

— C'est bon, j'ai pigé. Ça va comme ça ?

Les yeux de Massey lançaient encore des éclairs, et il donnait des coups dans l'air de son index pointé sur le lobbyiste.

— Je vais être parfaitement clair, Layton. Si mon médicament n'est pas remis sur le marché dans un avenir très proche, je viendrai en personne à Washington pour vous virer à coups de pied dans le cul, vous et votre boîte. À la suite à quoi je me trouverai une nouvelle équipe de « spécialistes en affaires gouvernementales » qui saura protéger ma compagnie. Je peux rencontrer le vice-président et le speaker de la Chambre quand ça me chante. Je peux boire des coups avec une bonne douzaine de sénateurs. Je viendrai avec mon carnet de chèques et, s'il le faut, je lâcherai un camion plein de cash et une voiture chargée de call-girls sur la FDA.

Koane arborait un sourire de façade, comme s'il s'efforçait de rire d'une plaisanterie douteuse.

— Ne vous fatiguez pas, Reuben. Laissez-moi un peu de temps.

— Je n'ai pas de temps à perdre.

— La meilleure manière de remettre le Krayoxx en vente, c'est de démontrer qu'il est sûr, répliqua Koane calmement, comme pour s'éloigner de la question de son renvoi. Vous y avez réfléchi ?

— On est dessus, répondit Nicholas Walker.

Massey se leva de nouveau et retourna à sa fenêtre préférée.

— La réunion est terminée, Layton, grogna-t-il – sans se retourner pour saluer.

Dès que Koane fut parti, Reuben se détendit. En fin de compte, la matinée s'était plutôt bien passée. Rien de tel qu'une bonne petite victime expiatoire pour requinquer un PDG assoiffé de sang. Reuben attendit pendant que Nick Walker et Judy Beck consultaient leurs e-mails sur leurs smartphones. Quand il eut à nouveau leur attention, il dit :

— On devrait discuter de notre stratégie légale. Où en est-on ?

— Le procès de Chicago est en marche, dit Walker. La date n'a pas encore été fixée, mais ça ne saurait tarder. Nadine Karros a étudié l'agenda du juge Seawright, et il y a un joli petit créneau à la fin du mois d'octobre. Avec un peu de chance, ça sera la date.

— C'est-à-dire un peu moins d'un an depuis le dépôt de plainte.

— Oui, et on ne fait rien pour ralentir les choses. Nadine bétonne sa défense, elle ne laisse rien passer, mais sans vraiment dresser d'obstacles. Pas de requête en annulation. Pas de requête en jugement sommaire. La procédure de communication avance à grands pas. Seawright s'intéresse au dossier, il tient à son procès.

— Nous sommes le 3 juin. Les plaintes continuent de tomber. À supposer qu'on commence à faire semblant d'envisager un accord, on pourra faire traîner les choses jusqu'en octobre ?

Judy Beck lui répondit :

— Sans problème. Il a fallu trois ans de négociations pour aboutir à un accord sur la Feltazine, et il y avait un demi-million de plaintes. Pour le Zoltaven, ça a même pris plus longtemps. Les avocats ne pensent qu'à une chose : nos 5 milliards de résultats du trimestre dernier. Ça les fait rêver, l'idée qu'un tel paquet d'argent apparaisse sur la table.

— Ça leur fera perdre les pédales, ajouta Nick.

— Dans ce cas, on va leur donner un coup de main, conclut Massey.

26.

Wally était assis dans la salle d'audience des divorces, au seizième étage du centre Richard J. Daley, en plein cœur de Chicago. Ce matin-là, parmi la douzaine de procédures minables qui (avec un peu de chance) signeraient la fin définitive de l'union de deux personnes qui n'auraient jamais dû se marier, il y avait le dossier Strate contre Strate. Afin de mener à bien leur divorce par consentement mutuel, les conjoints avaient engagé Wally et lui avaient versé un total de 750 dollars. À présent, six mois plus tard, ils avaient pris place dans le tribunal, chacun d'un côté de la travée centrale, pressés de passer devant le juge pour en finir. Wally attendait aussi, et en attendant il regardait défiler des couples marqués par l'épreuve qui se dirigeaient d'un air pataud vers l'estrade où trônait le juge, baissaient la tête devant lui, parlaient quand leurs avocats leur disaient de parler, évitaient de se regarder et repartaient, après quelques sombres minutes, libres enfin de tout lien conjugal.

Wally s'était installé au milieu d'un groupe d'avocats qui piaffaient d'impatience. Il en connaissait bien la moitié ; quant aux autres, il ne les avait jamais vus. La ville comptait vingt mille avocats, et il y avait de nouveaux visages chaque jour. Quelle foire d'empoigne ! Quelle routine éreintante !

Une femme pleurait devant le juge. Elle ne voulait pas divorcer. Son mari, si.

Vivement que ce spectacle soit de l'histoire ancienne, songeait Wally. Un jour, bientôt, ses journées s'écouleraient dans des bureaux somptueux près du centre-ville, loin de la sueur et du labeur de la rue, derrière un imposant bureau en marbre, avec deux assistantes bien gaulées qui prendraient ses appels et lui apporteraient ses dossiers, et un ou deux auxiliaires juridiques qui seraient ses gratte-papier. Fini les divorces, les conduites en état d'ivresse, les successions à deux balles, fini les mauvais payeurs, les mauvais coucheurs. Il prendrait de juteuses affaires de dommages corporels et s'en mettrait plein les poches au passage.

Les autres avocats lui lançaient des coups d'œil en coin. Il en était conscient. De temps à autre, il surprenait le mot Krayoxx. Curieux, envieux, les uns souhaitaient à Wally de décrocher la timbale ; d'autres, au contraire, rêvaient de le voir se casser la figure car cela prouverait à leurs yeux qu'ils méritaient les corvées auxquelles ils étaient destinés. Et rien d'autre.

Son portable vibra dans la poche de son veston. Wally l'attrapa, lut le nom et le numéro qui s'affichaient, puis bondit de son banc et sortit précipitamment de la salle. La porte à peine franchie, il répondit :

— Jerry, je suis au tribunal. Qu'est-ce qui se passe ?

— J'ai une grande nouvelle pour toi, frère Wally, chantonna Alisandros. J'ai fait dix-huit trous avec Nicholas Walker, hier. Le nom te dit quelque chose ?

— Non, oui, je ne sais pas. Qui est-ce ?

— On a fait une petite partie sur notre terrain privé. J'ai réussi cinq au-dessus du par. Ce pauvre Nick a fait vingt. Le golf, ce n'est pas son truc, si tu veux mon avis. En revanche, c'est le patron du service juridique de Varrick Labs. Je le connais depuis des années. Un sacré enfoiré, respectable quand même.

Il y eut un blanc, Wally aurait dû ajouter quelque chose, pourtant rien ne lui venait à l'esprit.

— Jerry, tu m'as appelé juste pour m'épater avec tes scores sur le green ?

— Du tout, du tout. Je voulais te dire que Varrick veut bien discuter de la question d'une transaction. Il ne s'agit pas encore de négocier, note bien, mais ça leur dirait de prendre langue. C'est souvent comme ça que ça se passe. Ils entrebâillent la porte. On glisse un pied à l'intérieur. On fait un petit pas de deux, et en deux temps trois mouvements on est en train de discuter gros sous. Très gros sous. Tu me suis, Wally ?

— On ne peut mieux.

— C'est ce que je pensais. Écoute, Wally, on n'est pas encore rendus, il reste un bon bout de chemin et on n'en est pas encore à discuter de tes plaintes. Il faut se mettre au boulot. Je vais trouver les médecins pour procéder aux examens – c'est capital. De ton côté, il faut que tu te bouges pour trouver d'autres cas. Dans un premier temps, le règlement amiable concernera les cas de décès – combien tu en as trouvé, jusqu'à présent ?

— Huit.

— C'est tout ? Je croyais qu'il y en avait plus.

— Il y en a huit, Jerry, et l'un d'eux est engagé sur la voie express, tu te souviens ? Klopeck.

— Ouais, ouais, bien sûr. Avec la meuf canon de la partie adverse. Je te jure, j'adorerais plaider cette affaire rien que pour pouvoir mater ses jambes toute la journée.

— Donc, tu disais ?

— Ouais, il faut passer à la vitesse supérieure. Je te rappelle tout à l'heure avec un plan de bataille. On a du pain sur la planche, Wally, mais l'affaire est quasi dans le sac.

Wally revint dans la salle d'audience et reprit son attente. Il ne cessait de se répéter : « L'affaire est dans le sac, la partie est gagnée, c'est Broadway. » Toute sa vie durant il avait entendu ces expressions toutes faites, mais quel était leur sens exact s'agissant d'une affaire de grande envergure ? Varrick allait-il vraiment jeter l'éponge, déposer les armes sans se battre pour minimiser ses pertes ? Après tout, pourquoi pas ?

Il regarda les avocats fatigués, hagards, qui l'entouraient. Des types qui comme lui avaient du mal à joindre les deux bouts en faisant cracher leurs honoraires à des gus qui n'avaient pas un sou de côté. *Pauvres types*, pensa-t-il.

Il était impatient d'en parler à DeeAnna. D'abord, il fallait qu'il s'entretienne avec Oscar. Pas chez Finley & Figg, toutefois, où aucune conversation discrète n'était possible.

Ils se retrouvèrent à déjeuner deux heures plus tard, dans un restaurant italien pas loin du cabinet. Oscar avait passé une sale matinée à arbitrer une querelle d'héritage entre les six enfants d'une dame qui était morte sans laisser grand-chose de valeur. Il avait besoin de boire un coup et commanda une bouteille de vin rouge ordinaire. Wally, sobre depuis deux cent quarante et un jours, se contenta d'une carafe d'eau. Autour de deux tomates-mozzarella, Wally résuma brièvement sa conversation avec Jerry Alisandros avant de conclure avec emphase :

— Le moment est enfin arrivé, Oscar. On y est.

L'humeur d'Oscar s'améliora pendant qu'il l'écoutait en éclusant un premier verre. Il ébaucha un sourire, et Wally eut le sentiment que son scepticisme s'évaporait sous ses yeux. Il dégaina un stylo, poussa sa salade de côté et se mit à gribouiller sur la nappe en papier.

— Refaisons les calculs, Wally. Un décès vaut vraiment 2 millions ?

Wally regarda autour d'eux pour vérifier que personne n'écoutait. La voie était libre.

— Je me suis documenté à fond, d'accord ? J'ai étudié des dizaines d'accords à l'amiable dans des affaires de médicament. Il y a encore trop d'inconnues pour prédire exactement combien vaut chaque cas. Il faut prouver la responsabilité, la cause du décès, analyser les antécédents médicaux, tenir compte de l'âge du défunt, calculer la perte de revenu potentielle, tout un tas de trucs comme ça. Ensuite, il faut savoir combien Varrick mettrait au pot. Je pense qu'il s'agit au bas mot de 1 million de dollars. On a huit cas à 40 %. La moitié revient à Jerry, plus le petit pourcentage pour le comité de pilotage, ce qui nous laisse un résultat net d'environ 1,5 million.

Oscar gribouillait frénétiquement, même s'il avait entendu ces chiffres des dizaines de fois.

— Il s'agit de décès. Ça vaut certainement plus de 1 million par tête de pipe, assena-t-il comme s'il avait déjà traité des dizaines de cas de cette ampleur.

— Peut-être 2 millions, dit Wally. Il y a aussi tous les cas sans décès, quatre cent sept à ce jour. Supposons qu'après examen médical on en garde la moitié. En me fondant sur des affaire analogues – un recours collectif contre un médicament –, j'estime que 100 000 dollars est un chiffre raisonnable pour un client dont une valve cardiaque a été un peu endommagée.

Ça fait 20 millions, Oscar. Et notre part du gâteau atteindrait les 3,5 millions.

Oscar écrivit quelque chose, puis s'arrêta pour prendre une grande rasade de vin.

— Si on parlait du partage ? C'est là où tu voulais en venir, non ?

— C'est une question parmi d'autres.

— OK, pourquoi pas cinquante-cinquante ?

Toutes leurs disputes autour du partage des honoraires démarraient à cinquante-cinquante.

Wally enfourna une tranche de tomate dans sa bouche et la mâcha férocement.

— Je vais te dire pourquoi pas. C'est moi qui ai mis la main sur le Krayoxx, moi qui ai déniché les cas, moi qui pour l'instant ai fait en gros 90 % du boulot. C'est moi qui suis mandaté dans les huit cas de décès. David s'occupe des quatre cent autres à l'étage. Si je ne m'abuse, tu n'en as pas un seul.

— J'espère que tu n'as pas l'intention de réclamer 90 %.

— Bien sûr que non. Voici ce que je te propose. Il reste beaucoup, beaucoup à faire. Il faut qu'un médecin évalue les cas, etc. Laissons toutes ces questions en suspens pour l'instant, et mettons-nous au boulot, David, toi et moi. Préparons les cas, et cherchons-en d'autres en même temps. Quand la nouvelle d'un règlement négocié sera connue, tous les avocats du pays vont se ruer sur le Krayoxx, ça veut dire qu'il nous faudra encore plus nous démener. Quand les chèques commenceront à tomber, je pense qu'un partage soixante-trente-dix sera équitable.

Oscar avait commandé le plat du jour, des lasagnes, et Wally des raviolis. Quand le garçon s'éloigna, Oscar déclara :

— Tu toucherais deux fois plus que moi ? Ça créerait un précédent. Je n'aime pas ça.

— Qu'est-ce que tu proposes ?

— Cinquante-cinquante.

— Et David ? On lui a promis un pourcentage quand il a accepté de s'occuper des cas sans décès.

— OK. Cinquante pour toi, quarante pour moi et dix pour David. Et une jolie prime pour Rochelle, mais pas de pourcentage.

Avec tout cet argent qui s'annonçait à l'horizon, c'était facile de jongler avec les chiffres, et encore plus de tomber d'accord. Ils se déchiraient pour des honoraires de 5 000 dollars, mais aujourd'hui c'était différent. La perspective de l'argent les calmait et leur ôtait toute envie de se chamailler. Wally tendit un bras par-dessus la table et Oscar fit de même. Ils échangèrent une poignée de main et se jetèrent sur leurs assiettes.

Après quelques bouchées, Wally demanda :

— Ta femme, ça va ?

Oscar fronça les sourcils, fit une grimace et regarda ailleurs. Personne ne lui parlait jamais de Paula parce que personne ne pouvait la sentir, à commencer par Oscar.

Wally poursuivit :

— Tu sais, Oscar, c'est le moment ou jamais. Si tu veux la larguer, il faut y aller.

— Tu te permets de me donner des conseils sur ma vie conjugale ?

— Oui, parce que tu sais que j'ai raison.

— Bien sûr, tu y as longuement réfléchi ?

— Ouais, parce que toi tu ne l'as pas fait, puisque tu ne croyais pas au Krayoxx, du moins jusqu'à maintenant.

Oscar remplit à nouveau son verre.

— Vas-y, je t'écoute.

Wally se pencha en avant, comme s'il allait lui confier le secret de la bombe atomique.

— Propose-lui de divorcer, tout de suite. Ce n'est pas sorcier. Je l'ai fait quatre fois. Déménage, trouve-toi un appartement, coupe les ponts. Je me charge de la procédure, elle se trouvera son propre avocat. On signera une convention antidatée de six mois selon laquelle j'aurai droit à 80 % de l'éventuel résultat net du Krayoxx, David et toi vous partageant les 20 % restants. Tu ne feras jamais croire à son avocat que le Krayoxx ne t'a rien rapporté, alors tu lui montreras un peu de cash. Le reste de l'argent, on le dépose discrètement sur un compte, et au bout d'un an ou deux, quand les choses se seront calmées, toi et moi on régularisera la situation.

— Ça s'appelle de la dissimulation frauduleuse de fonds.

— Ouais, et j'adore ça. Je l'ai fait mille fois, mais jamais à cette échelle. J'ai du mal à croire que tu n'y aies jamais tâté. C'est malin, non ?

— Si on se fait prendre, on pourrait finir en prison pour outrage à magistrat, sans même d'audience.

— T'inquiète, ça n'arrivera pas. Ta femme est persuadée que le Krayoxx, c'est mon affaire, non ?

— Oui.

— Donc ça marchera. Ce qu'on fait chez nous ne regarde que nous, on peut répartir l'argent comme ça nous chante. Personne n'a le droit de s'en mêler.

— Son avocat ne sera pas dupe, Wally. Dès que l'accord avec Varrick sera conclu, il sera au courant.

— Merde, Oscar, ça n'arrive pas tous les jours, une opportunité pareille. Dis-moi, au cours des dix dernières années, tu as gagné quoi en moyenne, 75 000 dollars par an ?

Oscar haussa les épaules.

— À peu près comme toi, j'imagine. C'est nul, non ? Après trente ans de terrain.

— Ce n'est pas ce que je voulais dire. Je voulais juste te faire remarquer que l'avocat de ta femme va regarder combien tu as gagné par le passé.

— Merci, je sais comment ça se passe.

— Si le fric du Krayoxx m'appartient, on pourra prétendre, preuves à l'appui, que ton revenu n'a pas bougé.

— OK, et en attendant, on fait quoi du fric ?

— On le planque sur un compte off-shore, le temps de régler le divorce. Putain, Oscar ! on n'a qu'à laisser le magot dormir à Grand Caïman et lui rendre visite une fois par an pour voir comment il se porte. Crois-moi, Paula et son avocat n'y verront que du feu. Mais il faut que tu demandes le divorce illico et que tu retrouves ta liberté.

— Pourquoi ça te tient tellement à cœur ?

— Je déteste cette bonne femme, voilà pourquoi. Tu rêves d'un divorce depuis le jour où tu l'as épousée. Tu mérites d'être heureux et, si tu suis mes conseils, ta vie prendra un nouveau départ, et pour le mieux. Réfléchis-y, Oscar. Célibataire à soixante-deux ans, avec un compte en banque bien rempli.

Oscar ne put s'empêcher de sourire. Il vida son troisième

verre, avala plusieurs bouchées. Visiblement, quelque chose le travaillait. Il finit par lâcher :

— Comment je lui annonce la chose ?

Wally s'essuya les coins de la bouche, se redressa sur sa chaise et prit le ton du type qui s'y connaissait :

— Il y a différentes manières de faire, et je les ai toutes essayées. Vous avez déjà parlé d'une séparation ?

— Pas que je me souvienne.

— Tu ne devrais pas avoir trop de mal à déclencher une belle engueulade, je suppose ?

— Tu parles ! Elle a toujours une bonne raison de se plaindre, en général ça concerne le fric, on se dispute pratiquement tous les jours.

— C'est bien ce que je pensais. Voilà ce que tu vas faire. Ce soir, en rentrant à la maison, tu lâches ta bombe. Tu lui dis que tu n'en peux plus, t'en as marre, tu veux divorcer, etc. Simple et direct. Pas de scène, pas de discussion, pas de négociation. Elle n'a qu'à garder la maison, la voiture, les meubles. Le tout, c'est qu'elle accepte un divorce à l'amiable.

— Et si elle refuse ?

— Quoi qu'il arrive, tu te casses. Tu peux t'installer chez moi en attendant de trouver un appartement. Dès que tu seras parti, elle pétera un câble et se mettra à concocter sa vengeance. Tu la connais ! En deux temps trois mouvements elle sera dans tous ses états. Quarante-huit heures plus tard, elle sera mauvaise comme un serpent à sonnette.

— *C'est* un serpent à sonnette.

— Et ça fait des années que ça dure. On déposera la requête, on la lui notifiera par huissier, ça sera le pompon. À la fin de la semaine, elle aura pris un avocat.

— J'ai donné ces conseils je ne sais combien de fois. Je n'ai jamais pensé qu'ils s'appliqueraient un jour à moi.

— Oscar, il faut en avoir pour se casser. Fais-le tant que tu peux encore profiter de la vie.

Oscar vida le reste de la bouteille dans son verre et retrouva le sourire. Wally ne se souvenait plus de la dernière fois où son associé avait eu l'air si content.

— Tu peux le faire, Oscar.

— Ouais. Je crois d'ailleurs que je vais rentrer tôt ce soir, préparer mes affaires et en finir une bonne fois pour toutes.

— Génial. Allez, ce soir, on dîne ensemble pour fêter ça. Aux frais du cabinet.

— Tope là, mais sans ta bimbo !

— Je m'en débarrasserai.

Oscar avala son vin comme un verre de tequila et s'exclama :

— Merde, Wally, je n'ai pas été excité comme ça depuis des années !

27.

Il n'avait pas été facile pour Helen et David de convaincre la famille Khaing qu'ils voulaient sincèrement les aider. Mais, après quelques semaines de repas de Big Macs, la confiance avait fini par s'installer. Chaque mercredi, après avoir avalé au préalable quelque chose de plus diététique, David et Helen faisaient un détour en voiture par le McDonald's, commandaient le même repas à base de hamburgers et de frites, et se rendaient chez les Khaing, à Rogers Park. Zaw, la grand-mère, et Lu, le grand-père, se joignaient à eux car ils aimaient bien aussi la fast-food. Le reste de la semaine, ils mangeaient surtout du riz et du poulet, mais le mercredi les Khaing faisaient un vrai repas américain.

Au début, Helen, très visiblement enceinte de sept mois, se demandait si ces visites hebdomadaires étaient une bonne idée pour elle. Il pouvait y avoir du plomb dans l'air, et elle se devait de penser à son bébé. David avait donc tout vérifié. Après avoir harcelé le Dr Biff Sandroni pour qu'il accepte de baisser ses honoraires de 20 000 à 5 000 dollars, David s'était chargé de collecter lui-même les éléments nécessaires. Il avait inspecté l'appartement et prélevé des échantillons de peinture, d'eau, des revêtements de céramique, des tasses et des soucoupes, des assiettes, des bols, des albums photo, des jouets, des chaussures, des vêtements, de presque tous les objets avec lesquels la famille Khaing était en contact. Il avait personnellement apporté sa récolte au laboratoire de Sandroni à Akron, dans l'Ohio, puis il l'avait récupérée et rendue à la famille quinze jours plus tard. Selon le rapport de Sandroni, il y avait seulement des traces de plomb, à des niveaux acceptables, et la famille n'avait aucune raison de s'inquiéter. Helen et le futur bébé ne risquaient rien chez les Khaing.

Thuya avait été empoisonné par les Dents de l'Enfer, et le Dr Sandroni était disposé à en témoigner sous serment, devant n'importe quel tribunal des États-Unis. David avait trouvé une affaire prometteuse. Restait à déterminer contre qui il fallait se retourner. Avec Sandroni, ils avaient établi une petite liste de quatre sociétés chinoises fabriquant des jouets du même type pour des importateurs américains, sans réussir à savoir laquelle était impliquée. Selon Sandroni, il était fort possible qu'ils n'y parviennent pas. Les Dents de l'Enfer avaient peut-être été fabriquées vingt ans plus tôt, puis avaient été entreposées quelque part pendant dix ans avant d'être expédiées aux États-Unis, où elles avaient peut-être passé cinq autres années à prendre la poussière dans le réseau de distribution. Le producteur et l'importateur étaient peut-être toujours en activité, ils pouvaient aussi bien avoir mis la clé sous la porte depuis longtemps. Les fabricants chinois étaient sous la pression constante d'organismes américains qui scrutaient les taux de plomb dans des milliers de produits différents. Il était souvent impossible de savoir avec précision qui avait fabriqué quoi dans le dédale des petites usines éparpillées à travers le pays. Le Dr Sandroni avait une liste interminable de sources, il avait témoigné à des centaines de procès. Au bout de quatre mois de recherches, il n'avait pourtant toujours rien trouvé. David et Helen avaient écumé tous les bric-à-brac et tous les magasins de jouets du Grand Chicago, et ils avaient désormais une collection considérable de fausses dents et de crocs de vampire, mais rien qui ressemblât de près ou de loin aux Dents de l'Enfer. Ils avaient beau chercher encore, le cœur n'y était plus.

Thuya était rentré chez lui, en vie mais gravement atteint. Les lésions cérébrales étaient sévères. Il ne pouvait marcher sans assistance, ni parler distinctement, ni s'alimenter, ni faire ses besoins. Sa vue était atteinte, et il avait du mal à répondre aux questions les plus élémentaires. Si on lui demandait son nom, il ouvrait la bouche et émettait un son qui ressemblait à « Tay ». La plupart du temps il restait allongé sur un lit spécial avec des barres de sécurité, et ses soins étaient un combat quotidien qui mobilisait toute la famille et de nombreux voisins. Le pronostic était sombre. Les médecins avaient fait comprendre avec doigté à ses parents que son état ne risquait pas de s'améliorer. En « off », et loin des oreilles des parents, les médecins avaient confié à David que l'esprit et le corps de Thuya ne connaîtraient jamais un développement normal, et qu'ils ne pouvaient rien y faire. Il n'existait aucune institution pour enfants handicapés dans laquelle il aurait pu être placé.

Thuya était nourri à la cuiller avec une préparation spéciale à base de fruits, de légumes et de suppléments alimentaires. Il portait des couches spéciales pour enfants handicapés. La nourriture, les couches et les médicaments coûtaient 600 dollars par mois, que David et Helen avaient proposé de prendre en charge pour moitié. Les Khaing n'avaient pas d'assurance médicale, et sans la générosité de l'hôpital pour enfants Lakeshore ils n'auraient pu payer les soins dont le petit garçon avait besoin. Sans cela, Thuya serait sans doute mort. Bref, Thuya était devenu un lourd fardeau pour sa famille.

Soe et Lwin insistaient pour que Thuya dîne à table avec eux. Il avait un siège spécial, encore un don de l'hôpital. Une fois installé et attaché sur son siège, il se tenait droit et attendait sa nourriture. Pendant que la famille dévorait les hamburgers-frites, Helen donnait à manger à Thuya à l'aide d'une cuiller pour bébé. Elle prétendait que ça lui faisait un entraînement. Assis de l'autre côté de l'enfant et armé d'une serviette en papier, David discutait avec Soe de la vie et du travail aux États-Unis. Les sœurs de Thuya, qui avaient choisi les prénoms américains Lynn et Erin, étaient respectivement âgées de huit et six ans. Si elles parlaient à peine pendant le repas, il était évident qu'elles adoraient la fast-food. Quand elles s'exprimaient, leur anglais était parfait, sans accent. Selon Lwin, elles étaient les premières de la classe.

Peut-être était-ce dû aux perspectives d'avenir incertaines, ou bien simplement à la vie difficile qui était le lot des immigrés, les dîners étaient graves et silencieux. Il y avait toujours un moment où les parents, les grands-parents ou les sœurs regardaient Thuya avec l'envie de pleurer. Gardant en mémoire le petit garçon hyperactif et volubile qui riait tout le temps, ils avaient du mal à accepter qu'ils ne le reverraient jamais plus.

Soe s'en voulait d'avoir acheté les fausses dents. Lwin de ne pas avoir réagi plus vite. Lynn et Erin d'avoir encouragé Thuya à jouer avec les dents. Même Zaw et Lu s'en voulaient ; ils avaient le sentiment qu'ils auraient dû faire quelque chose, sans savoir quoi précisément.

Après le repas, David et Helen sortirent l'enfant de l'appartement et se dirigèrent vers leur voiture pendant que toute la famille les observait depuis la fenêtre. Ils installèrent Thuya sur un siège pour enfants à l'arrière de leur voiture et s'éloignèrent. Ils disposaient d'un petit sac avec des couches et des produits pour changer Thuya, au cas où il y aurait eu un problème.

Il leur fallut une vingtaine de minutes pour atteindre le lac Michigan et se garer devant une jetée. David prit la main gauche de Thuya, Helen sa main droite, et ils entamèrent une promenade lente et laborieuse qui faisait peine à voir. Thuya se déplaçait aussi maladroitement qu'un bébé de dix mois faisant ses premiers pas, mais ils n'étaient pas pressés et l'enfant ne risquait pas de tomber. Ils avancèrent sur le ponton, longeant des bateaux de toute sorte. Thuya voulut s'arrêter pour regarder de près un ketch de dix mètres. Ils stationnèrent ensuite devant un imposant bateau de pêche et se répandirent en commentaires. David et Helen parlaient sans discontinuer, comme deux parents fiers de leur bébé. Thuya leur répondait par un flot incompréhensible de vocalises et de bruits qu'ils feignaient de comprendre. Quand il commença à donner des signes de fatigue, ils insistèrent pour continuer encore un peu. Le spécialiste de rééducation fonctionnelle de l'hôpital leur avait expliqué que c'était très important. Il fallait entretenir ses muscles.

Ils avaient visité en sa compagnie des parcs, des fêtes foraines, des centres commerciaux, assisté à des matchs de baseball et des fêtes de quartier. Pour lui, les sorties du mercredi étaient un grand événement, et c'était le seul moment de la semaine où sa famille pouvait se détendre un peu. Au bout de deux heures, ils regagnèrent l'appartement des Khaing.

Trois visages inconnus les y attendaient. Au cours des derniers mois, David s'était occupé de diverses petites affaires pour les autres Birmans du lotissement. Il traitait les habituelles questions d'immigration et avait acquis un début d'expertise dans ce domaine spécialisé du droit en constante progression. Il avait failli s'occuper d'un divorce, mais le couple s'était rabiboché, et suivait un litige concernant la vente d'une voiture d'occasion. Sa réputation grandissait parmi les immigrés birmans, et il ne savait pas encore si c'était vraiment une bonne chose. Il avait besoin de clients solvables.

Ils discutèrent sur le trottoir, adossés aux voitures. Soe lui expliqua que les trois hommes travaillaient pour un entrepreneur en canalisations. Ils étaient sans-papiers, l'entrepreneur le savait, et il leur donnait 200 dollars par semaine, en liquide. Ils travaillaient quatre-vingts heures par semaine. Pour ne rien arranger, ils n'avaient pas été payés depuis trois semaines. Ils parlaient très mal l'anglais et, comme David n'arrivait pas à croire ce qu'il entendait, il demanda à Soe de répéter, pour être sûr.

C'était bien ce qu'il avait compris. Deux cents dollars par semaine, heures supplémentaires incluses, et pas un centime depuis trois semaines. Et ils n'étaient pas les seuls. Il y avait d'autres ouvriers birmans et un camion plein de Mexicains. Tous sans-papiers, tous travaillant comme des bêtes de somme et tous corvéables à merci.

David prit des notes et promit d'étudier la situation.

Sur le chemin du retour, il raconta l'histoire à Helen. Elle lui demanda :

— Un sans-papiers a le droit d'attaquer un employeur voyou ?

— C'est la question que je me pose, justement. Je vais étudier ça demain.

Après le déjeuner, Oscar n'était pas retourné au travail. À quoi bon ? Il était bien trop préoccupé pour perdre son temps avec le train-train du bureau. Il était à moitié ivre, et il avait besoin de recouvrer ses esprits. Il fit le plein à une station-service, s'acheta un grand café noir à emporter, prit la I-57 en direction du sud et se retrouva rapidement à l'extérieur de Chicago, au milieu des champs.

Combien de fois avait-il conseillé à des clients de divorcer ?

Des milliers de fois. C'était tellement facile. « Écoutez, dans tous les mariages il arrive un moment où l'un des conjoints a besoin de prendre le large. Pour vous, ce moment est venu. » Il se voyait dans le rôle du sage et ressentait une grande satisfaction en prodiguant ses conseils. À présent, il avait le sentiment d'être un imposteur. En vertu de quoi s'était-il permis de donner de tels conseils, alors qu'il était incapable de les appliquer lui-même ?

Paula et lui étaient ensemble depuis trente ans, pour leur malheur. Un enfant unique, une jeune divorcée de vingt-six ans prénommée Keely, qui ressemblait de plus en plus à sa mère. Le divorce de Keely était un sujet toujours douloureux, en partie parce qu'elle adorait se complaire dans son malheur. Elle gagnait mal sa vie, avait un tas de problèmes psychologiques compliqués qui l'obligeaient à prendre des cachets, et sa principale thérapie était de faire du shopping avec sa mère aux frais d'Oscar.

— Je n'en peux plus, de ces deux-là, lança Oscar à haute voix comme pour se donner du courage, alors qu'il laissait derrière lui le panneau annonçant la sortie de Kankakee. J'ai soixante-deux ans, je suis en bonne santé, et selon l'espérance de vie d'aujourd'hui j'ai encore vingt-trois ans devant moi. J'ai le droit de vouloir être heureux, non ?

Bien sûr qu'il avait le droit.

Mais comment annoncer la nouvelle ? C'était ça, son inquiétude. Comment balancer sa bombe ? Il pensa à d'anciens clients, aux divorces dont il s'était occupé au fil des ans. À un bout du spectre, il y avait l'épouse qui surprenait son mari au lit avec une autre femme. Oscar se souvenait de trois cas, peut-être quatre, où c'était arrivé. Ça faisait l'effet d'une bombe, c'est sûr. Chéri, c'en est fini de notre mariage. J'ai rencontré quelqu'un. À l'autre extrémité du spectre, il s'était occupé d'un couple qui ne se disputait jamais, n'avait jamais songé à se séparer ou à divorcer, et qui venait de fêter son trentième anniversaire de mariage par l'achat d'une maison sur un lac en vue de la retraite. Un jour, l'homme était rentré de voyage d'affaires et avait trouvé la maison vide. Toutes les affaires de sa femme et la moitié des meubles avaient disparu. Elle était partie en lui avouant dans un mot qu'elle ne l'avait jamais aimé. Elle s'était rapidement remariée, lui s'était suicidé.

Avec Paula, il n'y avait pas plus facile que provoquer une scène de ménage. Elle adorait ça. Il devrait peut-être boire un peu plus et rentrer à la maison à moitié ivre. Paula lui tomberait dessus, ce qui lui donnerait un prétexte pour l'invectiver à son tour, par exemple sur sa manie de claquer de l'argent ; s'il jetait ainsi de l'huile sur le feu, la dispute deviendrait rapidement incontrôlable. Il n'aurait alors qu'à fourrer rageusement quelques affaires dans un sac et à partir en claquant la porte.

Mais Oscar n'était pas assez courageux pour partir en claquant la porte. Il en avait eu l'occasion des dizaines de fois, et il avait toujours battu en retraite vers le couloir qui menait à la chambre d'amis, où il s'enfermait à clé pour passer la nuit.

En approchant de Champaign, il décida d'un plan. À quoi bon ruser pour déclencher une dispute et faire porter le chapeau à Paula ? Il voulait en finir, il n'avait qu'à l'admettre et se conduire en homme. « Je ne suis pas heureux, Paula, et ça fait des années que ça dure. Je suis sûr que tu n'es pas heureuse non plus, sinon tu ne passerais pas ton temps à me chercher des poux dans la tête. C'est terminé, je te quitte. Je te laisse la maison et tout ce qu'elle contient. Je prends mes vêtements. Adieu. »

Il fit demi-tour et repartit en direction du nord.

En fin de compte, ce ne fut pas si compliqué, et Paula le prit plutôt bien. Elle pleura un peu, le traita de divers noms d'oiseaux ; quand elle comprit qu'Oscar ne mordrait pas à l'hameçon, elle s'enferma dans la salle du sous-sol et refusa de sortir. Oscar chargea quelques affaires dans sa voiture, puis s'éloigna aussi vite que possible, souriant, détendu, de plus en plus heureux de rue en rue.

À soixante-deux ans, il était sur le point de redevenir célibataire pour la première fois depuis une éternité, de s'enrichir – s'il en croyait Wally, ce qui était le cas pour l'instant. En réalité, il avait placé toute sa confiance dans son associé junior.

Oscar ne savait pas très bien où aller, pourtant une chose était sûre, il ne passerait pas la nuit chez Wally. Il le voyait suffisamment au bureau. En plus, sa bimbo risquait d'être là, et il ne la supportait pas. Il tourna pendant une heure, puis prit une chambre dans un hôtel près de l'aéroport. Il s'installa à une chaise près de la fenêtre et regarda les avions décoller et atterrir. Un jour, bientôt, lui aussi prendrait l'avion et visiterait la planète – Paris, les îles, la Nouvelle-Zélande – avec une jolie femme à ses côtés.

Il avait déjà vingt ans de moins. Une nouvelle existence commençait.

28.

Le lendemain matin, Rochelle arriva à 7 h 30, histoire de profiter de son yaourt et de son journal avec CDA pour seule compagnie, mais le chien avait déjà quelqu'un avec qui jouer. Oscar Finley était là, tout fringant. Rochelle ne se rappelait pas à quand remontait la dernière fois où il était arrivé au bureau avant elle.

— Bonjour, madame Gibson, lui lança-t-il d'une voix enjouée et affectueuse, son visage buriné, taillé à coups de serpe, montrant une bonne humeur évidente.

— Qu'est-ce que vous faites là ? lui demanda-t-elle d'un ton soupçonneux.

— Aux dernières nouvelles, la maison m'appartient encore.

— Vous m'avez l'air tout content, on peut savoir pourquoi ? s'enquit-elle après avoir posé son sac à main sur son bureau.

— Parce que j'ai passé la nuit à l'hôtel, seul.

— Vous devriez faire ça plus souvent.

— Vous ne me voulez pas savoir pourquoi ?

— Bien sûr ! Pourquoi ?

— Hier soir j'ai quitté Paula, madame Gibson. J'ai pris mes cliques et mes claques, je lui ai dit adieu et je suis parti. Et je ne reviendrai jamais.

— Dieu soit loué ! s'écria-t-elle, écarquillant les yeux d'étonnement. Vous l'avez fait ?

— Un peu ! Après trente années de souffrance, je suis un homme libre. Voilà pourquoi je suis de bonne humeur, madame Gibson.

— Eh bien, moi aussi. Félicitations.

Au cours de ses huit années et demie passées chez Finley & Figg, Rochelle n'avait jamais rencontré Paula Finley, et elle ne s'en était que mieux portée. Selon Wally, Paula refusait de mettre les pieds au cabinet car elle considérait que ce n'était pas digne d'elle. Elle s'empressait toujours de clamer que son mari était avocat, avec les habituels sous-entendus d'argent et d'influence, cependant le manque de standing de son cabinet lui faisait secrètement honte. Elle dépensait le moindre centime qu'il gagnait, et s'il n'y avait eu de mystérieuses rentes du côté de sa famille, ils auraient été en faillite personnelle depuis des années. Par trois fois au moins elle avait demandé à Oscar de licencier Rochelle, et deux fois il avait bien essayé avant de battre en retraite dans son bureau, où il avait pansé ses plaies après avoir fermé sa porte à clé. Lors d'une occasion remarquable, Mme Finley avait appelé et demandé à parler à son mari. Rochelle l'avait poliment informée qu'il était en rendez-vous avec un client. « Je m'en moque, avait-elle dit, passez-le-moi. » Rochelle avait de nouveau refusé et l'avait mise en attente. Quand elle avait repris la ligne, Paula l'avait agonie d'injures, au bord de l'apoplexie, et avait menacé de débarquer au cabinet pour lui régler son compte. « À vos risques et périls. Sachez que j'habite un quartier difficile et qu'il en faut beaucoup pour me faire peur. » Paula Finley n'avait pas mis sa menace à exécution, et n'avait pas non plus réprimandé son mari.

Rochelle s'approcha d'Oscar et le serra dans ses bras. Ni l'un ni l'autre ne se souvenaient de s'être jamais touchés.

— Une nouvelle vie commence pour vous, lui dit-elle. Félicitations.

— Ça sera un divorce simple.

— J'espère que Figg ne va pas s'en occuper, au moins ?

— Eh bien, si, justement. Il ne prend pas cher. J'ai trouvé son nom sur un carton de loto.

Ils rirent ensemble, puis continuèrent à papoter de choses et d'autres.

Une heure plus tard, au cours de la troisième réunion du cabinet, Oscar répéta la nouvelle pour le bénéfice de David, qui n'eut pas l'air de bien comprendre pourquoi elle suscitait tant d'enthousiasme. Il ne percevait pas la moindre trace de tristesse. De toute évidence, Paula Finley avait beaucoup d'ennemis. Oscar paraissait ivre de joie à l'idée de s'en débarrasser.

Wally fit un compte-rendu de ses conversations avec Jerry Alisandros, en présentant les choses de manière telle qu'on avait l'impression que de gros chèques venaient d'être postés. Pendant qu'il parlait, David comprit subitement la raison du divorce : se délester vite fait de la bonne femme avant de passer à la caisse. Il ignorait quel était le plan, mais ça sentait l'embrouille. Occultation d'avoirs, détournement de fonds, mise en place de comptes en banque bidon – c'était comme s'il entendait dans sa tête les discussions entre les deux associés. Les sonnettes d'alarme se déclenchèrent. Il se jura d'être curieux et vigilant.

Wally exhorta ses confrères à passer à la vitesse supérieure, à mettre de l'ordre dans leurs dossiers, à trouver de nouveaux cas, à laisser tout le reste de côté, et ainsi de suite. Alisandros avait promis de fournir la logistique médicale, experts cardiologues et autres, pour évaluer ses clients en vue de la négociation à venir. Le moindre cas valait un paquet de fric ; chaque cas potentiel pouvait en rapporter encore plus.

Oscar arborait un sourire béat. Rochelle écoutait attentivement. David trouvait tout ça excitant, cependant il était prudent. Wally en faisait toujours trop, il avait compris qu'il fallait tout diviser par deux. Mais même la moitié, c'était déjà formidable.

Les avoirs en banque de la famille Zinc étaient passés sous la barre des 100 000 dollars, et même si David refusait de se faire du souci, il ne pouvait s'empêcher d'y penser. Il avait payé Sandroni 7 500 dollars pour une affaire qui n'aboutirait probablement à rien. Avec Helen, ils avaient décidé de contribuer de 300 dollars par mois à l'entretien de Thuya, en espérant que ça durerait le plus longtemps possible. Ils avaient pris cette décision sans hésiter, pourtant la réalité commençait à s'imposer à eux. Les revenus mensuels de David avaient beau être en constante augmentation, il y avait peu de chances qu'ils atteignent son niveau de salaire de chez Rogan. Ce n'était pas son but. Compte tenu de l'enfant à venir, il estimait qu'il avait besoin de 125 000 dollars par an pour vivre confortablement. Le Krayoxx apporterait peut-être une bouffée d'oxygène, mais il n'avait pas discuté de sa part du gâteau avec les associés.

La troisième réunion du cabinet prit subitement fin avec l'entrée en trombe d'une femme bâtie comme un pilier de rugby, en survêtement de sport et tongs, qui voulait voir un avocat au sujet du Krayoxx. Elle en avait pris pendant deux ans, elle sentait littéralement que son cœur commençait à flancher et voulait attaquer la compagnie le jour même. Oscar et David s'éclipsèrent. Wally lui décocha un large sourire et déclara :

— Eh bien, vous avez choisi le bon endroit.

La famille du sénateur Maxwell s'était attaché les services de Frazier Gant, un avocat de Boise, principal associé d'un cabinet relativement prospère qui s'occupait surtout d'accidents de semi-remorque et d'erreurs médicales. Boise ne faisait pas vraiment partie du circuit des grands procès. On y atteignait rarement les honoraires hors norme qui étaient monnaie courante en Floride, au Texas, à New York ou en Californie. L'État de l'Idaho ne considérait pas d'un bon œil les procès en dommages et intérêts, et les jurys étaient plutôt conservateurs. Néanmoins Gant avait de quoi monter un dossier et obtenir un verdict. Ce n'était pas quelqu'un que l'on pouvait ignorer, encore moins lorsqu'il avait pris en main la plus importante affaire de dommages et intérêts du pays. Un sénateur, décédé en pleine séance, dont la mort était unanimement attribuée à un médicament produit par une importante multinationale... Le rêve de tout plaideur.

Gant avait tenu à rencontrer Layton Koane à Washington plutôt qu'à Boise, alors que le lobbyiste était disposé à se rendre n'importe où. En vérité, Koane aurait préféré rencontrer Gant n'importe où plutôt qu'à Washington, parce qu'il n'avait pas envie que Gant voie ses bureaux. Le Koane Group occupait le sommet d'un immeuble flambant neuf de dix étages, élégant et clinquant, situé sur K Street, l'artère où se trouvent les véritables marchands de pouvoir de la capitale. Koane avait payé une fortune à un décorateur new-yorkais afin que ses bureaux projettent une image de bling bling à l'état pur. L'effet était plutôt réussi. Les clients – réels et potentiels – ne pouvaient qu'être impressionnés par la débauche de marbre et de verre qui les accueillait au sortir de l'ascenseur privé.

Ils mettaient les pieds dans un lieu de pouvoir, et pour ça il fallait payer.

Avec Gant, en revanche, la situation était inversée. C'était le lobbyiste qui allait devoir payer, et il aurait préféré un cadre un peu moins tape-à-l'œil pour leurs discussions. Toutefois, Gant avait insisté. Neuf semaines environ après la mort du sénateur et, plus important encore, surtout aux yeux de Koane et de Varrick Labs, près de sept semaines après le retrait du marché du Krayoxx par la FDA, ils échangèrent une poignée de main et s'installèrent à une petite table de conférence dans un coin du bureau de Koane. Puisqu'il ne s'agissait pas d'un client à impressionner et que la tâche dont il était chargé lui déplaisait, Koane alla droit au but.

— Une de mes sources m'affirme que la famille accepterait 5 millions de dollars pour régler cette affaire sans procès, déclara-t-il.

Gant fronça les sourcils, fit une petite grimace pincée, comme si une hémorroïde le démangeait subitement.

— Nous sommes ouverts à la discussion, répliqua-t-il, une formulation qui ne voulait rien dire de précis.

Il avait pris l'avion de Boise à Washington pour négocier, point barre.

— Mais, à titre personnel, je trouve la somme que vous évoquez un peu faible.

— Qu'est-ce qui le serait moins, pour vous ? demanda Koane.

— Mon client n'est pas riche, affirma Gant d'un air affligé. Comme vous le savez, le sénateur a consacré sa vie au bien public et s'est donné sans compter. Son patrimoine est estimé à un petit demi-million de dollars, mais la famille a des besoins. Maxwell est un nom connu dans l'Idaho, et la famille aimerait préserver un certain train de vie.

Le chantage était l'une des spécialités de Koane. Pour une fois, il trouvait cela plutôt amusant de se retrouver dans la position de celui que l'on fait chanter. La famille, c'était la veuve, une dame très agréable, effacée, d'une soixantaine d'années, aux goûts raisonnables, une fille de quarante ans qui avait épousé un pédiatre de Boise et tirait trop sur la corde, une fille enseignante de trente-cinq ans qui ne gagnait que

41 000 dollars par an, et un fils de trente et un ans qui était le principal problème. Kirk Maxwell Junior luttait contre la drogue et l'alcool depuis l'âge de quinze ans, et il n'était pas donné gagnant. Koane s'était renseigné et en savait plus sur la famille que Gant lui-même.

— Donnez-moi un chiffre, dit-il. J'ai dit 5, à vous de jouer.

— En ce moment, votre client perd environ 20 millions de dollars par jour parce que le Krayoxx n'est plus en vente, rétorqua Gant d'un air satisfait, comme s'il disposait d'informations confidentielles collectées grâce à son savoir-faire.

— Le chiffre exact est plutôt 18, mais ne pinaillons pas.

— J'aime bien 20, c'est un chiffre rond.

Koane le fusilla du regard par-dessus ses lunettes de lecture. Sa bouche s'entrouvrit. Dans ce business, plus rien ne le surprenait; il faisait seulement semblant.

— Vingt millions de dollars? répéta-t-il, comme s'il n'en croyait pas ses oreilles.

Gant serra les dents et hocha la tête.

Koane reprit rapidement ses esprits.

— Je veux être certain de bien comprendre. Le sénateur Maxwell a passé trente ans à Washington, période au cours de laquelle il a empoché au moins 3 millions de dollars de la part des géants pharmaceutiques et de divers comités de soutien, somme en grande partie issue des poches de Varrick et de ses dirigeants. Il a aussi reçu environ 1 million d'entités comme le Comité national pour la réforme des procédures en dommages et intérêts et autres groupes, dont l'objectif est de limiter les procès intentés pour des motifs sérieux et moins sérieux. Il a touché 4 millions supplémentaires de la part de médecins, d'hôpitaux, de banques, de producteurs, de détaillants. Une très longue liste où se retrouvent toutes sortes d'individus qui n'ont pour but que de limiter le montant des indemnisations, de restreindre les possibilités de procès et, de manière plus générale, d'interdire l'accès aux tribunaux à quiconque aurait pu être atteint dans sa chair ou par la mort d'un proche. En matière de réforme procédurale et de géants pharmaceutiques, le regretté sénateur a toujours voté dans le bon sens. Je n'ai pas souvenir de vous avoir entendu le soutenir sur ces questions.

— Ça m'est arrivé, dit Gant, sans grande conviction.

— Ah bon ? En tout cas, on n'a trouvé trace d'aucune contribution de votre cabinet ou de vous-même à la moindre de ses campagnes. Reconnaissez-le, vous n'étiez pas du même côté de la barricade.

— Oui, et alors ? En quoi est-ce pertinent ?

— En quoi cela ne le serait-il pas ?

— Dans ce cas, il n'y a rien à discuter. Comme tout membre du Sénat, Maxwell a récolté des fonds. C'était parfaitement légal, et l'argent était toujours destiné à ses campagnes électorales. Je suis certain que vous connaissez les règles du jeu en la matière.

— En effet, acquiesça Koane. Donc, il casse sa pipe et, subitement, c'est la faute du Krayoxx. Savez-vous qu'il n'en prenait plus ? Sa dernière ordonnance date d'octobre de l'année dernière, sept mois avant sa mort. Son autopsie a démontré l'existence d'une importante pathologie cardio-vasculaire, mais rien qui puisse être attribué au Krayoxx. Traînez-nous en justice et on vous étrillera.

— Ça m'étonnerait, monsieur Koane. Vous ne m'avez pas vu à l'œuvre devant un jury.

— C'est vrai.

Néanmoins Koane avait potassé son dossier. La somme la plus importante jamais obtenue par Gant devant un jury était 2 millions, et elle avait été réduite de moitié en appel. Sa déclaration de revenus de l'année passée indiquait qu'il gagnait à peine 400 000 dollars. C'était des clopinettes, comparés aux millions ramassés par Koane. Gant payait 5 000 dollars de pension alimentaire et 11 000 dollars de traites par mois pour une maison sur un terrain de golf inondable. Il ne faisait pas de doute que l'affaire Maxwell était l'avion qui l'emporterait vers des cieux plus cléments. Koane ne savait pas exactement quelle part du règlement lui reviendrait mais, selon une de ses sources à Boise, Gant toucherait 25 % en cas de transaction, et 40 % du montant accordé par un jury.

Gant posa ses coudes sur la table et se pencha vers lui :

— Vous et moi savons pertinemment que la question n'est ni la responsabilité de Varrick Labs ni la matérialité des dommages corporels. La seule vraie question, c'est combien

Varrick est disposé à mettre sur la table pour m'empêcher d'entamer une procédure qui fera beaucoup de bruit. Parce que sinon, monsieur Koane, la FDA restera sous pression, n'est-ce pas ?

Koane demanda à Gant de l'excuser et sortit de son bureau pour se rendre dans une autre pièce. Reuben Massey attendait dans son bureau de Varrick Labs. Nicholas Walker était à ses côtés. Ils étaient sur haut-parleur.

— Ils exigent 20 millions, déclara Koane, puis il serra les dents en prévision de l'attaque.

Massey encaissa la nouvelle sans broncher. Il croyait aux produits de sa compagnie, et il venait d'avaler un Plazid, la pilule du bonheur fabriquée par Varrick.

— Bravo, Koane, déclara-t-il sans élever le ton. Vous êtes un sacré négociateur, mon vieux. Partir de 5 pour arriver à 20, c'est impressionnant. Il faut accepter tout de suite avant de nous retrouver à 40 ! Qu'est-ce que vous foutez, bordel ?

— Ils sont cupides, Reuben, c'est tout. Ils savent qu'on est à leur merci. Ce type vient de reconnaître que le procès n'a rien à voir avec la responsabilité ou les dommages. On ne peut pas continuer à se faire écharper. Combien êtes-vous prêt à payer pour faire disparaître l'affaire Maxwell ? C'est aussi simple que ça.

— Je croyais qu'une de vos bonnes sources vous avait chuchoté qu'ils se contenteraient de 5 millions.

— C'est aussi ce que je croyais.

— Je n'appelle pas ça une négociation. J'appelle ça une extorsion de fonds.

— C'est exactement cela, Reuben, j'en ai bien peur.

— Layton ? Ici Nick. Vous leur avez fait une contre-proposition ?

— Non, j'avais pour mandat de monter jusqu'à 5. Je ne peux pas aller au-delà sans votre accord.

Walker souriait en parlant.

— C'est le moment idéal pour claquer la porte. Ce Gant est déjà en train de compter les billets, il pense qu'il y en a pour plusieurs millions. Je connais ce type d'animal, il est très prévisible. Laissons-le rentrer dans l'Idaho les poches vides. Ni lui ni la famille ne comprendront ce qui leur arrive. Dites-lui que vous ne pouvez pas aller au-delà de 5 millions et que le PDG est en déplacement à l'étranger. Qu'il faut qu'on se voie pour discuter de tout cela, et que ça pourrait prendre quelques jours. Et précisez-lui bien également que, s'il dépose sa plainte, il n'y aura plus rien à négocier.

— Il ne le fera pas. Je pense que vous avez raison, il est déjà en train de compter ses sous.

— J'aime bien cette idée, intervint Massey. Mais ça serait mieux d'en finir tout de suite. Montez à 7 millions, Layton, pas plus.

De retour dans son bureau, Koane s'installa dans son fauteuil et annonça :

— Je suis autorisé à monter jusqu'à 7. Je ne pourrai pas faire mieux aujourd'hui, et le PDG est injoignable. Je crois qu'il se rend en Asie, il est sans doute dans l'avion.

— Sept, c'est très loin de 20, objecta Gant en fronçant les sourcils.

— Vous n'obtiendrez jamais 20. J'ai parlé avec l'avocat maison, qui siège aussi au conseil d'administration.

— Alors on se retrouvera devant le tribunal, dit Gant en fermant la fermeture Éclair d'un petit cartable dont il n'avait pas sorti le contenu.

— Ça ne vole pas haut, comme menace. Aucun jury au monde ne vous donnera 7 millions pour une mort provoquée par une maladie cardiaque sans le moindre rapport avec notre médicament. Et nous saurons nous y prendre pour que le procès se déroule dans trois ans. Vous aurez tout le temps de réfléchir aux 7 millions.

Gant se leva d'un coup.

— Merci de m'avoir reçu, monsieur Koane. Ne vous dérangez pas, je trouverai mon chemin.

— Dès que vous franchirez cette porte, notre offre de 7 millions ne sera plus valable. Vous repartirez les mains vides.

Gant trébucha légèrement, puis retrouva son équilibre.

— On se revoit au tribunal, dit-il, les lèvres pincées, et il sortit de la pièce.

Deux heures plus tard, Gant appelait Koane sur son portable. La famille avait réfléchi et, grâce à l'insistance de leur avocat, bien évidemment, elle avait entendu raison. Tout compte fait, 7 millions de dollars, ce n'était pas si mal. Layton détailla méticuleusement chaque aspect de l'accord, et Gant donna son aval sur tous les points.

Après le coup de fil, Koane fit part de la nouvelle à Reuben Massey.

— Ça m'étonnerait qu'il ait parlé à la famille, dit Koane. Je pense qu'il leur a garanti 5 millions, qu'il s'est dit « Et merde ! » et a tenté sa chance avec 20 millions. À présent, c'est un garçon satisfait qui rentre chez lui avec 7 millions en poche. Il sera fêté en héros.

— Et nous, on a réussi à ne pas se prendre une autre balle. C'est la première qu'on a réussi à esquiver depuis un bon bout de temps, conclut Massey.

29.

David assigna Cicero Pipe, une entreprise de travaux de canalisation peu recommandable, devant le tribunal fédéral pour diverses violations du code du travail sur le chantier d'une usine de traitement des eaux dans le South Side, chantier pour lequel Cicero Pipe s'était vu attribuer un contrat de 60 millions de dollars. Les plaignants étaient trois travailleurs sans papiers birmans et deux Mexicains. Les violations concernaient un nombre de travailleurs bien plus important, mais la plupart avaient refusé de se joindre à la plainte. Ils avaient trop peur de se faire repérer.

David avait effectué des recherches, dont il ressortait que le Département du Travail et le Service des Douanes et de l'Immigration avaient établi une trêve provisoire en cas de mauvais traitements infligés à des sans-papiers. Le principe fondamental d'accès libre à la justice l'emportait sur le besoin de réguler l'immigration (mais de peu). Donc, un travailleur sans papiers ayant assez de courage pour affronter un employeur-voyou ne serait pas lui-même poursuivi, du moins pas tant que le litige serait en attente de jugement. David avait expliqué la chose à plusieurs reprises aux ouvriers, et les Birmans, poussés par Soe Khaing, avaient fini par se décider à porter plainte. D'autres, des Mexicains et des Guatémaltèques, étaient effrayés à l'idée de mettre en péril le peu qu'ils gagnaient. Selon un des Birmans, il y avait au moins trente ouvriers, tous vraisemblablement sans papiers, qui étaient payés 200 dollars en liquide par semaine pour quatre-vingts heures au moins d'un travail très dur.

Lorsqu'on faisait le calcul, les dommages et intérêts potentiels étaient impressionnants. Le salaire horaire minimum était de 8,25 dollars, et la loi fédérale imposait une rémunération de 12,38 dollars après la quarantième heure de travail. Pour quatre-vingts heures, chaque ouvrier avait donc droit à 825,20 dollars par semaine, c'est-à-dire 625,20 dollars de plus que ce qu'il gagnait. Sans pouvoir être plus précis, David estimait que l'arnaque de Cicero Pipe durait depuis au moins sept mois. Selon la loi, l'indemnisation devrait être égale au double des salaires non versés ; chacun de ses cinq clients avait donc droit en théorie à 37 500 dollars. La loi autorisait également le juge à imputer les frais de procédure et d'avocat à la partie adverse, si elle était reconnue coupable.

Sans grand enthousiasme, Oscar avait fini par autoriser David à assigner Cicero Pipe. Wally était aux abonnés absents. Il courait les rues à la recherche d'individus en surpoids.

Quelques jours plus tard, le cabinet reçut un coup de fil anonyme menaçant d'égorger David si la plainte n'était pas immédiatement retirée. David signala l'appel à la police. Oscar lui conseilla de s'acheter un pistolet et de l'avoir toujours dans sa mallette. David refusa. Le lendemain, il reçut une lettre de menaces de mort anonyme dans laquelle étaient mentionnés les noms de ses collègues : Oscar Finley, Wally Figg et même Rochelle Gibson.

L'homme de main marchait d'un pas vif le long de Preston Avenue comme s'il était pressé de rentrer chez lui à cette heure tardive. Il était 2 heures du matin passées, et en cette fin juillet l'air était chaud et poisseux. L'homme était un Blanc de trente ans, avec un casier judiciaire impressionnant et pas grand-chose entre les oreilles. Il portait à l'épaule un sac de sport bon marché où se trouvait un petit jerrycan en plastique soigneusement fermé contenant deux litres d'essence. Il tourna rapidement à droite et se baissa pour se glisser sur la véranda étroite du cabinet d'avocats. Toutes les lumières étaient éteintes, dedans comme dehors. Preston Avenue dormait ; même le salon de massage était fermé.

Si CDA avait été éveillé, il aurait peut-être entendu la poignée cliqueter discrètement pendant que l'homme de main vérifiait si par hasard la porte n'était pas restée ouverte. Ce n'était pas le cas, et CDA dormait dans la cuisine. Oscar, en revanche, allongé en pyjama sur le canapé, ne dormait pas sous son plaid, tout à son bonheur de ne plus habiter chez lui.

L'homme de main se faufila le long de la véranda, descendit et s'accroupit pour faire le tour de la maison, à la recherche de la porte de service. Il avait l'intention de pénétrer dans le cabinet et d'y mettre le feu grâce à sa petite bombe artisanale. Deux litres d'essence sur un plancher en bois avec des rideaux et des livres dans les parages, cela devrait suffire à éventrer la vieille bicoque avant l'arrivée des pompiers. Il monta la petite volée de marches, secoua la porte – qui était aussi fermée à clé – puis força facilement la serrure grâce à un tournevis. Le battant s'ouvrit et il pénétra à l'intérieur. L'obscurité était totale.

Un chien grogna, puis un coup de feu retentit. L'homme de main hurla, tituba, tomba en arrière sur les marches et s'effondra sur un parterre de fleurs mal entretenu. Oscar se tenait au-dessus de lui. Un coup d'œil rapide lui permit de vérifier qu'il avait blessé l'homme juste au-dessus du genou droit.

— Non, s'il vous plaît, pitié ! supplia l'homme de main.

Froidement, sans ciller, Oscar lui tira une balle dans l'autre jambe.

Deux heures plus tard, Oscar, qui s'était en partie habillé, discutait avec deux policiers en buvant un café autour de la table. L'homme de main avait été transporté à l'hôpital, en chirurgie – ses jambes étaient dans un sale état, mais sa vie n'était pas en danger. Il s'appelait Justin Bardall, et quand il n'était pas occupé à jouer avec le feu ou à se faire tirer dessus, il conduisait un des bulldozers de Cicero Pipe.

— Quelle bande de nazes, mon Dieu, mais quelle bande de nazes ! répétait Oscar inlassablement.

— Il n'était pas censé se faire gauler ! dit un des flics en riant.

Au même moment, deux détectives frappaient à la porte du propriétaire de Cicero Pipe, à Evanston. Ce serait pour lui le début d'une longue journée.

Oscar expliquait aux flics qu'il était en train de divorcer et cherchait un appartement. Quand il ne couchait pas à l'hôtel, il dormait sur le canapé du bureau.

— Cette maison m'appartient depuis vingt et un ans, précisa-t-il.

Il connaissait un des policiers et avait déjà aperçu l'autre dans le quartier. Le fait qu'Oscar avait tiré sur un homme ne semblait pas les préoccuper outre mesure. Après tout, il n'avait fait que défendre sa propriété, même si dans son récit Oscar ne s'était pas appesanti sur le second coup de feu. Outre les deux litres d'essence, le sac de sport contenait du chiffon apparemment imbibé de kérosène et plusieurs morceaux de carton. C'était un cocktail Molotov amélioré, qui n'était pas destiné à être lancé. La police supposait que le carton devait servir d'amorce. C'était un travail d'incendiaire vraiment minable. D'un autre côté, nul besoin d'être un génie pour mettre le feu quelque part.

Pendant qu'ils papotaient, un camion d'une chaîne d'informations se gara devant le bureau. Oscar mit une cravate et se laissa filmer.

Quelques heures plus tard, lors de la quatrième réunion du cabinet, David prit mal la nouvelle, mais s'obstina à refuser de s'acheter une arme. Rochelle avait un petit flingue à deux balles dans son sac à main ; ils étaient donc trois sur quatre à être armés. Les journalistes appelaient sans interruption. L'histoire prenait de l'ampleur avec chaque minute qui passait.

— N'oubliez pas de dire que nous sommes un cabinet boutique spécialisé dans les cas de Krayoxx, répétait Wally à ses collègues. Vous avez bien compris ?

— Ouais, ouais, reprit Oscar. Et les Birmans victimes de violations du droit du travail, on n'en parle pas ?

— Parlez-en aussi.

La réunion prit fin lorsqu'un reporter frappa à la porte.

Il devint vite clair que ce jour-là on ne travaillerait pas beaucoup chez Finley & Figg. David et Oscar discutèrent avec des journalistes de la *Tribune* et du *Sun Times*, qui leur donnèrent des bribes d'information. Bardall était sorti du bloc, se trouvait sous bonne garde dans sa chambre et refusait de parler à quiconque autre que son avocat. Le propriétaire de Cicero Pipe et deux de ses contremaîtres avaient été arrêtés puis libérés sous caution. L'entreprise de BTP maître d'œuvre du projet de traitement des eaux était une société respectable de Milwaukee, et elle avait promis de mener une enquête aussi rapide qu'approfondie. Le chantier était fermé. Aucun travailleur clandestin ne voulait s'en approcher.

David finit par s'éclipser avant midi et informa discrètement Rochelle qu'il devait se rendre au tribunal. Il rentra chez lui, récupéra Helen, laquelle paraissait chaque jour plus enceinte, et l'emmena au restaurant. Il lui fit part des derniers événements – les menaces de mort, le voyou et sa tentative d'incendie, Oscar et sa défense du cabinet, l'intérêt croissant de la presse. Il minimisa les risques et l'assura que le FBI était sur l'affaire.

— Tu es inquiet ? lui demanda-t-elle.

— Absolument pas, lui répondit-il, sans réussir à être totalement convaincant. Mais il se pourrait qu'on en parle demain dans les journaux.

Ce fut en effet le cas. De grandes photos d'Oscar s'étalaient dans les pages locales de la *Tribune* et du *Sun Times*. C'était parfaitement compréhensible. Combien de fois arrive-t-il qu'un avocat d'âge mûr, dormant sur le canapé de son bureau, tire sur un intrus venu mettre le feu à son cabinet pour le punir d'avoir défendu en justice des ouvriers sans papiers, exploités par une entreprise qui, des années plus tôt, avait des liens avec le crime organisé ? Oscar était dépeint comme un flingueur du Southwest Side qui n'avait pas froid aux yeux et qui, par ailleurs, se trouvait être l'associé senior du cabinet qui menait la charge contre Varrick Labs et son horrible médicament, le Krayoxx. Dans la *Tribune* il y avait aussi une photo plus petite de David, ainsi que du patron de Cicero Pipe et de ses lieutenants en route vers la prison.

Le cabinet fut cerné par toutes les lettres de l'alphabet, FBI, DOL, ICE, INS, OSHA, DHS, OFCCP[1] – et la plupart avait

---

1. Acronymes des noms de différentes administrations américaines du Travail et de l'Immigration : Federal Bureau of Investigation, Department of Labor, Immigration and Customs Enforcement, Immigration and Naturalization Service, Occupational Safety and Health Administration, Department of Homeland Security, Office of Federal Contract Compliance Programs.

quelque chose à raconter aux journalistes. Le chantier resta fermé une deuxième journée, tandis que le maître d'œuvre poussait des cris d'orfraie. Finley & Figg était de nouveau assiégé par les journalistes, les enquêteurs, les victimes putatives du Krayoxx et l'habituelle faune de la rue, en plus grand nombre que d'habitude. Oscar, Wally et Rochelle ne se séparaient plus de leurs calibres. Le jeune David baignait dans une naïveté qui le protégeait.

Deux semaines plus tard, Justin Bardall sortit de l'hôpital en chaise roulante. Son patron et lui, ainsi qu'un autre homme, avaient été inculpés de nombreux chefs d'accusation par un grand jury fédéral, et leurs avocats discutaient déjà avec le procureur d'une peine négociée. Son péroné était réduit en miettes et il faudrait encore bon nombre d'opérations pour le restaurer, toutefois les médecins pensaient qu'il s'en remettrait. Il avait raconté à ses avocats, à son patron et à la police que la mise en pièces de son péroné était totalement injustifiée : Oscar lui avait tiré dessus alors qu'il était déjà à terre, blessé, et ne représentait plus une menace. On ne peut pas dire qu'il fut attentivement écouté. Un détective résuma l'attitude générale ainsi : « Tu as de la chance qu'il ne t'ait pas explosé la tête ! »

30.

Jerry Alisandros finit par tenir une de ses promesses. Il était très pris par l'organisation des négociations et, selon le collaborateur que Wally avait eu au téléphone, il n'avait pas le temps de parler aux dizaines d'avocats avec qui il traitait. Au cours de la troisième semaine de juillet, il finit néanmoins par envoyer les experts.

La boîte avait un de ces noms qui ne signifient rien – Allyance DiagnosticGroup, ou ADG, comme elle préférait être appelée. Selon les informations que Wally avait pu glaner, ADG était une équipe d'expertise médicale basée à Atlanta qui sillonnait le pays pour examiner les personnes prétendant bénéficier de la dernière action collective de Jerry. Conformément aux instructions qu'on lui avait données, Wally avait loué dans un centre commercial déglingué deux cents mètres carrés qui abritaient autrefois un magasin discount de produits pour animaux domestiques. Il embaucha un entrepreneur pour monter des murs et des portes, et un service de nettoyage pour rafraîchir l'ensemble. La vitrine en façade était recouverte de papier Kraft ; il n'y avait aucune signalétique. Il loua quelques chaises et tables basiques, ainsi qu'un bureau, et installa une ligne téléphonique et une photocopieuse. Wally adressait toutes les factures à un assistant du cabinet de Jerry dont l'unique occupation était de tenir les comptes de l'affaire Krayoxx.

Quand le local fut prêt, une équipe d'ADG s'y installa et se mit au travail. Elle comptait trois techniciens, tous convenablement vêtus de tenues chirurgicales bleues. Chacun arborait un stéthoscope. Ils avaient l'air tellement sérieux que Wally avait d'abord pensé qu'ils étaient compétents et qualifiés. Ce n'était pas le cas, mais ils avaient déjà examiné des milliers de plaignants potentiels. Leur chef était le Dr Borzov, un cardiologue russe qui s'était rempli les poches en établissant des diagnostics de clients pour Alisandros et une dizaine d'autres cabinets spécialisés. Si Borzov examinait une personne obèse, c'est qu'elle souffrait vraisemblablement d'un grave problème médical pouvant être attribué au médicament-mis-en-cause-du-mois. Il ne témoignait jamais devant un tribunal, il parlait trop mal l'anglais et son CV était trop mince – mais il valait son pesant d'or dès qu'il s'agissait de passer des patients au crible.

Comme David faisait *de facto* fonction de documentaliste pour les quatre cent trente cas Krayoxx (jusque-là) non mortels, et que c'était Wally qui les avait trouvés, ils étaient présents tous les deux quand ADG installa sa petite chaîne de montage. À la date prévue, trois clients se présentèrent à 8 heures pile. Wally et une jolie technicienne, en tenue chirurgicale avec des sabots blancs d'hôpital, leur offrirent une tasse de café. Il fallut dix minutes pour remplir les papiers, qui visaient avant tout à vérifier que le client avait effectivement pris du Krayoxx pendant plus de six mois. Le premier client fut conduit dans une pièce voisine où ADG avait installé un de ses appareils d'échographie cardiaque, manipulé par deux autres techniciens. L'un se chargeait d'expliquer en quoi consistait l'examen – « Nous allons prendre un cliché numérique de votre cœur » –, tandis que l'autre aidait le client à s'allonger sur un lit d'hôpital renforcé que ADG promenait d'un bout à l'autre du pays avec son appareil d'échographie. Pendant qu'ils sondaient la poitrine du client, le Dr Borzov entrait dans la pièce et adressait un léger signe de tête au patient. Son attitude n'avait rien de rassurant, mais enfin ce n'était pas vraiment ses patients. Il portait une blouse blanche avec son nom dessus, et il avait son propre stéthoscope pour faire impression. Quand il parlait, son accent lui donnait un air de compétence. Il étudiait l'écran, fronçait les sourcils parce qu'il fronçait toujours les sourcils, puis ressortait.

La charge contre le Krayoxx reposait sur des travaux censés démontrer que le médicament affectait l'étanchéité de la valve aortique, ce qui avait pour effet de réduire l'efficacité de la valve mitrale. L'échocardiogramme mesurait l'efficacité aortique, et tout résultat inférieur de 30 % à la normale était une excellente nouvelle pour les avocats. Le Dr Borzov se chargeait d'interpréter les résultats aussitôt après l'examen, à l'affût d'une nouvelle valve aortique déficiente.

L'examen durant vingt minutes, ils en réalisaient donc trois par heure, soit environ vingt-cinq par jour, six jours sur sept. Wally avait loué le local pour un mois. ADG facturait chaque examen 1 000 dollars, et les factures étaient expédiées à Jerry, en Floride.

Avant de se rendre à Chicago, l'équipe d'ADG et le Dr Borzov avaient fait un tour à Charleston et à Buffalo. Après Chicago, ils iraient à Memphis, puis à Little Rock. Une autre équipe d'ADG se chargeait de la côte Ouest, avec un médecin d'origine serbe pour interpréter les résultats. Une troisième s'occupait du Texas. Le réseau Zell & Potter englobait soixante-quinze cabinets d'avocats dans quarante États et représentait déjà presque quatre-vingt mille clients.

Pour échapper au chaos du bureau, David aimait bien traîner au centre commercial et discuter avec ses clients, qu'il rencontrait pour la première fois. En général, ils étaient contents d'être là. Leur principale inquiétude était de savoir si le médicament leur avait gravement endommagé le cœur, et chacun espérait s'en tirer à bon compte. Ils étaient obèses, en piètre forme physique et néanmoins sympathiques. Noirs, Blancs, jeunes, vieux, hommes, femmes – l'obésité et l'excès de cholestérol couvraient tout le spectre social. Tous ceux à qui il parlait lui confiaient qu'ils avaient d'abord été ravis du médicament et de ses effets ; ils se demandaient maintenant par quoi ils pourraient le remplacer. David essayait aussi de discuter avec les techniciens, ce qui lui permit d'en apprendre un peu plus sur leur travail, mais ils n'étaient pas très loquaces. Quant au Dr Borzov, c'est à peine s'il le saluait.

Après trois jours passés à traîner au local d'ADG, David avait compris que l'équipe n'était pas satisfaite des résultats. Leurs examens à 1 000 dollars par tête avaient révélé peu d'insuffisances aortiques, même s'il y avait quelques cas potentiels.

Le quatrième jour, la climatisation tomba en panne, et le local loué par Wally se transforma en sauna. On était en plein mois d'août, la température flirtait avec les trente-cinq degrés, et quand il devint clair que le propriétaire ne ferait rien, l'équipe d'ADG menaça de plier bagage. Wally leur acheta des ventilateurs et de la crème glacée, et les supplia d'achever leur travail. Ils restèrent, mais les examens de vingt minutes se réduisirent progressivement à quinze, puis à dix minutes. Borzov interprétait vite fait les résultats en grillant une cigarette sur le trottoir.

Le juge Seawright fixa une audience le 10 août, dernière date possible avant les vacances judiciaires d'été. Il n'y avait pas de requêtes en instance, pas de conflits larvés, la procédure de communication des pièces s'était déroulée dans une excellente ambiance. Jusque-là, Varrick Labs avait joué le jeu, fournissant sans rechigner documents, listes de témoins et experts. Nadine Karros n'avait soumis qu'une poignée de requêtes mineures, que le juge avait rapidement traitées. Du côté des plaignants, les avocats de Zell & Potter avaient fait preuve de diligence dans leurs demandes et requêtes.

Seawright suivait de près les rumeurs d'un accord négocié. Ses greffiers lisaient les pages financières et les blogs les plus fiables. Si Varrick Labs n'avait fait aucune déclaration officielle à ce sujet, il était évident que la société orchestrait des fuites. Le cours de l'action était bas, à 24,50 dollars, mais le buzz sur la possibilité d'une importante transaction l'avait fait remonter à 30 dollars.

Lorsque les deux groupes d'avocats furent assis, le juge Seawright s'installa à son siège et salua l'assistance. Il s'excusa d'avoir dû fixer l'audience en plein mois d'août – « le mois le plus difficile de l'année pour les gens occupés » –, néanmoins il était persuadé que les deux parties devaient se rencontrer avant de mettre les voiles. Il parcourut rapidement la liste de la procédure de communication des pièces pour s'assurer que tout le monde se comportait correctement. Personne n'éleva la moindre plainte.

Jerry Alisandros et Nadine Karros faisaient de tels assauts d'amabilité que c'en était comique. Wally était assis à la droite de Jerry, comme s'il était l'adjoint de l'avocat dans une bagarre procédurale. David et Oscar étaient installés derrière lui, au milieu d'un groupe d'avocats de Zell & Potter. Depuis ses coups de feu et le tapage médiatique qui s'était ensuivi, Oscar avait pris goût à l'attention qu'on lui portait et sortait davantage. Il souriait ; de toute évidence, il se considérait déjà divorcé.

Changeant de sujet, le juge Seawright dit :

— J'entends toute sorte de rumeurs à propos d'une transaction, d'un grand règlement global, puisque c'est comme ça qu'on dit aujourd'hui. Je veux être tenu au courant de ce qui se passe. Notre affaire s'est mise en place très vite, je suis sur le point de l'inscrire dans mon calendrier d'audiences. Or si un règlement négocié se dessine, je n'en vois pas l'intérêt. Pouvez-vous éclairer ma lanterne, maître Karros ?

Nadine se leva, et tous les regards se portèrent sur elle. Elle s'avança avec élégance vers le pupitre.

— Votre Honneur, comme vous devez le savoir, Varrick Labs est confronté à un certain nombre de procédures complexes, et le groupe a son propre protocole en matière de transaction quand il s'agit d'un nombre important de plaignants. Je n'ai pas reçu mandat pour négocier dans le dossier Klopeck, et je ne suis pas non plus autorisée par mon client à faire des déclarations sur la question d'un règlement négocié. En ce qui me concerne, nous nous préparons au procès.

— Cela me paraît suffisamment clair. Maître Alisandros ?

Jerry s'installa au pupitre et gratifia le juge d'un sourire mielleux.

— Même chose en ce qui nous concerne, votre Honneur. Nous nous préparons au procès sur ce dossier. Toutefois, en tant que membre du comité de pilotage des plaintes, je me dois de préciser que j'ai eu avec les laboratoires plusieurs discussions informelles et tout à fait préliminaires portant sur un accord global. Je pense que Me Karros sait que ces conversations ont eu lieu mais, comme elle vient de le dire, elle n'est pas autorisée à en faire état. Ne représentant pas Varrick, je ne suis pas moi-même soumis à cette obligation. Je précise toutefois que la compagnie ne m'a pas demandé de garder le silence sur nos discussions. Par ailleurs, si nous devions atteindre le stade d'une négociation formelle, je doute que Mᵉ Karros y prendra part. Je sais d'expérience que Varrick traite ces questions en interne.

— Vous attendez-vous à l'ouverture de négociations ? demanda Seawright.

Il y eut un long silence, beaucoup retinrent leur souffle. Nadine Karros essayait d'avoir l'air intéressé, bien qu'elle eût déjà une vision claire de la situation, à la différence des autres personnes présentes dans la salle d'audience. Le cœur de Wally battait la chamade depuis que le mot « transaction » avait été prononcée.

Jerry changea légèrement de position, puis finit par répondre :

— Votre Honneur, ne souhaitant pas être cité, je préfère dire que je n'en sais rien.

— Donc, ni vous ni Mᵉ Karros ne pouvez m'apporter des précisions sur la question d'un règlement négocié ? insista Seawright avec une pointe d'agacement dans la voix.

Les deux avocats hochèrent négativement la tête. Nadine savait parfaitement qu'il n'y aurait jamais de transaction. Jerry pensait être certain du contraire. Mais ni l'un ni l'autre ne pouvait abattre ses cartes. Et le juge n'avait pas le droit de les interroger sur leurs stratégies à l'extérieur de son tribunal. Son rôle était de veiller à ce que le procès se déroule de manière équitable, pas de se mêler des négociations.

Jerry retourna à sa place, et le juge Seawright changea une nouvelle fois de sujet :

— J'envisage la date du 17 octobre, un lundi, pour le début du procès. J'estime qu'il ne devrait pas durer plus de quinze jours.

Une dizaine d'avocats se plongèrent aussitôt dans leurs agendas, en fronçant tous les sourcils.

— S'il y a des objections, elles ont intérêt à être de poids, ajouta-t-il. Maître Alisandros ?

Jerry se leva lentement, un petit agenda en cuir à la main.

— Si je compte bien, votre Honneur, cela signifie que le procès se tiendra dix mois à peine après le dépôt de la plainte. Ce n'est pas un peu rapide ?

— En effet, maître. Ma moyenne, c'est onze mois. Je n'aime

pas que mes affaires sèchent sur pied. Quel est le problème, si tant est qu'il y en ait un ?

— Il n'y en a pas, votre Honneur. Je me demandais simplement si cela nous laisserait le temps de nous préparer convenablement, c'est tout.

— Foutaises. La procédure de communication est pratiquement achevée. Vous avez nommé vos experts, la défense les siens. Et à en juger par ce que je vois, tout le monde est sur le pont et prêt à l'abordage. Il reste soixante-huit jours d'ici au 17 octobre. Pour quelqu'un de votre carrure, cela devrait être du gâteau.

C'est vraiment pour la galerie, songea Wally. *Dans un mois, cette affaire sera réglée, comme toutes les autres.*

— Qu'en est-il de la défense, maître Karros ? demanda Seawright.

— Nous avons quelques problèmes d'agenda, votre Honneur. Mais rien que nous ne puissions régler.

— Parfait. Je déclare donc la date du procès devant jury pour l'affaire Klopeck contre Varrick Labs fixée au 17 octobre. À moins d'un désastre, je n'accorderai ni délais ni reports, inutile donc de vous fatiguer à déposer des requêtes.

Il donna un coup de maillet.

— L'audience est levée. Je vous remercie.

31.

La nouvelle de la date du procès se propagea dans la presse financière et sur Internet. Chacun interprétait les choses à sa façon. L'impression générale, toutefois, c'était que Varrick Labs était forcé de comparaître devant un tribunal fédéral pour répondre de ses innombrables péchés. Reuben Massey se moquait bien de tout ce qu'on pensait ou disait. Aux yeux du barreau, il fallait réagir comme si sa société était ballottée et paniquée. Il connaissait parfaitement la mentalité des hommes de loi.

Trois jours après l'audience, Nicholas Walker appela Jerry Alisandros et lui proposa d'organiser une réunion secrète avec les principaux cabinets d'avocats concernés par l'affaire Krayoxx. Le but était d'ouvrir la porte à de véritables négociations. Alisandros fut emballé et jura ses grands cieux qu'il saurait garder le silence. Après vingt ans passés à fréquenter des avocats, Nicholas savait une chose : la réunion ne resterait pas longtemps secrète. Un avocat se chargerait nécessairement de refiler le tuyau à la presse.

Le lendemain, un entrefilet du *Wall Street Journal* rapportait que Cymbol, le principal assureur de Varrick, avait été averti par les laboratoires qu'ils étaient sur le point de faire appel à leur fonds de réserve. Citant une source anonyme, le journal avançait que la seule raison permettant de comprendre cette démarche était que Varrick s'apprêtait à régler « le problème Krayoxx ». Il y eut d'autres fuites, et les blogueurs prédisaient déjà une nouvelle victoire des consommateurs.

Tout gros ténor du barreau possédant son jet privé, le lieu

où devrait se tenir la rencontre n'était pas vraiment un problème. New York était désert en plein mois d'août ; Nicholas put réserver une grande salle au quarantième étage d'un hôtel à moitié vide au cœur de Manhattan. Une bonne partie des avocats s'étaient exilés loin de la chaleur, mais personne ne déclina l'invitation. La perspective d'un règlement colossal valait bien de suspendre quelques jours de vacances. Une semaine après que le juge Seawright eut fixé la date du premier procès, six membres du comité de pilotage et une trentaine d'avocats, représentant chacun des milliers de cas Krayoxx, se réunirent. Les avocats sans envergure comme Wally Figg ne furent même pas informés de la réunion.

Des jeunes hommes baraqués habillés en noir surveillaient l'entrée de la salle et vérifiaient l'identité des participants. Après un petit déjeuner rapide, Nicholas Walker remercia les participants comme s'il s'agissait des VRP de sa compagnie. Il se permit même de faire une plaisanterie qui fit rire la salle ; sous la surface, la tension était toutefois perceptible. L'argent allait couler à flots, et les avocats présents étaient des combattants aguerris, prêts à s'affronter à mains nues.

Onze cents cas de décès avaient été recensés jusque-là. Autrement dit, onze cents plaintes avaient été déposées par les ayants droit d'une personne dont le décès était attribué au Krayoxx. Les preuves médicales n'étaient pas en béton, mais suffisantes pour que la question mérite d'être posée à un jury. Conformément à leur plan de bataille, Nicholas Walker et Judy Beck ne cherchèrent pas à discuter la question fondamentale des risques. Apparemment, ils présumaient, comme la horde qui leur faisait face, que le médicament était responsable des onze cents décès et de milliers d'autres préjudices.

Après les préliminaires d'usage, Walker commença par déclarer que Varrick souhaitait vérifier la valeur de chaque cas de décès. Une fois que cela aurait été fait, ils proposaient de passer aux cas des vivants.

Wally se prélassait au bord du lac Michigan en compagnie de sa chérie DeeAnna – qui avait vraiment de l'allure dans son maillot deux-pièces – dans une petite bicoque qu'il avait louée à cent mètres de la plage. Il venait de finir une salade de pâtes, lorsque son téléphone portable sonna. Dès qu'il vit le numéro qui s'affichait, il saisit l'appareil.

— Jerry, mon pote, que se passe-t-il ?

DeeAnna, qui avait enlevé le haut et prenait le soleil sur un transat, se redressa aussi. Elle savait que tout appel de Jerry pouvait annoncer de très bonnes nouvelles.

Jerry expliqua qu'il était de retour en Floride après deux jours passés à New York, réunion ultraconfidentielle et tout ça, à aplanir les choses avec ceux de chez Varrick, une bande de sacrés enfoirés, juste les cas de décès, tu sais, pas encore un accord, pas de poignée de main et rien de couché sur le papier pour le moment, mais ils avaient bien avancé, et à première vue chaque cas de décès pourrait rapporter dans les 2 millions de dollars.

Wally faisait hum hum, et de temps à autre lançait un sourire à DeeAnna, qui s'était rapprochée.

— Formidable, Jerry, bon boulot. On en reparle la semaine prochaine.

— Quoi de neuf ? demanda DeeAnna d'une voix mielleuse quand il eut raccroché.

— Oh, rien d'important. Jerry voulait me prévenir que Varrick avait déposé toute une série de requêtes, il veut que j'y jette un coup d'œil.

— Et l'accord ?

— Rien pour l'instant.

La seule chose dont elle parlait, à présent, c'était la transaction. C'était sa faute, bien sûr, il ne savait pas tenir sa langue, et elle était obsédée par la négociation. Elle n'était pas assez maligne pour feindre de ne pas s'y intéresser. Non. Elle voulait connaître tous les détails.

Elle voulait du fric, et ça commençait à inquiéter Wally. Il songeait déjà à une stratégie de sortie, comme Oscar, son nouveau héros. *Dégageons les bonnes femmes avant l'arrivée de la manne.*

Seize millions de dollars, dont 17 % aboutiraient dans les caisses de Finley & Figg, soit un total de 2,7 millions, la moitié pour Wally. Il allait devenir millionnaire.

Il s'installa sur un matelas gonflable et se laissa dériver vers le milieu de la piscine. Il ferma les yeux, essaya de ne pas sourire. Très vite, DeeAnna se rapprocha de lui, topless dans l'eau, le touchant de temps à autre comme pour vérifier qu'il avait encore besoin d'elle. Ils étaient ensemble depuis plusieurs mois et Wally commençait à s'emmerder. Il avait de plus en plus de mal à satisfaire son insatiable appétit sexuel. Il avait quarante-six ans, après tout, dix de plus que DeeAnna, même si la véritable date de naissance de cette dernière baignait dans l'incertitude. Il connaissait le jour et le mois, mais l'année variait tout le temps. Il en avait marre et avait besoin d'une pause ; en outre, son obsession pour le Krayoxx commençait à l'inquiéter.

Il avait intérêt à la larguer tout de suite, il jouerait la comédie de la rupture qu'il connaissait si bien, elle sortirait de sa vie, et l'argent serait à l'abri. Ça ne serait pas simple, il faudrait un peu de temps. La même stratégie que pour Oscar. Paula Finley avait engagé un insupportable avocat spécialisé dans les divorces nommé Stamm, qui était parti en guerre. Lors de leur premier entretien téléphonique, Stamm s'était dit surpris des revenus modestes qu'Oscar tirait du cabinet et avait laissé entendre qu'on lui cachait certainement des choses. Il avait évoqué la question épineuse des règlements en liquide, mais Wally, à qui on ne risquait pas de la faire sur le sujet, était resté muet. Il avait également mentionné le Krayoxx, mais s'était heurté à des démentis bien préparés quant à l'implication d'Oscar.

— Je trouve ça bizarre, avait répondu Stamm. Me Finley est disposé à tout laisser à sa femme, hormis sa voiture et ses vêtements, après trente ans de mariage ?

— Je ne vois pas où est le problème, avait protesté Wally. C'est parfaitement compréhensible, si l'on connaît Paula Finley.

Ils s'étaient chamaillés pendant un petit moment, comme le font les avocats spécialisés dans les divorces, puis s'étaient promis de reprendre langue prochainement.

Wally rêvait de toucher son fric, mais il était prêt à attendre des mois. Préparons les dossiers, jouons-la finement au tribunal, débarrassons-nous des bonnes femmes.

Pour le mois censé être le plus calme de l'année, août se révéla assez intense. Le 22, Helen Zinc mit au monde une petite Emma de quatre kilos. Pendant quelques jours, ses parents se comportèrent comme s'ils avaient donné naissance au premier bébé de l'histoire de l'humanité. Mère et fille étaient en parfaite santé, et quand elles rentrèrent à la maison, les quatre grands-parents les attendaient en compagnie d'une vingtaine d'amis. David prit un congé d'une semaine et ne quitta plus la petite chambre rose. Une juge fédérale énervée se chargea de le ramener sur terre, une femme qui de toute évidence ne croyait pas aux congés et avait la réputation de travailler quatre-vingt-dix heures par semaine. Elle s'appelait Sally Archer, et on l'avait affublée du surnom approprié de « Sally l'éclair ». Elle était jeune, brillante et fougueuse. On racontait que ses collaborateurs étaient déjà sur les rotules. Sally l'éclair avait le verdict facile et estimait que la moindre plainte devait être jugée le lendemain de son dépôt. L'affaire des clandestins de David lui était échue ; elle n'avait pas mâché ses mots quant à la piètre opinion qu'elle avait de Cicero Pipe et de ses pratiques.

Soumis à rude pression tant de la part du gouvernement fédéral que de Sally l'éclair, le maître d'œuvre du chantier de l'usine de traitement des eaux avait persuadé son sous-traitant, Cicero Pipe, de régler rapidement ses problèmes de personnel et ses ennuis juridiques afin de se remettre au travail aussi vite que possible. Les charges pesant sur l'incendiaire présumé Justin Bardall et sur ses complices mettraient des mois à être démêlées. En revanche, le litige sur les salaires et les horaires pouvait faire l'objet d'un règlement rapide.

Six semaines après le dépôt de la plainte, David rédigea un accord de transaction auquel il avait du mal à croire. Cicero Pipe acceptait de régler à chacun de ses clients la somme de 40 000 dollars. En outre, la société verserait 30 000 dollars à une quarantaine de travailleurs sans papiers, pour la plupart mexicains et guatémaltèques, qui avaient été payés 200 dollars par semaine pour plus de quatre-vingts heures de travail.

Grâce à la médiatisation de l'affaire, laquelle avait été grandement amplifiée par la défense armée d'Oscar et l'arrestation du patron de Cicero Pipe, l'audience présidée par Sally l'éclair attira un certain nombre de journalistes. La juge Archer commença par récapituler la plainte et s'arrangea pour être citée lorsqu'elle décrivit les pratiques de Cicero Pipe comme de l'« esclavage moderne ». Elle s'en prit à l'entreprise, sermonna ses avocats, que David trouvait plutôt sympathiques, et passa une bonne demi-heure à faire la leçon, pendant que les journalistes prenaient furieusement des notes.

— Maître Zinc, êtes-vous satisfait de cet accord ? demanda-t-elle.

L'accord avait été signé une semaine plus tôt, la seule question en suspens restait celle des honoraires.

— Oui, votre Honneur, répondit calmement David.

Les trois avocats de Cicero Pipe s'enfoncèrent dans leurs sièges, comme s'ils avaient peur de lever les yeux.

— Je vois que vous avez soumis une requête concernant vos honoraires, observa Sally l'éclair en parcourant des papiers posés devant elle. Cinquante-huit heures. Au vu de votre travail et de l'indemnisation que vous avez obtenue pour ces ouvriers, je dirai que votre temps a été utilement utilisé.

— Merci, votre Honneur, répliqua David, debout derrière sa table.

— Quel est votre tarif horaire, maître Zinc ?

— J'ai bien pensé que vous me poseriez la question, votre Honneur. La vérité, c'est que je n'ai pas vraiment de tarif horaire. Mes clients n'ont pas les moyens de me payer à l'heure.

La juge hocha la tête.

— Au cours de l'année écoulée, y a-t-il un client que vous ayez facturé à l'heure ?

— En effet. Jusqu'au mois de décembre dernier, j'étais avocat senior chez Rogan Rothberg.

La juge rit dans son micro et s'écria :

— Oh, là là ! En matière de tarif à l'heure, ce sont des orfèvres ! Quel tarif pratiquiez-vous à l'époque, maître Zinc ?

Un peu gêné, David haussa les épaules.

— Votre Honneur, la dernière fois que j'ai facturé un client à l'heure, mon tarif était de 500 dollars.

— Dans ce cas, vous valez 500 dollars l'heure.

Sally l'éclair gribouilla brièvement sur un papier, et annonça :

— Je vais arrondir la somme à 30 000 dollars. Des objections, maître Lattimore ?

L'avocat principal de la défense se leva et hésita avant de répondre. Il aurait pu objecter, mais cela n'aurait servi à rien, tant il était patent que le juge était du côté de la partie adverse. De toute façon, la correction infligée à son client était si brutale que 30 000 dollars de plus ou de moins n'y changeraient pas grand-chose. Et il savait que, s'il exprimait des réserves sur les honoraires de David, il risquait de voir la juge lui répondre aussitôt : « Eh bien, maître, dites-moi donc quel est votre tarif horaire à vous ? »

— Cela me paraît raisonnable, déclara-t-il.

— Parfait. J'exige que toutes ces sommes soient réglées dans les trente jours. L'audience est levée.

À l'extérieur du tribunal, David répondit patiemment aux questions de trois journalistes. Ensuite, il se rendit chez Soe et Lwin, où il retrouva ses trois clients birmans auxquels il annonça qu'ils allaient recevoir chacun un chèque de 40 000 dollars. La traduction ne semblant pas passer, Soe dut se répéter à plusieurs reprises. Finalement, les hommes éclatèrent de rire comme s'il s'agissait d'une bonne blague, tandis que David restait impassible. Quand ils comprirent finalement que tout cela était vrai, deux des trois hommes se mirent à pleurer. Le troisième était en état de choc. David essaya de leur expliquer qu'ils avaient gagné cet argent à la sueur de leur front ; de toute évidence, sur ce point la traduction n'était pas claire non plus.

David avait tout son temps. Il était loin de sa fille depuis six heures, un record, mais elle ne risquait pas de s'envoler. Il but un peu de thé et discuta avec ses clients, ravi de sa première grande victoire. Il avait défendu un dossier que la plupart des avocats auraient dédaigné. Ses clients avaient eu le courage de paraître en plein jour pour réclamer justice, et c'est lui qui les en avait persuadés. Trois petits bonhommes à des milliers de kilomètres de chez eux, exploités par une compagnie aux connexions puissantes, et un jeune avocat et un tribunal s'étaient interposés entre eux et la poursuite de leur exploitation… La justice, avec ses défauts et ses ambiguïtés, avait splendidement prévalu.

En roulant vers le cabinet, seul dans sa voiture, David éprouvait une immense fierté ; il avait le sentiment d'avoir accompli son devoir. Il espérait que de nombreuses autres victoires suivraient, mais celle-ci aurait toujours pour lui un parfum particulier. Jamais au cours des cinq années passées dans un grand cabinet il n'avait été aussi fier d'être avocat.

Il était tard, le bureau était désert. Wally était en vacances et appelait occasionnellement pour donner des nouvelles du Krayoxx. Oscar était aux abonnés absents depuis quelques jours, même Rochelle était incapable de dire où il se trouvait. David écouta les messages sur son répondeur et lut ses courriels, s'activa quelques minutes dans son bureau puis décida qu'il en avait assez fait. Au moment où il fermait à clé la porte d'entrée, une voiture de police s'arrêta le long du trottoir. Des amis d'Oscar surveillaient l'endroit. David salua de la main les deux policiers, puis rentra chez lui.

32.

À peine rentré de son week-end prolongé de Labor Day, Wally écrivit à sa cliente Iris Klopeck :

Chère Iris,
Comme vous le savez, la date de notre procès a été fixée au mois prochain, au 17 octobre très exactement. Cela ne doit pas vous inquiéter. J'ai passé une bonne partie du mois dernier à négocier avec les avocats de Varrick, et nous avons réussi à nous entendre sur un règlement très favorable. La compagnie est sur le point de proposer une indemnisation d'environ 2 millions de dollars pour le décès de votre mari Percy. Cette offre n'est pas encore officielle, mais je pense que nous la recevrons bientôt par écrit, d'ici une quinzaine de jours. Je sais que cela représente bien plus que le million de dollars que je vous avais annoncé, mais j'aurai néanmoins besoin de votre accord écrit pour accepter cette offre lorsqu'elle sera mise sur la table. Je suis assez fier de notre petit cabinet. Tel David face à Goliath, nous allons gagner.
Je vous remercie de bien vouloir signer le formulaire ci-joint m'autorisant à accepter le règlement et me le renvoyer par retour de courrier.
Votre dévoué serviteur,
Wallis T. Figg
Avocat à la cour

Il expédia des lettres semblables aux sept autres clients de sa merveilleuse petite affaire de dommages et intérêts, et lorsqu'il eut fini il se renversa dans son fauteuil à bascule, posa ses pieds déchaussés sur son bureau et se remit à rêver d'argent. Il fut interrompu par la voix de Rochelle au téléphone qui lui déclara sèchement :

— C'est encore votre bonne femme. Prenez-la, s'il vous plaît. Elle va me rendre dingue.

— OK, OK, répliqua Wally.

Il regarda fixement le combiné. DeeAnna refusait de se laisser faire. Pendant le retour en voiture du lac Michigan, il avait provoqué une dispute, et les choses avaient dégénéré au point qu'ils avaient fini par se traiter de tous les noms. Dans le feu de l'action, il lui avait annoncé que c'était fini. Pendant les deux paisibles journées qui avaient suivi, ils ne s'étaient pas parlé. Puis elle s'était pointée à son appartement, ivre morte ; il avait cédé et l'avait laissée dormir sur le canapé. Elle s'était confondue en excuses à en faire pitié et avait même réussi à lui promettre des expériences sexuelles inédites toutes les cinq minutes. Wally avait tenu bon. Depuis, elle téléphonait sans arrêt et s'était pointée au cabinet à plusieurs reprises. Mais sa décision était prise : l'argent du Krayoxx ne durerait pas trois mois si DeeAnna était dans les parages.

Il décrocha et dit sèchement « Bonjour ». Elle était déjà en larmes.

Chez Zell & Potter, ce lundi sombre et venteux devait rester dans les mémoires comme le jour de la grande débâcle du Krayoxx. C'était la fête du Travail, mais personne n'avait pris sa journée – après tout ils étaient des professionnels, pas des employés, et de toute façon ça n'aurait rien changé. Les jours fériés ne faisaient pas partie de la culture d'entreprise, pas plus que les week-ends. Les bureaux ouvraient très tôt ; dès 8 heures du matin, les couloirs étaient pleins d'avocats occupés à pourchasser toute sorte de médicaments défectueux et les compagnies qui les fabriquaient.

De temps à autre, toutefois, il arrivait aux avocats de revenir bredouilles. La piste ne menait nulle part, le puits était à sec.

Le premier coup fut porté à 9 heures du matin par le Dr Julian Smitzer, le directeur des recherches médicales du cabinet, qui demanda à être reçu instamment par Jerry Alisandros. Celui-ci n'avait vraiment pas le temps, néanmoins il ne pouvait pas refuser, surtout lorsque sa secrétaire insistait en lui disant que c'était « urgent ».

Le Dr Smitzer avait mené une brillante carrière de cardiologue-chercheur à la Mayo Clinic, dans le Minnesota, mais sa femme ayant besoin de soleil pour sa santé, ils s'étaient retrouvés en Floride. Après quelques mois, il s'ennuyait à mourir. Le hasard avait voulu qu'il fasse la connaissance de Jerry Alisandros. De rencontre en rencontre, le Dr Smitzer s'était retrouvé à superviser les investigations médicales du cabinet, ce qu'il faisait depuis cinq ans maintenant pour un salaire annuel de 1 million de dollars. Il était taillé pour le job, puisqu'il avait passé la plus grande partie de sa carrière à dénoncer dans ses articles la malfaisance des géants pharmaceutiques.

Dans une firme remplie d'avocats gavés de testostérone, le Dr Smitzer était une figure vénérée. Personne n'osait mettre en doute ses travaux ou ses conclusions. La valeur réelle de son activité dépassait largement son salaire.

— On a un problème avec le Krayoxx, annonça-t-il dès qu'il fut admis dans le vaste bureau de Jerry.

Après une longue et douloureuse inspiration, Jerry dit :

— Je suis tout ouïe.

— Après six mois passés à étudier les travaux de McFadden, je suis parvenu à la conclusion qu'ils ne tiennent pas la route. Rien dans les statistiques ne prouve de manière crédible que les utilisateurs du Krayoxx risquent davantage d'infarctus ou d'AVC. En réalité, je ne suis pas loin de penser que McFadden a bidouillé ses résultats. C'est un excellent médecin et chercheur, mais de toute évidence il était convaincu à l'avance que le médicament était dangereux et il a tripatouillé ses observations pour qu'elles collent avec ses conclusions. Les gens qui prennent ce médicament ont toute sorte de problèmes de santé – obésité, diabète, hypertension, athérosclérose, pour n'en citer que quelques-uns. Beaucoup d'entre eux sont en piteux état, et un excès de cholestérol n'a rien de surprenant chez eux. Il y a fort à parier que tous prennent plusieurs médicaments quotidiennement, plusieurs fois par jour, le Krayoxx n'étant qu'un parmi beaucoup d'autres, et on ne sait trop rien de leurs effets combinés. D'un point de vue statistique, il se pourrait – le conditionnel est de rigueur – qu'il y ait une incidence légèrement aggravée d'infarctus chez les utilisateurs du Krayoxx, mais rien n'est moins sûr. McFadden a suivi trois mille sujets sur une durée de deux ans – un petit échantillon, selon moi – et il a trouvé un accroissement du risque d'infarctus ou d'AVC de seulement 9 %.

— J'ai lu son rapport, Julian, et pas qu'une fois, l'interrompit Jerry. Je l'ai pratiquement appris par cœur avant de plonger dans cette affaire.

— Tu as plongé tête baissée, Jerry. Le Krayoxx est un médicament inoffensif. Je viens de parler longuement avec McFadden. Tu sais qu'il s'est fait étriller quand le rapport est sorti. Il a été échaudé, et à présent il fait machine arrière.

— Pardon ?

— Tu m'as bien entendu. Au cours d'une de nos conversations, la semaine dernière, McFadden a reconnu qu'il aurait dû englober un nombre plus important de cas. Il estime qu'il n'a pas assez analysé les effets combinés de tous ces médicaments. Il a l'intention de publier une rétractation écrite pour tenter de sauver sa réputation.

Jerry se pinçait le bout du nez comme s'il avait voulu l'arracher, en marmonnant :

— Oh, non, non, non !

Smitzer poursuivit :

— Si, si, si, et sa rétractation ne saurait tarder.

— C'est pour quand ?

— Moins de trois mois. Et ce n'est pas fini. Nous avons étudié de très près les effets du médicament sur la valve aortique. Comme tu le sais, l'étude de Palo Alto semblait lier la non-étanchéité de la valve à une détérioration due au Krayoxx. Aujourd'hui, cette conclusion paraît douteuse, très douteuse, même.

— Pourquoi me dis-tu tout ça seulement maintenant, Julian ?

— Parce que la recherche prend du temps, et qu'on commence seulement à y voir un peu plus clair.

— Qu'en pense Bannister ?

— Eh bien, d'abord, il ne veut plus témoigner.

Jerry se frotta les tempes puis se leva, fusillant son ami du regard. Il se dirigea vers la fenêtre et regarda dans le vide. Smitzer était un salarié du cabinet ; il ne pouvait donc témoigner dans aucun procès impliquant Zeller & Potter, aussi bien pendant la procédure de communication des pièces que devant le jury. Une partie essentielle de son travail consistait à entretenir un réseau de témoins experts – des mercenaires prêts à témoigner sous serment en échange d'honoraires conséquents. Le Dr Bannister était un témoin professionnel avec un CV imposant et un goût certain pour la fréquentation d'avocats de haut vol pendant des procès importants. Son refus de témoigner portait un coup fatal à leur affaire.

Une heure plus tard, alors que Jerry était déjà dans les cordes, le visage tuméfié, il reçut un deuxième coup de massue. Un de ses jeunes collaborateurs nommé Carlton lui apporta dans son bureau un épais rapport et de bien mauvaises nouvelles.

— Jerry, ça va mal, attaqua-t-il.

— Je suis déjà au courant.

Carlton supervisait l'examen de milliers de clients potentiels, et son épais rapport était plein de chiffres épouvantables.

— On ne trouve rien, Jerry. Dix mille examens à ce jour, et les résultats ne sont pas probants, c'est le moins qu'on puisse dire. Dans peut-être 10 % des cas on constate une chute de la pression aortique, vraiment pas de quoi fouetter un chat. Il y a toute sorte de maladies cardiaques, de l'hypertension, des artères bouchées, etc., mais rien qu'on puisse attribuer au médicament de manière univoque.

— Dix millions de dollars pour rien ? interrogea Jerry en se massant les tempes, les yeux clos.

— Au moins 10 millions, et tout ça pour rien, en effet. Ça me tue de dire ça, Jerry, mais ce médicament n'a pas l'air dangereux. On cherche du pétrole là où il n'y a rien. Mon conseil, c'est de provisionner nos pertes et de nous désengager.

— Je ne vous ai pas demandé votre avis.

— En effet.

Carlton sortit du bureau en fermant la porte derrière lui. Jerry tourna la clé dans la serrure, s'allongea sur un canapé et fixa le plafond. Il s'était déjà trouvé dans cette situation, un médicament qui n'était pas aussi nocif qu'il l'avait proclamé. Tout n'était peut-être pas perdu. Varrick avait un ou deux coups de retard, ses dirigeants ne savaient peut-être pas ce que Jerry venait d'apprendre. Avec toutes les rumeurs au sujet d'un accord négocié, le cours en bourse était remonté, atteignant

34,50 dollars à la clôture la veille du week-end. Il pouvait peut-être bluffer et pousser la compagnie à accepter rapidement un règlement. Ça s'était déjà produit. Confrontée à une presse exécrable, une société pleine aux as pouvait être tentée de faire disparaître les procès et les avocats.

Les minutes passèrent, il se calma enfin. Il ne pouvait pas se permettre de penser à tous les Wally Figg qui comptaient sur lui – c'étaient de grands garçons qui avaient pris en toute connaissance de cause la décision de déposer des plaintes. Ni de penser à tous les clients qui s'imaginaient qu'ils allaient bientôt recevoir un gros chèque. Et il se moquait pas mal de perdre la face – il s'était enrichi à la limite de l'indécence, et l'argent lui avait depuis longtemps épaissi le cuir.

En réalité, la seule chose à laquelle il pouvait se permettre de penser, c'était au prochain médicament, celui qui succéderait au Krayoxx.

Le troisième coup, celui qui le laissa KO, fut asséné au cours d'une conférence téléphonique fixée à 15 heures avec un des membres du comité de pilotage. Rodney Berman était un avocat flamboyant de La Nouvelle-Orléans qui avait fait fortune plusieurs fois et tout perdu en jouant à quitte ou double devant des jurys. Une opportune marée noire dans le golfe du Mexique venait de lui remplir les poches, et il avait réuni plus de clients Krayoxx que Zell & Potter.

— On n'est pas dans la merde, commença-t-il sur un ton plaisant.

— Jusqu'ici, ma journée a été juste exécrable, Rodney. Vas-y, achève-moi.

— Je viens d'avoir un tuyau d'une source très confidentielle – et très bien payée, devrais-je ajouter. Mon espion a eu sous les yeux un rapport préliminaire à paraître dans le *New England Journal of Medicine* le mois prochain. Deux équipes de Harvard et de la Cleveland Clinic s'apprêtent à déclarer que notre médicament chéri, le Krayoxx, est aussi dangereux qu'un bonbon au miel et n'occasionne pas le moindre problème. Pas de risque accru d'infarctus ni d'AVC. Pas de lésions de la valve aortique. Que dalle. Tu devrais voir les CV de ces types : à côté d'eux, nos gars ont l'air de rebouteux. Mes experts sont aux abonnés absents, mes avocats se planquent sous leurs bureaux. Selon un de nos lobbyistes, la FDA envisagerait de remettre le Krayoxx sur le marché. Varrick inonde Washington de fric. Ça te suffit ?

— Oui, ça ira comme ça. Si tu trouves un canot de sauvetage, garde-moi une place.

— J'en ai un amarré en bas de chez moi, répondit Rodney, réussissant même à rire. Il est très confortable, et il va me permettre de franchir l'océan. À moins qu'on me retrouve mazouté de la tête aux pieds en plein golfe du Mexique.

Quatre heures plus tard, les six membres du comité de pilotage tenaient une conférence téléphonique organisée par Jerry depuis son bureau. Il récapitula les mauvaises nouvelles du jour, après quoi Berman leur fit part de ses propres informations. Chacun s'exprima à tour de rôle ; pas la moindre bonne nouvelle à partager. L'affaire Krayoxx prenait l'eau de toutes parts. Ils discutèrent interminablement de ce que Varrick savait. De l'avis général, ils avaient encore plusieurs longueurs d'avance. Mais ça ne durerait pas.

Ils tombèrent d'accord pour interrompre sur-le-champ les examens médicaux. Jerry proposa d'appeler Nicholas Walker pour tenter d'accélérer les négociations. Ils décidèrent unanimement de racheter des actions de Varrick Labs pour essayer de faire monter le cours. La compagnie étant cotée en bourse, le cours de l'action était d'une importance cruciale. Si Varrick estimait qu'un accord négocié donnerait des gages à Wall Street, cela les inciterait peut-être à transiger, même si le Krayoxx était sans danger.

La conférence téléphonique dura deux heures et se termina sur une touche légèrement plus optimiste. Ils feraient le forcing pendant quelques jours encore, blufferaient comme au poker en espérant un miracle, mais ils ne dépenseraient plus un centime pour le Krayoxx. Si c'était cuit, ils provisionneraient leurs pertes et passeraient à l'affaire suivante.

Rien ou presque ne fut dit à propos du procès Klopeck, qui devait s'ouvrir six semaines plus tard.

33.

Deux jours plus tard, Jerry Alisandros donna un coup de fil en apparence anodin à Nicholas Walker. Après quelques propos creux sur la météo et le championnat de football, il passa aux choses sérieuses :

— Je serai dans votre coin la semaine prochaine, Nick, et j'aimerais bien vous voir, si vous êtes là, histoire de discuter, si vous avez le temps.

— Ça pourrait se faire, répondit Walker, sans s'engager.

— On a une idée plus précise du chiffrage, on a pas mal avancé, du moins pour les cas de décès. Avec le comité de pilotage, nous sommes prêts à engager des discussions officielles sur la question du règlement. Il s'agirait de faire un premier tour de table, bien sûr. Occupons-nous d'abord des cas les plus importants, ensuite on pourra débroussailler le reste.

— On est sur la même longueur d'onde, Jerry, répondit Walker, faisant écho à Alisandros, et Jerry respira un grand coup. J'ai Reuben Massey sur le dos pour qu'on se débarrasse de cette histoire. Il m'a mangé tout cru ce matin au petit déjeuner, j'avais l'intention de vous appeler. Massey m'a donné l'ordre de descendre vous voir avec mon équipe et nos avocats de Floride pour parvenir à un règlement négocié, dans les grandes lignes de ce que nous avons déjà discuté. On pourrait se retrouver à Fort Lauderdale la semaine prochaine, signer l'accord, le présenter au juge et passer à autre chose. Pour les cas où il n'y a pas eu mort d'homme ça sera plus long, mais commençons par régler les plus importants. Vous êtes d'accord ?

Si je suis d'accord ? Tu n'as pas la moindre idée, pensa Jerry.

— Excellente idée, Nick. Je vais arranger les choses de mon côté.

— Mais il faut que les six membres du comité de pilotage soient présents, j'y tiens.

— Je peux arranger ça, aucun problème.

— Est-ce qu'un magistrat ou quelqu'un du bureau du juge pourrait également être là ? Je ne repartirai pas sans un accord signé en poche, approuvé par le tribunal.

— Excellente idée, Nick. – Jerry arborait un sourire béat. – Faisons ça.

Après le coup de fil, Jerry vérifia le cours en bourse de Varrick. L'action s'échangeait à 36 dollars. La seule raison plausible de cette remontée, c'était les rumeurs annonçant la conclusion d'un accord.

La conversation téléphonique avait été enregistrée par une société spécialisée dans la détection de mensonge. C'était une boîte à laquelle Zell & Potter faisait souvent appel pour analyser discrètement des conversations afin de déterminer le degré de sincérité d'un interlocuteur. Une demi-heure après avoir raccroché, Jerry reçut la visite de deux de leurs experts, qui déployèrent graphiques et tableaux. Ils étaient installés avec leur équipe et leurs appareils dans une petite salle de conférences au bout du couloir. Ils avaient mesuré le niveau de stress dans leurs voix et étaient rapidement parvenus à la conclusion que les deux hommes mentaient. Les mensonges de Jerry allaient de soi, bien sûr, puisqu'il cherchait à manipuler Walker.

Mais l'analyse vocale de Walker montrait qu'il mentait comme un arracheur de dents. Lorsqu'il avait évoqué le désir de Reuben Massey de se débarrasser des procès, il disait vrai. Lorsqu'il parlait de la rencontre au sommet à Fort Lauderdale la semaine suivante, l'analyse montrait au contraire qu'il n'était pas sincère.

L'information n'eut pas l'air de troubler Jerry. Ce type d'analyses n'était pas recevable devant un tribunal, pour la simple et bonne raison qu'elles n'étaient pas fiables. Il se demandait souvent pourquoi il y recourait encore, mais à force de s'en servir depuis dix ans, il y croyait presque. Il était prêt à tout pour obtenir le moindre avantage. De toute façon, ces enregistrements étaient déontologiquement discutables, voire carrément illégaux dans certains États, alors il était facile de ne pas y prêter attention. Depuis près de quinze ans, il ne cessait de harceler Varrick à coups de procès. Ce faisant, il avait acquis une certaine connaissance des laboratoires. Ils étaient toujours mieux préparés que les plaignants. Ils utilisaient des enquêteurs privés et faisaient massivement appel à l'espionnage industriel. Reuben Massey aimait les coups tordus et trouvait en général le moyen de gagner la guerre, même après avoir perdu la plupart des batailles.

Une fois seul dans son bureau, Jerry tapa dans son journal intime : *Le Krayoxx part en fumée sous mes yeux. Viens de parler avec N. Walker qui prévoit de venir la semaine prochaine pour signer l'accord. 80 % de chances qu'il ne viendra pas.*

Iris Klopeck lut la lettre de Wally à plusieurs amis ainsi qu'à sa famille. L'annonce des 2 millions de dollars était déjà source de tracas. Clint, son raté de fils qui d'habitude passait des journées entières sans lui adresser la parole, était soudain devenu le plus charmant des garçons. Il rangeait sa chambre, faisait la vaisselle, se chargeait des courses pour sa chère mère et parlait sans interruption, son sujet favori étant son souhait de s'acheter une nouvelle voiture. Le frère d'Iris, tout frais émoulu de son deuxième séjour en prison pour vol de motos, avait décidé de lui repeindre sa maison (sans demander un centime) et lâchait finement de temps à autre que son rêve le plus cher était d'avoir un magasin de motos d'occasion. Il y en avait un à vendre pour à peine 100 000 dollars.

— À ce prix-là, c'est du vol, avait-il ajouté.

Ce à quoi Clint avait répliqué, dans son dos :

— Il sait de quoi il parle.

La pitoyable sœur de Percy, Bertha, se répandait partout en répétant qu'elle avait droit à une partie du pactole parce qu'elle était « de son sang ». Iris détestait la bonne femme, tout comme Percy, et lui avait déjà fait remarquer qu'elle n'était même pas venue aux funérailles. À présent, Bertha prétendait qu'elle était hospitalisée ce jour-là. « Prouve-le », avait répondu Iris, et elles s'étaient engueulées.

Le jour où Adam Grand reçut sa lettre, il travaillait dans la pizzeria et son patron lui avait hurlé dessus sans raison apparente. Adam, qui était gérant adjoint, lui retourna le compliment ; une sale dispute s'ensuivit. Quand les cris et les jurons cessèrent, Adam avait démissionné ou bien avait été licencié. Les deux hommes s'injurièrent encore durant plusieurs minutes sur la qualification précise du départ d'Adam. Ça n'avait pas vraiment d'importance, puisqu'il était parti. Et Adam s'en fichait aussi, parce que de toute façon il allait devenir riche.

Millie Marino, quant à elle, eut la jugeote de ne mentionner la lettre à personne. Elle la relut plusieurs fois de suite avant de commencer à en comprendre le sens, puis elle eut un petit pincement de culpabilité pour avoir douté des compétences de Wally. Certes, il ne lui inspirait toujours pas confiance, et elle était encore fâchée à cause de la question de l'héritage de son défunt époux, Chester. À présent toutefois ces questions semblaient moins importantes. Lyle, le fils de Chester, aurait droit à sa part du gâteau ; pour cette raison, il suivait de près l'avancement de l'affaire. S'il avait su qu'un règlement négocié était imminent, il lui aurait cassé les pieds. Millie rangea donc la lettre dans un endroit sûr et n'en toucha pas un mot.

Le 9 septembre, cinq semaines après s'être pris une balle dans chaque jambe, Justin Bardall déposa une plainte contre Oscar en tant qu'individu et contre Finley & Figg en tant que personne morale. Il alléguait qu'Oscar avait fait un « usage disproportionné de la force » en lui tirant dessus, et plus particulièrement en lui tirant une balle dans la jambe gauche, alors qu'il était gravement blessé et ne représentait plus une menace. Il réclamait 5 millions de dollars de dommages corporels plus 10 millions de dollars de dommages dissuasifs pour les actes graves d'Oscar.

L'avocat qui avait déposé la plainte en son nom, Goodloe Stamm, était le même avocat qui s'occupait du divorce de Paula Finley. De toute évidence, Stamm avait réussi à mettre la main sur Bardall et l'avait convaincu d'attaquer en dépit de ses activités criminelles et de sa tentative d'incendie, laquelle lui vaudrait sûrement de passer du temps en prison.

Le divorce se révélait plus compliqué que Wally et Oscar l'avaient prévu, surtout parce qu'Oscar quittait Paula en lui laissant tout sauf ses vêtements et sa voiture. Stamm n'arrêtait pas de poser des questions sur l'argent du Krayoxx et flairait l'escroquerie.

Oscar était furieux de voir Bardall lui réclamer 15 millions de dollars et en tenait David pour responsable. S'il n'y avait pas eu la plainte contre Cicero Pipe, Bardall et lui ne se seraient jamais croisés. Wally parvint à négocier une trêve ; les hurlements cessèrent. Il contacta leur compagnie d'assurances et insista pour qu'ils prennent en charge les frais de la défense.

Maintenant qu'ils étaient à deux doigts du règlement, c'était plus facile de faire la paix, de sourire et même de rire en imaginant Bardall arriver en boitant devant le tribunal pour tenter de convaincre un jury que lui, l'incendiaire incompétent, méritait de s'enrichir parce qu'il n'avait pas réussi à mettre le feu à un cabinet d'avocats.

34.

Le courriel protégé par un mot de passe était accompagné de tous les avertissements de confidentialité habituels. Jerry Alisandros en était l'auteur et il l'avait expédié à un groupe d'environ quatre-vingts avocats, dont Wally Figg. Voici ce qu'il disait :

J'ai le regret de vous informer que la conférence préalable à un règlement négocié qui était prévue pour demain vient d'être annulée par Varrick Labs. J'ai eu ce matin une longue conversation téléphonique avec Nicholas Walker, le juriste en chef de Varrick, au cours de laquelle il m'a informé que les laboratoires avaient décidé de geler les pourparlers. Ils ont modifié leur stratégie, essentiellement en vue du procès Klopeck qui doit s'ouvrir à Chicago dans quatre semaines. Varrick estime en quelque sorte plus raisonnable de tâter le terrain avec ce premier procès, ce qui leur permettra de juger de la solidité des accusations, de trancher la question de la responsabilité et de tenter leur chance devant un jury. Cela n'a rien d'inhabituel, mais je n'ai pas mâché mes mots pour faire savoir à M. Walker ce que je pensais des soudains changements de plan de ses clients. Je lui ai dit qu'ils avaient été de mauvaise foi et ainsi de suite. Toutefois, il n'y a pas grand-chose que nous puissions faire au point où nous en sommes. Dans la mesure où nous n'avions pas atteint un point de la négociation où les détails concrets de la transaction auraient été évoqués, il n'y a rien à faire valoir. Tout se jouera donc à Chicago. Je vous tiendrai informés.
J. A.

Wally imprima le courriel, pénétra dans le bureau d'Oscar et le posa sur son bureau. Puis il se laissa tomber dans un fauteuil en cuir et faillit fondre en larmes.

Oscar le lut lentement, les rides sur son front se creusant un peu plus à chaque phrase. Il respirait par la bouche, bruyamment. Rochelle essaya de lui passer une communication, mais il ne décrocha pas. Ils entendirent ses pas résonner à l'extérieur. Elle frappa à la porte du bureau. Comme personne ne répondait, elle glissa sa tête à l'intérieur et dit :

— Maître Finley, j'ai le juge Wilson en ligne pour vous.

Oscar secoua la tête.

— Je ne peux pas lui parler maintenant. Dites-lui que je le rappellerai.

Rochelle referma la porte. Quelques minutes s'écoulèrent en silence. Puis David frappa à la porte, entra, contempla les deux associés et comprit immédiatement que la fin du monde approchait. Oscar lui tendit le courriel, que le jeune homme lut en faisant les cent pas devant les étagères.

— Et ce n'est pas tout, dit David.

— Comment ça, ce n'est pas tout ? demanda Wally d'une voix faible et rauque.

— J'étais en ligne à l'instant, je consultais un fichier qui vient d'être ajouté aux pièces communiquées, lorsque je me suis aperçu que Zell & Potter venait de déposer une requête. Il y a vingt minutes à peine, Jerry Alisandros a demandé son retrait du rôle dans l'affaire Klopeck.

Wally se tassa d'un bon demi-mètre dans son fauteuil. Oscar émit un grognement, sans parvenir à prononcer le moindre mot.

David, lui-même pâle et encore sous le choc, poursuivit :

— J'ai appelé mon contact chez Zell & Potter, un certain Worley, et il m'a avoué en off qu'ils viennent de sonner la retraite. Les experts – nos experts – font tous machine arrière, plus un seul n'accepte de témoigner. Le rapport McFadden ne tient pas la route. Varrick serait au courant depuis un bon moment, ils auraient fait semblant de rechercher un accord pour nous couper l'herbe sous le pied juste avant le procès. Worley m'a dit que les associés ne sont pas tous d'accord chez eux, mais c'est Alisandros qui a eu le dernier mot. Il ne viendra pas à Chicago parce qu'il ne veut pas d'une défaite cinglante qui ternirait sa glorieuse réputation. Sans experts, nous n'avons pas l'ombre d'une chance. Selon Worley, il est possible que le Krayoxx ait toujours été un médicament sans problèmes.

— Je savais que c'était une mauvaise idée, murmura Oscar.
— La ferme ! grogna Wally.

David était assis sur une chaise, aussi loin que possible des deux associés. Oscar avait posé les deux coudes sur son bureau et se tenait la tête entre ses deux avant-bras, comme dans un étau, comme s'il sentait venir une migraine fatale. Wally avait fermé les yeux et gigotait nerveusement. Ils avaient l'air incapables de parler et David se chargea de relancer la discussion.

— Il a le droit de faire ça, alors que le procès commence dans si peu de temps ? demanda-t-il, parfaitement conscient du fait que ses deux associés étaient aussi incompétents que lui en matière de procédure fédérale.

— C'est le juge qui décidera, répondit Wally. Que vont-ils faire de tous les autres dossiers ? demanda-t-il à David. Ils en ont des milliers, des dizaines de milliers.

— Worley pense qu'ils vont serrer les fesses et attendre le résultat de Klopeck. Si on gagne, Varrick voudra sans doute discuter. Si on perd, les autres dossiers ne vaudront pas un clou.

Qu'ils puissent gagner paraissait une gageure. Des minutes s'écoulèrent encore sans qu'une parole soit échangée. On n'entendait plus que la respiration difficile de trois hommes désemparés. La sirène lointaine d'une ambulance se fit entendre dans Beech Street, mais personne ne réagit.

Pour finir, Wally se redressa, ou plutôt essaya de se redresser.

— Il faut demander un report, dit-il, il faut gagner du temps. Et nous devons nous opposer au retrait d'Alisandros.

Oscar parvint à dégager sa tête de ses mains. Il regarda Wally comme s'il allait aussi lui tirer dessus.

— Il faut surtout que tu appelles ton pote Jerry et que tu lui demandes d'arrêter ses conneries. Il ne peut pas nous lâcher en rase campagne à quelques jours du procès. Menace-le de porter plainte contre lui pour faute lourde. Préviens-le qu'on va tout balancer à la presse – le grand Jerry Alisandros a la trouille de plaider à Chicago ! Raconte-lui ce que tu voudras,

Wally, mais il faut qu'il soit là pour plaider cette affaire. Parce que Dieu sait que nous, on en est incapables.

— Mais si le médicament est inoffensif, à quoi bon aller au procès ? demanda David.

— C'est un médicament nocif, répondit Wally. Et on va trouver un expert qui en témoignera.

— Je ne sais pas pourquoi, mais j'ai du mal à te croire, dit Oscar.

David se leva et se dirigea vers la porte.

— Je propose que chacun retourne dans son bureau, réfléchisse à la situation, et on se reparle d'ici une heure.

— Bonne idée, dit Wally, et il se leva à son tour en titubant.

Il se rendit dans son bureau, attrapa le téléphone et appela Alisandros. Ô surprise, le grand homme était injoignable. Wally lui envoya toute une série de courriels, des missives longues et cinglantes, emplies de menaces et d'invectives.

David fit le tour des blogs – financiers, actions collectives, juridiques – et constata que Varrick avait en effet annulé les négociations. Le cours de ses actions était en baisse pour le troisième jour consécutif.

Avant la fin de l'après-midi, le cabinet avait déposé une requête en report d'audience et une autre requête contestant la requête en désistement de Jerry. David se chargea pratiquement de tout parce que Wally avait disparu et qu'Oscar n'était pas opérationnel. David avait expliqué le désastre à Rochelle. Sa première inquiétude avait été que Wally replonge dans la bouteille. Il était sobre depuis presque un an, mais elle l'avait déjà vu rechuter.

Le lendemain, Nadine Karros déposa avec une célérité inhabituelle une réponse s'opposant à la demande de report. En revanche, de manière totalement prévisible, elle n'avait pas d'objection au lâchage de Zell & Potter. Un long procès contre un pro du calibre de Jerry Alisandros aurait été un véritable défi, mais Nadine ne doutait pas un instant qu'elle réduirait facilement en charpie Finley, ou Figg, ou les deux.

Le jour suivant, dans une réponse quasi instantanée, le juge Seawright rejeta la demande de report. La date du procès avait été fixée au 17 octobre, il se tiendrait à cette date. Il avait dégagé deux semaines dans son agenda ; il eût été inéquitable pour les autres parties de modifier le planning. Mᵉ Figg avait déposé sa plainte (« en faisant le plus de bruit possible »), et il avait disposé d'un temps largement suffisant pour se préparer. Bienvenue sur la voie express.

Au sujet de Jerry Alisandros, le juge ne mâchait pas ses mots ; néanmoins, au bout du compte, il l'autorisa à se retirer. De telles requêtes étaient presque toujours accordées. Le juge avait constaté que la cliente, Mme Iris Klopeck, disposerait de tout le support juridique adéquat après le désistement de M. Alisandros. On aurait pu débattre de l'emploi du terme « adéquat », toutefois le juge préférait ne pas s'appesantir sur le manque total d'expérience de MM. Figg, Finley et Zinc en matière de procédure fédérale.

La dernière chance pour Wally était de déposer une requête en retrait de sa propre plainte dans l'affaire Klopeck, ainsi que de sept autres. La chance ne lui souriait plus, et il était au bord de l'effondrement. Aussi pénible que serait un désistement, rien ne surpasserait en horreur quinze jours dans le tribunal du juge Seawright. Quinze jours à supporter, seul, la charge des milliers de victimes du Krayoxx dans une affaire que les plus grands avocats fuyaient à présent comme la peste. Il n'en était pas question. Comme tous ceux qui avaient plongé dans la mêlée en même temps que lui, il se démenait comme un beau diable pour s'en dépêtrer. Oscar était intraitable sur le fait qu'il fallait commencer par prévenir les clients. David estimait que Wally devait obtenir leur accord préalable avant de tenter de mettre fin à la procédure. Wally reconnaissait à contrecœur qu'ils avaient tous les deux raison, pourtant il ne se décidait pas à prévenir ses clients qu'il les abandonnait quelques jours à peine après leur avoir envoyé une belle lettre promettant à chacun 2 millions de dollars.

Il peaufinait déjà ses mensonges. Il commencerait par Iris, puis passerait aux autres ; il les informerait que Varrick avait réussi à les faire débouter devant le tribunal fédéral mais qu'avec d'autres avocats il envisageait de recommencer devant la cour de l'État ; malheureusement, cela risquait de prendre du temps, etc., etc. Wally avait besoin de laisser tourner la montre, de glaner quelques mois, de gagner du temps, traîner des pieds, mentir, imputer les retards au grand méchant laboratoire Varrick. Laisser la poussière se déposer. Laisser les rêves d'argent facile s'évaporer. Après une année, sinon plus, il inventerait d'autres mensonges et, le temps aidant, tout serait oublié.

Il avait besoin d'un verre. Il avait besoin de s'anéantir. Seul, plus fauché que jamais, confronté à des dettes de plus en plus abyssales, ses rêves brisés, Wally craqua et se mit à pleurer.

35.

Pas si vite, avait dit Me Karros. Sa réponse aussi prompte que vive à ce que Wally s'imaginait être une banale requête en désistement le surprit. Elle commença par affirmer que son client tenait au procès. Elle décrivit ensuite avec un luxe de détails comment les laboratoires Varrick avaient été traînés dans la boue pendant plus d'un an, en grande partie grâce aux efforts des avocats des plaignants, et elle joignit à sa réponse un épais classeur rempli d'articles tirés de toute la presse du pays. Derrière chaque histoire, il y avait un avocat avec une grande gueule (dont Wally) qui s'était attaqué à Varrick et avait réclamé des millions en hurlant. Il était parfaitement inique de laisser ces mêmes avocats prendre la poudre d'escampette sans même un mot d'excuses pour l'entreprise.

Toutefois, ce n'était pas des excuses que souhaitait son client. Il réclamait justice, il exigeait un procès équitable devant un jury. Les laboratoires Varrick n'avaient pas déclenché cette bataille, néanmoins ils avaient bien l'intention de la mener à son terme.

À sa réponse, elle joignait sa propre requête, d'un genre inconnu chez Finley & Figg. Son intitulé – « Demande de sanctions au titre de la Règle 11 » – avait de quoi faire peur, et son contenu aurait suffi à renvoyer Wally en cure de désintoxication, David chez Rogan Rothberg, et à mettre Oscar en retraite anticipée sans pension. De manière plutôt convaincante, Me Karros argumentait que, si la cour acceptait le désistement des plaignants, cela montrerait que, dès l'origine, la plainte n'avait pas d'assise sérieuse. La présente tentative de faire machine arrière apportait la preuve irréfutable que la plainte était dénuée de fondement et n'aurait donc jamais dû être portée devant un tribunal. Une plainte avait pourtant bel et bien été déposée neuf mois plus tôt, et Varrick n'avait d'autre choix que de se défendre vigoureusement. Donc, selon les provisions de la Règle 11 du Code fédéral de procédure civile, la défense était en droit d'exiger le remboursement des frais que ladite plainte lui avait fait encourir.

Jusque-là – et Me Karros se faisait un devoir de souligner fermement que le compteur tournait encore à plein régime –, Varrick Labs avait dépensé environ 18 millions de dollars pour se défendre, dont la moitié pour le seul cas Klopeck. C'était, certes, une somme considérable, mais elle s'empressait de souligner que la plaignante réclamait elle-même 100 millions de dollars au titre de son préjudice. Étant donné la nature de ce type d'affaire, qui conduisait à une ruée de plaignants, il était d'une importance vitale pour Varrick Labs de se défendre lors de ce premier procès. Aucune loi n'oblige à choisir l'avocat le moins cher ou à rechercher un compromis à tout prix. Varrick avait sagement choisi un cabinet avec une réputation à la hauteur des enjeux et une longue histoire de succès devant les tribunaux.

Ses arguments s'étalaient sur des pages, avec quantité de détails sur d'autres affaires où des juges fédéraux avaient lourdement sanctionné des avocats peu scrupuleux qui avaient déposé des plaintes de pacotille, dont deux jugements dus à la plume de l'honorable Harry L. Seawright lui-même.

La Règle 11 stipulait que les sanctions, si elles étaient édictées par la cour, devaient être réparties à parts égales entre les avocats et leurs clients.

— Hé, Iris, tu sais quoi ? Tu vas devoir 9 millions de dollars, marmonna David pour lui-même, dans l'espoir d'insuffler une touche d'humour à une nouvelle sale journée.

Il avait lu la requête le premier et, après l'avoir lue, il était en nage. Nadine Karros et sa petite armée de chez Rogan Rothberg avaient pondu cela en moins de quarante-huit heures ; David voyait dans sa tête un bataillon de jeunes juristes faisant des heures supplémentaires et dormant sur place.

Quand Wally eut fini de la lire, il s'éclipsa discrètement et disparut pour le reste de la journée. Quand Oscar en prit connaissance, il ferma la porte de son bureau à clé, se traîna jusqu'au petit canapé et s'allongea, les yeux cachés sous son bras. Après quelques minutes, non seulement il avait l'air mort, mais il priait pour une fin rapide.

Brad Shaw avait une spécialité : les procès contre des confrères pour faute professionnelle. Cette petite niche dans un marché saturé avait fait de lui un paria parmi les membres du barreau. Il comptait peu d'amis dans la profession, mais il considérait depuis toujours que c'était une bonne chose. Il était intelligent, talentueux et méchant, l'homme de la situation pour le boulot peu appétissant mais parfaitement légal au plan déontologique que Varrick lui avait confié.

Après une série de conversations téléphoniques avec Judy Beck, la collègue de Nick Walker chez Varrick Labs, Shaw avait accepté de se charger d'une mission confidentielle. Il avait perçu une avance de 25 000 dollars pour un tarif horaire de 600 dollars. Toutes les sommes gagnées au cours d'éventuels procès pour faute lourde lui seraient intégralement dévolues.

Il commença par appeler Iris Klopeck qui, à un mois du procès, oscillait autour d'un état qui ressemblait vaguement à une forme de stabilité émotionnelle. Elle n'avait pas envie de parler à un avocat inconnu, mais elle admit regretter d'avoir rencontré le seul avocat qu'elle connaissait. Après quoi, elle lui raccrocha au nez. Shaw attendit une heure, puis tenta de nouveau sa chance. Après un « Bonjour » prudent, il attaqua bille en tête :

— Êtes-vous au courant que votre avocat cherche à annuler votre procédure ? lui demanda-t-il.

En l'absence de toute réaction, il poursuivit :

— Madame Klopeck, je m'appelle Bart Shaw et je suis avocat. Je représente des gens qui se font rouler dans la farine par leur avocat. Ça s'appelle une faute professionnelle lourde. C'est ma spécialité. Votre avocat, Wally Figg, essaie de se débarrasser de vous et de votre affaire. Je pense que vous avez de quoi vous retourner contre lui. Il est assuré contre ce type de plainte. Vous pourriez donc récupérer un peu d'argent.

— J'ai l'impression d'avoir déjà entendu ça, répliqua Iris doucement.

C'était un jeu auquel Shaw excellait, et il parla sans interruption pendant une dizaine de minutes. Il décrivit la requête en désistement et les efforts de Wally pour se débarrasser non seulement de son cas, mais des sept autres. Lorsque enfin elle ouvrit la bouche, Iris déclara :

— Mais il m'a promis 1 million de dollars.

— Il vous a promis ça ?

— Oh, oui !

— Ce n'est pas correct déontologiquement parlant, quoique je ne sois pas sûr que Me Figg se soucie beaucoup de déontologie.

— Non, il n'est pas très net.

— Et dans quels termes exactement vous a-t-il fait cette promesse ?

— Ici, assis à la table de ma cuisine, la première fois que je l'ai vu. Puis il m'a envoyé une lettre.

— Il a fait quoi ? Il vous a promis ça par écrit ?

— Oui, j'ai reçu une lettre il y a une semaine, à peu près. Il disait qu'ils étaient sur le point de parvenir à un accord, 2 millions de dollars, bien plus que ce qu'il m'avait promis la première fois. J'ai la lettre ici. Et le règlement ? Qu'est-ce qui s'est passé ? C'est quoi, votre nom, déjà ?

Shaw resta au téléphone avec elle pendant une heure. À la fin de la conversation, ils étaient tous les deux épuisés. Il appela ensuite Millie Marino, et comme elle ne prenait pas de médicaments, elle comprit bien plus vite que la pauvre Iris. Elle ne savait pas que les négociations avaient tourné court, ni que Wally essayait de se désister, elle ne lui avait pas parlé depuis des semaines. Comme Iris, Shaw parvint à la convaincre de ne pas appeler Wally tout de suite. Il était essentiel que Shaw lui parle en premier, au bon moment. Très troublée par la conversation et la tournure que prenaient les événements, Millie dit à Shaw qu'elle avait besoin d'un peu de temps pour réfléchir.

Adam Grand, lui, n'avait absolument pas besoin de temps. Il commença à maudire Wally séance tenante. Comment ce sale petit ver de terre se permettait-il d'essayer d'abandonner la plainte sans même lui en parler ? La dernière fois qu'il avait eu de ses nouvelles, ils étaient sur le point de conclure un accord de 2 millions de dollars. Tu parles qu'il était disposé à attaquer Figg !

— Son assurance, ça représente combien ? demanda-t-il.

— Un contrat standard tourne autour de 5 millions de dollars, mais il y a beaucoup de possibilités, lui expliqua Shaw. En tout état de cause, on sera bientôt fixés.

La cinquième réunion du cabinet eut lieu à la tombée de la nuit, un jeudi soir. Rochelle n'y participa pas. Elle ne voulait plus entendre de mauvaises nouvelles, et elle ne pouvait rien faire pour les aider à sortir de leur mauvaise passe.

La lettre de Bart Shaw était arrivée l'après-midi même et se trouvait au centre de la table. Elle commençait par expliquer qu'il était « en discussion avec six de [leurs] clients concernés par les plaintes contre le Krayoxx, dont Mme Iris Klopeck », et poursuivait en annonçant clairement qu'il ne les représentait pas. Ou, du moins, pas encore. Ils attendaient de voir ce que deviendrait leur affaire. Shaw se prétendait inquiet des efforts de Finley & Figg pour s'en débarrasser sans même informer ses clients. Cette conduite était une violation flagrante de toutes les règles déontologiques. Dans des termes sévères mais précis, il faisait la leçon au cabinet sur des sujets divers : 1) l'obligation déontologique de défendre activement les intérêts de ses clients ; 2) le devoir de tenir informés ses clients de tout développement ; 3) le caractère illicite du versement de commissions d'apporteur ; 4) la garantie explicite d'une issue favorable afin d'inciter un client à confier son cas, etc. Il les avertissait sévèrement que tout nouvel écart conduirait au dépôt de plaintes désagréables.

Oscar et Wally, qui avaient déjà surmonté de nombreuses allégations de mauvaise conduite, étaient moins gênés par les accusations qu'ils n'étaient terrifiés par le message général de la lettre, à savoir que le cabinet serait attaqué en justice aussitôt que les plaintes seraient retirées. Quant à David, tout dans la lettre lui donnait des sueurs froides.

Ils étaient assis tous les trois autour de la table, effondrés, défaits. Il n'y eut ni vociférations ni injures. David savait que l'affrontement avait eu lieu en son absence.

Ils étaient coincés. Si l'affaire Klopeck n'était pas jugée, Nadine Karros les châtrerait avec ses demandes de sanctions, et le vieux Seawright s'empresserait de lui donner raison. Le cabinet devrait faire face à des millions de dollars d'amende. Pour ne rien arranger, ce requin de Shaw y ajouterait un tas de plaintes pour faute professionnelle et les traînerait dans la boue pendant deux bonnes années.

Par ailleurs, s'ils abandonnaient l'idée de se retirer, ils devraient affronter un procès dans vingt-cinq jours seulement.

Pendant que Wally gribouillait sur son bloc-notes comme s'il était sous l'emprise de médicaments, Oscar tenait le crachoir.

— Donc, ou bien on se débarrasse de ces dossiers et on est ruinés, ou bien on se présente devant le tribunal fédéral dans trois semaines pour défendre une affaire qu'aucun avocat sain d'esprit ne se hasarderait à plaider. Une affaire sans responsabilité clairement établie, sans experts, avec des faits foireux et une cliente qui est dans les choux la moitié du temps et semi-démente l'autre moitié, une cliente dont le mari de cent soixante kilos s'est tué en se gavant. Face à nous, une armada d'avocats très chers et très compétents, avec un budget illimité et des experts provenant des meilleurs hôpitaux du pays. Et, pour parachever le tout, un juge qui ne cache pas sa préférence pour la partie adverse, un juge qui nous a pris en grippe parce qu'il pense que nous sommes nuls et incompétents. Quoi encore ? J'oublie quelque chose, David ?

— Nous n'avons pas de quoi payer la moindre dépense supplémentaire, dit David, juste pour fermer le ban.

— En effet. Bien joué, Wally. C'est bien toi qui clamais haut et fort que ces dossiers étaient une véritable mine d'or ?

— Ça suffit, Oscar, protesta faiblement Wally. Lâche-moi un peu. J'assume totalement. C'est ma faute. Fouette-moi si tu veux, mais je pense qu'il serait plus utile si on s'en tenait à des sujets pratiques. OK, Oscar ?

— Bien sûr. Tu as un plan ? Éblouis-moi encore, Wally.

— Nous n'avons pas le choix, il va falloir nous battre, répondit Wally d'une voix rauque au débit ralenti. On essaie de mettre sur pied quelque chose qui ressemble à des preuves. On va au procès et on se bat comme des diables, et quand on aura perdu on pourra dire à nos clients et à cette crapule de Shaw qu'on s'est bien battus. Dans tout procès, il y a un gagnant et un perdant. Bien sûr, on va se faire botter le cul, mais au point où nous en sommes, je préfère sortir du tribunal la tête haute que devoir faire face à des sanctions et à des poursuites pour faute.

— Tu as déjà plaidé devant un jury dans un tribunal fédéral, Wally? demanda Oscar.

— Non. Et toi?

— Non plus, répondit Oscar avant de regarder David.

— Et toi, David?

— Non plus.

— C'est bien ce que je pensais. Les Pieds Nickelés au tribunal en compagnie de la charmante Iris Klopeck, tous à côté de leurs pompes. Tu as dit qu'il fallait rassembler des preuves, Wally. Tu veux bien éclairer notre lanterne sur ce sujet?

Wally lui jeta un regard noir.

— On trouve un ou deux experts, un cardiologue et un pharmacologue. Tout un tas d'experts sont prêts à raconter n'importe quoi pour de l'argent. On les paie, on les fait témoigner et on prie comme des dingues pour qu'ils assurent.

— Ils n'assureront jamais, parce que ce sera des experts bidon dès le départ.

— C'est vrai, mais au moins on aura essayé. Au moins, on se sera battus.

— Combien nous coûteraient ces charlatans?

Wally se tourna vers David, qui dit :

— J'ai parlé au Dr Borzov cet après-midi, le type qui s'occupait de l'examen de nos clients. Il est rentré chez lui, à Atlanta, puisque tout a été arrêté. Il m'a dit qu'il pourrait envisager de témoigner dans l'affaire Klopeck pour des honoraires, euh, je crois qu'il a dit 75 000 dollars, on a parfois du mal à le comprendre.

— Soixante-quinze mille? répéta Oscar. Et on n'arrive même pas à comprendre ce qu'il raconte?

— Il est russe, et son anglais n'est pas top, ça peut servir si notre but est d'enfumer le jury, dit David.

— Désolé, je ne te suis pas.

— Il faut penser que Nadine Karros va s'acharner sur lui

pendant le contre-interrogatoire. Si le jury saisit qu'il est vraiment incompétent, ça sentira mauvais pour nous. Mais si le jury n'en est pas certain parce qu'il n'arrive pas à comprendre ce que raconte le type, alors peut-être, et je dis bien peut-être, les dégâts seront moindres.

— Tu as appris ça où, à Harvard ?

— Je ne sais plus très bien ce que j'ai appris à Harvard.

— Et tout d'un coup te voilà devenu expert en procès ?

— Sans être un expert, je me documente, je regarde les rediffusions de « Perry Mason » à la télé. Notre adorable petite Emma ne dort pas très bien, et je suis souvent debout la nuit.

— Me voilà rassuré.

Wally interjeta :

— On trouvera bien un pharmacologue bidon pour 25 000 dollars. Il y aura encore quelques frais, mais Rogan ne s'est pas vraiment défoncé pour l'instant.

— Et on sait pourquoi, à présent. Ils veulent un procès, et fissa. Ils veulent que justice soit faite. Ils veulent un verdict clair et net qu'ils pourront proclamer à la face du monde. Vous êtes tombés dans leur traquenard, Wally. Varrick a prononcé le mot magique « négociation » et tous les rois du barreau se sont acheté un nouveau jet. Ceux de Varrick vous ont menés en bateau jusqu'au moment où le premier procès n'était plus qu'à un mois de distance, puis ils ont tiré le tapis sous vos pieds. Tes potes de chez Zell & Potter se sont rués vers la sortie de secours, et nous on se retrouve comme des cons à contempler notre ruine future.

— On a déjà eu cette conversation, Oscar, répondit fermement Wally.

Une pause de trente secondes fut observée, le temps que les choses se décantent un peu. Wally reprit calmement :

— Cette baraque vaut 300 000 dollars et n'est pas hypothéquée. Demandons un crédit de, disons, 200 000 dollars à la banque en donnant cette maison en gage, et commençons à chercher nos experts.

— Je pensais bien qu'on en viendrait là ! s'écria Oscar. À quoi bon dépenser de l'argent pour en perdre encore plus ?

— Arrête, Oscar. Tu t'y connais plus que moi en procès, et je ne m'y connais pas vraiment, mais…

— Ça, tu l'as dit.

— Il ne suffit pas de se présenter devant le tribunal, de choisir un jury, puis de courir se mettre à l'abri dès que Nadine pointera ses canons sur nous. On n'arrivera même pas à ce stade si on n'a pas des experts à présenter. C'est en soi une faute professionnelle.

David tenta de lui donner un coup de main.

— Et on peut être sûrs que ce type, Shaw, sera dans la salle, à nous guetter.

— Absolument, acquiesça Wally. Si on n'essaie pas au moins de monter quelque chose, le juge Seawright s'empressera de déclarer notre plainte sans fondement sérieux et nous enterrera sous des sanctions. Ça peut paraître dingue, mais la meilleure manière de ne pas perdre une masse d'argent par la suite, c'est peut-être d'en dépenser un peu maintenant.

Oscar expira et croisa les mains derrière sa tête :

— C'est dingue, c'est totalement dingue.

Wally et David ne pouvaient qu'être d'accord.

Wally retira sa requête en désistement et envoya une copie à Bart Shaw pour plus de sûreté. Nadine Karros retira sa réponse et sa demande de sanctions au titre de la Règle 11. Lorsque le juge Seawright signa les deux ordonnances, le cabinet boutique Finley & Figg poussa un soupir de soulagement. Pour le moment, les trois avocats n'étaient plus dans sa ligne de mire.

Après avoir étudié les finances du cabinet, la banque hésitait à accorder un prêt, même avec un bien immobilier non hypothéqué. Sans en parler à Helen, David signa une garantie personnelle avec ses deux associés. Avec 200 000 dollars à sa disposition, la firme passa à la vitesse supérieure, même si aucun des associés n'avait une idée claire de la manière dont devait se manifester ce passage à la vitesse supérieure.

Le juge Seawright et ses clercs suivaient l'avancement de l'affaire au jour le jour, et leur inquiétude allait grandissant. Le lundi 3 octobre, tout le monde fut convoqué pour une conférence informelle de suivi. Le juge commença la réunion en précisant que le procès s'ouvrirait dans deux semaines ;

rien n'y changerait quoi que soit. Les deux parties affirmèrent qu'elles étaient prêtes.

— Avez-vous choisi vos experts ? demanda-t-il à Wally.

— Oui, votre Honneur.

— Et quand pensez-vous partager ces informations avec la cour et la partie adverse ? Vous avez des mois de retard sur ce point, vous le savez ?

— Tout à fait, votre Honneur, mais vous n'êtes pas sans savoir non plus que nous avons dû faire face à un certain nombre d'imprévus, expliqua Wally avec humour, et une bonne dose d'insolence.

— Qui est votre cardiologue ? lança Nadine Karros de l'autre côté de la table.

— Le Dr Igor Borzov, rétorqua Wally avec assurance, comme s'il s'agissait du plus grand cardiologue au monde.

Nadine ne cilla pas, mais ne sourit pas non plus.

— Quand peut-il se présenter pour sa déposition ? demanda le juge.

— Dès que vous le souhaiterez, dit Wally. Ce n'est pas un problème.

La vérité, c'était que Borzov rechignait à s'aventurer en terrain miné, même pour 75 000 dollars.

— Nous n'avons pas besoin de la déposition du Dr Borzov, dit Nadine Karros avec un dédain à peine dissimulé.

Traduction : Je sais que c'est un charlatan, je me moque de sa déposition parce que j'ai l'intention de le démolir devant les jurés. Elle avait pris cette décision sur-le-champ, sans réclamer un délai de vingt-quatre heures ni avoir discuté en aparté avec ses sbires. Son impassibilité avait en effet quelque chose de glaçant.

— Avez-vous un pharmacologue ? demanda-t-elle.

— Oui, mentit Wally. Le Dr Herbert Threadgill.

Wally avait bien parlé au type, mais ils ne s'étaient pas mis d'accord. David avait obtenu son nom grâce à son ami Worley, chez Zell & Potter, qui avait décrit Threadgill comme « un dingo qui dira n'importe quoi si on le paie ». Néanmoins les choses s'étaient révélées plus compliquées. Threadgill exigeait 50 000 dollars pour compenser l'humiliation publique qu'il ne manquerait pas de subir en plein tribunal.

— Nous nous passerons également de sa déposition, annonça Nadine, accompagnant ses paroles d'un petit revers de la main qui en disait plus long qu'un discours : on donnera ses restes aux chiens.

Une fois la réunion terminée, David insista pour qu'Oscar et Wally l'accompagnent dans une salle d'audience au quatorzième étage. Selon le site web de la cour fédérale, un procès important s'ouvrait ce jour-là. C'était une affaire au civil concernant la mort accidentelle d'un lycéen de dix-sept ans écrasé par un semi-remorque qui avait grillé un feu rouge. Le semi-remorque appartenait à une compagnie d'un autre État, d'où la juridiction fédérale.

Dans la mesure où personne chez Finley & Figg n'avait jamais plaidé devant une cour fédérale, David était persuadé qu'il fallait, au moins une fois, voir à quoi cela ressemblait.

36.

Cinq jours avant le début du procès, le juge Seawright convoqua les avocats pour une dernière réunion. Grâce aux efforts de David, les Pieds Nickelés donnaient une impression de sérieux et de professionnalisme. Il avait insisté pour qu'ils portent des costumes sombres, des chemises blanches, des cravates discrètes et des chaussures noires. Pour Oscar, cela ne représentait pas vraiment un problème, puisqu'il revêtait toujours l'habit d'avocat, même celui des causes perdues. Pour David, c'était une seconde nature dans la mesure où il avait une armoire pleine de costumes élégants du temps de Rogan Rothberg. Pour Wally, en revanche, le défi avait été un peu plus difficile à relever. David avait trouvé un magasin de vêtements pour hommes abordable, et il avait tenu à accompagner Wally lui-même pour l'aider à choisir et assister aux essayages. Wally avait râlé et traîné des pieds pendant toute cette épreuve, puis avait failli partir en courant lorsqu'il avait compris que le total s'élevait à 1 400 dollars. Finalement, il s'était servi de sa carte de crédit ; David et lui avaient retenu leur souffle pendant que le vendeur la glissait dans la machine. Le paiement avait été accepté, et ils étaient ressortis chargés de sacs remplis de chemises, de cravates et d'une paire de richelieus noirs.

De l'autre côté de la salle d'audience, Nadine Karros, habillée en Prada, était entourée d'une demi-douzaine de chiens de garde, tous sapés en Zegna ou Armani, avec des airs de gravures de mode.

Selon son habitude, le juge Seawright n'avait pas transmis la liste des jurés potentiels. Les autres juges communiquaient leur liste des semaines avant le procès ; immanquablement cela donnait lieu à toute sorte d'investigations frénétiques sur le passé des appelés par des consultants spécialisés grassement rémunérés par chacune des deux parties. Plus l'affaire était importante, plus les sommes dépensées pour fouiller dans le passé des futurs jurés étaient colossales. Le juge Seawright avait ces manœuvres de l'ombre en horreur. Des années plus tôt, au cours d'un procès qu'il présidait, il avait dû faire face à des allégations de contacts illicites. Les jurés pressentis s'étaient plaints d'avoir été suivis, photographiés et même abordés par des inconnus aux manières insidieuses qui en savaient trop sur eux.

Le juge réclama l'attention du public ; son greffier passa une liste à Oscar et une autre à Nadine Karros. La liste comptait soixante noms soigneusement triés sur le volet par l'équipe du juge pour s'assurer qu'aucun juré 1) ne prenait ou n'avait pris du Krayoxx ou tout autre médicament anti-cholestérol ; 2) n'avait un parent ou ami qui prenait ou avait pris du Krayoxx ; 3) n'avait été représenté par un avocat lié d'une manière ou d'une autre à l'affaire ; 4) n'avait été mêlé à un procès concernant un médicament ou un produit présumé défectueux ; 5) n'avait lu d'articles de presse sur le Krayoxx ou sur les plaintes le concernant. Le questionnaire de quatre pages couvrait d'autres domaines qui auraient pu disqualifier un juré potentiel.

Au cours des cinq jours suivants, Rogan Rothberg dépenserait 500 000 dollars à creuser dans le passé des jurés. Une fois le procès commencé, il engagerait trois consultants très bien payés pour s'installer parmi le public et étudier les réactions du jury aux différents témoignages. La consultante employée par Finley & Figg était payée 25 000 dollars et n'avait dû son embauche qu'à un nouveau clash au sein du cabinet. Aidée de son équipe, elle ferait de son mieux pour définir le passé et la personnalité de leur juré modèle, et elle surveillerait personnellement le processus de sélection. Consuelo, c'était son nom, ne tarda pas à comprendre qu'elle n'avait jamais travaillé pour une pareille bande d'incapables.

À l'issue d'un processus désagréable et souvent irritant, il avait été décidé qu'Oscar assumerait le rôle d'avocat principal et prendrait la parole au cours du procès. Wally observerait, le conseillerait, accumulerait les notes et ferait ce que tout bon adjoint était censé faire, même si aucun d'eux ne savait exactement en quoi cela consistait. David se chargerait des recherches, une tâche monumentale puisque c'était leur premier procès devant une cour fédérale, et que tout ou presque devrait faire l'objet de recherches. Au cours des nombreuses et éprouvantes réunions de stratégie autour de la table, David avait appris que le dernier procès où Oscar avait fait face à un jury s'était déroulé devant un tribunal de l'État, huit ans auparavant, pour une histoire assez simple d'accident de la circulation dû au non-respect d'un feu rouge, procès qu'il avait perdu. L'expérience de Wally était encore plus modeste – une affaire où un client qui avait glissé et s'était cassé quelque chose dans un magasin Wal-Mart avait attaqué la chaîne (il avait fallu quinze minutes au jury pour trancher en faveur du magasin), et une affaire quasiment oubliée de collision automobile à Wilmette qui s'était également mal terminée.

Wally et Oscar se tournaient vers David pour les départager lorsqu'ils s'affrontaient sur la tactique à adopter, essentiellement parce qu'il n'y avait personne d'autre. Ses choix avaient été décisifs, ce qui le troublait profondément.

Une fois ses deux listes distribuées, le juge Seawright les mit fermement en garde sur les rapports avec le jury. Il expliqua que quand les jurés potentiels se présenteraient lundi matin, il les questionnerait à fond. Avaient-ils eu le sentiment d'avoir été espionnés ? Avaient-ils été suivis, photographiés ? La moindre infraction ferait de lui un juge très mécontent.

Passant à autre chose, il dit :

— Si j'ai bien compris, et dans la mesure où aucune requête Daubert n'a été déposée, aucune des deux parties ne souhaite contester les experts de la partie adverse, c'est bien le cas ?

Ni Oscar ni Wally n'avaient la moindre idée de ce qu'était la règle Daubert, qui existait depuis des années. Elle permettait à chaque partie de contester l'admissibilité des témoignages d'experts de la partie adverse. C'était une procédure standard dans les affaires fédérales, appliquée dans environ la moitié des États. David en avait entendu parler par hasard une dizaine de jours plus tôt, pendant qu'il assistait à un autre procès. Après quelques recherches, il avait réalisé que Nadine Karros pourrait sans doute récuser leurs experts avant même le début du procès. Comme elle n'avait pas déposé de requête Daubert, cela ne pouvait signifier qu'une chose : elle voulait voir défiler leurs experts dans le box des témoins pour les malmener ensuite devant le jury.

David avait expliqué la règle à ses associés, et ils avaient décidé d'un commun accord de ne pas déposer de requête Daubert visant les experts cités par Varrick Labs. Leur raison était aussi simple que celle de Nadine, mais inverse. Ses experts étaient si qualifiés, si expérimentés, et avaient de tels CV, qu'il serait absurde de les contester.

— C'est bien le cas, votre Honneur répondit Nadine.

— C'est bien cela, confirma Oscar.

— C'est inhabituel, mais je ne vais pas charger ma barque, j'ai assez à faire comme ça.

Le juge consulta des papiers devant lui et dit à l'un de ses greffiers :

— Dans la mesure où je ne vois pas de requêtes en attente, le procès peut s'ouvrir. Les jurés seront là à 8 h 30 lundi matin, et nous démarrerons à 9 heures. Avez-vous des questions ?

Personne ne pipa mot du côté des avocats.

— Parfait. Je félicite les deux parties pour l'esprit de coopération et d'efficacité qui a présidé à la procédure de divulgation des pièces. J'ai l'intention de présider un procès équitable et rapide. L'audience est levée.

L'équipe de Finley & Figg ramassa rapidement ses dossiers et quitta le tribunal. David tenta d'imaginer à quoi ressemblerait l'endroit cinq jours plus tard, avec soixante jurés pressentis nerveux, des taupes d'autres cabinets spécialisés dans les recours collectifs attirées par l'odeur du sang, des reporters, des analystes financiers, des consultants en sélection de jury essayant de se fondre dans la masse, des dirigeants arrogants de chez Varrick et le public habituel des tribunaux. Un nœud à l'estomac l'empêchait de respirer. *Contente-toi de survivre*, se répétait-il. *Tu n'as que trente-deux ans. Ça ne sera pas la fin de ta carrière.*

Dans le couloir, il suggéra que chacun parte de son côté et passe quelques heures à assister à d'autres procès, mais Oscar et Wally n'avaient qu'une idée, se sauver. Alors David fit ce qu'il faisait depuis deux semaines : il s'introduisit dans une salle d'audience électrique et se glissa dans un siège, trois rangs derrière les avocats.

Plus il étudiait la question, plus les arcanes du prétoire le fascinaient.

37.

Dans l'affaire Klopeck contre Varrick Labs, la première crise eut lieu lorsque la plaignante ne se présenta pas devant le tribunal. Le juge Seawright en fut informé alors qu'il se trouvait dans son cabinet et fit part de son grand mécontentement. Wally essaya de lui expliquer qu'Iris avait été transportée d'urgence à l'hôpital en pleine nuit, se plaignant d'étouffement, d'hyperventilation, d'urticaire, plus d'un ou deux autres problèmes.

Trois heures plus tôt, tandis que les avocats de Finley & Figg travaillaient frénétiquement autour de la table alors que le jour n'était pas encore levé, Wally avait reçu un appel sur son portable. C'était Bart Shaw, l'avocat spécialisé dans les poursuites pour faute professionnelle qui avait menacé de les attaquer au moindre faux pas. Clint, le fils d'Iris, avait appelé le premier avocat dont il avait trouvé le numéro chez sa mère afin de prévenir que celle-ci était en route vers l'hôpital, à bord d'une ambulance. Elle ne pourrait donc pas assister au procès. Clint s'était trompé d'avocat, et Shaw s'était chargé de la commission. « Merci bien, connard », avait dit Wally en raccrochant.

— Quand avez-vous su qu'elle se trouvait à l'hôpital ? demandait à présent le juge Seawright.

— Il y a quelques heures, votre Honneur. Nous étions au bureau, en train de nous préparer, quand son avocat nous a appelés.

— Comment ça, son avocat ? Je croyais que c'était vous, ses avocats ?

David et Oscar avaient envie de disparaître sous la table. Le cerveau de Wally était de la sauce béchamel, et il avait pris deux calmants. L'associé junior leva les yeux au ciel en se demandant comment il pouvait se tirer de ce faux pas.

— C'est compliqué, voyez-vous, votre Honneur. Le fait est qu'elle a été hospitalisée. Je compte lui rendre visite pendant la pause déjeuner.

De l'autre côté de la table, Nadine Karros avait l'air assez détaché. Elle était au courant des manœuvres d'intimidation de Shaw, puisque c'était elle et son équipe qui avaient suggéré à Nicholas Walker et à Judy Beck de l'engager.

— Faites donc, maître Figg, déclara sèchement Seawright. J'exigerai un certificat médical. Si elle est dans l'incapacité de témoigner, nous devrons nous contenter de sa déposition.

— Oui, votre Honneur.

— Je ne vais pas interrompre la sélection du jury. J'aimerais qu'il soit prêt en fin d'après-midi, ce qui veut dire que vous prendrez la parole en premier demain matin, maître Figg. J'apprécierais que la plaignante soit présente dans le box des témoins et nous entretienne de son cher disparu.

C'était certes aimable de la part du juge de leur expliquer la procédure, songea Wally, mais le ton était condescendant.

— Je verrai ses médecins, répéta Wally. C'est le mieux que je puisse faire.

— Y a-t-il autre chose ?

Tous les avocats secouèrent la tête, puis sortirent du cabinet du juge pour pénétrer dans la salle d'audience, qui s'était remplie au cours du dernier quart d'heure.

À gauche, derrière la table des plaignants, un huissier aidait les soixante jurés potentiels à s'installer sur les longs bancs rembourrés. À droite, plusieurs groupes de spectateurs s'étaient rassemblés et attendaient en murmurant. Au fond de la salle s'étaient réunis Millie Marino, Adam Grand et Agnès Schmidt, trois autres victimes représentées par Finley & Figg. Ils étaient là par curiosité, et peut-être aussi pour voir à quoi ils pouvaient s'attendre, maintenant que leur jackpot garanti de 1 million de dollars s'était évaporé. À leurs côtés se trouvait Bart Shaw, le charognard, le paria, le plus misérable déchet de la corporation des avocats. Deux rangs devant s'était assis

Goodloe Stamm, l'avocat que Paula Finley avait chargé de son divorce. Stamm avait déjà eu vent des rumeurs et savait qu'on n'entendrait pas de ténor à la barre. Néanmoins, il restait intéressé par l'affaire et espérait que, par quelque miracle, Finley & Figg parviendrait à récupérer de l'argent dont il pourrait faire bénéficier sa cliente.

Le juge Seawright rappela tout le monde à l'ordre et remercia les jurés d'accomplir leur devoir de citoyen. Il résuma l'affaire en une minute, puis présenta les avocats et le personnel du tribunal qui prendrait part au procès : le sténographe, les huissiers et les greffiers. Il expliqua l'absence d'Iris Klopeck et présenta Nicholas Walker, le représentant légal des laboratoires Varrick.

Après trente années de carrière, Harry Seawright n'était pas un novice en matière de sélection d'un jury. L'élément le plus important, du moins selon lui, était de s'assurer que les avocats ne fassent pas d'histoires. Il avait sa propre liste de questions, mise au point au fil des ans, et autorisait les avocats à lui soumettre les leurs. Mais c'est surtout lui qui s'exprimerait.

Le questionnaire approfondi proposé aux jurés potentiels permettait d'aller plus vite. Ainsi, avaient déjà été éliminés ceux qui avaient plus de soixante-dix ans, les aveugles ou ceux qui souffraient d'un handicap susceptible de les empêcher d'exercer convenablement leurs responsabilités, ainsi que ceux qui avaient déjà servi dans un jury au cours des douze derniers mois. Le questionnaire avait également permis de repérer ceux qui pensaient savoir quelque chose sur l'affaire, les avocats concernés ou le médicament en question. Pendant que le juge parcourait la liste de questions, un pilote de ligne se leva et demanda à être excusé en raison de son planning de vols. Le juge le rembarra sans ménagement et lui donna un cours d'instruction civique. Le pilote se rassit après s'être fait proprement incendier, et personne d'autre n'osa aventurer qu'il était trop occupé pour siéger. Une jeune mère dont l'enfant était trisomique fut dispensée.

Pendant les quinze jours précédents, David avait discuté avec une bonne dizaine d'avocats ayant plaidé devant le juge Seawright. Chaque juge a ses particularités, surtout les juges fédéraux, qui sont nommés à vie et dont les décisions sont rarement contestées. Tous, sans exception, lui avaient conseillé de garder profil bas pendant la sélection du jury. « Le vieux fera très bien le boulot à ta place. »

Lorsque le nombre des jurés fut réduit à cinquante, le juge sélectionna douze noms au hasard. Un huissier fit signe aux nouveaux élus de se diriger vers le box du jury, où ils s'installèrent sur leurs sièges confortables. Tous les avocats prenaient des notes. Les consultants, aux aguets, scrutaient les douze premiers candidats.

La grande question était : quel est le juré idéal pour cette affaire ? Du côté de la plaignante, on l'aurait voulu obèse avec une hygiène de vie aussi lamentable que celle des Klopeck, des gens gavés de cholestérol et confrontés à toute sorte de problèmes de santé. De l'autre côté de l'allée centrale, la défense aurait souhaité des corps jeunes et sains, avec une faible tolérance pour les obèses et autres champions du laisser-aller. Il y avait fatalement un peu de tout dans la première fournée, mais seulement deux personnes avaient l'air de fréquenter les salles de gym. Le juge fixa son attention sur le numéro 35, une femme qui avait reconnu avoir lu quelques articles de presse sur le Krayoxx. Toutefois, il devint clair qu'elle avait l'esprit ouvert et saurait se montrer équitable. Le père du numéro 29, encore une femme, était médecin, et elle avait grandi dans une maison où « procès » était un gros mot. Le numéro 16 avait un jour porté plainte contre un entrepreneur pour une histoire de malfaçon, et la question fut débattue avec un tel souci du détail que tout le monde bâillait. Le juge posait ses questions imperturbablement, sans se soucier du reste de l'auditoire. Quand il eut fini, il autorisa les avocats de la plaignante à poser leurs propres questions, mais uniquement sur des sujets qui n'avaient pas déjà été abordés.

Oscar se dirigea vers le pupitre, qui avait été tourné face au box du jury. Il offrit un sourire engageant et salua les jurés.

— J'ai à peine une ou deux questions, déclara-t-il doucement, comme s'il était un habitué des tribunaux.

Depuis la journée mouvementée où David Zinc était entré par hasard dans les bureaux de Finley & Figg, Wally avait clamé maintes fois qu'Oscar n'était pas du genre à se laisser démonter. Peut-être était-ce dû à son enfance difficile, à son passé de flic des rues, à sa longue fréquentation de conjoints flippés et de travailleurs accidentés, ou tout simplement à son côté querelleur d'Irlandais, quoi qu'il en soit, Oscar avait le cuir très épais. Quand il s'adressa aux douze jurés potentiels, il parvint à dissimuler ses tremblements et à dominer sa peur – peut-être grâce au Valium. Il se montra calme et posé. Ses questions furent anodines, les réponses sans grand intérêt, et il retourna s'asseoir.

Le cabinet avait fait sans catastrophe ses premiers pas devant un tribunal fédéral ; David se détendit. Il n'était qu'en troisième ligne, et ça le rassurait, pour autant il n'avait pas une confiance absolue dans ses deux confrères. Eux seraient exposés au feu, tandis que lui pourrait toujours s'abriter dans les tranchées. Il s'interdisait de jeter le moindre coup d'œil vers les sbires de Rogan Rothberg, qui de leur côté n'avaient pas l'air de s'intéresser à lui. Le jour du match était arrivé, et ces types étaient des athlètes. Ils savaient qu'ils allaient gagner. David et ses associés feignaient de s'activer. Ils avaient sur les bras une affaire dont personne ne voulait et rêvaient déjà d'en avoir terminé.

Nadine Karros se présenta aux jurés potentiels, cinq hommes et sept femmes. Les hommes, âgés entre vingt-trois et soixante-trois ans, jetaient sur elle des regards appréciateurs. David se concentra sur les visages des femmes. Helen pensait que les femmes auraient à son égard des sentiments mitigés et des réactions ambiguës. D'abord, et surtout, elles seraient fières non seulement qu'une femme soit aux commandes, mais aussi qu'elle soit le meilleur avocat du lot, comme elles ne tarderaient pas à le découvrir. Toutefois, chez certaines la fierté céderait bientôt la place à la jalousie. Comment une femme si belle, si élégante, si mince avait-elle réussi dans un monde d'hommes ?

À en juger par l'expression des jurées potentielles, la première impression fut plutôt bonne. Les hommes, eux, étaient conquis.

Les questions de Nadine furent subtiles. Elle commença par évoquer le processus judiciaire, la culture du procès dans la société américaine, et les nombreuses procédures où des dommages et intérêts exorbitants étaient accordés. Cela avait-il jamais posé problème à l'un ou l'autre des jurés ? Certains répondirent par l'affirmative, elle posa donc d'autres questions. L'époux de la jurée numéro 8 était électricien et exerçait des responsabilités syndicales ; peut-être ne verrait-il pas d'un mauvais œil une grosse boîte se faire clouer au pilori ? Nadine prêta une attention toute particulière à cette femme.

L'équipe de Finley & Figg ne quittait pas Nadine du regard. Elle avait fière allure. Pour eux, c'était sans doute la chose la plus marquante, même si l'effet devait finir par s'effacer.

Au bout de deux heures, le juge Seawright décréta une pause de trente minutes afin de laisser aux avocats le temps de conférer entre eux et avec leurs consultants. Chacune des parties avait le droit de récuser un juré pour un motif valable. Par exemple, si un juré affirmait avoir un point de vue partial pour telle ou telle raison, ou avait fait appel par le passé à l'un des cabinets d'avocats présents, ou encore avait déclaré détester Varrick, alors il y avait un motif valable à son élimination. Par ailleurs, chaque partie pouvait exercer trois « récusations péremptoires » qui permettaient d'exclure un juré pour une raison arbitraire, ou sans raison particulière.

Trente minutes plus tard, les deux parties demandèrent un peu plus de temps. Le juge décida de suspendre l'audience jusqu'à 14 heures.

— Je suppose que vous en profiterez pour rendre visite à votre cliente, maître Figg, dit-il.

Wally lui assura qu'il n'y manquerait pas.

Une fois dehors, Oscar et Wally décidèrent rapidement que David se rendrait auprès d'Iris pour juger de son état et voir si elle était disposée à témoigner dès le lendemain matin. Selon Rochelle, qui avait passé la matinée à harceler les réceptionnistes de divers hôpitaux, Iris avait été conduite aux urgences du Christ Medical Center. Lorsque David s'y présenta vers midi, on lui apprit qu'elle était sortie une heure plus tôt. Il se précipita chez elle, tandis que Rochelle appelait toutes les dix minutes. Il n'y avait personne.

Roulé en boule devant la porte d'entrée, le gros matou roux observa d'un œil à moitié endormi le jeune homme arriver sur le trottoir. Le barbecue était toujours sur la véranda et il y avait toujours du papier alu aux fenêtres. David avait pris exactement le même chemin que dix mois plus tôt, le lendemain de sa fuite de chez Rogan Rothberg, quand il avait suivi Wally en se demandant s'il n'avait pas perdu la tête. Il se posait encore la question, mais il n'était plus temps à présent de se regarder le nombril. Il frappa à la porte et attendit que le chat se déplace ou lui saute dessus.

— Qui est là ? demanda une voix d'homme.
— David Zinc, votre avocat. C'est vous, Clint ?

C'était bien lui. Il ouvrit la porte.

— Qu'est-ce que vous voulez ?
— Je voudrais savoir pourquoi votre mère ne s'est pas présentée au tribunal. Nous sommes en train de sélectionner le jury, et le juge, qui est un juge fédéral, est de mauvais poil parce qu'Iris n'était pas au tribunal ce matin.

Clint lui fit signe d'entrer. Iris était allongée sur le canapé, sous une couverture crasseuse et déchirée, les yeux clos – une baleine échouée sur le sable. La table basse à côté d'elle était jonchée de magazines à scandale ; il y avait aussi un carton à pizza, des canettes de Coca light et trois flacons de médicaments.

— Comment va-t-elle ? chuchota David, qui avait déjà une idée assez précise.
— Pas bien, répondit Clint en secouant la tête comme si sa mère était sur le point de passer l'arme à gauche.

David se posa sur une chaise sale couverte de poils de chat orange. Il n'avait pas envie de perdre son temps et détestait l'idée même de se trouver là.

— Iris, vous m'entendez ? cria-t-il.
— Oui, dit-elle sans ouvrir les yeux.
— Écoutez-moi bien, le procès vient de commencer, et le juge veut savoir si vous avez l'intention d'être présente demain. Vous devez témoigner et raconter au jury ce qui est arrivé à Percy. C'est votre responsabilité en tant que représentante de la famille, vous comprenez ?

Iris grogna et soupira, émettant toute sorte de bruits pénibles qui sortaient du tréfonds de ses poumons.

— Je ne voulais pas de ce procès, finit-elle par marmonner d'une voix pâteuse. Cet enfoiré de Figg est venu me voir et m'a convaincue. Il m'a promis 1 million de dollars. – Elle réussit à ouvrir un œil et s'efforça de regarder David. – Vous étiez là, je me souviens, maintenant. Je ne demandais rien à personne, et vous m'avez promis tout cet argent.

Son œil droit se referma. David insista :

— Vous avez vu un médecin, ce matin. Qu'est-ce qu'il vous a dit ? Qu'est-ce que vous avez ?

— Il y a le choix. C'est les nerfs, surtout. Je ne peux pas témoigner. Ça pourrait me tuer.

David finit par comprendre ce qui aurait dû être clair depuis longtemps. Le témoignage d'Iris ne ferait qu'aggraver leur affaire, si l'on pouvait appeler encore ça comme ça. Dans le cas où un témoin était dans l'incapacité de se présenter – parce qu'il était malade, ou mort, ou en prison –, le code de procédure permettait de faire visionner sa déposition. La déposition d'Iris ne valait pas grand-chose, mais tout était préférable à Iris Klopeck en chair et en os.

— Comment s'appelle votre médecin ? demanda David.

— Lequel ?

— Je ne sais pas, n'importe lequel. Celui que vous avez vu ce matin à l'hôpital.

— Je n'ai pas vu de médecin ce matin. J'en ai eu assez d'attendre, Clint m'a ramenée à la maison.

— Ça doit être la cinquième fois en un mois, précisa Clint avec une pointe d'agacement dans la voix.

— Pas vrai, rétorqua Iris.

— Elle fait ça tout le temps, expliqua Clint à David. Elle se déplace jusqu'à la cuisine, puis elle dit qu'elle se sent mal, épuisée et essoufflée, et avant qu'on ait pu dire ouf, elle a déjà appelé les secours d'urgence. Je commence à en avoir vraiment marre. Après, c'est toujours à moi de la ramener à la maison.

— Ben voyez-vous ça ! dit Iris, qui avait ouvert les deux yeux, le regard vitreux mais furibard. Il était bien plus gentil quand il y avait tout ce fric qui devait arriver. Un vrai petit ange. Maintenant, il tape sur sa pauvre maman malade.

— Je veux juste que tu arrêtes d'appeler les urgences.

— Iris, est-ce que vous témoignerez demain ? demanda fermement David.

— Non, j'en suis incapable. Je ne peux pas quitter la maison, mes nerfs lâcheraient.

— Ça changera quoi, de toute façon ? s'exclama Clint. Le procès est foutu. L'autre avocat, Shaw, il dit que vous avez tellement merdé que personne ne pourrait gagner.

David allait riposter lorsqu'il comprit que Clint avait raison. C'était foutu. Grâce à Finley & Figg, les Klopeck se retrouvaient devant un tribunal fédéral avec un dossier désespéré, pendant que ses associés et lui faisaient semblant de bosser en attendant que cela se termine.

David les salua et déguerpit. Clint le suivit jusque sur le trottoir.

— Écoutez, si ça peut être utile, je veux bien témoigner au nom de la famille.

Iris au tribunal, c'était la pire chose qui pouvait leur arriver, mais juste derrière venait Clint en vedette américaine.

— On va y réfléchir, promit David, juste pour être gentil.

La vidéo de la déposition d'Iris suffirait largement à rassasier le jury de la famille Klopeck.

— Y a des chances pour qu'on récupère un peu d'argent ?

— On va essayer, Clint. Il y a toujours une chance, mais on ne peut rien garantir.

— Ça serait bien, pourtant.

À 16 h 30, le jury avait été constitué, installé, assermenté et renvoyé à la maison avec pour instruction de se présenter le lendemain matin à 9 heures moins le quart. Il y avait sept femmes et cinq hommes, dont huit Blancs, trois Noirs, un Latino, mais les consultants pensaient que l'origine ethnique ne jouerait pas de rôle déterminant. Une des femmes était modérément obèse. Les autres étaient plutôt en forme physiquement. Leur âge s'étalait de vingt-cinq à soixante et un ans, ils étaient tous allés jusqu'au bac et trois possédaient des diplômes universitaires.

Les partenaires de Finley & Figg s'entassèrent dans le 4 × 4 de David et rentrèrent au bureau. Ils étaient épuisés mais contents, bizarrement. Ils s'étaient retrouvés face à une des plus puissantes boîtes américaines, et ils ne s'étaient pas effondrés sous la pression. Bien sûr, le procès n'avait pas vraiment commencé. Aucun témoin n'avait prêté serment, aucun élément de preuve n'avait encore été avancé. Le pire restait à venir, mais pour l'instant ils étaient encore debout.

David leur raconta en détail sa visite à Iris. Ils s'accordèrent sur le fait qu'il fallait à tout prix éviter qu'elle vienne au tribunal. La première chose dont ils devaient s'occuper ce soir-là, c'était d'obtenir un certificat médical qui calmerait le juge. Mais ce n'était pas la seule chose à régler. Ils s'arrêtèrent pour acheter une pizza à emporter avant de regagner le bureau.

38.

La journée de lundi leur avait offert un bref répit dans leurs angoisses, mais le mardi matin ce n'était plus qu'un souvenir. À peine la fine équipe de Finley & Figg avait-elle pénétré dans la salle d'audience que la pression redoublait déjà d'intensité. Le procès avait enfin commencé, la tension était palpable. Chaque fois que son estomac se retournait, David se disait : *Tiens bon, bientôt, ça sera fini.*

Le juge Seawright les salua sèchement, ainsi que son jury, puis expliqua ou plutôt tenta d'expliquer l'absence de Mme Iris Klopeck, veuve et représentante légale de la famille Klopeck. Quand il eut terminé, il déclara :

— Les parties vont à présent faire leur déclaration liminaire. Rien de ce que vous allez entendre n'a valeur de preuve ; il s'agit davantage d'un résumé de ce que les avocats s'efforceront de démontrer pendant le procès. Je vous conseille de ne pas prendre leurs propos trop au sérieux. Maître Finley, pour la partie civile, vous avez la parole.

Oscar se dirigea vers le pupitre, son bloc-notes à la main. Il le posa sur le pupitre, sourit aux jurés, étudia ses notes, sourit une nouvelle fois aux jurés puis, curieusement, son sourire disparut. Plusieurs secondes embarrassantes s'écoulèrent, comme si Oscar était perdu et ne savait par où commencer. Il s'essuya le front d'une paume de main, s'affala en avant et, après avoir rebondi sur le pupitre, atterrit sur la moquette, grognant et grimaçant comme s'il était en proie à d'atroces souffrances. Wally et David se précipitèrent vers lui, ainsi que deux huissiers et deux avocats de l'équipe Rogan

Rothberg. Plusieurs jurés se levèrent pour aider. Le juge Seawright hurla :

— Appelez les secours ! Appelez les secours ! – Puis : – Y a-t-il un docteur dans la salle ?

Personne ne s'avança. L'un des huissiers prit les choses en main. Il s'avéra vite qu'Oscar ne s'était pas simplement évanoui. Une cohue s'était formée autour de lui. Quelqu'un lança :

— Il respire à peine !

Il y eut encore du mouvement, de nouveaux appels au secours. L'infirmier du tribunal arriva en quelques minutes et se pencha sur Oscar.

Wally se releva, recula de quelques pas et se retrouva à côté du jury. Sans réfléchir, dans une tentative totalement stupide pour soulager la tension, il regarda les jurés, montra du doigt son collègue allongé sur le sol et prononça, d'une voix suffisamment forte pour être entendu, des paroles qui devaient rester dans les annales :

— Ô merveilles du Krayoxx !

— Votre Honneur, je vous en supplie ! hurla Nadine Karros.

Plusieurs jurés avaient souri, d'autres pas.

Le juge Seawright lança :

— Maître Figg, éloignez-vous du jury !

Wally s'écarta. Avec David, ils attendirent de l'autre côté de la salle.

Le jury fut évacué et retourna dans sa salle de réunion.

— L'audience est suspendue pour une heure, décréta Seawright.

Il se leva de son siège et s'approcha du pupitre. Wally fit quelques pas vers lui.

— Je suis navré, votre Honneur.

— Taisez-vous !

Une équipe de secours se présenta avec un brancard. Oscar fut sanglé dessus et emporté. Il ne paraissait pas être conscient. Il avait un pouls, mais très faible. Dans l'expectative, public et avocats se mêlèrent.

— Il a déjà eu des problèmes cardiaques ? chuchota David à Wally.

Wally secoua la tête.

— Jamais. Il a toujours été mince et en bonne santé. J'ai

cru comprendre que son père est mort jeune. Mais Oscar ne parle jamais de sa famille.

Un huissier s'approcha d'eux.

— Le juge souhaite voir les avocats dans son cabinet.

Certain de se retrouver sur la sellette, Wally songea qu'il n'avait rien à perdre. Il pénétra dans le cabinet du juge Seawright, prêt à en découdre.

— Votre Honneur, je dois absolument me rendre à l'hôpital.

— Pas si vite, maître Figg.

Nadine, qui se tenait debout, était furieuse. De sa plus belle voix de plaideuse, elle s'écria :

— Votre Honneur, compte tenu des propos scandaleux de Me Figg, nous n'avons d'autre choix que d'exiger le renvoi du jury pour vice de procédure.

— Maître Figg ? demanda le juge sur un ton qui laissait entendre que le renvoi du jury était imminent.

Wally, qui se tenait également debout, ne sut que répondre. Instinctivement, David intervint :

— En quoi l'impartialité du jury a-t-elle été compromise ? Me Finley n'a jamais pris de Krayoxx. Mon confrère a proféré une bêtise dans l'émotion, néanmoins il n'y a pas de préjudice.

— Je ne suis pas d'accord, votre Honneur, répliqua Nadine. Plusieurs jurés ont trouvé cela amusant et étaient même sur le point de rire. Le terme « bêtise » ne suffit pas à caractériser les propos de Me Figg. Sa remarque était non seulement tout à fait hors de propos, mais très préjudiciable.

Le renvoi du jury impliquerait un report du procès de quelques jours, ce qui tombait à pic pour les plaignants. Si on leur avait posé la question, ils se seraient arrangés d'un report de dix ans.

— Requête accordée, annonça le juge. Je déclare le renvoi du jury pour vice de procédure. Et à présent, que faisons-nous ?

Blême, Wally s'effondra dans un fauteuil. David dit la première chose qui lui traversa l'esprit :

— Votre Honneur, étant donné les circonstances, nous avons besoin de temps. Nous accorderiez-vous un report ?

— Maître Karros ?

— C'est une situation exceptionnelle, votre Honneur. Je suggère d'attendre vingt-quatre heures pour voir comment évolue l'état de Me Finley. Puis-je toutefois me permettre de souligner que c'est Me Figg qui a intenté cette action et qu'il était encore l'avocat principal dans cette affaire il y a quelques jours ? Je suis persuadée qu'il saura plaider cette affaire avec autant de brio que son associé senior.

— Vous avez raison, maître Karros, convint le juge Seawright. Maître Zinc, je vous suggère de vous rendre à l'hôpital avec Me Figg pour prendre des nouvelles de Me Finley. Tenez-moi informé par courriel, et mettez Me Karros en copie.

— Je n'y manquerai pas, votre Honneur.

Oscar avait eu un sévère infarctus du myocarde. Il était stabilisé et son pronostic vital n'était pas engagé. Les premières analyses avaient pourtant révélé que trois artères coronaires étaient bouchées. Wally et David passèrent une sale journée dans la salle d'attente de l'unité de soins intensifs de l'hôpital, à échafauder des plans pour le procès, envoyer des courriels au juge, grignoter de la nourriture achetée à un distributeur et déambuler dans le couloir en essayant de leur mieux de ne pas mourir d'ennui. Wally était persuadé que ni Paula Finley ni leur fille n'étaient au chevet d'Oscar. Celui-ci était parti de chez lui trois mois plus tôt et fréquentait une autre femme, dans la plus grande discrétion bien entendu. Apparemment, Paula avait elle aussi rencontré quelqu'un. En tout cas, leur mariage était de l'histoire ancienne, même si le divorce était loin d'être réglé.

Vers 16 h 30, une infirmière les conduisit auprès d'Oscar afin qu'ils puissent brièvement le saluer. Il était conscient, hérissé de tuyaux et de câbles branchés à des moniteurs, mais respirait sans assistance.

— Génial, ton propos liminaire ! lui lança Wally, obtenant en retour un faible sourire.

Ils avaient décidé de ne pas lui révéler le renvoi du jury. Après quelques efforts maladroits, ils comprirent qu'Oscar était trop fatigué pour parler et s'éclipsèrent. Une infirmière les informa qu'il serait opéré le lendemain matin.

Le lendemain à 6 heures, David, Wally et Rochelle se retrouvèrent autour du lit d'Oscar pour lui souhaiter bonne chance. Quand l'infirmière leur demanda de partir, ils se rendirent à la cafétéria, où ils avalèrent un copieux petit déjeuner à base d'œufs brouillés trop liquides et de bacon froid.

— Et le procès ? Qu'est-ce qui va se passer ? s'enquit Rochelle.

David mâchonna un morceau de bacon, puis finit par dire :

— Je ne sais pas vraiment, mais mon petit doigt me souffle que si report il y a, il sera minime.

Wally touillait son café en matant deux jeunes infirmières.

— Et on va être promus. Moi avocat principal et toi adjoint.

— Alors le spectacle continue ? demanda Rochelle.

— Ah oui ! répondit David. On n'a plus prise sur rien. Les laboratoires Varrick ont la main. Ils veulent leur procès, ils veulent se venger. Ils veulent une victoire écrasante. La une des journaux. Ça leur permettra de démontrer que leur médicament est formidable. Et, plus important, le juge a clairement choisi son camp.

Il avala un morceau de bacon avant de poursuivre :

— En résumé : les faits, l'argent, les experts, les as du barreau et le juge sont de leur côté.

— Et nous, on a quoi de notre côté ? s'informa Rochelle.

Les deux avocats réfléchirent, puis secouèrent ensemble la tête.

— Rien. On n'a rien.

— Mais si, on a Iris ! finit par s'écrier Wally.

Ils éclatèrent de rire. La délicieuse Iris.

— Vous allez lui demander de témoigner ?

— Pas question. Un de ses médecins a certifié par écrit qu'elle était physiquement incapable de témoigner, dit David.

— Dieu soit loué ! s'exclama Wally.

Après avoir tué le temps une heure durant, ils décidèrent unanimement de rentrer au bureau pour tenter de s'activer. David et Wally avaient des dizaines de choses à faire pour le procès. Vers 11 h 30, une infirmière appela pour les informer qu'Oscar était sorti du bloc et se portait bien – bonne nouvelle. Il n'avait pas le droit de recevoir de visites pendant vingt-quatre heures – autre bonne nouvelle. David envoya un courriel au greffier du juge Seawright résumant les derniers développements et obtint une réponse quinze minutes plus tard. Le juge voulait voir tous les avocats dans son cabinet à 14 heures.

— Vous transmettrez mes vœux de prompt rétablissement à Me Finley, dit le juge dès que tout le monde fut assis, David et Wally d'un côté de la table, Nadine et quatre de ses boys de l'autre.

— Merci, votre Honneur, dit Wally, uniquement parce qu'une réponse semblait de mise.

— Voici ce que j'ai décidé, annonça le juge sans même prendre le temps de souffler. Il reste trente-quatre jurés. Je les convoquerai de nouveau pour vendredi matin, le 21 octobre, soit dans trois jours, et nous procéderons à la constitution d'un nouveau jury. Lundi prochain, le 24 octobre, le procès reprendra. Des questions ? Des remarques ? Des problèmes ?

Oh, je n'en ai que trop, avait envie de répliquer Wally. *Par où commencer ?*

Les avocats ne pipèrent mot. Le juge poursuivit :

— Je conviens que cela ne laisse pas beaucoup de temps aux avocats de la plaignante pour retrouver leurs marques, mais je suis convaincu que Me Figg se débrouillera aussi bien que Me Finley. Pour parler franchement, ni l'un ni l'autre n'ayant la moindre expérience d'un tribunal fédéral, le remplacement au pied levé de l'un par l'autre n'aura pas d'incidence négative sur la situation de la plaignante.

— Nous serons prêts, déclara Wally trop fort et trop vite, sur la défensive.

— Bien. Maître Figg, je tiens à vous préciser que je ne tolérerai plus la moindre de vos remarques ridicules dans mon tribunal, en présence ou pas du jury.

— Je vous prie encore de m'excuser, votre Honneur, dit Wally, qui n'en pensait visiblement pas un mot.

— Vos excuses sont acceptées. J'inflige néanmoins une amende de 5 000 dollars à vous et à votre cabinet en raison de votre comportement inacceptable dans l'enceinte de mon tribunal. Et je recommencerai au premier écart. Me suis-je bien fait comprendre ?

— C'est un peu raide, objecta Wally.

La saignée continue, pensa David. 75 000 dollars pour Borzov, 50 000 pour le Dr Herbert Threadgill, l'expert pharmacologue, 15 000 pour le Dr Kanya Meade, leur économiste, 25 000 pour Consuelo, leur consultante en jurés. Sans compter les 15 000 dollars qu'il leur faudrait débourser pour faire venir les experts à Chicago, les nourrir et les loger dans des hôtels confortables. Pour l'instant, Iris Klopeck et son regretté mari allaient leur coûter la bagatelle de 180 000 dollars. Grâce à Wally et à sa grande gueule, l'addition s'était subitement alourdie de 5 000 dollars.

Arrête, ne cessait de se répéter David, *c'est de l'argent bien dépensé qui nous évitera d'être attaqués pour faute lourde et d'encourir des sanctions épouvantables pour avoir déposé une plainte sans fondement.* De fait, en dépensant de sérieuses sommes d'argent, ils avaient l'air un peu plus sérieux.

De telles manœuvres dilatoires n'avaient jamais été évoquées durant ses études à Harvard, et il n'en avait jamais entendu parler non plus pendant ses cinq années chez Rogan Rothberg.

Nadine Karros prit la parole au sujet des sanctions :

— Votre Honneur, nous souhaitons soumettre à votre jugement une requête invoquant la Règle 11.

Pendant qu'elle poursuivait, on distribua des copies de sa requête autour de la table.

— Nous demandons des sanctions en vertu du comportement irresponsable de Me Figg, qui a compromis l'intégrité du jury et occasionné des dépenses supplémentaires à notre client. Pourquoi celui-ci devrait-il supporter le coût du comportement inacceptable de la plaignante ?

— Parce que les laboratoires Varrick pèsent 48 milliards de dollars, et moi beaucoup moins, rétorqua avec humour Wally, sans réussir à faire rire qui que ce soit.

Le juge Seawright lisait attentivement la requête. Quand Wally s'en aperçut, il s'y plongea aussi. Après dix minutes de silence, le juge s'adressa à lui :

— Que répondez-vous, maître Figg ?

Wally lança sa copie de la requête sur la table, comme si celle-ci était radioactive.

— Votre Honneur, je ne suis pas responsable des tarifs horaires pratiqués par mes confrères. Ils sont tellement exorbitants que c'en est scandaleux, mais ce n'est pas mon problème. Si les laboratoires Varrick veulent claquer leur argent, ils ont de la marge. J'estime que je ne suis pas concerné.

— C'est hors de propos, maître, répondit Nadine. Si vos agissements n'avaient pas conduit au renvoi du jury, nous n'aurions pas été contraints de travailler davantage.

— Trente-cinq mille dollars ? Vous êtes sérieuse ? Vous pensez que vous valez vraiment tant que ça ?

— On le saura à l'issue du procès, maître Figg. Lorsque vous avez déposé cette plainte, vous avez bien réclamé 100 millions de dollars, ou je me trompe ? Ne reprochez pas à mon client de chercher à se défendre vigoureusement en faisant appel à des avocats compétents.

— Je veux être certain d'avoir bien compris. Donc, si pendant le procès vous et votre client vous débrouillez pour que les choses traînent en longueur, ou si, Dieu m'en préserve, vous commettez une erreur, je pourrai déposer une requête exigeant des sanctions en vertu de la Règle 11 et passer à la caisse ? C'est bien ça, votre Honneur ?

— Absolument pas. Telle que vous la décrivez, votre requête serait dépourvue de motifs sérieux, et donc elle-même sujette à la Règle 11.

— Ben voyons ! s'exclama Wally en éclatant de rire. Vous faites une belle équipe !

— Surveillez votre langage, maître Figg ! gronda le juge.

— Ça suffit ! chuchota David à son oreille.

Il y eut un silence de quelques secondes pendant que Wally se calmait. Le juge finit par dire :

— Je conviens que le renvoi du jury aurait pu être évité, et cela a certes fait encourir des dépenses supplémentaires à votre client, maître Karros. J'estime néanmoins que 35 000 dollars est une somme excessive. Des sanctions sont de mise, mais pas d'une telle ampleur. Dix mille dollars me paraît plus raisonnable. Qu'il en soit acté.

Wally souffla comme si on venait de lui assener un coup à

l'estomac. David n'avait qu'une idée en tête : faire en sorte que la réunion s'achève enfin. Finley & Figg n'avait pas vraiment les moyens de continuer sur cette lancée. Il s'adressa au juge :

— Votre Honneur, nous devons nous rendre à l'hôpital.

— L'audience est levée. Nous nous retrouverons vendredi matin.

39.

Le nouveau jury était composé de sept hommes et cinq femmes. Sur les douze, la moitié étaient blancs, trois étaient noirs, deux étaient d'origine asiatique et un hispanique. Dans l'ensemble, l'échantillon était plus col-bleu et légèrement plus lourd. Deux des hommes étaient carrément obèses, au point d'être gênés en s'asseyant. Nadine Karros avait utilisé ses récusations péremptoires pour exclure les gros plutôt que les membres de minorités, mais elle avait été dépassée par la surabondance de surpoids. Consuelo, elle, était persuadée que ce jury serait mieux disposé à leur égard que le premier.

Lundi matin, lorsque Wally se leva et se dirigea vers le pupitre, David retint son souffle. C'était lui qui était sur la brèche, à présent ; une nouvelle crise cardiaque l'aurait propulsé en première ligne, face à une opposition en surnombre. Il était de tout cœur avec l'associé junior. Si Wally avait perdu quelques kilos en batifolant avec DeeAnna, il était toujours rondouillet et mal fagoté. En termes de risque cardiaque, il était bien plus crédible qu'Oscar.

Allez, Wally, vas-y ! tu peux le faire. Montre-leur de quel bois on se chauffe et ne t'écroule pas, s'il te plaît.

Wally tint bon. Il exposa convenablement leur plainte contre Varrick Labs, le troisième géant pharmaceutique au monde, « une entreprise gigantesque » basée dans le New Jersey, avec une longue et lamentable histoire de mise sur le marché de médicaments nocifs.

Objection de Me Karros, accordée par le juge.

Wally marchait sur des œufs, à juste titre. Lorsqu'un ou

deux mots malheureux peuvent vous coûter 10 000 dollars, on fait très attention à ce qu'on dit. Il mentionna donc le Krayoxx à plusieurs reprises, mais sans citer son nom, se contentant d'évoquer « ce médicament néfaste ». Il se perdit une ou deux fois mais, dans l'ensemble, il resta sur les rails. Quand il en eut fini, trente minutes après avoir commencé, David respira et chuchota : « Bon boulot. »

Nadine Karros ne perdit pas de temps à défendre son client et son produit. Elle passa en revue une liste un peu longue quoique intéressante de tous les médicaments fabuleux que Varrick avait mis sur le marché au cours des cinquante dernières années. Des médicaments connus de tous les Américains, qui leur faisaient confiance, et d'autres dont ils n'avaient jamais entendu parler. Des médicaments pour « nos » enfants. Des médicaments que « nous » utilisons sans crainte jour après jour. Des médicaments synonymes de bonne santé. Des médicaments qui prolongent la vie, combattent des infections, préviennent des maladies, et ainsi de suite. Qu'il s'agisse du rhume ou du sida, Varrick Labs luttait contre les maladies depuis des décennies, et le monde en était plus sain et plus sûr. Lorsqu'elle eut terminé le premier acte de sa pièce, beaucoup dans la salle d'audience auraient donné leur vie pour Varrick.

Changeant de registre, elle passa au Krayoxx, un médicament si efficace qu'il était l'anti-cholestérol le plus prescrit au monde – « par vos médecins ». Elle détailla les années de recherches qui avaient abouti à la mise au point du Krayoxx. Elle parvint même à rendre intéressant le sujet austère des essais cliniques. Des études répétées avaient démontré que la molécule était non seulement efficace, mais sans danger. Son client avait dépensé 4 milliards de dollars en huit ans pour développer le Krayoxx. C'était un excellent produit, dont il était particulièrement fier.

Discrètement, David scrutait l'expression des jurés. Tous les douze étaient suspendus aux lèvres de Nadine Karros ; ils étaient en train de se convertir à la vraie foi sous ses yeux. Même David commençait à se laisser gagner.

Elle évoqua les experts qui seraient appelés à témoigner. Des chercheurs et des universitaires éminents qui travaillaient dans des lieux aussi prestigieux que la Mayo Clinic et la Harvard Medical School. Ces hommes et ces femmes avaient passé des années à étudier le Krayoxx et connaissaient le sujet bien mieux que les « poids plume » présentés par les plaignants.

Pour conclure, elle s'avoua confiante. Quand les faits auraient été exposés, eux, les jurés, sauraient que le Krayoxx ne présentait aucun danger. Après s'être retirés pour délibérer, ils reviendraient rapidement avec un verdict favorable à son client, Varrick Labs.

David observa les sept hommes pendant qu'elle retournait s'asseoir. Sept paires d'yeux suivaient ses moindres mouvements. Il regarda sa montre : cinquante-huit minutes, et il n'avait pas vu le temps passer.

Des techniciens installèrent ensuite deux grands écrans. Pendant qu'ils s'affairaient, le juge Seawright expliqua aux jurés qu'ils allaient visionner l'enregistrement de la déposition de la plaignante, Mme Iris Klopeck, car celle-ci ne pouvait être présente suite à des problèmes de santé. Sa déposition avait eu lieu le 30 mars précédent dans un hôtel du centre de Chicago. Le juge assura les jurés que cette procédure n'avait rien d'exceptionnel et ne devait influer en rien sur leur opinion.

On baissa la lumière, et soudain Iris fut là, plus vraie que nature. Elle fronçait les sourcils en regardant la caméra, figée, gavée de médicaments, totalement à côté de ses pompes. La déposition avait été montée de manière à supprimer tout ce qui aurait pu être matière à objection ou à prise de bec entre les avocats. Après avoir répondu vite fait aux questions préliminaires, Iris aborda le sujet de Percy. Percy en tant que père, le parcours professionnel de Percy, ses habitudes, sa mort. Divers éléments matériels étaient produits au fur et à mesure et se succédaient sur l'écran : une photo de Percy et Iris jouant dans l'eau avec le petit Clint, les deux parents déjà obèses ; une autre photo de Percy avec des amis autour d'un barbecue, s'apprêtant à bâfrer des saucisses et des hamburgers ; encore une photo de Percy assis dans un rocking-chair avec le gros chat orange sur ses jambes – le balancement était apparemment la seule forme d'exercice qu'il pratiquait. Mises bout à bout, les images brossaient un portrait assez exact de Percy, quoique peu flatteur. C'était un type énorme qui mangeait trop, n'avait aucune activité physique, ne prenait pas soin de sa personne et était mort prématurément, pour des raisons assez évidentes. Quant à Iris, tantôt elle était au bord des larmes, tantôt elle tenait des propos incohérents. La vidéo ne la rendait pas sympathique. Pourtant c'était infiniment mieux qu'Iris en chair et en os, et ses avocats en étaient parfaitement conscients. Après montage, la déposition durait tout de même quatre-vingt-sept minutes. Tout le monde fut soulagé lorsque ce fut fini.

On ralluma, et le juge Seawright déclara qu'il était temps de déjeuner. L'audience était suspendue jusqu'à 14 heures. Sans un mot, Wally disparut dans la foule. David et lui étaient convenus de manger un morceau sur le pouce en discutant de leur plan de bataille, mais après un quart d'heure d'attente David en eut assez et décida de s'acheter un sandwich au café situé au premier étage du palais de justice.

Oscar était sorti de l'hôpital et se reposait chez Wally. Rochelle l'appelait deux fois par jour pour voir si tout allait bien ; sa femme et sa fille n'avaient toujours pas donné signe de vie. David lui téléphona et lui résuma le début du procès en s'efforçant de présenter les événements sous un jour favorable. Oscar feignit d'être intéressé. De toute évidence, il ne regrettait pas de ne pas assister au procès.

À 14 heures l'audience reprit. La curée allait commencer, mais Wally avait l'air très à l'aise.

— Vous pouvez appeler votre témoin suivant, annonça le juge.

Wally saisit son bloc-notes. Il glissa « Ça va être moche » à l'oreille de David, et celui-ci flaira dans son haleine l'odeur caractéristique de la bière.

Le Dr Igor Borzov s'installa dans le box des témoins. Un huissier lui présenta une bible sur laquelle il devait prêter serment. Borzov regarda la bible, puis secoua la tête. Il refusa de poser la main dessus. Le juge lui demanda s'il y avait un problème, et Borzov marmonna qu'il était athée.

— Pas de bible, dit-il. Je ne la crois pas vraie.

David était catastrophé. *Espèce de charlatan, on te paie 75 000 dollars, tu pourrais au moins jouer le jeu !* Après un silence gêné, le juge Seawright ordonna à l'huissier de laisser tomber la bible. Borzov leva la main droite et jura de dire toute la vérité, mais il s'était déjà aliéné le jury. En suivant une série de questions soigneusement rédigées, Wally lui fit accomplir les étapes indispensables à la qualification d'un expert. Études ? Université et faculté de médecine de Moscou. Formation ? Interne en cardiologie à Kiev, puis deux ou trois hôpitaux moscovites. Expérience ? Un bref passage à l'hôpital de Fargo, dans le Dakota du Nord, puis exercice libéral à Toronto et à Nashville. La veille, Wally et David lui avaient fait répéter ses réponses pendant des heures, jusque tard dans la soirée, et il avait promis de parler lentement et distinctement. Dans l'atmosphère calfeutrée du bureau, ça s'était plutôt bien passé. Mais sur scène, en plein tribunal, alors que régnait une certaine tension, Borzov oublia ses promesses ; il parlait trop vite et avec un tel accent qu'on avait l'impression qu'il ne s'exprimait pas en anglais. Par deux fois la sténographe dut demander des éclaircissements.

Les sténographes ont une capacité incroyable à digérer marmonnements, défauts d'élocution, accents, termes argotiques et techniques. Le fait que celle-ci ne parvenait pas à suivre Borzov eut un effet désastreux. À la troisième interruption, Seawright déclara :

— Moi non plus, je ne comprends rien. Avez-vous un interprète, maître Figg ?

Sympa, le juge ! Plusieurs jurés trouvèrent la remarque amusante.

Wally et David s'étaient en effet posé la question d'un interprète, mais cette discussion-là avait fait partie d'un projet plus ambitieux qui consistait à laisser tomber Borzov, les experts, tous les témoins en bloc, et à ne pas se présenter au procès – tout simplement.

Après quelques questions, Wally dit :

— Nous souhaitons faire appel au Dr Igor Borzov en tant que témoin expert dans le domaine de la cardiologie.

Le juge se tourna vers la table de la défense.

— Maître Karros ?

Elle se leva et, avec un sourire malicieux, répondit :

— Pas d'objection.

En d'autres termes : Je serai ravie de lui fournir toute la corde dont il aura besoin pour se pendre.

Wally demanda au Dr Borzov s'il avait étudié le dossier médical de Percy Klopeck. Borzov répondit par un oui parfaitement compréhensible. Une demi-heure durant, ils passèrent en revue le pitoyable parcours médical de Percy, puis vint la fastidieuse procédure d'enregistrement des différents éléments matériels qui devaient constituer les pièces à conviction. Cela aurait pu prendre des heures si la défense n'avait pas fait preuve d'un grand esprit de coopération. Me Karros aurait pu objecter à chaque élément ou presque, mais elle voulait que les jurés aient tout sous la main. Quand la totalité des douze centimètres d'épaisseur du dossier fut enregistrée, le jury dormait à moitié.

Le témoignage fut spectaculairement facilité par l'utilisation d'un schéma illustrant le fonctionnement du cœur humain. Il s'afficha sur un grand écran, et le Dr Borzov prit tout son temps pour l'expliquer au jury. Se déplaçant devant l'écran avec un pointeur, il décrivit correctement les diverses valves, ventricules, oreillettes, veines et artères. Personne ne le comprenait, et Wally répétait pour le bénéfice de tous. Sachant que c'était la partie facile du témoignage, il prenait son temps. Le brave docteur semblait connaître son affaire, mais même un étudiant de deuxième année aurait pu faire cet exposé. Quand celui-ci se termina enfin, Borzov retourna s'asseoir dans le box des témoins.

Deux mois avant de mourir dans son sommeil, Percy avait subi son bilan de santé annuel, avec électrocardiogramme et échographie cardiaque, ce qui donnait au Dr Borzov matière à digression. Wally lui tendit le compte rendu d'échographie, et tous les deux passèrent une bonne quinzaine de minutes à discuter des principes de l'échographie cardiaque. Celle de Percy montrait une détérioration importante du débit du sang vers le ventricule gauche.

David retint son souffle quand son associé et son témoin pénétrèrent sur le terrain miné du jargon médical. Aussitôt, l'effet fut catastrophique.

Le Krayoxx était censé endommager la valve mitrale et empêcher le sang d'être correctement pompé vers l'extérieur.

Pour tenter d'expliquer cela, Borzov parla de la « fraction d'expulsion du ventricule gauche ». Lorsqu'on lui demanda d'expliquer au jury ce que cela signifiait, il répondit :

— La fraction d'expulsion est en fait le volume ventriculaire de fin de diastole moins fin de systole, volume ventriculaire multiplié par cent, telle est fraction d'expulsion.

Dans un anglais normal, ce n'était déjà pas évident pour le profane. Dans la bouche du Dr Borzov, c'était un charabia lamentable.

Nadine Karros se leva et dit :

— Votre Honneur, je vous en prie !

Le juge secoua la tête comme s'il venait de recevoir une gifle et lança :

— Maître Figg, s'il vous plaît !

Trois des jurés fusillaient David du regard comme s'il venait d'insulter leur mère. Deux ou trois autres avaient du mal à ne pas ricaner.

Marchant sur des œufs, Wally demanda à son témoin de s'exprimer en articulant bien et, si possible, dans un langage accessible. Ils progressaient péniblement, Borzov faisant de son mieux, Wally répétant quasiment toutes ses phrases pour atteindre un certain niveau d'intelligibilité. En dépit de leurs efforts, cela ne suffisait pas. Borzov expliqua les différents degrés d'insuffisance mitrale, la régurgitation de la région atriale gauche et les degrés de gravité du reflux mitral.

Alors que le jury avait perdu tout espoir depuis longtemps, Wally posa une série de questions sur l'interprétation de l'échographie cardiaque et obtint cette réponse :

— Si le ventricule était totalement symétrique et ne présentait pas d'anomalies dans la géométrie ou le mouvement de la paroi, ce serait une ellipsoïde prolate. Définit juste extrémité pointue et plate et courbe douce, une fraction ellipsoïde. Donc le ventricule se contracterait vers le bas, serait toujours une ellipsoïde prolate mais les parois bougeraient sauf dans le plan de la valve mitrale.

La sténographe leva la main et s'écria :

— Je suis navrée, votre Honneur, mais je n'ai rien compris.

Le juge Seawright ferma les yeux, la tête penchée en avant,

comme s'il avait lui aussi perdu tout espoir et souhaitait simplement que Borzov en finisse et quitte à jamais son tribunal.
— Quinze minutes de pause, marmonna-t-il.

Assis dans le petit bistrot du rez-de-chaussée, Wally et David contemplaient en silence les deux tasses de café auxquelles ils n'avaient pas touché. On était lundi, il était 16 h 30, et ils avaient l'impression d'avoir passé un mois dans le tribunal de Seawright. Aucun des deux ne voulait y remettre les pieds.

David était encore sous le choc de la performance particulièrement lamentable de Borzov. Il s'inquiétait aussi pour Wally. Celui-ci n'était pas ivre et son comportement avait l'air normal, c'était pourtant un alcoolique, et tout contact avec l'alcool était inquiétant. Il voulait l'interroger, pour voir s'il allait bien, mais ce n'était ni le lieu ni le moment. Difficile d'évoquer un sujet aussi délicat dans des circonstances aussi pénibles.

Wally fixait un point sur le sol, immobile, totalement absent.
— Je pense que le jury n'est pas de notre côté, déclara David à froid.

Wally sourit.
— Le jury nous déteste, et ça se comprend. On va avoir droit à un jugement sommaire. Dès que nous aurons exposé notre cas, Seawright nous bottera les fesses hors de son tribunal.
— Une fin rapide, alors. Je le comprends un peu.
— Une fin rapide et charitable, précisa Wally, toujours en fixant le sol.
— Quelles en seront les conséquences ? Sanctions, menace de poursuites pour faute ?
— Va savoir. Je pense que la faute professionnelle ne tiendra pas la route. On ne peut pas te traîner en justice pour avoir perdu un procès. Les sanctions, en revanche, c'est une autre histoire. Je vois bien Varrick Labs nous saigner à blanc en prétextant que notre plainte était sans fondement.

David finit par avaler une gorgée de son café. Wally ajouta :
— Je n'arrête pas de penser à Jerry Alisandros. J'aimerais bien le coincer dans une impasse obscure et l'écrabouiller à coups de batte de baseball.

— Ça, c'est une pensée qui fait chaud au cœur.

— On ferait mieux d'y aller. Finissons-en avec Borzov et débarrassons-nous de lui.

Pendant l'heure qui suivit, le tribunal dut endurer les tentatives tortueuses du Dr Borzov pour expliquer la vidéo de l'échographie cardiaque de Percy projetée à l'écran. Lorsqu'on baissa les lumières, plusieurs jurés commencèrent à s'assoupir. Une fois la projection terminée, Borzov retourna s'asseoir dans le box des témoins.

— Combien de temps encore, maître Figg ? demanda le juge.

— Cinq minutes.

— Allons-y.

Même dans les affaires les plus bancales, il faut un peu de magie. Wally voulait effectuer son tour de passe-passe pendant que le jury était comateux et que la défense rêvait de rentrer à la maison.

— Docteur Borzov, avez-vous une opinion, raisonnablement fondée sur des éléments médicaux établis, quant à la cause du décès de M. Percy Klopeck ?

— Oui.

David observait Nadine Karros, qui aurait pu sans grand effort, et pour divers motifs, faire interdire l'expression des opinions du Dr Borzov. Elle semblait n'en avoir nullement l'intention.

— Quelle est donc votre opinion ? demanda Wally.

— Mon opinion, raisonnablement fondée sur des éléments médicaux établis, est que M. Klopeck est mort d'une infarctus aigu du myocarde, c'est-à-dire d'une crise cardiaque.

Borzov avait formulé cette opinion lentement, dans un anglais beaucoup plus clair.

— Et avez-vous une opinion quant à la cause de cette crise cardiaque ?

— Mon opinion, raisonnablement fondée sur les éléments médicaux dont nous disposons, est que la crise cardiaque a été provoquée par une hypertrophie du ventricule gauche.

— Et avez-vous une opinion quant à la cause de cette hypertrophie ?

— Mon opinion, raisonnablement fondée sur les éléments médicaux dont nous disposons, est que cette hypertrophie a été causée par la prise du médicament anti-cholestérol Krayoxx.

Au moins quatre des jurés secouèrent la tête. Deux autres donnaient l'impression de vouloir insulter Borzov.

À 18 heures, le témoin fut enfin remercié et le jury put rentrer à la maison.

— L'audience est levée et reprendra demain matin à 9 heures, déclara le juge Seawright.

Sur le chemin de retour, Wally s'endormit. Coincé dans un embouteillage, David vérifia son téléphone portable, puis se connecta sur Internet pour voir où en était le cours en bourse de Varrick. Il avait grimpé de 31,50 à 35 dollars.

La nouvelle de la victoire imminente des laboratoires se répandait vite.

40.

En deux mois de vie sur terre, la petite Emma n'avait pas encore réussi à faire ses nuits. Couchée à 20 heures, elle se réveillait vers 23 heures pour un petit en-cas et un changement de couches. Une longue séance de déambulations et de balancements sur le rocking-chair finissaient par venir à bout d'elle autour de minuit, mais vers 3 heures du matin la faim la tenaillait de nouveau. Au début, Helen s'en était bravement tenue à l'allaitement exclusif au sein, mais après six semaines elle était épuisée et avait ajouté les premiers biberons. Le père d'Emma ne dormait pas beaucoup non plus ; en général, il profitait de ces repas nocturnes pour avoir un petit tête-à-tête avec sa fille pendant que maman restait sous la couette.

Mardi, vers 4 h 30 du matin, David recoucha Emma, éteignit la lumière et sortit silencieusement de sa chambre. Il se dirigea vers la cuisine, mit la machine à café en marche, et pendant que l'eau chauffait il se connecta à Internet, histoire de jeter un coup d'œil aux nouvelles, à la météo et aux blogs judiciaires. Un bloggueur en particulier suivait de près l'affaire Krayoxx et le procès Klopeck. David avait tenté de ne pas lire ses contributions. Sans succès.

Le titre de la dernière en date était : « Jeu de massacre dans la salle d'audience 2314 ». Le bloggueur, qui signait sous le nom « Le Juré masqué », avait de toute évidence beaucoup de temps libre, trop de temps libre, ou alors il était à la solde de Rogan Rothberg. Voici ce qu'il disait :

Pour ceux dont la curiosité morbide ne connaît pas de limites, bougez-vous le derrière jusqu'à la salle d'audience 2314 du centre fédéral Dirksen pour le deuxième round du premier procès Krayoxx – qui risque d'être aussi le dernier. Pour ceux d'entre vous qui ne peuvent y assister, cela ressemble à un accident de train filmé au ralenti, et pour ne rien gâcher, c'est plutôt tordant. Hier, pour la première audience, les jurés et les spectateurs ont eu droit à un spectacle grotesque, le témoignage vidéo de la veuve, Iris Klopeck. Apparemment, des raisons médicales l'empêchent d'assister au procès, pourtant un de mes informateurs l'a surprise en train de faire ses courses chez Dominick's, sur Pulaski Row (cliquez ici pour voir les photos). Cette dame est un sacré poids lourd, et quand son visage a surgi sur l'écran hier, le choc fut total. Au début elle avait l'air plutôt, comment dire, plutôt défoncée, mais l'effet des drogues s'est progressivement dissipé au cours de la déposition. Elle a même versé quelques larmes en évoquant la mémoire de son Percy adoré, qui, lorsqu'il est mort à quarante-huit ans, pesait cent soixante kilos. Iris aimerait que le jury lui accorde un paquet de pognon, et elle a fait de son mieux pour attirer sa sympathie. Raté. La plupart des jurés paraissaient penser ce que j'ai pensé : si vous étiez moins gros, vous n'auriez pas tous ces pépins de santé.

Sa dream team *légale – qui s'est trouvée décapitée la semaine dernière quand son capitaine a fait son propre petit infarctus en plein tribunal en se retrouvant face au jury – a eu une seule idée de génie jusqu'à présent : celle de tenir Iris Klopeck aussi loin que possible du tribunal et du jury. On ne risque pas d'être agréablement surpris par les deux tocards qui restent.*

Leur deuxième témoin fut leur expert-vedette, un charlatan certifié venu de Russie qui après quinze ans de vie chez nous n'a toujours pas réussi à maîtriser les rudiments de notre langue. Il s'appelle Igor, et quand Igor parle, personne n'écoute. Igor aurait pu facilement être récusé par la défense pour incompétence – celle-ci est tellement évidente qu'on ne sait pas par quel bout la prendre – mais il semblerait que la défense ait opté pour la stratégie qui consiste à laisser aux avocats de la plaignante toute la place dont ils ont besoin. Et pour cause, leur expert est en train de les couler !

Suffit ! David referma son ordinateur portable et se rendit dans la cuisine pour se servir un café. Il prit une douche et s'habilla sans bruit, embrassa Helen, jeta un dernier coup d'œil à Emma, puis sortit. En arrivant sur Preston Avenue, il remarqua que les lumières étaient allumées chez Finley & Figg. Il était 6 heures moins le quart et Wally bossait déjà. *Bravo !* pensa David. Peut-être l'associé junior avait-il forgé une nouvelle théorie, qu'ils pourraient sortir à Nadine Karros et à Harry Seawright pour atténuer leur humiliation. Cependant la voiture de Wally n'était pas garée à sa place, derrière la maison. La porte de derrière n'était pas fermée, la porte de devant non plus. CDA était agité et rôdait au rez-de-chaussée. Wally était invisible. David monta dans son bureau à l'étage, suivi de CDA. Il n'y avait ni e-mails ni messages sur sa table. Il appela le portable de Wally et tomba sur son répondeur. Bizarre, mais Wally avait des habitudes très variables. Cela dit, c'était la première fois qu'il laissait la maison ouverte, les lumières allumées.

David essaya de se plonger dans des documents, sans réussir à se concentrer. Déjà à cran à cause du procès, il avait maintenant le sentiment que quelque chose d'autre clochait. Il redescendit au rez-de-chaussée et jeta un coup d'œil rapide au bureau de Wally. La corbeille à papiers près du meuble de rangement était vide. Tout en s'en voulant, David ouvrit quelques tiroirs, sans rien trouver d'intéressant. Dans la cuisine, près du petit frigo, il y avait une grande poubelle ronde dans laquelle ils jetaient les filtres à café ainsi que tous les cartons de nourriture, les bouteilles et canettes vides. David ôta le couvercle blanc, et trouva ce qu'il redoutait : une flasque de vodka Smirnoff, vide, en équilibre sur un pot de yaourt. David la ramassa, la rinça dans l'évier, se lava les mains et l'emporta dans son bureau. Il la posa sur sa table, s'assit et passa un long moment à la contempler.

Wally avait pris quelques bières pendant le déjeuner, puis il avait passé une partie de la soirée au bureau à boire de la vodka, avant de se décider à filer. De toute évidence, il était soûl, puisqu'il avait laissé la lumière allumée et n'avait pas fermé à clé.

Ils avaient prévu de se retrouver à 7 heures pour un café et une séance de travail. À 7 h 15, David était inquiet. Il appela Rochelle et lui demanda si elle avait des nouvelles de Wally.

— Non. Pourquoi ? Il y a un problème ? s'enquit-elle, comme si on pouvait toujours s'attendre à des problèmes avec Wally.

— Non, non, je le cherche, c'est tout. Vous serez là à 8 heures, n'est-ce pas ?

— Je pars à l'instant. Je passe voir Oscar et j'arrive.

David brûlait d'appeler Oscar, sans parvenir à se décider. Son triple pontage avait eu lieu six jours plus tôt, et David n'avait aucune envie de le perturber. Il fit les cent pas pendant un moment, donna à manger à CDA, puis rappela Wally sur son portable.

Rien.

Rochelle arriva à 8 heures tapantes. Oscar allait bien et n'avait pas vu Wally.

— Il n'est pas rentré chez lui hier soir, ajouta-t-elle.

David tira la flasque de vodka vide de la poche arrière de son pantalon.

— J'ai trouvé ça dans la poubelle de la cuisine. Wally s'est saoulé ici hier soir, il est reparti en laissant les portes grandes ouvertes et la lumière allumée.

Rochelle regarda fixement la bouteille. Elle avait envie de pleurer. Elle s'était occupée de Wally pendant ses combats précédents et avait applaudi chaque fois qu'il avait décroché. Elle lui avait tenu la main, elle avait prié pour lui, pleuré pour lui et célébré avec lui chaque nouvelle journée de sobriété. Un an, deux semaines et deux jours, et voilà qu'ils étaient face à une bouteille vide.

— Il a fini par craquer. Je suppose que la pression était trop forte.

— Quand il rechute, il rechute dur, David. Chaque fois c'est pire qu'avant.

David posa la flasque sur la table.

— Il était tellement fier d'être sobre, je n'arrive pas à y croire.

Ce qu'il n'arrivait pas à croire, c'était que la *dream team* (ou les Pieds Nickelés, si l'on préférait) était réduite à une seule personne. Même si ses associés étaient gravement déficients en termes d'expérience au tribunal, à côté de lui c'était des vétérans.

— Vous pensez qu'il va se pointer au tribunal ? demanda David.

Certainement pas, songea Rochelle, mais elle n'avait pas le courage d'être brutale.

— C'est possible. Il faut que vous y alliez.

David mit du temps à rejoindre le centre-ville. Il appela Helen et lui annonça la nouvelle. Elle était aussi effondrée que lui et se demanda à haute voix si le juge ne serait pas contraint de reporter le procès. David aimait cette idée et, en garant la voiture, il se convainquit que si Wally ne refaisait pas surface il obtiendrait un renvoi du juge Seawright. Pour lui, le forfait des deux principaux avocats était un motif valable de renvoi, voire d'annulation.

Wally n'était pas là. David se retrouva seul à leur table pendant que l'équipe de Rogan Rothberg s'installait et que les spectateurs prenaient place dans la salle. À 9 heures moins 10, David s'approcha de l'huissier et lui dit qu'il devait voir le juge de toute urgence.

— Suivez-moi.

Le juge Seawright venait juste d'enfiler sa robe quand David entra dans son cabinet. Faisant fi des salutations d'usage, il alla droit au but :

— Votre Honneur, il y a un problème. Me Figg a disparu. Il n'est pas là, et je ne pense pas qu'il viendra.

Avec un soupir de frustration, le juge finit lentement de remonter la fermeture Éclair de sa robe.

— Avez-vous une idée de l'endroit où il se trouve ?

— Hélas non !

Le juge se tourna vers l'huissier.

— Amenez-moi Me Karros.

Lorsque Nadine arriva, seule, David et elle s'installèrent avec le juge à un bout de sa grande table de conférence. David leur raconta tout ce qu'il savait, sans chercher à dissimuler que Wally était un alcoolique de longue date. Ils se montrèrent compatissants. Quant aux conséquences que cela aurait pour le procès, c'était une autre histoire. David confessa qu'il estimait être ni prêt ni compétent pour assumer seul la suite. Par ailleurs, il ne voyait pas comment son cabinet serait capable de prendre en charge un nouveau procès.

— Soyons sérieux, expliqua-t-il, jouant cartes sur table, notre affaire ne tient pas la route, et on le sait dès le début. Nous avons fait de notre mieux, et la seule raison pour laquelle nous l'avons fait, c'est pour éviter des sanctions et des poursuites pour faute professionnelle.

— Vous demandez un report ? l'interrogea le juge.

— Oui. Je pense que c'est la seule solution équitable, étant donné les circonstances.

— Mon client s'y opposera, observa Nadine. Je puis vous assurer qu'il mettra tout son poids dans la balance afin que ce procès aille à son terme.

Le juge ajouta :

— Je ne suis pas sûr qu'un report soit une solution. Si Me Figg s'est remis à boire, au point qu'il ne peut pas se présenter devant la cour, il faudra un certain temps avant qu'il soit désintoxiqué et prêt à revenir. Le report ne me paraît donc pas une bonne idée.

David ne voyait pas bien ce qu'il aurait pu objecter.

— Votre Honneur, je n'ai pas la moindre idée de ce qu'il faut faire. Je ne me suis jamais retrouvé face à un jury, je n'ai jamais plaidé.

— Je n'ai pas vraiment l'impression que Me Figg soit lui-même un parangon d'expérience. Je suis certain que vous pouvez faire aussi bien que lui.

Il s'écoula un long silence pendant lequel tous les trois contemplèrent le dilemme assez unique auquel ils étaient confrontés. À la fin, Nadine déclara :

— J'ai une proposition. Si vous acceptez de mener le procès à terme, je convaincrai mon client d'abandonner les demandes de sanctions financières.

Le juge abonda dans le même sens :

— Maître Zinc, si vous acceptez de continuer le procès, je vous garantis qu'il n'y aura pas de sanctions, ni contre vous ni contre votre cliente.

— Formidable. Et quid des poursuites pour faute professionnelle ?

Nadine resta silencieuse. Le juge reprit la parole :

— Vous n'avez pas grand-chose à craindre. On n'a jamais vu un avocat condamné pour avoir perdu un procès.

Nadine renchérit :

— Je partage votre avis. Dans tout procès, il y a un gagnant et un perdant.

Ben voyons, pensa David. *Ça doit être plaisant d'être toujours celui qui gagne.*

— Faisons comme ça, conclut le juge. J'annulerai l'audience d'aujourd'hui, le jury rentrera à la maison. Vous, vous ferez votre possible pour mettre la main sur Me Figg. Si par chance il est là demain matin, nous continuerons comme si de rien n'était et ne le punirons pas pour cette incartade. Si vous ne le retrouvez pas, ou s'il est dans l'incapacité de se présenter, alors vous prendrez les choses en main à 9 heures du matin. Faites de votre mieux, je vous aiderai dans la mesure du possible. Nous mènerons ce procès à son terme, et nous en serons débarrassés.

— Nous n'avons pas parlé de la possibilité d'un appel, dit Nadine. Le forfait des deux principaux avocats est un motif valable d'appel, me semble-t-il.

David eut un sourire forcé.

— Je vous promets que nous ne ferons pas appel, pas tant que je serai là. Cette affaire pourrait conduire à la faillite de notre petit cabinet. Nous avons dû nous endetter pour arriver jusqu'ici, et je ne conçois pas que mes associés envisagent une minute de faire appel. S'ils le faisaient et obtenaient gain de cause, il leur faudrait intenter un nouveau procès. Très franchement, je pense que c'est la dernière chose qu'ils souhaitent.

— Bien. Nous sommes donc d'accord ?

— Pas de problème pour ma part, confirma Nadine.

— Maître Zinc ?

David n'avait pas le choix. En continuant seul, il évitait à la boutique les sanctions financières et des poursuites pour faute. Sa seule autre option serait de demander un report et, lorsque celui-ci leur aurait été refusé, il faudrait de toute façon reprendre le procès.

— Je suis d'accord. Bien entendu.

Il prit son temps pour rentrer au bureau. Il ne cessait de se répéter qu'il n'avait que trente-deux ans, que sa carrière n'était pas finie. D'une manière ou d'une autre, il survivrait à cette épreuve. Dans un an, il n'y penserait plus.

Toujours pas de nouvelles de Wally. David s'enferma dans son bureau et passa le reste de la journée à lire des comptes rendus de procès, à étudier les dépositions dans d'autres affaires, à analyser les règles de procédure. Et à combattre l'envie de vomir.

Pendant le dîner, il chipota dans son assiette en racontant sa journée à Helen.

— Combien d'avocats as-tu en face de toi ? s'enquit-elle.

— Si je savais ! Il y en a trop pour compter. En tout cas, au moins six, avec tout un bataillon d'auxiliaires juridiques derrière.

— Tu seras tout seul à ta table ?

— C'est ça l'idée.

Elle avala une bouchée de pâtes, puis demanda :

— Ils vérifient l'identité des auxiliaires ?

— Ça m'étonnerait. Pourquoi ?

— Je pourrais peut-être faire semblant d'être ton auxiliaire juridique pendant quelques jours. J'ai toujours rêvé d'assister à un procès.

David rit pour la première fois depuis des heures.

— Arrête, Helen ! Je n'ai pas envie de laisser quiconque assister à ma mise à mort, surtout pas toi.

— Que dirait le juge s'il me voyait arriver avec une serviette et un bloc-notes jaune sur lequel je me mettrais à gribouiller ?

— Au point où nous en sommes, je pense que le juge se montrera très conciliant.

— Ma sœur pourrait garder Emma.

David eut un nouveau rire. L'idée commençait à le séduire. Qu'avait-il à perdre ? Ce serait peut-être la première et la dernière fois qu'il plaiderait devant un tribunal, pourquoi ne pas s'amuser un peu ?

— L'idée me plaît, finit-il par lâcher.

— Il y a plusieurs jurés hommes, non ?

— Oui.

— Jupe courte ou jupe longue ?

— Courte, mais pas trop.

41.

Sur son blog, le Juré masqué disait :

Brève journée au procès Klopeck-Krayoxx, pendant que la dream team *essayait de rassembler ses esprits. Selon la rumeur, l'avocat principal, l'honorable Wallis T. Figg, manquait à l'appel et son bleu d'acolyte a été lancé à sa recherche. Figg n'était pas au tribunal à 9 heures. Le juge Seawright a renvoyé le jury à la maison avec pour instruction de se présenter ce matin. Les bureaux de Finley & Figg étaient sur répondeur, les appels n'étaient pas retournés par le personnel du cabinet, si tant est qu'il y en ait. Figg a peut-être pris une cuite ? La question se pose, puisqu'il a été arrêté au moins deux fois pour conduite en état d'ivresse au cours des douze dernières années, la dernière fois pas plus tard que l'année dernière. Selon mes sources, Figg a divorcé quatre fois. J'ai réussi à parler à l'épouse numéro deux, et elle m'a confié que les rapports de Wally avec la bouteille ont toujours relevé du combat. Hier matin, lorsque j'ai joint à son domicile la plaignante, Iris Klopeck, laquelle est toujours soi-disant dans l'incapacité de se présenter à la barre, elle m'a répondu : « Ça ne m'étonne pas », après que je lui ai appris que son avocat était aux abonnés absents. Puis elle a raccroché. On a aperçu Bart Shaw dans la salle d'audience, avocat bien connu dont la spécialité est les procès pour faute professionnelle – selon la rumeur, il s'apprêterait à ramasser les débris de l'affaire Krayoxx pour attaquer Finley & Figg. Pour l'instant, en théorie du moins, le cas Klopeck tient toujours debout. Le jury n'a pas encore rendu son verdict. Restez branchés.*

David parcourut d'autres blogs en mâchant une barre de céréales pendant qu'il attendait Wally au bureau, même s'il pensait que les chances de le voir débarquer étaient minces. Il n'avait pas donné signe de vie – ni à Oscar, ni à Rochelle, ni à DeeAnna, ni à deux vieux potes avocats avec qui il jouait au poker autrefois. Oscar avait appelé une de ces connaissances au commissariat pour demander qu'on le recherche de manière officieuse, même si ni David ni lui ne pensaient qu'il lui était arrivé malheur. Selon Rochelle, une fois Wally avait disparu une semaine, puis il avait appelé Oscar d'un motel de Green Bay, totalement ivre. Depuis quelques jours, David entendait beaucoup d'histoires sur Wally-le-poivrot ; elles le laissaient éberlué car le Wally qu'il connaissait avait toujours été sobre.

Rochelle arriva de bonne heure et monta à l'étage, ce qui lui arrivait rarement. Elle s'inquiétait pour David et lui proposa son aide, si tant est que ce soit possible. Il la remercia et commença à glisser ses dossiers dans sa mallette. Elle donna à manger à CDA, prit son yaourt quotidien et était en train de ranger son bureau lorsqu'elle consulta ses courriels. Elle cria :

— David !

C'était Wally. Le courriel était daté du 26 octobre à 5 h 10 du matin et avait été envoyé depuis son i-Phone : « RG. Hé, je suis vivant. N'appelez pas la police et ne payez pas la rançon. WF. »

— Dieu merci ! s'écria Rochelle. Il va bien.

— Il ne dit pas qu'il va bien. Il dit juste qu'il est en vie. Je suppose que c'est déjà ça.

— Pourquoi il parle de rançon ?

— C'est probablement son sens de l'humour. Ha ha ha !

David appela le portable de Wally trois fois de suite depuis sa voiture en se rendant au tribunal. Sa boîte vocale était saturée.

Une belle femme attire bien plus l'attention dans une pièce remplie d'hommes sérieux en complet sombre qu'en déambulant dans une rue animée. Nadine Karros s'était servie de son physique comme d'une arme pour être admise dans l'élite des avocats de Chicago. Ce mercredi, elle avait une concurrente.

La nouvelle auxiliaire juridique de Finley & Figg arriva à 8 h 45. Comme convenu, elle se dirigea vers Me Karros et se présenta sous son nom de jeune fille, Helen Hancock, auxiliaire à temps partiel chez Finley & Figg. Puis elle serra la main de plusieurs autres avocats de la défense, ce qui eut pour effet de les obliger à interrompre ce qu'ils étaient en train de faire pour se lever gauchement.

Serre les mains, souris et sois gentille. Avec son mètre soixante et onze et ses talons de dix centimètres, Helen dépassait Nadine ; elle dominait également un certain nombre d'hommes. Ses yeux noisette et sa tenue élégante, pour ne pas parler de sa silhouette élancée et de sa jupe plutôt courte (quinze centimètres au-dessus du genou), perturbèrent un bref instant les rituels précédant l'audience. Le public presque exclusivement masculin la détailla de la tête aux pieds. Son mari, qui feignait de ne rien voir, lui indiqua du doigt une chaise derrière lui et lui lança d'un ton magistral :

— Passez-moi ces dossiers. – Puis, plus bas, il ajouta : – Tu es resplendissante, surtout ne me souris pas.

— Oui, patron, répondit Helen en ouvrant un porte-documents, un des nombreux modèles de la collection de David.

— Merci d'être là.

Une heure plus tôt, David avait envoyé un courriel au juge Seawright et à Nadine Karros pour leur annoncer que Me Figg avait donné de ses nouvelles mais resterait absent. Il ne savait ni où il résidait ni s'il avait l'intention de se montrer. Pour autant qu'il sache, Wally pouvait se trouver à Green Bay, dans un motel, comateux et imbibé d'alcool, mais il garda ses réflexions pour lui.

Le Dr Igor Borzov s'installa de nouveau dans le box, tel un lépreux sur le point d'être lapidé. Le juge annonça :

— Maître Karros, vous pouvez procéder au contre-interrogatoire.

Nadine se dirigea vers le pupitre. Sa tenue était encore plus élégante que les jours précédents – jupe moulante en maille lavande soulignant adroitement ses formes fermes et bien dessinées, avec une large ceinture en cuir marron, bien serrée autour de la taille comme pour annoncer crânement : « Oui, je fais du 36, et alors ? » Elle commença par décocher à l'expert un sourire charmant, puis le pria de veiller à s'exprimer lentement, car elle avait eu du mal à comprendre son témoignage. Borzov marmonna en réponse quelques mots incompréhensibles.

Il y avait tellement d'angles d'attaque possibles que personne n'aurait pu deviner par où elle commencerait. David n'avait pas eu le temps de préparer Borzov, mais il est vrai que la perspective de passer une minute de plus avec le bonhomme ne l'aurait guère enchanté.

— Monsieur Borzov, quand avez-vous reçu un patient en consultation pour la dernière fois ?

Après avoir réfléchi pendant un moment, il répondit :

— Il y a environ dix ans.

Cet aveu donna lieu à toute une série de questions sur la nature de ses activités au cours des dix dernières années. Il n'exerçait plus la médecine, n'enseignait pas non plus, ne se livrait à aucune recherche ni à aucune autre de ces activités dont les médecins sont habituellement coutumiers. Quand elle eut enfin fini son tour d'horizon, Nadine lui demanda :

— N'est-il pas vrai, monsieur Borzov, qu'au cours des dix dernières années vous avez exclusivement travaillé pour des avocats ?

Borzov se tassa un peu sur son siège. Il n'en était pas sûr.

Nadine, elle, l'était. Elle savait très exactement ce qu'il avait fait, grâce à la déposition de Borzov dans une autre affaire, un an plus tôt. Armée de ces détails, elle l'aida habilement à emprunter le chemin qui le mènerait à sa perte. Année après année, elle détailla tous les procès, les expertises médicales, les médicaments, les avocats. Lorsqu'elle eut fini, une heure plus tard, il était clair pour tous qu'Igor Borzov n'était qu'un mercenaire à la solde d'avocats spécialisés dans les actions collectives.

L'auxiliaire juridique de David lui passa une note : *Où avez-vous trouvé ce type ?*

David répondit : *Impressionnant, n'est-ce pas ? Et il ne prend que 75 000 dollars.*

— *Sortis de la poche de qui ?*

— *Vaut mieux pas que tu le saches.*

Bien évidemment, le fait de se trouver sur la sellette n'arrangeait pas la prononciation du Dr Borzov. Ou peut-être ne souhaitait-il pas être compris. Il devenait de plus en plus inintelligible. Nadine restait imperturbable, au point que David se demandait s'il lui arrivait jamais de manifester la moindre émotion. C'était une véritable leçon, administrée par un maître en la matière, et il prenait frénétiquement des notes, non pas pour voler au secours de son témoin, mais pour apprendre deux ou trois trucs sur les techniques de contre-interrogatoire.

Les jurés, eux, se moquaient éperdument de tout cela. Ils étaient dans les limbes et s'étaient mentalement absentés du procès en attendant le témoin suivant. Nadine s'en aperçut et entreprit d'élaguer sa liste de sujets litigieux. Vers 11 heures, le juge eut besoin de faire une pause-pipi ; il décréta une suspension d'audience de vingt minutes. Quand le jury se fut retiré, Borzov s'approcha de David.

— Combien de temps cela va-t-il durer ?
— Je n'en ai pas la moindre idée.

Le docteur était en nage, respirait difficilement et avait des taches de sueur sous les aisselles. *Désolé, mon vieux*, avait envie de lui balancer David. *Après tout, tu es payé pour ça.*

Pendant la pause, Nadine Karros et son équipe prirent la décision tactique de ne pas exiger de revoir l'échographie cardiaque de Percy. Borzov était dans les cordes, KO debout. L'analyse de l'échographie lui aurait peut-être permis de regagner un peu de crédibilité aux yeux du jury en le noyant sous un flot de termes médicaux. À la reprise, lorsque Borzov retourna lentement s'asseoir dans le box, Nadine s'en prit à sa formation, en insistant lourdement sur les différences entre les études médicales aux États-Unis et en Russie. Elle parcourut une liste de cours et de stages qui faisaient partie du cursus médical « ici » mais pas « là-bas ». Elle connaissait la réponse à la moindre question qu'elle posait, ce dont Borzov avait fini par s'apercevoir. Il hésitait de plus en plus à répondre franchement, car il savait que Nadine sauterait sur la moindre incohérence, la disséquerait et la lui renverrait à la figure.

Elle insista lourdement sur sa formation et réussit à lui faire perdre pied. Vers midi, les jurés, ou du moins ceux qui suivaient encore le massacre, avaient classé Borzov dans la catégorie des médecins à qui ils n'auraient pas fait confiance pour leur prescrire même un baume pour les lèvres.

Pourquoi n'avait-il jamais publié d'articles scientifiques ? Il prétendit que si, en russe, mais finit par reconnaître qu'ils n'avaient jamais été traduits. Pourquoi n'avoir jamais enseigné ni fait partie d'une faculté de médecine ? Il feignit ne jamais avoir été attiré par les salles de cours, mais la simple idée de Borzov en train de transmettre son savoir à un groupe d'étudiants était en soi ridicule.

Pendant le déjeuner, David et son auxiliaire sortirent du bâtiment et se réfugièrent dans une delicatessen au coin de la rue. Si Helen trouvait le spectacle fascinant, elle n'en revenait pas de la prestation pathétique de Borzov.

— Pour que les choses soient claires, déclara-t-elle en avalant une salade de saison, si on divorce, je prendrai Nadine.

— Ah bon ? Dans ce cas, je n'aurai d'autre choix que d'engager Wally Figg, s'il n'est pas bourré.

— T'es mort.

— Laisse tomber le divorce, mon ange, tu es trop mignonne et tu as enfin trouvé ta voie : auxiliaire juridique.

Helen redevint sérieuse.

— Écoute, je sais que tu as ton lot de soucis en ce moment, mais il faut penser à l'avenir. Que feras-tu si Oscar ne revient pas ? Si Wally continue à boire ? Et à supposer qu'ils reviennent, tu songes vraiment à continuer avec eux ?

— Je ne sais pas, je n'ai pas vraiment eu le temps d'y réfléchir.

Il ne lui avait rien révélé de la double menace des sanctions financières et des poursuites pour faute, et avait décidé de garder le silence sur le crédit de 200 000 dollars pour lequel il avait dû se porter caution solidaire avec ses associés. Il ne se voyait pas quitter le cabinet dans un avenir proche.

— Parlons-en plus tard, tu veux bien.

— Excuse-moi, chéri. C'est juste que tu vaux tellement mieux que tout ça.

— Merci, ma chérie. J'en déduis que mes talents de plaideur ne t'ont pas impressionnée ?

— Tu es brillant, mais je pense qu'après ce procès tu en auras ta claque.

— Au fait, Nadine Karros ne s'occupe pas de divorce.

— Eh bien, la question est réglée. Il va falloir que je te supporte.

À 13 h 30, Borzov se traîna jusqu'au box pour une ultime fois, et Nadine livra l'assaut final. Puisqu'il était un cardiologue sans patients, avait-elle raison de supposer qu'il n'avait jamais soigné Percy Klopeck ? C'était vrai. De toute façon M. Klopeck était mort depuis longtemps quand Borzov avait été engagé à titre d'expert. Dans ce cas, avait-il consulté les médecins qui s'étaient occupés de lui ? Non, reconnut Borzov, il ne les avait pas consultés. Feignant l'étonnement, Nadine revint plusieurs fois à la charge sur cette incroyable négligence. L'élocution de Borzov était de plus en plus ralentie, sa voix de plus en plus faible, son accent de plus en plus marqué. Pour finir, vers 14 h 45, Borzov sortit un mouchoir blanc de sa poche et l'agita en l'air.

Ce geste théâtral n'étant pas prévu par le code de procédure, David ne savait pas bien ce qu'il convenait de faire. Il se leva et déclara :

— Votre Honneur, je pense que le témoin en a assez.

— Ça ne va pas, monsieur Borzov ? s'enquit le juge Seawright.

La réponse allait de soi. Le témoin fit non de la tête.

— Je n'ai plus de questions, votre Honneur, dit Nadine, avant de s'éloigner du pupitre, une nouvelle descente de témoin à son actif.

— Maître Zinc, d'autres questions ?

La dernière chose que David avait envie de faire, c'était de tenter de ressusciter un témoin mort. Il s'empressa de répondre :

— Non, votre Honneur.

— Docteur Borzov, vous pouvez vous retirer.

Borzov s'éloigna en titubant, soutenu par un huissier, avec 75 000 dollars de plus sur son compte en banque et une flétrissure supplémentaire à son CV. Le juge décréta une suspension jusqu'à 15 h 30.

Le Dr Herbert Threadgill était un pharmacologue à la réputation douteuse. Comme Borzov, il coulait une fin de carrière heureuse loin des difficultés de la vraie médecine en rendant service à des avocats qui avaient besoin de son opinion notoirement modulable afin de l'accommoder à leur version des faits. Les deux témoins professionnels s'étaient croisés dans le passé, et ils se connaissaient bien. Threadgill avait hésité à se lancer dans l'affaire Klopeck pour trois raisons : les faits ne tenaient pas la route ; le risque de succès était faible ; il n'avait aucune envie de se retrouver face à Nadine Karros. S'il avait fini par accepter, c'était pour une seule et simple raison : les 50 000 dollars, défraiement non inclus, que sa prestation lui rapporterait pour quelques heures de travail.

Pendant la suspension de séance, il aperçut Borzov à l'extérieur du tribunal et fut terrifié par sa mine.

— N'y va pas, lui conseilla Borzov en se dirigeant péniblement vers les ascenseurs.

Threadgill se précipita dans les toilettes, s'aspergea le visage d'eau et prit la décision de déserter. Au diable cette affaire ! Les avocats pouvaient bien aller se faire voir, c'étaient des minus. Il avait été payé à l'avance, et s'ils le menaçaient, il rembourserait peut-être une partie de ses honoraires, peut-être pas. Dans une heure il serait dans un avion, dans trois heures il prendrait l'apéritif avec sa femme dans leur patio. Ce n'était pas un crime. On ne pouvait pas le forcer à témoigner. S'il le fallait, il ne remettrait plus jamais les pieds à Chicago.

À 16 heures, David retourna dans le cabinet du juge et annonça :

— Votre Honneur, je crois qu'on en a perdu un autre. Je n'arrive pas à mettre la main sur le Dr Threadgill, et il ne répond pas au téléphone.

— Quand lui avez-vous parlé la dernière fois ?

— Pendant le déjeuner. Il était prêt, c'est du moins ce qu'il m'a affirmé.

— Vous avez un autre témoin ? Enfin, un témoin qui ne se soit pas volatilisé ?

— Oui, votre Honneur, mon économiste, le Pr Kanya Meade.

— Alors faites-la s'asseoir dans le box, on verra bien si les brebis égarées retrouvent le chemin du troupeau.

Percy Klopeck avait travaillé pendant vingt ans au standard téléphonique d'une compagnie de fret. C'était un job sédentaire, et il ne faisait rien pour briser la monotonie casanière de ses huit heures de travail quotidiennes. Il gagnait 44 000 dollars par an au moment de sa mort et aurait pu espérer travailler pendant encore dix-sept ans.

Kanya Meade était une jeune économiste de l'université de Chicago, qui faisait des extra de temps à autre en tant qu'experte pour arrondir ses fins de mois – 15 000 dollars pour être exact dans l'affaire Klopeck. Les calculs étaient simples : 44 000 dollars par an pendant dix-sept ans, auxquels devraient s'ajouter les augmentations calculées d'après les courbes officielles annuelles, plus une retraite fondée sur une espérance de vie au-delà de soixante-cinq ans, à 70 % de son meilleur salaire. En un mot, selon l'avis expert de Kanya Meade, la mort de Percy avait privé sa famille de 1,51 million de dollars de revenus.

Puisqu'il était mort paisiblement dans son sommeil, il n'y aurait pas de demandes de réparation au titre du préjudice moral.

Pendant son contre-interrogatoire, Nadine Karros contesta les chiffres avancés par le Pr Meade concernant l'espérance de vie de Percy. Il était mort à quarante-huit ans, et les décès prématurés n'étaient pas rares dans sa famille, n'était-il donc pas irréaliste de supposer qu'il aurait vécu jusqu'à l'âge de soixante-cinq ans ? Nadine évita toutefois soigneusement de discuter de la question des dommages et intérêts. Cela n'aurait fait que crédibiliser les chiffres avancés. Pas un centime n'était dû aux Klopeck, et elle n'allait pas faire ce cadeau aux plaignants.

Lorsque le Pr Meade eut fini, à 17 h 20, le juge Seawright leva l'audience jusqu'à 9 heures le lendemain matin.

42.

Après une rude journée au tribunal, Helen n'était pas d'humeur à cuisiner. Elle avait récupéré Emma chez sa sœur, qu'elle avait vivement remerciée en promettant de tout lui raconter plus tard, puis elle s'était précipitée vers le fast-food le plus proche. Emma, qui dormait bien mieux en voiture que dans son propre berceau, sommeillait tranquillement pendant qu'Helen avançait lentement dans la queue du drive-in. Elle commanda plus de hamburgers-frites que d'habitude parce que David et elle étaient affamés. Il pleuvait et les journées raccourcissaient en cette fin octobre.

Helen se rendit ensuite chez les Khaing, près de Rogers Park. David était déjà là quand elle arriva. Leur plan était de dîner rapidement et de rentrer dès que possible à la maison pour se mettre au lit de bonne heure – la clé du stratagème étant bien sûr Emma. David n'avait plus de témoins à faire comparaître, et il se demandait à quelle sauce Nadine Karros allait le manger. Dans un document soumis à la cour avant le procès, la défense avait établi une liste de vingt-sept experts, dont David avait lu les rapports jusqu'au dernier. Seule Nadine Karros savait cependant combien d'entre eux elle appellerait à témoigner, et dans quel ordre. David n'avait pas grand-chose d'autre à faire que rester assis, écouter, formuler une objection de temps à autre et passer des notes à sa jolie auxiliaire juridique pour donner l'impression qu'il suivait les débats. Selon un de ses camarades de Harvard, qui travaillait dans un important cabinet de Washington, il y avait fort à parier que la défense déposerait une requête en jugement sommaire, convaincrait Seawright que la plaignante n'avait pas pu établir que son cas avait le moindre fondement et se rendrait directement à la case arrivée, sans avoir à citer le moindre témoin.

— Ça pourrait être demain, avait-il expliqué à David depuis sa voiture coincée dans les embouteillages de Washington à un David dans la même situation à Chicago.

Depuis que Thuya était sorti de l'hôpital cinq mois plus tôt, les Zinc avaient manqué peu de dîners fast-food du mercredi soir. L'arrivée d'Emma avait brièvement interrompu le rituel, mais très vite ils l'avaient emmenée dans leurs visites. Les choses se déroulaient toujours de la même manière. Dès que Helen s'était garée devant leur maison, Lwin et Zaw, la mère et la grand-mère de Thuya, se précipitaient dehors pour accueillir le bébé. À l'intérieur, Lynn et Erinn, les deux sœurs aînées de Thuya, restaient assises sur le canapé du séjour en attendant de pouvoir jouer avec Emma. Helen leur confiait la petite, et les filles, ainsi que leur mère et leur grand-mère, papotaient en poussant des gloussements, comme si c'était la première fois de leur vie qu'elles voyaient un nouveau-né. Emma passait de l'une à l'autre avec la plus grande douceur. Cela pouvait durer un bon moment. En attendant, les hommes mouraient de faim.

Thuya, qui observait la scène depuis sa chaise haute, avait l'air content. Semaine après semaine, David et Helen espéraient constater des signes d'amélioration, et chaque fois ils étaient déçus. Comme l'avaient pronostiqué les médecins, les perspectives de progrès restaient minces. Les dégâts étaient irréversibles.

David s'assit à côté de Thuya, lui caressa la tête comme il le faisait toujours et lui tendit une frite. Il discutait avec Soe et Lu, tandis que les femmes s'agitaient autour du bébé. Finalement, les Khaing passèrent à table, ravis d'avoir David et Helen à dîner. En règle générale, les jeunes parents préféraient éviter les hamburger-frites, mais ce soir-là, c'était différent. David leur expliqua qu'ils étaient pressés et n'auraient pas le temps d'emmener Thuya faire un tour.

Alors qu'il avait avalé la moitié d'un cheeseburger, le portable de David vibra dans sa poche. Il le regarda puis se leva en murmurant à Helen :

— C'est Wally.

Il sortit dans le couloir.

— Wally, où êtes-vous, Wally ?

D'une voix faible, presque agonisante, Wally répondit :

— Je suis soûl, David, tellement soûl.

— On s'en doutait. Où êtes-vous ?

— Tu dois m'aider, David, il n'y a plus que toi. Oscar refuse de me parler.

— Bien sûr, Wally, vous pouvez compter sur moi. Où êtes-vous ?

— Au bureau.

— J'arrive, je serai là dans trois quarts d'heure.

Allongé sur le sofa à côté de la table, Wally ronflait sous la surveillance sourcilleuse de CDA. On était mercredi soir. David calcula que Wally avait dû prendre sa dernière douche le lundi matin, quand le procès avait commencé, six jours après l'effondrement dramatique d'Oscar. Six jours aussi après le renvoi du premier jury à cause de sa gaffe légendaire. Pas de douche, pas de rasage, pas de vêtements propres – il portait le même costume bleu marine et la même chemise blanche que David lui avait vues la dernière fois. La cravate avait disparu. La chemise était tachée, la jambe droite du pantalon légèrement déchirée. Les semelles de ses richelieus neufs étaient toutes crottées. David lui donna une tape sur l'épaule et l'appela par son nom. Pas de réaction. Son visage était rouge et bouffi, mais ne présentait ni entailles, ni bleus, ni égratignures. Il avait peut-être réussi à ne pas se bagarrer dans un bar. David voulait savoir où il avait passé ces derniers jours, sans y tenir vraiment. Wally était sain et sauf. Il lui poserait des questions plus tard, à commencer par : « Comment êtes-vous arrivé jusqu'ici ? » Sa voiture n'était pas garée à l'arrière, ce qui était un vrai soulagement. Peut-être, dans l'état où il était, Wally avait-il eu la présence d'esprit de ne pas prendre le volant. D'un autre côté, sa voiture était peut-être accidentée, ou volée, ou confisquée.

David lui donna un coup de poing sur le biceps, hurla à 20 centimètres de sa tête. La respiration bruyante de Wally s'interrompit brièvement, puis reprit de plus belle. CDA gémissait. David lui ouvrit donc la porte pour qu'il aille faire ses besoins et mit la cafetière en marche. Il envoya un texto à Helen : *Bouré kom 1 salO ms en vi. Me 2manD ce ki va ariV mnt.* Il joignit Rochelle et lui annonça la nouvelle. Il appela le portable d'Oscar, mais tomba sur son répondeur.

Wally revint à lui une heure plus tard et but une tasse de café. Il ne cessait de répéter :

— Merci, David.

Puis il ajouta :

— Tu as appelé Lisa ?

— Qui est donc Lisa ?

— Ma femme. Il faut que tu l'appelles, David. Cet enfoiré d'Oscar ne veut pas me parler.

David décida de jouer le jeu :

— J'ai appelé Lisa.

— C'est vrai ? Et qu'est-ce qu'elle a dit ?

— Que vous n'étiez plus ensemble depuis deux ans.

— Ça lui ressemble bien.

Il contemplait ses pieds, l'air absent, ne voulant pas ou ne pouvant pas croiser le regard de David.

— Elle dit qu'elle vous aime quand même, ajouta David, incapable de s'en empêcher.

Wally se mit à pleurer, à propos de rien – ou de tout – comme pleurent souvent les alcooliques. David, quoique amusé par la situation, avait un peu honte.

— Je suis désolé, répéta Wally en s'essuyant le visage sur le bras. Je suis tellement désolé, David, merci. Oscar ne veut pas me parler, tu sais. Il se terre chez moi pour que sa femme ne lui mette pas le grappin dessus, il est en train de vider mon frigo. J'ai voulu rentrer, il avait mis le verrou de sécurité. On s'est engueulé, les voisins ont appelé les flics, j'ai dû partir avant qu'ils arrivent. J'ai dû fuir de mon propre appartement, comment est-ce possible ?

— Quand est-ce que ça s'est passé ?

— Je ne sais plus. Il y a une heure, peut-être. Je ne sais plus très bien où j'en suis en ce moment, question heures et jours, je ne sais pas bien pourquoi. Merci, David.

— Il n'y a pas de quoi. Écoutez, Wally, il faut qu'on se

décide. Je ne pense pas que vous pourrez retourner tout de suite chez vous. Si vous voulez dormir ici ce soir, le temps de cuver votre alcool, je peux prendre une chaise et vous tenir compagnie. CDA et moi, on sera à vos côtés.

— Il ne s'agit pas simplement de cuver mon vin, David. J'ai besoin d'aide.

— Je sais, Wally, mais c'est un premier pas important.

Soudain, Wally s'esclaffa. Il rejeta la tête en arrière et rit incroyablement fort. Il trembla, couina, se tourna et retourna, toussa, perdit son souffle, s'essuya le visage, et lorsqu'il n'en put plus, il s'assit et continua à rire doucement pendant plusieurs minutes. Quand il se calma, il regarda David et se remit à rigoler.

— Vous pouvez m'expliquer ce qu'il y a de si drôle ?

En retenant avec peine ses gloussements, Wally répondit :

— J'étais en train de penser au premier jour où tu t'es pointé, tu t'en souviens ?

— Oui, vaguement.

— Je n'avais jamais quelqu'un d'aussi bourré. Toute la journée dans un bar, c'est ça ?

— Oui.

— Ivre mort, et tu as failli en venir aux mains avec cette tête de lard de Gholston, de l'autre côté de la rue, t'étais sur le point de lui mettre un coup de poing dans la figure.

— C'est ce qu'on m'a raconté.

— Avec Oscar, on s'est regardé et on s'est dit : ce gars a du potentiel.

Il y eut une pause, comme s'il avait perdu le fil de ses pensées.

— Tu avais vomi deux fois. Donc, c'est qui le pochard dans l'histoire ?

— On va vous aider, Wally.

Il ne tremblait plus, et il resta silencieux un bon moment.

— Tu ne t'es jamais demandé ce qui t'avait pris de débarquer ici, David ? Tout roulait pour toi, grosse boîte, gros salaire, la vie d'avocat sur la voie express.

— Je ne regrette rien, Wally.

Et c'était vrai.

Il y eut une autre longue pause pendant laquelle Wally serra sa tasse dans ses mains en en contemplant le fond.

— Qu'est-ce que je vais devenir, David ? J'ai quarante-six ans, je n'ai pas un rond, j'ai été humilié, je suis un poivrot qui ne peut pas se tenir à carreau, un avocat à deux balles qui a voulu se la péter.

— Ce n'est pas le moment de penser à ça, Wally. Ce dont vous avez besoin, c'est d'un bon centre de cure pour purger votre système. Après, il sera temps de réfléchir.

— Je ne veux pas finir comme Oscar ! Il a dix-sept ans de plus que moi, et dans dix-sept ans je ne veux pas être en train de faire le même boulot de merde que je fais tous les jours, tu comprends ? Merci.

— De rien.

— Tu as envie d'être toujours là dans dix-sept ans ?

— Je n'y ai pas vraiment songé. J'essaie juste d'arriver au bout du procès.

— Quel procès ?

Il n'avait pas l'air de plaisanter, alors David n'insista pas.

— Vous étiez en cure l'année dernière, non ?

Wally grimaça tandis qu'il s'efforçait de se souvenir de sa dernière cure.

— Quel jour est-on ?

— Mercredi 26 octobre.

Wally hocha la tête.

— Oui, en octobre de l'année dernière. J'y ai passé un mois, ça m'a fait du bien.

— Comment s'appelait le centre ?

— Harbour House, au nord de Waukegan. C'est mon centre préféré. Pile sur le lac, merveilleux. On ferait bien d'appeler Patrick.

Il mit la main dans la poche intérieure de sa veste pour attraper son portefeuille.

— Qui est Patrick ?

— Mon thérapeute, répondit Wally en tendant à David une carte de visite sur laquelle était écrit : *Harbour House, pour un nouveau départ dans la vie. Patrick Hale, chef d'équipe.* On peut l'appeler à n'importe quelle heure du jour ou de la nuit, ça fait partie de son job.

David laissa un message sur le répondeur de Patrick, expliquant qu'il était un ami de Wally Figg et qu'il fallait impérativement qu'il lui parle. Quelques instants plus tard, le portable de David vibra. C'était Patrick, vraiment désolé d'apprendre la mauvaise nouvelle, mais prêt à aider Wally immédiatement.

— Ne le lâchez pas, amenez-le-moi tout de suite. Je vous attends à Harbour House dans une heure.

— Allez, mon grand, on y va, dit David en attrapant Wally par le bras.

Il se releva, parvint à trouver son équilibre, et ils marchèrent bras dessus bras dessous jusqu'au 4 × 4 de David. Quand David rejoignit l'autoroute I-94 Nord et accéléra, Wally ronflait de nouveau.

Grâce à son GPS, David n'eut pas de mal à trouver Harbour House, une heure après avoir quitté le bureau. C'était un petit centre de cure privé abrité dans les bois au nord de Waukegan, dans l'Illinois. David ne parvint pas à réveiller Wally, alors il le laissa dans la voiture et pénétra dans l'établissement, où Patrick Hale l'attendait à la réception. Ce dernier envoya deux aides-soignants en blouse blanche récupérer Wally ; cinq minutes plus tard, ils entraient en poussant un brancard avec Wally, toujours inconscient, sanglé dessus. David suivit Patrick dans un petit bureau pour les formalités d'admission.

— Combien de fois Wally a-t-il été hospitalisé ici ? demanda David pour engager la conversation. Il a l'air de bien connaître l'endroit.

— Je n'ai pas le droit de vous le dire, hélas, c'est confidentiel, en tout cas en ce qui nous concerne.

À peine la porte du bureau refermée derrière eux, son sourire chaleureux s'était évaporé.

— Désolé.

Patrick feuilleta des papiers.

— Nous avons un petit souci avec le compte de Wally, monsieur Zinc, et je ne sais pas trop quoi faire. Lorsque Wally est sorti il y a un an, son assurance n'acceptait de couvrir que 1 000 dollars par jour pour son traitement ici. À cause de la qualité exceptionnelle de nos résultats, de notre personnel et de nos prestations, nous facturons 1 500 dollars par jour. Quand il est parti, Wally nous devait pas loin de 14 000 dollars.

Il a effectué quelques versements depuis, mais son compte est toujours débiteur de 11 000 dollars.

— Je ne suis pas responsable de ses frais médicaux ni du traitement de son alcoolisme. Je n'ai rien à voir avec son assurance.

— En ce cas, je crains de ne pouvoir le garder.

— Vous n'arrivez pas à gagner votre vie en facturant 1 000 dollars par jour ?

— Ne rentrons pas dans cette discussion, monsieur Zinc. Nos tarifs sont nos tarifs. Il y a soixante lits ici, et ils sont tous occupés.

— Wally a quarante-six ans. Pourquoi faut-il quelqu'un pour signer à sa place ?

— Normalement, ce n'est pas nécessaire, mais il ne règle pas ses factures.

Et ça, c'était avant le Krayoxx. Tu devrais voir son compte en banque aujourd'hui...

— Combien de temps pensez-vous le garder, cette fois ? s'informa David.

— Son assurance couvrira trente jours.

— Donc, il restera trente jours, quels que soient les progrès accomplis ? C'est l'assurance qui détermine tout, c'est ça ?

— C'est la triste réalité.

— C'est nul. Et si le patient a besoin de plus de temps ? Un de mes amis de lycée a sombré dans la cocaïne. Il a fait plusieurs fois des séjours de trente jours, ça n'a pas marché. En fin de compte, il lui a fallu toute une année dans un centre fermé pour décrocher et se remettre d'aplomb.

— Nous avons tous des histoires à raconter, monsieur Zinc.

— J'en suis sûr, acquiesça David en levant les mains au ciel. OK, monsieur Hale, comment fait-on ? Vous savez aussi bien que moi qu'il ne peut pas repartir ce soir parce qu'il est un danger pour lui et pour les autres.

— On peut effacer son ardoise, mais à l'avenir quelqu'un doit se porter garant pour la partie non couverte par son assurance.

— Cinq cents dollars par jour, c'est ça. Pas un centime de plus ?

— C'est exact.

David sortit son portefeuille, en tira une carte de crédit et la jeta sur le bureau.

— Voici ma carte American Express. Je peux prendre en charge dix jours grand maximum. Je reviendrai le chercher dans dix jours, d'ici là j'aurai trouvé une autre solution.

Patrick nota rapidement le numéro de la carte et la lui rendit.

— Dix jours ne suffiront pas.

— Bien sûr que non. Et trente non plus, il l'a déjà démontré.

— La plupart des alcooliques s'y reprennent trois, quatre fois, avant de réussir – quand ils réussissent.

— Dix jours, monsieur Hale. Je n'ai pas beaucoup d'argent, et la pratique du droit avec Wally se révèle moins rentable que je ne l'espérais. J'ignore ce que vous faites ici, mais faites-le vite. Je reviendrai dans dix jours.

À l'approche de l'échangeur de l'autoroute Tri-State, un voyant rouge clignota sur son tableau de bord. Il n'avait presque plus d'essence. En trois jours, il n'avait pas regardé une fois sa jauge de réservoir.

Pleine de monde, crasseuse, la station-service avait bien besoin d'être rénovée. D'un côté il y avait une cafétéria, de l'autre une supérette. David fit le plein, paya avec sa carte de crédit et entra pour s'acheter une boisson. Il y avait une seule caisse et une file de clients qui attendaient, alors il prit son temps, choisit un Coca light et un sachet de cacahouètes. Il était en train de se diriger vers la caisse, quand il s'arrêta sur place.

Le présentoir devant lui était rempli de jouets et de babioles pour Halloween. Au milieu, bien exposée, se trouvait une boîte en plastique transparent contenant des... Dents de l'Enfer de toutes les couleurs. Il attrapa la boîte et regarda ce qui était écrit sur les étiquettes. *Made in China. Importé par Jouets Gunderson, Louisville, Kentucky.* Il embarqua les quatre paquets qui restaient, parce que c'était des preuves, bien sûr, mais aussi parce qu'il voulait retirer ces saloperies du marché avant qu'elles rendent malades d'autres enfants. La caissière le dévisagea d'un air étrange pendant qu'elle faisait le compte de ses achats. Il paya en espèces et retourna vers son 4×4. Il s'éloigna des pompes et se gara sous une lumière vive, à côté des grands semi-remorques.

Grâce à son iPhone, il rechercha sur Google les jouets Gunderson. La compagnie existait depuis quarante ans et avait été indépendante autrefois. Quatre ans plus tôt, elle avait été rachetée par Sonesta Games Inc, le troisième fabricant de jouets des États-Unis.

Il avait déjà un dossier sur Sonesta.

43.

Reuben Massey arriva après la tombée de la nuit, à bord d'un Gulfstream G650 appartenant à Varrick. Il atterrit à l'aéroport Midway, où il fut accueilli par un groupe de personnes qui l'enfourna à bord d'une Cadillac noire, modèle Escalades. Trente minutes plus tard, il pénétrait dans la Trust Tower et était propulsé par un ascenseur jusqu'au 101e étage, où Rogan Rothberg disposait d'une salle à manger privée, exclusivement réservée aux associés de plus haut rang et à leurs clients les plus importants. Nicholas Walker et Judy Beck l'y attendaient déjà, en compagnie de Nadine Karros et de Marvin Macklow, l'associé directeur général du cabinet. Un serveur en smoking blanc apporta des cocktails, pendant que tout le monde faisait connaissance et se mettait à l'aise. Reuben espérait depuis des mois approcher Nadine Karros. Il ne fut pas déçu. Elle déploya tout son charme, et dès le premier verre Reuben fut séduit. C'était un coureur, toujours à la recherche d'une conquête. Après tout, qui pouvait prévoir où mènerait cette nouvelle rencontre ? Toutefois, selon le rapport d'enquête qu'on lui avait préparé, elle était heureuse en ménage et n'avait d'autre centre d'intérêt que son travail. Pendant les dix mois où il avait côtoyé Nadine, Nick Walker n'avait constaté qu'une chose : un profond attachement à son professionnalisme. « Ça ne marchera pas », avait-il annoncé à son patron, au siège de la compagnie.

Pour satisfaire aux goûts de Reuben, on leur servit une salade de pâtes au homard. Voisin de table de Nadine, il buvait ses paroles. Il loua sans ambages sa gestion de l'affaire et du procès. Comme tous les convives, il attendait avec impatience un verdict crucial.

Lorsqu'ils eurent terminé le dessert, que la table fut débarrassée et les portes fermées, Nicholas attaqua :

— Nous sommes ici pour discuter, mais j'aimerais que Nadine nous explique d'abord comment elle perçoit la situation au tribunal.

Sans hésitation, elle se lança dans un compte rendu :

— La partie adverse n'a plus de témoins à faire comparaître. Si leur pharmacologue se présentait demain matin, il pourrait témoigner mais, selon nos informations, le Dr Threadgill se terre toujours chez lui, à Cincinnati. Donc, demain matin à 9 heures, l'accusation cédera la parole à la défense. Nous serons alors face à un choix. La première solution, la plus simple, serait de déposer une requête de jugement en référé. Le juge Seawright admet ce type de requête tant par écrit que par voie orale. Si nous choisissons cette option, nous ferons les deux. Je pense, et mon équipe partage mon avis, que le juge accédera immédiatement à notre demande. La plaignante n'a pas réussi à produire le moindre élément matériel en sa faveur et tout le monde, y compris les avocats de la partie civile, le sait. Le juge Seawright n'a jamais aimé cette affaire et, pour parler franchement, j'ai l'impression qu'il n'a qu'une envie : s'en débarrasser au plus vite.

— Comment a-t-il accueilli par le passé ce type de requête dans ce type de situation ? demanda Reuben.

— Il est le juge fédéral qui, en vingt ans, en a accordé le plus, à Chicago comme dans l'État de l'Illinois. Il ne supporte pas les affaires où il n'y a pas le moindre début de commencement de preuve.

— Je veux mon verdict quoi qu'il en soit, intima Reuben.

— Dans ce cas, il faut laisser tomber le jugement en référé et faire défiler nos témoins. Comme vous le savez, puisque c'est vous qui payez, ce ne sont pas les témoins qui manquent, et ils sont irréprochables. Mais j'ai l'impression que les jurés en ont déjà assez.

— C'est également mon avis, confirma Nick Walker, qui assistait au procès depuis le début. Je les soupçonne d'avoir commencé à délibérer malgré les mises en garde du juge.

Judy Beck ajouta :

— Nos consultants nous pressent d'en finir au plus vite, en tout cas avant le week-end. Le verdict est quasiment acquis.

Reuben sourit à Nadine.

— Et vous, maître, que nous conseillez-vous ?

— Pour moi, gagner, c'est gagner, quelle que soit la voie choisie. En cas de jugement en référé, il nous sera favorable. Si on décide de continuer, on risque toujours un accident imprévu. Mon conseil serait donc de choisir la simplicité, mais je comprends que l'enjeu puisse mériter mieux que la simple décision d'un juge.

— Combien d'affaires plaidez-vous par an ?

— Six en moyenne. Je ne peux en préparer davantage de manière sérieuse, quelle que soit la taille de mon équipe.

— Et vous n'en avez perdu aucune depuis combien de temps ?

— Onze ans. Soixante-quatre verdicts favorables d'affilée. Mais qui se donne encore la peine de les compter ?

Cette réplique suscita bien plus de rires qu'elle n'en méritait, chacun ayant besoin de se détendre.

— Avez-vous déjà été aussi sûre d'un jury et d'un verdict comme ceux de l'affaire qui nous concerne ? demanda Reuben.

Nadine but un peu de vin, réfléchit un moment, puis secoua la tête.

— Pas dans mon souvenir.

— Si on va au bout du procès, quelles chances avons-nous de gagner ?

Tous observaient Nadine pendant qu'elle buvait une autre gorgée de vin.

— Un avocat ne fait pas ce type de pronostic, monsieur Massey.

— Mais vous n'êtes pas un simple avocat, maître Karros.

— Quatre-vingt-quinze pour cent.

— Quatre-vingt-dix-neuf pour cent ! s'exclama Nick Walker en riant.

Reuben avala une gorgée de son troisième scotch, claqua les lèvres et déclara :

— Je tiens à mon verdict. Je veux que le jury délibère, même brièvement, et revienne dans cette salle d'audience avec un verdict favorable à Varrick Labs. Pour moi, ce verdict sera une réfutation, une vengeance, un châtiment, bien plus qu'une victoire. J'en ferai la une de la presse dans le monde entier. Nos communicants et nos publicitaires sont dans les starting-blocks. Koane, notre homme à Washington, m'assure qu'un verdict permettra à la FDA de sortir de l'impasse et de revenir sur sa décision. Nos avocats d'un bout à l'autre du pays sont persuadés que la horde des spécialistes en recours collectifs s'égaillera dans la nature, effrayée par un bon verdict. Je veux un verdict. Nadine, vous pouvez me l'obtenir ?

— Je viens de vous le dire, Reuben, avec quatre-vingt-quinze pour cent de chances.

— Alors la question est réglée. Pas de jugement en référé. On va les enterrer vivants, ces salopards.

44.

À 9 heures précises le jeudi matin, un huissier réclama l'attention des présents, et tous se levèrent pour l'entrée de l'honorable juge Harry Seawright. Lorsque le jury fut installé, il dit sèchement :

— Poursuivez, maître Zinc.

David se leva.

— Votre Honneur, nous cédons la parole.

Le juge n'était évidemment pas surpris.

— Avez-vous égaré d'autres témoins, maître Zinc ?

— Non, votre Honneur. Nous n'en avons tout simplement plus à citer à comparaître.

— Très bien. Maître Karros, peut-être souhaitez-vous déposer une requête ?

— Non, votre Honneur. Nous sommes prêts à continuer.

— Je m'en doutais. Appelez votre premier témoin.

David s'en doutait aussi. Il s'était fait plaisir en rêvant d'une fin rapide ce matin-là, mais Nadine et son client voulaient faire couler le sang, c'était clair. À partir de ce moment, il n'aurait plus qu'à écouter et à observer un authentique avocat plaideur à l'œuvre.

— La défense appelle à la barre le Dr Jesse Kindorf.

David jeta un coup d'œil aux jurés et vit plusieurs d'entre eux sourire. Ils allaient rencontrer une célébrité.

Jesse Kindorf avait été *surgeon general*[1] des États-Unis. Il avait

---

1. Nommé par le président des États-Unis, le *surgeon general* est le chef du service fédéral de santé publique et, à ce titre, le principal responsable, au niveau du gouvernement fédéral, des questions de santé.

occupé le poste pendant six ans et était brillant et controversé. Il s'en était pris sans relâche aux fabricants de cigarettes. Il avait tenu de grandes conférences de presse, au cours desquelles il avait dénoncé la composition en matières grasses de produits alimentaires de base. Il avait prononcé des sanctions cinglantes contre certaines des enseignes les plus importantes de l'industrie agro-alimentaire, les accusant de ne pas se soucier de la qualité des aliments qu'ils mettaient sur le marché. Plusieurs fois pendant qu'il était en fonction, il était parti en guerre contre le beurre, le fromage, les œufs, la viande rouge, le sucre, les boissons sucrées et alcoolisées, et il était resté dans les annales pour avoir suggéré l'interdiction du café. Il adorait les feux de la rampe, et grâce à sa belle gueule, son corps athlétique et son esprit incisif, il était devenu le *surgeon general* le plus célèbre de l'histoire du pays. Le fait qu'il passait aujourd'hui de l'autre côté de la barrière en témoignant pour une grande compagnie pharmaceutique était un signal clair envoyé aux jurés : il pensait que le Krayoxx était un bon médicament.

Il était en outre cardiologue et originaire de Chicago. Il s'installa dans le box, adressa un large sourire au jury, *son* jury. Nadine entama le processus fastidieux d'examen de son CV et de ses diplômes pour le faire accréditer en tant qu'expert. David se leva presque aussitôt.

— Votre Honneur, nous concédons volontiers que le Dr Kindorf est un expert dans le domaine de la cardiologie, dit-il.

Nadine se retourna avec un sourire.

— Nous vous en remercions.

— Et moi de même, maître Zinc, grogna le juge.

La substance du témoignage du Dr Kindorf était qu'il avait prescrit du Krayoxx à des milliers de patients au cours des dernières années, sans jamais constater le moindre effet indésirable. Le médicament s'était révélé efficace chez près de quatre-vingt-dix pour cent de ses patients. Il faisait chuter de manière spectaculaire le taux de cholestérol. Sa vieille mère de quatre-vingt-onze ans en prenait, ou du moins elle en avait pris jusqu'à son retrait du marché par la FDA.

L'auxiliaire juridique de David gribouilla un mot sur son bloc-notes et le passa à son chef : *À ton avis, combien il est payé ?*

David griffonna sa réponse comme s'ils étaient en train de discuter d'une faille gravissime dans le témoignage. *Un paquet.*

Nadine Karros et le Dr Kindorf se renvoyèrent la balle pendant un petit moment, sans le moindre accroc. Elle lui expédiait de beaux services par-dessus le filet, qu'il retournait sans difficulté du fond du court. Le jury avait presque envie d'applaudir.

Le juge Seawright demanda :

— Souhaitez-vous procéder à un contre-interrogatoire, maître Zinc ?

David se leva et répondit poliment :

— Non, votre Honneur.

Pour gagner les faveurs des jurés noirs, Nadine appela un certain Dr Thurston, un Noir élégant et distingué, avec une barbe grise soigneusement taillée et un beau costume coupé sur mesure. Le Dr Thurston, également originaire de Chicago, était le doyen d'une équipe de trente-cinq cardiologues et chirurgiens cardio-vasculaires. Pendant son temps libre, il enseignait à la faculté de médecine de l'université de Chicago. Pour ne pas faire traîner les choses, David annonça qu'il ne contesterait pas ses références. Le Dr Thurston et ses collègues avaient prescrit du Krayoxx à des dizaines de milliers de patients au cours des six dernières années, avec des résultats spectaculaires et sans effets indésirables. Selon lui, le médicament était parfaitement sûr, il allait même jusqu'à affirmer que le Krayoxx était un médicament miracle. Ses collègues et lui-même regrettaient amèrement de ne plus pouvoir en disposer. Oui, il le prescrirait de nouveau dès qu'il serait remis sur le marché. Mais le point le plus marquant de son témoignage fut lorsque le Dr Thurston confessa au jury qu'il avait pris lui-même du Krayoxx pendant quatre ans.

Afin de captiver l'attention de la jurée d'origine latino-américaine, la défense appela le Dr Roberta Seccero, cardiologue et chercheuse à la célèbre clinique Mayo, dans le Minnesota. David donna son feu vert à ses références et le Dr Seccoro, sans grande surprise, chanta comme un oiseau par une belle matinée de printemps. Ses patients étaient essentiellement des femmes, et le seul domaine dans lequel le médicament ne parvenait pas à agir, c'était la perte de poids. Aucune donnée statistique « à sa connaissance » ne semblait démontrer que les femmes qui prenaient du Krayoxx risquaient davantage d'avoir un infarctus ou un accident vasculaire que celles qui n'en prenaient pas. Avec ses confrères, ils avaient étudié cela de très près, et ils n'avaient pas de doute sur la question. En vingt-cinq ans d'exercice de la cardiologie, elle n'avait pas rencontré de médicament plus sûr et plus bénéfique.

Le tour de l'arc-en-ciel prit fin lorsque Me Karros appela un jeune médecin d'origine coréenne de la région de San Francisco qui, curieusement, ressemblait comme deux gouttes d'eau au juré numéro 19. Le Dr Pang chanta les louanges du Krayoxx et fit part de sa consternation parce qu'il avait été retiré du marché. Il l'avait prescrit à des centaines de patients avec des résultats remarquables.

David ne posa pas de questions au Dr Pang non plus. Il n'allait pas se chamailler avec cette brochette de sommités. À quel titre pouvait-il contester l'avis des meilleurs praticiens de la spécialité ? Il resta donc assis, et regarda régulièrement sa montre, qui avançait trop lentement à son goût.

Il ne faisait pas de doute que si l'un des jurés avait été d'origine lituanienne, Nadine aurait sorti de son chapeau de magicienne un expert avec un patronyme lituanien et un CV irréprochable.

Le cinquième témoin fut la directrice du département de cardiologie de la Feinberg School of Medicine de l'université Northwestern. Le témoignage du Dr Parkin n'était pas radicalement différent des autres. Elle avait été engagée pour étudier attentivement le dossier médical de Percy Klopeck. Elle était remontée jusqu'à l'âge de douze ans et avait inclus dans son étude ses frères, ses sœurs et ses parents, dans la mesure où ces données étaient disponibles. Elle avait également recueilli les témoignages de ses amis et collègues, du moins ceux qui s'étaient montrés disposés à coopérer. Au moment de sa mort, Percy prenait du Prinzide et du Levatol pour son hypertension, de l'insuline pour son diabète de type 2, de la Bexnine pour son arthrose, du Playix comme anticoagulant, du Colestid pour l'athérosclérose et du Krayoxx pour le cholestérol. Sa pilule du bonheur préférée était le Xanax, qu'il se procurait auprès de ses amis, volait à son épouse Iris ou achetait en ligne. Il en prenait tous les jours pour tenir le coup face aux stress de la vie avec « sa bonne femme », selon les termes d'un de ses collègues. De temps à autre, il avalait de la Fedamine, un anorexigène qui était censé réduire son appétit mais semblait avoir l'effet inverse. Il avait fumé pendant vingt ans et avait arrêté à l'âge de quarante et un ans grâce au Nicotrex, un chewing-gum à la nicotine qui était notoirement addictif. Il en mâchait constamment, jusqu'à trois paquets par jour. Selon des analyses de sang réalisées un an avant sa mort, son foie commençait à montrer des signes de fatigue. Percy adorait le gin, et des factures de carte de crédit obtenues par Me Karros montraient qu'il en achetait au moins trois bouteilles de soixante-quinze centilitres par semaine chez Bilbo Spirits, un magasin de spiritueux situé sur Stanton Avenue, à cinq blocs de chez lui. Il se sentait souvent mal le matin, se plaignait de maux de tête et avait toujours de gros flacons d'ibuprofène à portée de main.

Lorsque le Dr Parkin eut terminé son exposé détaillé des dépendances et de l'état de santé de Percy, on avait la nette impression qu'il eût été injuste de faire reposer le poids de sa mort sur un seul médicament. Puisqu'il n'y avait pas eu d'autopsie – Iris était trop perturbée pour y avoir pensé –, rien ne démontrait clairement qu'il était mort d'une crise cardiaque. Sa mort était peut-être due à un « arrêt respiratoire ».

Wally et Oscar s'étaient demandé s'il ne fallait pas faire exhumer Percy pour l'autopsier, mais Iris s'était mise en colère. En outre, l'exhumation, l'autopsie et le nouvel enterrement auraient coûté dans les 10 000 dollars, et Oscar avait refusé net de dépenser une telle somme.

Selon le Dr Parkin, Percy Klopeck était mort prématurément parce qu'il était génétiquement prédisposé à une mort précoce, prédisposition aggravée par son mode de vie. Elle estimait également qu'il était impossible de prédire l'effet cumulé de l'incroyable variété de médicaments qu'il consommait.

Pauvre Percy, pensa David. Il avait vécu une existence brève et sans grand intérêt et était mort paisiblement dans son sommeil, sans se douter un instant qu'un jour ses moindres habitudes et maladies seraient disséquées par des inconnus devant une cour de justice.

Le témoignage du Dr Parkin eut un effet dévastateur ; David ne se serait pas hasardé à en contester le moindre point au cours d'un contre-interrogatoire. À 12 h 30, le juge leva la séance jusqu'à 14 heures. David et Helen sortirent du tribunal et prirent ensemble un long et agréable déjeuner. David commanda une bouteille de vin blanc, et Helen, qui buvait rarement, accepta un verre. Ils portèrent un toast à la mémoire de Percy. *Que son âme repose en paix.*

Selon l'avis plutôt inexpérimenté de David, Nadine et la défense se prirent les pieds dans le tapis avec le premier témoin de l'après-midi. Il s'agissait du Dr Lichtfield, cardiologue et chirurgien cardio-vasculaire de la mondialement célèbre Cleveland Clinic, où il exerçait, enseignait et faisait de la recherche. Il lui incomba de soumettre les jurés à une pénible épreuve : l'analyse détaillée de la dernière échographie cardiaque de Percy, la même qui leur avait valu un KO technique aux mains du Dr Borzov. Consciente qu'un nouveau visionnage de cette séquence ne passerait pas bien, Nadine appuya sur l'accélérateur et choisit une version light du témoignage. Conclusion : la valve mitrale n'était pas atteinte, et le flux sanguin était normal. Le ventricule gauche n'était pas dilaté. Et si le patient était mort d'une crise cardiaque, il était impossible d'en connaître la cause.

Conclusion : Borzov était un idiot.

David eut une vision fugace de Wally, confortablement allongé sur son lit dans son pyjama ou sa robe de chambre, ou n'importe quelle autre tenue de rigueur à Harbour House, sobre, calme grâce à un sédatif, peut-être en train de lire ou tout simplement de regarder le lac Michigan par la fenêtre, à mille lieues du jeu de massacre de la salle d'audience 2314. Pourtant, tout était sa faute. Au cours des mois passés à faire le tour de Chicago, à visiter les salons funéraires minables, à distribuer des brochures dans des salles de sport et des fast-food, pas une fois il ne s'était penché sur la physiologie et la pharmacologie du Krayoxx et de ses prétendus méfaits. Il avait supposé, sans jamais s'interroger, que le Krayoxx était nocif et, poussé par des gros malins comme Jerry Alisandros et autres vedettes du barreau, il s'était joint au cortège et avait commencé à compter les billets. À présent qu'il se reposait dans son centre de désintoxication, pensait-il seulement au procès, à l'affaire dont Oscar et lui s'étaient déchargés sur David pendant qu'ils pansaient leurs plaies ? Ça m'étonnerait, décida David, que Wally s'inquiète pour le procès. Il avait d'autres soucis – l'alcool, la faillite, son travail, son cabinet.

Le témoin suivant était un professeur et chercheur de Harvard qui avait étudié le Krayoxx et publié l'article de référence sur le sujet dans le *New England Journal of Medicine*. David obtint quelques rires, lorsqu'il accepta sans discuter les qualifications du professeur.

— Votre Honneur, s'il est allé à Harvard, je suis sûr que ses diplômes sont impeccables, dit-il. Il est forcément brillant.

Heureusement, les jurés ignoraient que David était lui-même un ancien de Harvard ; sa plaisanterie aurait pu se retourner contre lui. À Chicago, on ne considère pas d'un très bon œil les anciens de Harvard qui plaisantent sur le fait d'être un ancien de Harvard. Son auxiliaire juridique lui passa une note : *Pas très malin*.

David ne répondit pas. Il était presque 16 heures, et il voulait juste rentrer. Le professeur était intarissable sur ses méthodes de recherche. Pas un juré ne prêtait attention à ce qu'il racontait. La plupart avaient l'air lobotomisés, totalement abrutis par cet exercice futile de responsabilité civique. Si c'était ça, le fondement de la démocratie, Dieu nous garde !

David se demandait s'ils avaient déjà commencé à délibérer. À chaque reprise d'audience, le matin et l'après-midi, le juge leur tenait le même discours sur les contacts à éviter avec l'extérieur, l'interdiction de lire des articles sur le procès dans les journaux ou sur Internet et l'impérieuse nécessité de ne pas discuter de l'affaire avant que toutes les preuves aient été présentées. Quantité d'études existaient sur le comportement des jurés, la dynamique de la prise de décision en groupe, etc., et il était admis que dans la plupart des cas les jurés ne pouvaient s'empêcher de blablater sur les avocats, les témoins et même le juge. Ils avaient tendance à se rapprocher, à se faire des amis, former des cliques et des camps, et à délibérer prématurément. Toutefois, cela se passait rarement au niveau du groupe. Le plus souvent, c'étaient des échanges informels, limités à quelques personnes qui s'efforçaient de rester discrètes.

David se déconnecta une nouvelle fois du témoignage de son collègue de Harvard et tourna quelques pages de son bloc-notes. Il reprit la rédaction de son projet de lettre :

Cher Monsieur X,
Je représente la famille de Thuya Khaing, le fils de deux immigrés clandestins birmans, âgé de cinq ans.
Du 20 novembre au 19 mai de cette année, Thuya a été hospitalisé à l'hôpital pour enfants Lakeshore de Chicago. Victime d'un empoisonnement par une dose quasi létale de plomb, il a dû être placé à plusieurs reprises sous assistance respiratoire. Selon les médecins – dont je vous joins un résumé des conclusions –, Thuya souffre aujourd'hui de lésions cérébrales sévères et permanentes. Bien que son espérance de vie soit estimée à quelques années à peine, il n'est pas exclu qu'il survive encore une vingtaine d'années. La source du plomb ingéré par Thuya est un jouet fabriqué en Chine et importé par les Jouets Gunderson, une de vos filiales. Il s'agit d'un déguisement pour Halloween appelé « Dents de l'Enfer ». Selon le Dr Biff Sandroni, un toxicologue que vous connaissez sans doute de réputation, ces fausses dents sont recouvertes de peintures de différentes couleurs chargées de plomb. Je joins à votre intention une copie du rapport du Dr Sandroni.
J'inclus également une copie de la plainte que je compte déposer dans un très proche avenir contre Sonesta Games devant la cour fédérale, à Chicago.
Si vous souhaitez discuter...

— Un contre-interrogatoire, maître Zinc ? interrompit le juge Seawright.

David se leva de nouveau.

— Pas de questions, votre Honneur.

— Très bien. Il est 17 h 15. Nous nous retrouverons à 9 heures demain matin, avec les mêmes instructions pour le jury.

Wally était en chaise roulante, vêtu d'un peignoir blanc en coton, et des chaussons en toile jetables cachaient à peine ses pieds potelés. Un aide-soignant le poussa dans la salle de visite, où David, debout devant une grande fenêtre, scrutait le lac Michigan plongé dans le noir. L'aide-soignant se retira, les laissant seuls.

— Pourquoi la chaise roulante ? demanda David en s'écroulant dans un fauteuil en cuir.

— Je suis sous calmants, répondit lentement Wally, d'une petite voix. Je dois prendre des cachets durant quelques jours pour, euh, aider le sevrage. Si j'essayais de marcher, je pourrais tomber, me fendre le crâne ou autre chose.

Cela faisait vingt-quatre heures qu'il était sorti d'une cuite de trois jours, et il n'avait toujours pas l'air net. Ses yeux étaient rouges et gonflés, son visage triste et abattu. Il avait besoin d'une coupe de cheveux.

— Le procès vous intéresse encore, Wally ?

Il y eut un blanc pendant que l'avocat digérait la question.

— Oui, bien sûr.

— Vraiment ? C'est sympa de votre part. Ça sera sans doute fini demain, avec moi tout seul de notre côté de la salle, soutenu seulement par ma charmante épouse qui fait semblant d'être mon assistante et en a déjà assez de voir son mari se faire botter le cul, tandis qu'une bande toujours plus importante de costumes sombres s'agite autour de la délicieuse Nadine Karros, laquelle, croyez-moi, est encore meilleure que ce qu'on raconte.

— Le juge n'a pas reporté le procès ?

— Pourquoi donc l'aurait-il fait, Wally ? Le reporter à quand, et pour quel motif ? À quoi cela nous aurait-il servi de disposer de trente ou soixante jours de délai de grâce ? À embaucher un avocat expérimenté pour plaider l'affaire ? J'imagine déjà la conversation : « Voici la situation : nous vous donnerons 100 000 dollars et la moitié de nos gains si vous voulez bien entrer dans ce tribunal avec le dossier le plus merdique au monde, un client hostile, un juge qui l'est encore plus et une partie adverse très talentueuse, disposant de ressources illimitées, dont le client est une des premiers laboratoires pharmaceutiques au monde. » Vous pensez pouvoir vendre ça à qui, Wally ?

— Tu es fâché, David ?

— Fâché ? Non, Wally, je ne suis pas fâché, j'ai juste besoin de râler, de pester, de lâcher un peu de pression.

— Ne te gêne surtout pas, dans ce cas.

— J'ai demandé un report, et Seawright me l'aurait peut-être accordé, mais à quoi bon ? Personne ne pouvait dire quand vous seriez de retour. Quant à Oscar, ce n'est même pas la peine de compter sur lui. On est tombés d'accord pour en finir au plus vite.

— Je suis désolé, David.

— Moi aussi. J'ai l'impression d'être un idiot, assis là, sans dossier, sans preuves, sans armes, sans rien qui me permettrait de me battre. C'est vraiment frustrant.

Wally rentra la tête dans les épaules comme s'il allait se mettre à pleurer. Au lieu de quoi, il marmonna :

— Je suis vraiment, vraiment désolé.

— OK, écoutez-moi, Wally, moi aussi je suis désolé. Je ne suis pas venu vous voir pour vous enfoncer, d'accord ? Je suis venu prendre de vos nouvelles. On s'inquiète pour vous, Rochelle, Oscar et moi. Vous êtes malade et on veut vous aider.

Wally leva des yeux pleins de larmes. Quand il parla, sa lèvre frémissait.

— Je ne peux pas continuer comme ça, David. Je pensais que j'en avais fini, je te le jure. Une année, deux semaines et deux jours, et puis il s'est passé quelque chose. On était au tribunal, lundi matin, j'étais totalement à cran, terrorisé, en réalité, et j'ai été submergé par une horrible envie de boire. Je me rappelle avoir pensé : *Allez, deux verres, pas plus. Deux petites bières, et puis j'arrête.* L'alcool est un menteur, un monstre. Pendant la pause-déjeuner, je me suis précipité dehors et j'ai trouvé un petit café qui servait de la bière. Je me suis assis à une table, j'ai commandé un sandwich, j'ai bu trois bières, et Dieu que c'était bon ! Je me sentais tellement mieux. De retour au tribunal, je me souviens m'être dit : *Je peux le faire, c'est possible. Je peux boire, ce n'est pas un problème. J'ai vaincu l'alcool.* Tu piges ? Je ne voyais pas le problème. Et regarde où j'en suis. De nouveau en cure, et terrifié.

— Où se trouve votre voiture, Wally ?

Il réfléchit un bon moment et finit par avouer :

— Je n'en ai pas la moindre idée. Je ne me souviens vraiment de rien.

— Ce n'est pas grave, on va la retrouver.

Wally s'essuya les joues du revers de la main, puis le nez sur sa manche.

— Je suis désolé, David, je pensais qu'on avait nos chances.

— On n'a jamais eu la moindre chance, Wally. Le Krayoxx est un médicament sans histoires. On s'est joint à une ruée qui n'allait nulle part, et quand on s'en est aperçu, c'était trop tard.

— Mais le procès n'est pas terminé, non ?

— Si, Wally, sauf que les avocats n'ont pas fini leur numéro. Demain, le jury aura le dernier mot.

Ils restèrent silencieux pendant plusieurs minutes. Les yeux de Wally reprirent vie ; il avait du mal à regarder David en face. À la fin, il lâcha dans un murmure :

— Merci d'être venu, David. Merci de t'être occupé de moi, et d'Oscar, et de Rochelle. J'espère que tu ne vas pas nous quitter.

— Ne parlons pas de ça maintenant. Remettez-vous sur pied, nettoyez-vous. Je reviendrai la semaine prochaine, on aura une autre réunion de cabinet et on verra quelles décisions il faut prendre.

— J'aimerais bien assister à ça, une réunion du cabinet.

45.

Emma avait eu une nuit difficile, et ses parents s'étaient relayés toutes les heures pour la bercer en la promenant dans leurs bras. Lorsqu'Helen avait passé le témoin avant de retourner se coucher vers 5 h 30, elle avait proclamé que sa carrière d'auxiliaire juridique était heureusement terminée. Elle avait adoré déjeuner avec David, mais pas le reste. En plus, son bébé était malade et elle devait s'en occuper. David avait réussi à calmer Emma grâce à un biberon, et pendant qu'il la nourrissait, il se connecta sur Internet. Jeudi après-midi, l'action de Varrick avait clôturé à 40 dollars. La remontée du cours était un signe supplémentaire de la mauvaise tournure qu'avait prise le procès Klopeck, ce qui d'ailleurs n'avait pas besoin d'être confirmé. Sa curiosité malsaine habituelle poussa David à lire ce qu'avait écrit le Juré masqué :

Dans ce qui est sans doute le procès le plus bancal de l'histoire de la jurisprudence américaine, tout va de mal en pis pour les héritiers du désormais très décrié Percy Klopeck. Tandis que la défense continue à passer au rouleau compresseur leur avocat aussi désemparé qu'incompétent, on en vient presque à avoir pitié de lui. Presque, mais pas tout à fait. La question que tout le monde se pose est : Comment cette affaire lamentable s'est-elle retrouvée devant un tribunal, comment a-t-elle réussi à ne pas être déboutée, comment a-t-elle pu échouer devant un jury ? Quel obscène gâchis de temps, d'argent et de talent ! Et quand je dis talent, je parle de la défense. Car s'il y a bien quelque chose dont les plaignants sont totalement dépourvus, c'est de talent, le pauvre David Zinc ayant adopté la stratégie la plus simple : devenir invisible. On ne l'a pas encore vu procéder à un seul contre-interrogatoire, on ne l'a pas encore vu soulever la moindre objection. Il n'a pas fait un seul geste pour aider son client. Il reste assis des heures durant, fait semblant de prendre des notes, échange des billets doux avec sa nouvelle auxiliaire juridique, une bombe en jupe courte qu'il a dû embaucher à cause de ses jambes pour essayer de détourner l'attention du fait que le dossier est vide et le demandeur incompétent. Le jury ne le sait pas, mais la nouvelle auxiliaire juridique n'est autre qu'Helen Zinc, l'épouse de l'idiot assis devant elle. Cette bimbo n'est absolument pas qualifiée pour assister son époux, ce qui en réalité convient assez bien aux clowns de chez Finley & Figg. De toute évidence, sa présence est une astuce visant à contrebalancer aux yeux des jurés mâles l'incroyable prestance de Nadine Karros, qui est à n'en pas douter la meilleure avocate que ce Juré masqué ait jamais vue plaider devant un tribunal. Espérons qu'on piquera enfin ce chien aujourd'hui. Et que le juge Seawright aura le courage d'infliger des sanctions dans cette affaire sans fondements sérieux.

David grimaça et serra involontairement Emma si fort qu'elle cessa brièvement de téter. Il referma son ordinateur portable et se maudit d'avoir jeté un coup d'œil au blog. *Plus jamais ça*, se jura-t-il, mais ce n'était pas la première fois.

Le verdict ne faisant plus de doute, Nadine Karros décida de pousser l'avantage. Vendredi matin, elle appela à la barre le Dr Mark Ulander, directeur scientifique et premier vice-président de Varrick Labs. Suivant un scénario préparé, ils posèrent rapidement les bases de son témoignage. Titulaire de trois diplômes universitaires différents, Ulander avait passé les vingt-deux dernières années à superviser la mise au point des nombreux médicaments produits par Varrick. Le Krayoxx était son plus grand motif de fierté. La compagnie avait dépensé plus de 4 milliards de dollars pour aboutir à sa mise sur le marché. Une équipe de trente scientifiques travaillait depuis huit ans pour le perfectionner, pour s'assurer qu'il induisait bien une baisse du taux de cholestérol sans faire courir de risques à la santé publique, et obtenir enfin l'agrément de la FDA. Il expliqua longuement les procédures strictes utilisées, non seulement pour le Krayoxx mais pour tous les excellents produits de Varrick. Avec chaque médicament qu'elle mettait sur le marché, c'était la réputation des laboratoires qui était en jeu, et cette réputation d'excellence était visible dans le moindre aspect de son activité de recherche. Adroitement guidé par Nadine, le Dr Ulander brossa le tableau imposant d'un effort concerté pour produire un médicament parfait : le Krayoxx.

N'ayant rien à perdre, David décida de tenter sa chance et se jeta dans la mêlée. Il commença son contre-interrogatoire en s'adressant au Dr Ulander :

— Je voudrais revenir sur les essais cliniques dont vous venez de nous parler.

La présence de David derrière le pupitre surprit les jurés. Bien qu'il soit à peine 10 h 15, ils s'apprêtaient à se retirer pour délibérer et rentrer chez eux.

— Où les essais cliniques se sont-ils déroulés ? demanda David.

— Pour le Krayoxx ?

— Non, pour l'aspirine. Oui, pour le Krayoxx, bien évidemment.

— Désolé, oui, bien sûr. Laissez-moi réfléchir. Comme je l'ai dit, les essais cliniques ont été très poussés.

— Nous sommes au courant, docteur Ulander. La question est assez simple. Où se sont déroulés les essais cliniques ?

— Oui, eh bien, les premiers essais ont été menés sur des groupes de sujets présentant un fort taux de cholestérol au Nicaragua et en Mongolie.

— Ne vous arrêtez pas. Où encore ?

— Au Kenya et au Cambodge.

— Varrick a-t-il investi 4 milliards de dollars dans le développement du Krayoxx pour en tirer des bénéfices au Kenya et en Mongolie ?

— Je ne peux pas répondre à cette question, maître. Je ne m'occupe pas de marketing.

— Admettons. Combien d'essais cliniques se sont déroulés aux États-Unis ?

— Aucun.

— Combien de médicaments de Varrick sont aujourd'hui au stade des essais cliniques ?

Nadine Karros se leva.

— Objection, votre Honneur. Quelle est la pertinence de la question ? Nous ne sommes pas là pour parler de médicaments autres que le Krayoxx.

Le juge Seawright hésita et se gratta le menton.

— Objection rejetée. Voyons où cela nous mène.

David ne savait pas très bien où cela le mènerait mais, enhardi par la petite victoire qu'il venait de remporter sur Me Karros, il enchaîna :

— Répondez à ma question, docteur Ulander. Combien de médicaments font aujourd'hui l'objet d'essais cliniques ?

— Une vingtaine. Je pourrais vous les nommer, si vous me laissez une ou deux minutes.

— Une vingtaine, ça me convient. Ne perdons pas notre temps. Combien d'argent Varrick Labs va-t-il dépenser cette année en essais cliniques pour tous ses médicaments en cours de développement ?

— Deux milliards de dollars, environ.

— L'année dernière, en 2010, quelle a été la part du chiffre d'affaires de Varrick Labs à l'exportation ?

Le Dr Ulander haussa les épaules, l'air perplexe.

— Je ne sais pas bien. Il faudrait que j'examine les comptes.

— Vous êtes bien un des vice-présidents de la compagnie, n'est-ce pas ? Et ce depuis seize ans, n'est-ce pas ?

— C'est exact.

David saisit un petit classeur, tourna les pages et dit :

— J'ai à la main le bilan du dernier exercice, et il y est écrit en toutes lettres que 82 % des ventes de Varrick concernent le marché américain. Vous connaissez ce document ?

— Bien évidemment.

Nadine Karros se leva de nouveau.

— Objection, votre Honneur. Les comptes de mon client n'ont pas à être évoqués au cours de ce procès.

— Rejetée. Les comptes de votre client sont publics.

Une autre petite victoire. Pour la deuxième fois, David goûta à l'excitation du prétoire.

— 82 %, cela vous paraît correct, docteur Ulander ?

— Si vous le dites.

— Ce n'est pas moi qui le dis. Ce chiffre se trouve ici, dans ce document officiel.

— D'accord, c'est bien 82 %.

— Je vous en remercie. Sur la vingtaine de médicaments que vous testez aujourd'hui, combien sont testés aux États-Unis ?

Le témoin grinça des dents, serra la mâchoire et répondit :

— Aucun.

— Aucun, répéta David avec emphase en se tournant vers le jury.

Un certain intérêt se lisait sur les visages de plusieurs jurés.

Il fit une pause de plusieurs secondes, puis reprit :

— Donc Varrick réalise 82 % de ses ventes dans notre pays, et pourtant il teste ses médicaments dans des pays tels que le Nicaragua, le Cambodge et la Mongolie. Pourquoi donc, docteur Ulander ?

— C'est très simple, maître Zinc. Dans notre pays, les réglementations étouffent la recherche et le développement de nouveaux médicaments, de nouveaux appareils et de nouvelles procédures.

— Épatant ! Donc, selon vous, c'est le gouvernement qui est responsable du fait que vous testez vos médicaments sur les populations de pays lointains ?

Me Karros était déjà debout.

— Objection, votre Honneur. Mon confrère déforme les propos du témoin.

— Rejetée. Le jury a entendu ce qu'a dit le témoin. Poursuivez, maître Zinc.

— Merci, votre Honneur. Vous pouvez répondre à ma question, docteur Ulander.

— Je suis désolé, quelle était la question ?

— Avez-vous bien dit que, selon vous, la raison pour laquelle votre compagnie conduit ses essais cliniques à l'étranger est qu'il existe trop de règlements dans notre pays ?

— Oui, c'est bien la raison.

— N'est-ce pas plutôt pour éviter les risques de procès lorsque les choses tournent mal que Varrick conduit ses tests à l'étranger ?

— Absolument pas.

— Il n'est donc pas vrai que, si Varrick procède à ses essais dans des pays en voie de développement, c'est parce qu'ils n'y sont pas réglementés ?

— Non, ce n'est pas vrai.

— Il n'est donc pas vrai que Varrick teste ses médicaments dans des pays en voie de développement parce qu'il est bien plus facile d'y trouver des cobayes humains pour quelques dollars ?

Il y eut de l'agitation derrière David, à sa gauche, pendant que la horde de la défense réagissait. M⁰ Karros se leva d'un bond et dit fermement :

— Objection, votre Honneur.

— Formulez votre objection, maître.

Pour la première fois depuis le début de la semaine, Nadine dut chercher ses mots :

— Eh bien, pour commencer, je conteste cette ligne d'interrogatoire pour manque de pertinence. Ce que mon client fait pour ses autres médicaments est sans pertinence dans cette affaire.

— J'ai déjà rejeté cette objection, maître Karros.

— Et j'objecte à l'emploi par mon confrère de l'expression « cobayes humains ».

L'expression était en effet contestable, mais elle était aussi d'usage courant et semblait refléter assez fidèlement la situation. Le juge Seawright y réfléchit quelques instants, tous les regards fixés sur lui. David jeta un coup d'œil au jury et vit que certains jurés avaient un air amusé.

— Objection rejetée, poursuivez, maître Zinc.

— En 1998, étiez-vous en charge des recherches chez Varrick ?

— Comme j'ai eu l'occasion de le dire, j'exerce ces fonctions depuis vingt-deux ans, répondit le Dr Ulander.

— Merci. En 1998, Varrick effectuait-il des essais sur un médicament nommé Amoxitrol ?

Ulander lança un regard paniqué vers la table de la défense, où plusieurs avocats de Varrick manifestaient leur propre désarroi. M⁰ Karros se leva à nouveau d'un bond et lança avec force :

— Objection, votre Honneur ! Ce médicament n'a pas à être évoqué ici. Son histoire est sans la moindre pertinence.

— Maître Zinc ?

— Votre Honneur, l'histoire de ce médicament n'est pas jolie jolie, et je comprends pourquoi Varrick Labs préfère qu'on n'en parle pas.

— Pourquoi faudrait-il donc que nous en parlions ici, maître Zinc ?

— Eh bien, votre Honneur, il me semble que ce témoin a fait valoir avec force la réputation de sa société. Son témoignage a duré soixante-quatre minutes, et il a passé une grande partie de ce temps à s'efforcer de convaincre le jury que sa société accorde une grande importance à la sécurité de ses essais cliniques. Pour quelle raison ne pourrais-je pas revenir sur la question ? Cela me paraît tout à fait pertinent, et je suis sûr que le jury trouverait cela instructif.

— Votre Honneur, ce procès concerne un médicament nommé Krayoxx et rien d'autre, rétorqua du tac au tac Nadine Karros. Tout le reste, c'est de la pêche à la ligne.

— Mais, comme le fait remarquer à juste titre Me Zinc, c'est vous qui avez évoqué en premier la réputation de la société, maître Karros. Personne ne vous y obligeait, cependant vous avez ouvert la porte. Objection rejetée. Poursuivez, maître Zinc.

La porte était grande ouverte, la chasse à la réputation de Varrick aussi. David ne savait pas très bien comment il s'y était pris, mais c'était excitant. Disparus, ses doutes, évaporée, la peur qui le rongeait. Il était debout, seul dans la cour des grands, et il marquait des points. Ils allaient en avoir pour leur argent.

— Je vous ai posé une question au sujet de l'Amoxitrol, docteur Ulander. Vous voyez de quoi je veux parler, n'est-ce pas ?

— Tout à fait.

Avec un certain panache, David agita le bras en direction du jury.

— Eh bien, pouvez-vous nous en dire un mot ? À quoi servait ce médicament ?

Ulander s'enfonça de quelques centimètres dans son siège

et tourna de nouveau son regard vers la table de la défense dans l'espoir qu'on vole à son secours. Puis il commença à parler, sans enthousiasme, avec des phrases courtes.

— L'Amoxitrol était une pilule abortive.

Pour l'aider, David demanda :

— Il s'agissait bien d'une pilule abortive qui pouvait être prise jusqu'à un mois après la conception, une sorte de version élargie de la pilule du lendemain ? C'est bien cela, docteur ?

— En quelque sorte, oui.

— Votre réponse, c'est oui ou non ?

— Oui.

— La pilule dissolvait le fœtus, et ses restes étaient ensuite évacués avec les autres résidus corporels. C'est bien cela, docteur ?

— En simplifiant, oui, c'est ce qu'était censé faire le médicament.

Il y avait au moins sept catholiques dans le jury, David n'avait même pas besoin de les regarder pour deviner comment ces propos avaient été accueillis.

— Avez-vous effectué des essais cliniques sur l'Amoxitrol ?

— En effet.

— Où se sont déroulés ces essais ?

— En Afrique.

— Et où, en Afrique ?

Ulander leva les yeux au ciel et grimaça.

— Je ne peux pas, euh, vous savez, il faudrait que je vérifie.

David se dirigea lentement vers sa table, prit un classeur, l'ouvrit et revint vers le pupitre.

— Dans quels pays africains Varrick a-t-il mené ses essais cliniques pour la pilule abortive Amoxitrol ?

— Il y a l'Ouganda, j'en suis certain. Mais je ne peux pas...

— Ouganda, Botswana, Somalie. C'est exact ?

— Oui.

— Combien de femmes ont pris part aux essais ?

— Vous connaissez la réponse, maître Zinc ?

— Quatre cents. C'est exact, docteur ?

— Oui.

— Et combien Varrick a-t-il payé ces femmes africaines

enceintes pour mettre fin à leur grossesse grâce à votre pilule abortive ?

— Vous connaissez aussi la réponse, maître Zinc ?

— Cinquante dollars par fœtus, c'est exact, docteur Ulander ?

— Je suppose.

— Ne supposez pas, docteur, j'ai le rapport sous les yeux.

David tourna les pages, prit son temps, laissa la somme minable s'inscrire dans les têtes. Nadine Karros se leva une nouvelle fois.

— Votre Honneur, j'objecte. Le rapport dont se sert mon confrère ne fait pas partie des éléments matériels communiqués. Je ne le connais pas.

La réponse de David claqua :

— Oh, je suis sûr qu'elle le connaît, votre Honneur. Je pense que tous les gens qui comptent chez Varrick Labs connaissent ce rapport.

— De quel rapport s'agit-il, maître ?

— Il s'agit d'une enquête conduite en 2002 par l'Organisation mondiale de la santé. Ses chercheurs ont analysé la manière dont les principaux laboratoires pharmaceutiques se servent de cobayes humains dans les pays pauvres pour tester des médicaments qu'ils comptent vendre dans des pays riches.

Le juge leva les deux mains.

— Ça suffit. Si le rapport ne fait pas partie des éléments matériels communiqués à la partie adverse, vous ne pouvez pas vous en servir.

— Je ne demande pas qu'il soit inclus dans les éléments à charge, votre Honneur. Je le cite exclusivement aux fins de contester l'impartialité de ce témoin et la réputation de cette merveilleuse société.

David n'y allait pas avec le dos de la cuiller, mais que risquait-il ?

Le juge Seawright fronça les sourcils, se gratta de nouveau le menton. De toute évidence, il se tâtait :

— Maître Karros ?

— Votre Honneur, mon confrère choisit ce qui lui convient dans un rapport qui ne fait pas partie des éléments admis, rapport que le jury ne pourra pas consulter, à moins que mon confrère obtienne qu'il soit inclus dans les éléments admis.

Sous son calme apparent, elle bouillait visiblement.

— Maître Zinc, voici ce que je vous propose. Je vous autorise à utiliser le rapport pour contester l'impartialité du témoin, mais seulement dans la mesure où vous rapporterez l'information qui y est contenue en des termes précis, directs, et qui ne soient en rien orientés pour se conformer à votre propos. Me suis-je bien fait comprendre ?

— Tout à fait, votre Honneur Souhaitez-vous une copie du rapport ?

— Cela me serait utile.

David retourna vers sa table, prit deux autres classeurs, et pendant qu'il revenait vers le juge, il lança :

— J'ai aussi un exemplaire pour Varrick, mais je suis certain qu'ils ont déjà le rapport. Enfoui quelque part au fond d'un coffre.

— Gardez pour vous vos commentaires déplacés, maître ! aboya le juge.

— Je vous prie de m'excuser, votre Honneur.

Il remit un exemplaire au juge, puis en lança un négligemment sur la table devant Nadine Karros. Revenu au pupitre, il regarda ses notes, puis jeta un regard noir au Dr Ulander.

— Revenons à l'Amoxitrol, si vous le voulez bien, docteur. Pendant que votre société réalisait des tests sur ce médicament, vous êtes-vous inquiété de l'âge de ces jeunes femmes africaines enceintes ?

Pendant quelques secondes, Ulander fut incapable de parler. Il finit par marmonner :

— Je suis certain que nous y avons fait attention.

— Formidable. Et quel était l'âge limite pour participer à l'essai ? Quelles étaient donc les instructions de Varrick sur cette question ?

— Les sujets devaient avoir plus de dix-huit ans.

— Avez-vous lu ce rapport, docteur ?

Ulander lança un nouveau coup d'œil désespéré vers Nadine Karros qui, avec les autres membres de son équipe, avait rentré la tête dans les épaules et refusait de regarder qui que ce soit dans les yeux. À la fin, il répondit sans grande conviction :

— Non.

Le juré numéro 37, un homme âgé de cinquante et un ans, émit un son destiné à être entendu et qui sonnait vaguement comme « merde ! ».

— N'est-il pas vrai, docteur Ulander, que des filles enceintes âgées d'à peine quatorze ans ont pris de l'Amoxitrol ? Page 22, votre Honneur, dernier paragraphe, deuxième colonne.

Ulander resta muet.

Reuben Massey était assis à côté de Judy Beck, au premier rang, côté défense. En tant que vétéran des procès en action collective, il savait qu'il était essentiel d'afficher un air imperturbable. Mais son cœur battait furieusement, et il n'avait qu'une envie, se précipiter sur Nadine Karros pour lui passer les mains autour du cou. Comment en était-on arrivé là ? Comment avait-on pu non seulement entrebâiller la porte, mais l'ouvrir en grand ?

Varrick Labs aurait gagné les doigts dans le nez avec un jugement en référé. Lui-même aurait pu se trouver déjà dans son bureau, protégé par les murs du siège social, jouissant de sa victoire et tirant les ficelles pour remettre le Krayoxx sur le marché. Au lieu de quoi, il était le témoin impuissant d'une raclée infligée par un débutant à ses précieux laboratoires.

Le débutant poursuivit :

— Dites-moi, docteur Ulander, l'Amoxitrol a-t-il jamais été commercialisé ?

— Non.

— Il posait quelques problèmes, si je ne m'abuse ?

— En effet.

— Pourriez-vous me citer les effets secondaires ?

— Nausée, vertiges, maux de tête, évanouissements, mais la plupart des contraceptifs d'urgence ont des effets secondaires analogues.

— Je crois que vous avez oublié de mentionner les hémorragies abdominales, docteur. Je me trompe ?

— Non, il y avait des cas de saignements abdominaux. C'est la raison pour laquelle nous avons interrompu les essais.

— Dans une certaine précipitation, n'est-ce pas ? En réalité – encore une fois corrigez-moi si je me trompe – les essais ont été interrompus quatre-vingt-dix jours à peine après avoir commencé, n'est-ce pas ?

— Oui.

David fit une pause pour accentuer l'effet dramatique. Le silence régnait dans le tribunal. La question suivante fut la plus brutale :

— Dites-moi, docteur Ulander, sur les quatre cents femmes ayant participé à l'essai de Varrick, combien sont décédées suite à des hémorragies abdominales ?

Le témoin ôta ses lunettes et les posa sur ses genoux. Il se frotta les yeux, jeta un coup d'œil dans la direction de Reuben Massey, puis serra les dents et, regardant les jurés en face, répondit :

— Nous avons été informés de onze cas de décès.

David garda la tête penchée en avant un bon moment, puis retourna à sa table, y déposa un paquet de feuilles et en prit un autre à la place. Il ne savait pas jusqu'où il pourrait aller, mais il ne lâcherait pas prise tant qu'on ne lui en intimerait pas l'ordre. Il s'installa de nouveau au pupitre, arrangea ses papiers et reprit :

— Docteur, j'aimerais évoquer à présent certains autres médicaments de Varrick Labs qui, eux, ont bien été mis sur le marché.

Nadine Karros se leva d'un bond.

— Même objection, votre Honneur.

— Même décision, maître Karros.

— Dans ce cas, votre Honneur, pourrions-nous bénéficier d'une brève suspension de séance ?

Il était presque 11 heures. 10 h 30, le moment où le juge aimait faire sa pause pipi, avaient sonné depuis longtemps. Il se tourna vers David et dit :

— Combien de temps vous faut-il encore, maître ?

— Je ne sais pas trop, votre Honneur. J'ai une longue liste de médicaments nocifs.

— Rejoignez-moi dans mon cabinet pour en parler. En attendant, quinze minutes de suspension.

46.

Avec trois Noirs dans le jury, David prit la décision tactique de rester un peu plus longtemps en Afrique en compagnie du Dr Ulander. Pendant la suspension de séance, le juge Seawright avait décidé de l'autoriser à explorer le passé de trois autres médicaments, pas plus. « Je veux que le jury commence à délibérer cet après-midi », avait-il dit. Nadine Karros avait soulevé des objections, assez vivement parfois, mais le juge les avait rejetées.

On fit entrer les jurés, et le Dr Ulander reprit sa place dans le box des témoins. David s'adressa à lui :

— Docteur Ulander, vous souvenez-vous d'un médicament appelé Klervex ?

— Oui.

— Ce médicament était-il fabriqué et commercialisé par votre compagnie laboratoire ?

— Oui.

— Quand la FDA a-t-elle autorisé sa mise sur le marché ?

— Laissez-moi réfléchir. Au début 2005, je crois.

— Est-il toujours sur le marché ?

— Non.

— Quand a eu lieu son retrait ?

— Deux ans plus tard, je crois. En juin 2007, si mes souvenirs sont exacts.

— Votre compagnie a-t-elle pris la décision de son propre chef, ou celle-ci a-t-elle été imposée par la FDA ?

— La décision a été prise par la FDA.

— Corrigez-moi si je me trompe, mais au moment du

retrait, votre société a dû faire face à plusieurs milliers de plaintes concernant le Klervex, n'est-ce pas ?

— C'est exact.

— Pourriez-vous décrire le Klervex en des termes compréhensibles pour le profane ?

— C'était un antihypertenseur. Il était destiné à des patients souffrant d'hypertension artérielle.

— Ce médicament avait-il des effets secondaires indésirables ?

— Selon certains avocats, oui.

— Pas selon la FDA ? La FDA a retiré le médicament du marché pour faire plaisir aux avocats en question ?

David brandissait un autre rapport et il le secouait vaguement en parlant.

— Sans doute pas.

— Sans doute pas ? Vous connaissez ce rapport de la FDA, docteur Ulander, j'en suis sûr. N'est-il pas vrai que le Klervex a occasionné des migraines sévères, invalidantes même, chez des milliers d'utilisateurs ?

— C'est ce qu'a affirmé la FDA, oui.

— Vous contestez ses conclusions ?

— En effet, je les conteste.

— Avez-vous personnellement supervisé les essais cliniques du Klervex ?

— Je supervise avec mon équipe tous les essais concernant les produits de notre laboratoire, je pensais avoir répondu à cette question.

— Je vous prie sincèrement de m'excuser. Combien d'essais cliniques ont été menés sur le Klervex ?

— Au moins six.

— Et où ces essais cliniques se sont-ils déroulés ?

Ulander savait qu'il n'y avait pas d'échappatoire, alors il plongea tête baissée.

— Quatre en Afrique, un en Roumanie et un au Paraguay.

— En Afrique, combien de sujets ont-ils pris part aux essais ?

— Un millier de sujets environ par essai.

— Vous rappelez-vous de quels pays africains il s'agissait ?

— Pas précisément. Le Cameroun, le Kenya et peut-être le Nigeria. Je ne me souviens pas du quatrième.

— Les quatre essais ont-ils été conduits simultanément ?

— Globalement, oui. Sur une période de douze mois entre 2002 et 2003.

— N'est-il pas vrai, docteur, que vous avez su presque aussitôt, et je veux dire vous personnellement, qu'il y avait de sérieux problèmes avec ce médicament ?

— Qu'entendez-vous par « presque aussitôt » ?

David se dirigea vers sa pile de papiers, saisit un document et s'adressa au juge :

— Votre Honneur, j'aimerais ajouter aux éléments à charge ce mémorandum interne envoyé au Dr Ulander par une technicienne de Varrick nommée Darlene Amsworth, en date du 4 mai 2002.

— Montrez-moi nous ça, dit le juge.

Nadine Karros se leva.

— Votre Honneur, objection, pour non pertinence et absence de motif précis.

Le juge parcourut le mémorandum de deux feuillets. Il se tourna vers le Dr Ulander et lui demanda :

— Vous avez bien reçu ce mémorandum, docteur ?

— Oui, je l'ai bien reçu.

David intervint :

— Votre Honneur, ce mémo a été transmis aux avocats des plaignants dans l'affaire du Klervex par une source interne de Varrick Labs, il y a deux ans. Son authenticité a été établie à l'époque. Le Dr Ulander connaît bien ce mémo.

— Ça suffit, maître Zinc. J'accepte ce document.

David continua de creuser son sillon :

— Le mémo est daté du 4 mai 2002, c'est bien ça, docteur ?

— C'est bien ça.

— Donc, environ deux mois après le début des essais cliniques en Afrique, ce mémo arrive sur votre bureau. Pourriez-vous lire pour le jury le dernier paragraphe de la deuxième page ?

Visiblement, le témoin n'avait rien envie de lire du tout, néanmoins il chaussa ses lunettes et commença :

— « Les patients prennent du Klervex depuis six semaines, quarante milligrammes deux fois par jour. 72 % d'entre eux montrent une baisse de la tension artérielle, systolique et diastolique. Les effets secondaires sont inquiétants. Les patients se plaignent de vertiges, de nausées, de vomissements et beaucoup, environ 20 % d'entre eux, souffrent de maux de tête si invalidants qu'il a été nécessaire d'interrompre la prise du médicament. Après avoir comparé mes notes avec celles d'autres techniciens ici et à Nairobi, je suggère fortement de suspendre tous les essais concernant le Klervex. »

— Dites-nous, docteur Ulander, les essais ont-ils été suspendus ?

— Non.

— Disposiez-vous d'autres comptes rendus de terrain de la même eau ?

Ulander soupira, puis jeta un regard désespéré vers la table de la défense.

— J'ai des copies des autres rapports, docteur Ulander, au cas où vous auriez besoin que l'on vous rafraîchisse la mémoire, insista aimablement David.

— Oui, il y avait d'autres rapports, répondit Ulander.

— Cette technicienne, Darlene Amsworth, travaille-t-elle toujours chez Varrick ?

— Je ne le pense pas.

— Oui ou non, docteur ?

— Non, elle ne travaille plus chez Varrick.

— N'est-il pas vrai, docteur Ulander, qu'elle a été licenciée un mois après vous avoir transmis ce mémo concernant les méfaits du Klervex ?

— Je ne suis pas responsable de son licenciement.

— Varrick l'a pourtant bien licenciée, n'est-ce pas ?

— J'ignore dans quelles conditions exactement elle a quitté la société. Il se peut qu'elle ait démissionné.

David retourna une nouvelle fois à sa table et saisit un document épais. Il se tourna vers le juge.

— Votre Honneur, ceci est la déposition du Dr Ulander lors du procès Klervex, il y a deux ans. Puis-je m'en servir pour lui rafraîchir la mémoire ?

— Répondez à la question ! lança sèchement le juge au témoin. Cette employée a-t-elle été licenciée par Varrick un mois après vous avoir envoyé ce mémorandum ?

Surpris par la réprimande du juge, le Dr Ulander retrouva instantanément la mémoire.

— Oui, elle a bien été licenciée.

— Je vous remercie, dit le juge.

Se tournant à présent vers le jury, David reprit :

— Donc, en dépit de ces mises en garde provenant du terrain, Varrick Labs est allé de l'avant et a obtenu l'autorisation de la FDA en 2005. C'est bien cela, docteur Ulander ?

— Le médicament a été approuvé en 2005.

— Et une fois qu'il a été approuvé, Varrick a commercialisé agressivement le médicament dans notre pays, n'est-ce pas, docteur Ulander ?

— Je ne m'occupe pas du marketing.

— Mais vous siégez au conseil d'administration, n'est-ce pas ?

— En effet.

— Ensuite, le scandale a explosé. En 2005, au moins huit mille utilisateurs du Klervex ont porté plainte en raison de migraines sévères et autres effets secondaires indésirables, n'est-ce pas, docteur ?

— Je ne connais pas les chiffres.

— Ne chipotons pas, vous voulez bien, docteur ? Je vais essayer d'aller à l'essentiel. Votre compagnie a-t-elle jamais défendu son médicament devant un tribunal américain ?

— Une seule fois.

— En date de la semaine dernière, Varrick avait accepté d'indemniser plus de vingt-cinq mille utilisateurs du Klervex, n'est-ce pas, docteur ?

Nadine fut debout une nouvelle fois.

— Objection, votre Honneur ! Les règlements négociés dans d'autres affaires sont sans pertinence ici. Je pense que Me Zinc dépasse les bornes.

— J'en suis seul juge, maître Karros. Néanmoins j'accepte votre objection. Maître Zinc, interdiction d'évoquer d'autres règlements.

— Merci, votre Honneur. Docteur Ulander, vous souvenez-vous d'un autre médicament appelé Ruval ?

Ulander soupira de nouveau et se mit à contempler ses chaussures. David retourna à sa table, fouilla dans ses papiers et tira un autre paquet de mémos exhumés du panier à linge sale de Varrick. Il établit rapidement que 1) le Ruval était censé soulager les migraines mais avait pour effet inattendu de faire exploser la tension artérielle ; 2) il avait été testé sur des migraineux en Afrique et en Inde ; 3) Varrick était au courant des effets secondaires mais avait essayé d'enterrer l'information ; 4) au cours des procès qui avaient suivi, les avocats avaient révélé l'existence de mémos internes compromettants ; 5) la FDA avait fini par retirer le médicament du marché ; 6) Varrick faisait encore face à plusieurs actions collectives, mais pas une seule affaire n'avait été plaidée devant un tribunal.

À 13 heures, David décida d'arrêter. Impitoyable, il avait tenu le Dr Ulander sur le gril trois heures durant, sans que Nadine Karros trouve le moyen de riposter. Il avait marqué assez de points. Au début, les jurés avaient eu l'air d'apprécier de voir Varrick traîné dans la boue, mais à présent ils avaient l'air d'avoir envie de déjeuner, de délibérer et de rentrer chez eux.

— Le déjeuner sera bref, dit le juge. Soyez de retour à 14 heures.

David trouva un coin tranquille au bistrot du rez-de-chaussée. Il mangeait un sandwich en relisant ses notes, quand il sentit quelqu'un approcher. C'était Taylor Barkley, un avocat de chez Rogan, l'un des rares que David connaissait et qu'il avait salué de l'autre côté de la travée centrale.

— Tu as une minute ? dit ce dernier en prenant place sur une chaise.

— Bien sûr.

— Pas mal, le contre-interrogatoire. Nadine commet peu d'erreurs, mais là, c'était une belle boulette.

— Merci, répondit David, la bouche pleine.

Barkley regarda des deux côtés, comme s'ils étaient en train d'échanger des secrets importants.

— Tu as entendu parler du bloggeur qui se fait appeler le Juré masqué ?

David acquiesça d'un signe de tête. Barkley poursuivit :

— Nos informaticiens sont des as, ils ont réussi à le débusquer. Il est dans le public, trois rangs derrière toi, la trentaine, pull marin bleu, chemise blanche, crâne dégarni, lunettes, l'air coincé. Il s'appelle Aaron Deentz, il travaillait pour un cabinet du centre-ville, mais il s'est fait virer à cause de la récession. Aujourd'hui, il tient un blog et il essaie de se donner de l'importance. Il a du mal à retrouver un job.

— Pourquoi tu me racontes ça ?

— Il a le droit de blogger, le procès est public. La plupart du temps, il est inoffensif, mais il s'est permis de s'en prendre à ta femme. S'il s'agissait de moi, je lui en collerais une. J'ai pensé que ça pourrait t'intéresser. À la revoyure.

Sur ces mots, Barkley s'éloigna nonchalamment.

À 14 heures, Nadine Karros annonça :

— Votre Honneur, la défense est prête à conclure.

Ils en avaient discuté dans le cabinet du juge, et David ne fut pas surpris. Le juge Seawright ne perdit pas de temps.

— Maître Zinc, souhaitez-vous livrer votre plaidoirie finale ?

David n'avait aucune envie de demander au jury de montrer de la compassion pour sa cliente, Iris Klopeck, mais il eût été malvenu de ne pas le faire, dans la mesure où il avait assisté à toutes les audiences. De retour au pupitre, il commença par remercier les jurés pour leur patience. Puis il confessa que c'était son premier procès et que ce n'était pas lui qui aurait dû plaider. Les circonstances en avaient décidé autrement, et il s'en voulait de ne pas avoir pu faire mieux. Il montra un document au jury et expliqua que c'était « l'ordonnance préliminaire » du procès, une sorte de canevas sur lequel les deux parties se mettaient d'accord bien avant la sélection du jury. À la page trente-cinq se trouvait la liste des experts cités par la défense Il y en avait vingt-sept ! Ils étaient presque tous des docteurs « ès » quelque chose. Dieu merci, la défense ne les avait pas tous cités à témoigner, mais ils avaient bien été recrutés et payés. Pourquoi la défense avait-elle eu besoin d'appeler à la barre un tel nombre d'experts si généreusement rémunérés ? Peut-être parce que ses clients avaient quelque chose à cacher ? Pourquoi la défense avait-elle mobilisé un tel nombre d'avocats ? demanda David, balayant de la main la meute de Rogan Rothberg. Sa cliente, Iris Klopeck, ne pouvait s'offrir rien de tout cela. Les dés étaient pipés. La partie n'était pas équitable. Seul le jury pouvait rétablir l'équilibre.

Lorsqu'il s'éloigna du pupitre, il avait parlé moins de dix minutes. En retournant à sa table, il jeta un coup d'œil sur le public et accrocha le regard d'Aaron Deentz, le Juré masqué. David le fixa droit dans les yeux pendant quelques secondes, et Deentz baissa le nez.

La plaidoirie finale de Nadine Karros dura trente minutes. L'avocate réussit à replacer le Krayoxx au centre de l'attention, en faisant un peu oublier tous ces essais déplaisants dont avait parlé Me Zinc. Elle défendit vigoureusement son client et rappela au jury les nombreux médicaments, connus et appréciés, que les laboratoires Varrick avaient donnés au monde. Dont le Krayoxx, un médicament qui avait survécu à ce procès, puisque la plaignante n'avait pas réussi à établir qu'il présentait le moindre risque. Oui, Varrick et elle avaient peut-être aligné vingt-sept experts, mais là n'était pas la question. La chose importante, c'était les experts de la plaignante, c'était elle qui avait porté plainte, et c'était à elle d'apporter la preuve de ses accusations. Or elle avait échoué sur toute la ligne.

David était admiratif de la prestation de Nadine. Elle était subtile et habile. On percevait toute son expérience dans la manière dont elle se déplaçait, choisissait ses mots sans peine, dévisageait les jurés, leur souriait et leur manifestait sa confiance. À voir leurs visages, il ne faisait pas de doute que cette confiance était réciproque.

David déclina de répondre à Nadine, comme la loi le lui permettait. Le juge passa directement à la lecture des instructions à l'intention du jury, le moment le plus rasoir de tout procès. À 15 h 30 le jury sortit de la salle d'audience pour délibérer. David voulait s'éclipser, et il transporta un carton rempli de documents jusqu'à son 4 × 4, dans le parking. Dans l'ascenseur qui le ramenait au vingt-troisième étage, son portable se mit à vibrer. Le message texto disait : *Le jury a fini 2 DliBré*. Il sourit et murmura : « Ça n'a pas été long. »

Quand le silence régna dans la salle d'audience, un huissier fit entrer le jury. Le juré principal tendit le papier sur lequel était inscrit le verdict ; le greffier le remit au juge Seawright, qui le regarda et annonça :

— Le verdict semble être régulier.

On le rendit au juré principal, qui se leva et déclara :

— Nous, le jury, accordons gain de cause à la partie défenderesse, les laboratoires Varrick.

Il n'y eut pas de réactions dans la salle d'audience. Le juge procéda aux habituels rituels post-verdict et libéra les jurés. David n'avait aucune envie de traîner dans les parages pour endurer les habituelles félicitations hypocrites : « Bien joué », « Ce n'était pas évident », « Meilleure chance pour la prochaine fois ». Dès que le juge eut abaissé son maillet et levé l'audience, il ramassa sa lourde mallette et se précipita hors du tribunal. Devançant la cohue, il se dirigeait vers les ascenseurs au fond du couloir, quand il repéra un pull marin familier qui pénétrait dans les toilettes pour hommes. David le suivit. À l'intérieur, il n'y avait personne à part Aaron Deentz. David se lava les mains et patienta. Lorsque Deentz s'éloigna de l'urinoir, il se retourna et reconnut David. Celui-ci lui demanda :

— C'est bien vous, le Juré masqué, non ?

— Oui, et alors ? répondit Deentz sur un ton plein de morgue.

David arma son coup de poing et décocha un direct du droit qui atterrit pile sur la joue gauche bien charnue du Juré masqué, trop surpris pour réagir. Quelque chose craqua, et il poussa un grognement. David enchaîna un crochet rapide du gauche qui atterrit cette fois sur son nez.

— Ça t'apprendra à traiter ma femme de bimbo, connard ! lança-t-il, tandis que Deentz s'écroulait par terre.

En sortant des toilettes, il aperçut un attroupement au bout du couloir. Il trouva les escaliers, descendit à toute vitesse dans le hall du palais, se précipita vers le parking et s'enferma dans son 4 × 4 avant de reprendre son souffle et de se dire : *Espèce d'imbécile.*

David arriva tard dans l'après-midi au bureau, après avoir suivi un itinéraire tortueux. À sa grande surprise, Oscar était attablé et buvait un Coca avec Rochelle. Il avait l'air pâle et amaigri, mais il était souriant et se clamait en bonne forme.

Le médecin l'avait autorisé à passer deux heures par jour au bureau. Il prétendait avoir hâte de se remettre au travail.

David leur fit un résumé rapide du procès. Son imitation de l'accent russe de Borzov déclencha leur hilarité. Le cabinet avait été la cible de toutes les vannes, après tout, alors pourquoi ne pas rire d'eux-mêmes, puisqu'il étaient les premiers à s'être fait avoir ? Lorsque David décrivit ses efforts désespérés pour trouver le Dr Threadgill, ils rirent de plus belle. Ils ne parvenaient pas à croire qu'il avait mis Helen à contribution. Et quand il décrivit les visages des jurés pendant la vidéo d'Iris, Rochelle essuya ses larmes avec un mouchoir.

— Malgré ma brillante performance, il a fallu seulement dix-sept minutes aux jurés pour se mettre d'accord.

Après avoir bien rigolé, ils parlèrent de Wally, leur camarade tombé au combat. Ils évoquèrent les factures, le crédit, les sombres perspectives d'avenir. Oscar proposa de tout oublier jusqu'au lundi matin.

— On trouvera bien une solution.

David et Rochelle furent surpris de découvrir un Oscar plein d'amabilité et de gentillesse. Peut-être l'infarctus et l'opération avaient-ils adouci son caractère en lui donnant un avant-goût de sa propre mortalité ? Le vieil Oscar aurait maudit Figg et maugréé sur la ruine prochaine du cabinet, mais le nouvel Oscar semblait étrangement optimiste.

Après la conversation la plus agréable qu'il ait jamais eue au bureau, David annonça qu'il devait partir. Son auxiliaire juridique l'attendait à la maison avec un bon repas, mourant de curiosité sur ce qui s'était passé au tribunal.

47.

Pendant le week-end, David s'affaira dans la maison, fit les courses, promena Emma dans sa poussette à travers tout le quartier, lava et astiqua leurs deux voitures, tout en gardant un œil sur l'effervescence que la fin du procès et la grande victoire de Varrick avaient déclenchée sur Internet. Il y avait eu un bref article dans le *Sun Times* de samedi, mais pas un mot dans la *Tribune*. Les publications en ligne, en revanche, étaient agitées par les soubresauts du verdict. La machine à communiquer de Varrick tournait à plein régime, et l'issue du procès était présentée comme une réfutation définitive de tout ce qu'on avait raconté sur le Krayoxx. Le PDG, Reuben Massey, s'étalait partout, défendant son médicament, critiquant les plaintes, promettant d'écraser ces avocats « chasseurs d'ambulances » dans le moindre tribunal où ils oseraient mettre les pieds, louant la sagesse des jurés de Chicago et réclamant de nouvelles lois pour protéger d'innocentes grandes entreprises contre des procédures dénuées de tout fondement. Jerry Alisandros n'avait pas souhaité répondre. De fait, aucun des avocats mêlés à l'action collective contre Varrick ne voulait s'exprimer. « Pour la première fois depuis de longues années, ils ont décidé de la fermer », notait un journaliste.

L'appel du Dr Biff Sandroni arriva à 14 heures, le dimanche après-midi. Il avait reçu les échantillons de Dents de l'Enfer par FedEx le vendredi matin, à peu près au moment où David cuisinait le Dr Ulander. Biffoni avait promis de tester les échantillons immédiatement.

— Ils sont tous identiques, David, tous recouverts de la même peinture à base de plomb. Extrêmement toxiques. Votre plainte, c'est du gâteau. Je n'ai jamais rien vu de pareil.

— Quand pensez-vous avoir fini de rédiger le rapport ?

— Je vous l'envoie demain par courriel.

— Merci, Biff.

— Bonne chance !

Une heure plus tard, David et Helen attachèrent Emma dans son siège auto et prirent le chemin de Waukegan. Ils allaient rendre visite à Wally, et par la même occasion bébé allait faire un petit dodo.

Après quatre jours sans boire, Wally avait l'air reposé et n'avait qu'une envie, quitter Harbour House. David lui résuma le procès, en omettant les parties qui avaient fait rire Oscar et Rochelle le vendredi après-midi, parce qu'il n'avait aucune envie de se répéter et n'était pas d'humeur badine. Wally recommença à s'excuser à tort et à travers, jusqu'au moment où David le pria d'arrêter : « C'est fini, Wally, il faut tourner la page. » Ils discutèrent de la meilleure manière de se débarrasser de leurs clients Krayoxx et des problèmes que cela pourrait leur créer. Tant pis si les choses se gâtaient, leur décision était prise. Ils en avaient fini avec le Krayoxx et Varrick Labs.

— J'ai fait mon temps ici, dit Wally.

Ils étaient seuls, au bout d'un couloir. Helen était restée dans la voiture avec Emma, qui dormait.

— Que dit votre thérapeute ?

— J'en ai marre, de ce type. Écoute, David. J'ai rechuté à cause de la pression, c'est tout. Je considère que je suis sobre à nouveau. Je compte les jours. Je vais retourner aux Alcooliques Anonymes en priant pour ne plus rechuter. David, je n'aime pas être un alcoolique. On a du pain sur la planche, et j'ai l'intention de ne plus jamais boire.

Le compteur de Harbour House tournait à 500 dollars par jour, et David était le premier à vouloir que Wally sorte, mais il se demandait si une cure de dix jours était suffisante.

— Je vais parler à votre thérapeute – comment s'appelle-t-il, déjà ?

— Patrick Hale. Il m'en fait voir de toutes les couleurs, cette fois.

— C'est peut-être ce qu'il vous fallait, Wally.

— Arrête, David. Sors-moi d'ici. On s'est mis dans la merde, il n'y a personne d'autre que toi et moi, cette fois. Je ne pense pas qu'Oscar nous sera d'un grand secours.

Et pour cause ! Wally semblait avoir oublié que, depuis le début, Oscar ne voulait entendre parler ni du Krayoxx ni de recours collectif. Le merdier dans lequel ils se retrouvaient était le résultat exclusif du travail de Wallis T. Figg. Ils discutèrent un moment d'Oscar, de son divorce, de sa santé, de sa nouvelle petite amie, qui n'était pas si nouvelle que ça selon Wally, mais David préférait ne pas connaître les détails.

Au moment où David allait partir, Wally répéta sa supplique :

— Sors-moi d'ici. On a beaucoup trop de travail.

David le serra dans les bras, lui dit au revoir et sortit. Le « travail » auquel Wally ne cessait de faire allusion n'était autre que la tâche imposante consistant à se débarrasser d'environ quatre cents plaignants et autres clients mécontents, à balayer les restes du procès Klopeck, à régler une pile de factures impayées, le tout alors que leurs bureaux étaient hypothéqués à hauteur de 200 000 dollars. Au cours du dernier mois, les autres clients du cabinet s'étaient sentis délaissés ; un certain nombre les avaient d'ailleurs quittés. Quant aux appels de clients prospectifs, ils avaient chuté de manière dramatique.

David s'était demandé s'il ne valait pas mieux partir, s'établir à son compte ou chercher un autre cabinet de taille raisonnable. S'il partait, il emporterait avec lui le dossier Thuya Khaing, bien évidemment. Oscar et Wally n'en sauraient jamais rien. Si le dossier finissait par aboutir, David libellerait à l'ordre de Finley & Figg un chèque couvrant sa part de l'hypothèque sur la maison. Sauf qu'il n'aimait pas cette idée. Il avait quitté une firme sans jamais regarder en arrière. S'il recommençait, il aurait des regrets. En réalité, il ne se sentait pas capable d'abandonner Finley & Figg, alors que ses deux associés étaient malades et qu'une meute de clients mécontents frappait à la porte.

Lundi matin, les téléphones sonnaient sans interruption. Au début, Rochelle se débrouilla, puis elle annonça :

— C'est tous les gens du Krayoxx qui veulent savoir ce qui se passe.

— Débranchez le téléphone, répondit David, et le raffut cessa aussitôt.

L'ancien Oscar fit un come-back. Il s'enferma à double tour dans son bureau et s'occupa de la paperasse qui l'encombrait.

Vers 9 heures, David avait rédigé un modèle de lettre destinée aux quatre cents clients environ qui pensaient pouvoir attaquer Varrick.

Cher Madame, Monsieur,
La semaine dernière, notre cabinet poursuivait Varrick Labs devant un tribunal lors de la première action intentée contre le Krayoxx. Le procès ne s'est pas déroulé comme prévu, et nous avons perdu. Le jury a statué en faveur de Varrick. Au vu des éléments qui ont été avancés, il est clair à présent que toute poursuite supplémentaire contre cette société serait une mauvaise idée. Pour cette raison, nous avons décidé de nous retirer et de ne plus vous représenter. Vous avez le loisir, naturellement, de vous adresser à un autre avocat.
Pour information, Varrick a démontré de manière satisfaisante que le Krayoxx n'affecte pas les valves cardiaques, ni aucune autre partie du corps.
Sincèrement,
David Zinc
Avocat à la cour

Lorsque l'imprimante de Rochelle commença à cracher les lettres, David monta dans son bureau afin de se préparer à un nouveau combat devant un tribunal fédéral, ce qui était le dernier endroit où il avait envie de se rendre ce lundi matin. Il avait rédigé un premier jet de la plainte qu'il comptait déposer contre les jouets Sonesta et un brouillon du courrier qu'il allait adresser au juriste en chef de la société. Il travailla sur ces documents en attendant de recevoir le rapport de Sandroni par courriel.

À l'ouverture de la bourse, l'action de Varrick cotait 42,50 dollars, son cours le plus haut depuis plus de deux ans. David parcourut les sites et les blogs financiers ; tous bruissaient de spéculations sur l'avenir des plaintes contre le Krayoxx. Dans la mesure où David n'avait plus vraiment de rôle à jouer en la matière, son intérêt diminua rapidement.

Il fit une recherche sur le site particulièrement hermétique des tribunaux du comté de Cook – section plaintes et mandats – et ne trouva pas trace d'une éventuelle plainte pour voies de fait qui aurait été déposée par un certain Aaron Deentz. Samedi, le Juré masqué avait consacré son blog à la fin du procès Klopeck, mais n'avait pas précisé qu'il s'était fait casser la figure dans les toilettes du vingt-troisième étage du palais de justice.

Oscar avait un ami qui avait un ami qui travaillait dans la section des plaintes et mandats, et cet ami était censé garder l'œil ouvert au cas où Deentz porterait plainte. Oscar avait demandé à David, avec une admiration non dissimulée :

— Tu lui en as vraiment collé une ?

— Non, deux. Et ce n'était pas malin.

— Ne t'inquiète pas, ce sont de simples voies de fait. Je connais du monde.

Lorsque le rapport de Sandroni lui parvint, David le lut attentivement, et la conclusion le fit presque saliver :

Les taux de plomb présents dans la peinture utilisée pour recouvrir les jouets Dents de l'Enfer sont toxiques. Tout enfant, toute personne se servant de ce produit tel qu'il a été conçu, c'est-à-dire pour être inséré dans la bouche et recouvrir les dents, court le grave danger d'ingérer d'importantes quantités de peinture au plomb.

Au cas où il n'aurait pas été compris, Biffoni ajoutait :

En trente ans passées à rechercher des sources d'empoisonnement, essentiellement de l'empoisonnement au plomb, dans toute sorte de produits, je n'ai jamais rencontré d'objet conçu et réalisé de manière aussi irresponsable.

David fit une copie du rapport de six pages et le rangea dans une chemise qui contenait déjà des photos en couleur des Dents de l'Enfer de Thuya, ainsi que des photos des spécimens achetés la semaine précédente. Il y ajouta une copie de sa plainte et le rapport médical établi par les médecins de

Thuya. Dans une lettre courtoise mais ferme adressée à Dylan Kott, directeur du service juridique des jouets Sonesta, David offrait de discuter de l'affaire avant de déposer sa plainte. Il précisait toutefois que cette offre serait valable quatorze jours. La famille avait beaucoup souffert, souffrait encore, et avait droit à une réparation immédiate.

Lorsqu'il sortit pour déjeuner, il emporta la chemise et l'expédia par FedEx à Sonesta. Au cabinet, personne n'était au courant de ce qu'il était en train de combiner. Il avait indiqué comme adresse de correspondance son adresse personnelle, et le numéro de téléphone était celui de son portable.

À son retour, Oscar était sur le départ. La personne qui l'attendait dans une voiture était un petit bout de femme à l'origine ethnique incertaine. Au début, David pensa qu'elle était thaïlandaise, puis elle lui parut plutôt latino. Elle était très sympathique, ils échangèrent quelques mots sur le trottoir. Elle devait avoir vingt ans de moins qu'Oscar ; durant leur brève conversation, David eut la nette impression qu'ils se connaissaient déjà depuis un certain temps. Oscar, qui avait l'air fatigué après une matinée plutôt tranquille au bureau, se glissa dans la petite Honda, et ils s'éloignèrent.

— Qui était-ce ? demanda David à Rochelle, dès qu'il eut franchi la porte d'entrée.

— Je viens à peine de faire sa connaissance. Elle a un nom étrange que je n'ai pas bien saisi. Elle m'a dit qu'elle connaissait Oscar depuis trois ans.

— Je savais que Wally était coureur, mais Oscar ? Vous étiez au courant ?

Rochelle sourit.

— David, s'agissant de sexe et d'amour, plus rien ne me surprend.

Elle lui tendit un post-it rose.

— Tant qu'on y est, vous devriez appeler ce gars.

— Qui est-ce ?

— Goodloe Stamm. L'avocat de Paula.

— Je ne connais rien aux divorces, Rochelle.

Elle regarda autour d'elle avant de lancer :

— Vous voyez quelqu'un d'autre ? C'est le moment de vous y mettre, et vite.

Stamm attaqua bille en tête :

— Dommage, pour le procès, mais ça ne m'a pas vraiment surpris.

— Moi non plus, répliqua sèchement David. Que puis-je faire pour vous ?

— Tout d'abord, comment va Me Finley ?

— Bien. Sa crise cardiaque remonte à peine à quinze jours, mais il a quand même passé quelques heures au bureau ce matin, et il va de mieux en mieux. J'imagine que vous appelez pour savoir s'il y a quelque chose à attendre du procès Krayoxx, des honoraires à venir, par exemple ? La réponse est non. Croyez bien que nous en sommes les premiers désolés, pour nous, pour nos clients et également pour Mme Finley, bien sûr. Nous n'avons pas l'ombre d'une chance de toucher un centime là-dessus. Nous ne comptons pas faire appel. Nous sommes en train de notifier à nos clients Krayoxx que nous renonçons. Pour financer le procès, dont le coût s'élève pour nous à 180 000 dollars environ, nous avons dû hypothéquer nos bureaux. L'associé senior se remet d'une crise cardiaque et d'un pontage coronarien. L'associé junior est en congé maladie. Le cabinet est aujourd'hui dirigé par moi-même, aidé d'une assistante, d'ailleurs bien plus compétente que moi sur le plan juridique. Au cas où vous vous poseriez des questions sur le patrimoine de Me Finley, je peux vous assurer qu'il est fauché comme les blés. Si j'ai bien compris, il a offert à votre cliente de lui laisser la maison, les meubles, sa voiture, la moitié de l'argent déposé à la banque, moins de 5 000 dollars, en échange d'un divorce par consentement mutuel. Il veut en finir, maître. Je vous suggère d'accepter son offre avant qu'il change d'avis.

Stamm prit un moment pour digérer ces informations.

— Eh bien, votre franchise est rafraîchissante, répondit-il enfin.

— Tant mieux. Je n'en ai pas tout à fait terminé. Vous avez déposé plainte contre Oscar Finley au nom de votre client, Justin Bardall, incendiaire à ses heures, pour le malheureux incident au cours duquel il s'est fait tirer dessus. Selon mes informations, votre client retournera bientôt en prison pour sa tentative d'incendie. Comme je viens de vous le préciser, Me Finley est passablement fauché. Sa compagnie d'assurances refuse de l'indemniser, dans la mesure où les coups de feu étaient intentionnels et non accidentels. Donc, sans patrimoine et sans assurance, Me Finley est vraiment protégé contre tout jugement. Vous ne pourrez pas tirer un centime de lui. Votre plainte ne vaut pas un clou.

— Et vos bureaux ?

— Hypothéqués jusqu'à l'os. Écoutez, monsieur Stamm, vous n'obtiendrez pas un verdict favorable parce que votre client est un criminel récidiviste qui s'est fait prendre en flagrant délit. Pas sexy du tout aux yeux d'un jury. Mais admettons que vous ayez de la chance et obteniez un verdict, Me Finley se déclarerait en faillite personnelle dès le lendemain. Il est hors d'atteinte, vous pigez ?

— Je pense avoir compris.

— Nous n'avons rien, et nous ne cachons rien. Parlez donc à vos clients, Mme Finley et M. Bardall, et expliquez-leur la situation. J'aimerais pouvoir clore ces dossiers le plus vite possible.

— D'accord, d'accord, je vais faire de mon mieux.

48.

Une semaine passa sans nouvelles des jouets Sonesta. David surveillait le calendrier et l'horloge. Il s'efforçait de son mieux de ne pas se laisser aller à des rêves de règlement négocié rapidement. Il redoutait de devoir déposer une plainte contre une grosse société devant un tribunal fédéral. Il venait d'emprunter ce chemin-là, et il était semé d'embûches. Par moments, il avait l'impression d'être devenu le Wally d'autrefois – perdu dans des rêves d'argent facile.

Au cabinet, la vie reprit lentement son cours, au point qu'il avait l'impression d'être revenu aux jours anciens. Rochelle arrivait à 7 h 30 et profitait de ce moment de calme avec CDA. David la suivait, puis Wally, dont la voiture s'était retrouvée à la fourrière pendant sa période d'ivrognerie et n'avait pas été endommagée. Oscar déboulait vers 10 heures, déposé sur le pas de la porte par sa petite amie, cette dame charmante qui avait même réussi à séduire Rochelle. Dans le courant de la matinée, il y avait toujours un moment où Wally annonçait à ses collègues par exemple : « Douze jours sans boire. » Puis venait le treizième jour, et cetera. On le félicitait, on l'encourageait, et il était de nouveau fier de lui-même. Presque tous les soirs, il trouvait une réunion des AA qui se tenait quelque part en ville, et il s'y rendait.

Les clients mécontents du Krayoxx continuaient d'appeler, et Rochelle les passait à Wally ou à David. Les ex-clients étaient en général plutôt calmes, voire pathétiques, pas belliqueux du tout. Ils espéraient toucher de l'argent, tout s'était effondré, que s'était-il passé ? Les avocats se confondaient en excuses et faisaient porter la responsabilité du fiasco à une mystérieuse entité appelée « jury fédéral » qui avait tranché en faveur du médicament. Les avocats s'empressaient également de souligner qu'« il avait été établi au cours du procès » que le Krayoxx ne présentait aucun risque.

Autrement dit, votre plainte s'est évaporée, mais vous n'avez aucune crainte à avoir pour votre santé.

Cette même conversation avait lieu d'un bout à l'autre du pays, à mesure que des dizaines d'avocats de haut vol faisaient marche arrière. Un avocat de Phoenix déposa une requête pour faire annuler cinq plaintes concernant des clients prétendument victimes du Krayoxx. Cette requête rencontra une réponse fondée sur la Règle 11 du code de procédure fédérale, un coup sorti tout droit du manuel de Nadine Karros. Varrick Labs exigeait des sanctions contre les poursuites engagées sans motif sérieux, et ses comptes détaillés démontraient que cette petite plaisanterie lui avait coûté plus de 8 millions de dollars en honoraires d'avocats et autres. Les « chasseurs d'ambulance » battaient en retraite avec Varrick à leurs trousses. Les batailles autour de la Règle 11 dureraient des mois.

Dix jours après le verdict, la FDA leva l'interdiction du Krayoxx. Varrick inonda de nouveau le marché. Reuben Massey aurait bientôt renfloué ses caisses, et sa priorité était de taper à bras raccourcis sur ces avocats qui s'étaient permis de traîner dans la boue son médicament chéri.

Onze jours après le verdict, Aaron Deentz n'avait toujours pas donné signe de vie. Le Juré masqué avait interrompu son blog, sans fournir d'explication. David avait deux idées concernant d'éventuelles poursuites pour voies de fait. D'abord, si Deentz portait plainte, c'en serait fini de son anonymat. Comme beaucoup de bloggueurs, il y tenait énormément, car cela lui donnait la liberté de dire ce qu'il voulait. Le fait que David savait qui il était, comme il le lui avait précisé avant de lui mettre son poing dans la figure, l'avait certainement déstabilisé. Si Dentz portait plainte, il serait contraint de se présenter devant un juge et de reconnaître que le Juré masqué, c'était lui. S'il était vraiment au chômage et avait du mal à retrouver un emploi, son activité de bloggueur pouvait lui causer du tort. Au cours des deux dernières années, il avait raconté des choses odieuses sur les juges, les avocats et les cabinets juridiques. D'un autre côté, il s'était pris deux beaux coups de poing. David n'avait pas eu l'impression de lui avoir cassé quelque chose, mais il avait forcément fait des dégâts, même s'ils étaient passagers. Puisque Deentz était avocat, ça devait le démanger de traîner David en justice pour se venger.

David n'avait encore rien avoué à Helen de cette partie de l'histoire. Il savait que ça la contrarierait, qu'elle s'inquiéterait d'une arrestation et de poursuites possibles. Son intention était de lui en parler seulement si Deentz décidait de l'attaquer. En d'autres termes, il lui en parlerait plus tard – peut-être. Puis il eut une autre idée. Il n'y avait qu'un Aaron Deentz dans l'annuaire téléphonique, et un jour en fin d'après-midi il composa son numéro :

— Pourrais-je parler à Aaron Deentz, s'il vous plaît.

— Lui-même. Qui est à l'appareil ?

— David Zinc. Monsieur Deentz, je vous appelais pour m'excuser de la manière dont je me suis conduit avec vous après le verdict. J'étais en colère, j'ai agi sans discernement.

Il y eut un blanc.

— Vous m'avez fracturé la mâchoire.

David éprouva d'abord une certaine fierté de macho – il s'était servi de ses poings et avait fait mal – mais ce sentiment bravache se dissipa dès qu'il songea aux risques de plainte au civil pour voies de fait.

— Je suis vraiment, vraiment désolé. Je n'avais pas l'intention de vous fracturer quoi que ce soit, ni de vous faire du mal.

La question suivante de Deentz fut révélatrice.

— Comment avez-vous découvert mon identité ?

Il avait donc peur d'être démasqué. David répondit vaguement :

— J'ai un cousin fou d'ordinateurs. Ça lui a pris vingt-quatre heures. Vous ne devriez pas poster vos blogs tous les jours à la même heure. Encore désolé pour la mâchoire. Je suis disposé à prendre en charge tous vos frais médicaux.

Il avait fait cette offre parce qu'il n'avait pas le choix, même si l'idée de dépenser encore de l'argent lui faisait mal au cœur.

— C'est un deal que vous me proposez là, Zinc ?

— Bien sûr. Je prends en charge vos frais, et vous laissez tomber toute poursuite pour voies de fait ou en dédommagement.

— C'est une possibilité qui vous inquiète ?

— Pas vraiment. Si on en venait là, je ferais en sorte que le juge lise certains de vos commentaires. Je suis convaincu qu'il ne sera pas favorablement impressionné. Les juges détestent les blogs comme le vôtre. Le juge Seawright le suivait tous les jours, et ça le mettait hors de lui. Il redoutait qu'un juré tombe dessus, que cela influe sur le procès. Ses greffiers se sont mis en quatre pour découvrir qui était le Juré masqué.

David improvisait sur le tas, mais cette belle salade tenait la route.

— Vous avez dit qui je suis à quelqu'un ?

David n'arrivait pas à se décider : Deentz était-il timide, terrorisé, ou parlait-il ainsi à cause de sa mâchoire cassée ?

— Je n'en ai parlé à personne.

— Quand j'ai perdu mon job, j'ai perdu mon assurance médicale. J'en suis à 4 600 dollars de frais médicaux. Je dois porter des fils orthodontiques pendant un mois, je ne sais pas combien ça va encore me coûter.

— Je vous ai fait une offre. Vous l'acceptez ?

Il y eut une longue pause, puis :

— D'accord, d'accord.

— Il y a un dernier point, monsieur Deentz.

— Quoi donc ?

— Vous avez traité ma femme de bimbo.

— Oui, bon, j'ai eu tort. Votre femme est très séduisante.

— C'est vrai, et elle est aussi très intelligente.

— Je suis vraiment désolé.

— Moi de même.

La première victoire post-verdict de Wally fut l'aboutissement du divorce d'Oscar. Sans patrimoine, donc sans sujet de dispute, et puisque les deux parties voulaient à tout prix en finir, l'accord fut assez simple à rédiger, si tant est qu'il existe dans la réalité quelque chose qui ressemble à « un accord légal simple ». Lorsque Oscar et Wally apposèrent leurs signatures aux côtés de celles de Paula Finley et de Goodloe Stamm, Oscar les contempla un bon moment en souriant largement. Wally déposa l'accord au greffe du tribunal et une audience fut fixée à la mi-janvier.

Oscar insista pour fêter l'événement avec une bouteille de mousseux, sans alcool bien sûr. Le cabinet au complet se retrouva autour de la table pour une réunion informelle à la fin de la journée. Puisque le score de Wally était connu de tous les quatre – quinze jours sans boire –, on lui porta un toast en même temps qu'à Oscar Finley, célibataire fraîchement émoulu. On était le jeudi 10 novembre, et même si le petit cabinet croulait sous une montagne de dettes et manquait de clients, tous étaient décidés à jouir de l'instant présent. Blessés, humiliés, peut-être, mais toujours debout et vivants !

Au moment où il vidait son verre, le portable de David vibra dans sa poche. Il s'excusa et monta à l'étage.

Dylan Kott se présenta : il était le premier vice-président et directeur juridique des jouets Sonesta, poste qu'il occupait depuis de longues années. Il l'appelait depuis le siège social, à San Jacinto, en Californie. Il remercia David pour son courrier, courtois et raisonnable, et lui assura que le dossier avait été étudié de très près par la direction de l'entreprise, laquelle, pour dire les choses franchement, était « très préoccupée ». Il l'était également et suggéra :

— Monsieur Zinc, nous aimerions vous rencontrer, face à face.

— Et le but de cette rencontre serait de… ?

— D'envisager comment nous pourrions éviter un procès.

— Et la publicité négative qui l'accompagnerait ?

— Absolument. Nous fabriquons des jouets, monsieur Zinc. Notre image est d'une importance capitale pour nous.

— Très bien. Où et quand ?

— Nous avons des bureaux à Des Plaines, dans votre coin. Pourrions-nous nous retrouver là-bas lundi matin ?

— Oui, mais seulement s'il s'agit de discuter sérieusement d'une indemnisation. Si vous avez l'intention de tenter une arnaque minable, ne vous dérangez pas. Je tenterai ma chance devant un jury.

— Monsieur Zinc, je vous en prie, nous n'en sommes pas encore à échanger des menaces. Je vous assure que nous mesurons la gravité de la situation. Hélas, ce n'est pas la première fois que cela nous arrive. Je vous expliquerai tout cela lundi.

— Dans ce cas, entendu.

— Le tribunal a-t-il désigné un représentant légal pour cet enfant ?

— Oui, son père.

— Les parents pourraient-ils vous accompagner ?

— Je suis sûr que c'est possible. Pour quelle raison ?

— Carl LaPorte, notre PDG, voudrait les rencontrer pour leur présenter des excuses au nom de l'entreprise.

49.

L'établissement était planté au milieu d'un parc industriel, où des entrepôts et des bureaux se dressaient sur des hectares de terrain qui semblaient s'étendre à l'infini à partir de Des Plaines et de la banlieue de Chicago. Grâce à son GPS, David réussit à trouver le lieu sans difficulté, et en ce lundi matin à 10 heures il franchit avec Soe et Lwin Khaing l'entrée d'un immeuble de bureaux en brique rouge, accolé à un entrepôt impressionnant. Aussitôt ils furent conduits par un couloir dans une salle de conférences où du café, des jus de fruits et des pâtisseries les attendaient. Ils déclinèrent l'offre. L'estomac de David était un sac de nœuds et ses nerfs étaient à cran. Les Khaing, eux, étaient totalement subjugués.

Trois types bien sapés avec des têtes de cadres supérieurs pénétrèrent dans la pièce. Dylan Kott, directeur juridique, Carl LaPorte, PDG, et Wyatt Vinelli, directeur administratif et financier. On procéda rapidement aux présentations, puis Carl LaPorte pria tout le monde de s'asseoir et fit de son mieux pour détendre l'atmosphère. On leur offrit à nouveau du café, des jus de fruit et des pâtisseries. Non, merci. Lorsqu'il devint clair que les Khaing étaient trop intimidés pour parler de la pluie et du beau temps, LaPorte prit un air grave et s'adressa à eux :

— Commençons par le commencement, si vous le voulez bien. Je sais que votre petit garçon est gravement malade et que son état ne risque pas de s'améliorer de sitôt. J'ai moi-même un petit-fils de quatre ans, mon seul petit-enfant, et je ne peux pas imaginer ce que vous vivez. Au nom de ma société, les jouets Sonesta, j'assume l'entière responsabilité de ce qui est arrivé à votre fils. Nous ne fabriquons pas le produit en question, ces « Dents de l'Enfer », mais la petite maison qui les a importées de Chine nous appartient. Puisque c'est notre société, c'est notre responsabilité. Peut-être avez-vous des questions ?

Lwin et Soe secouèrent lentement la tête.

David était surpris. Au tribunal, les propos que Carl LaPorte venait de tenir eussent été pain bénit. Les excuses de la société auraient constitué des preuves à charge et auraient pesé lourd aux yeux du jury. Le fait qu'il assume ses responsabilités et le fasse sans détour était d'une grande importance pour deux raisons : d'abord, la société était sincère ; ensuite, cela signifiait qu'il n'y aurait pas de procès. La présence du PDG, du DAF et de leur directeur juridique montrait qu'ils étaient venus avec leur carnet de chèques.

LaPorte poursuivit :

— Rien de ce que je dirai ne vous rendra votre petit garçon. Je peux seulement vous répéter que nous sommes consternés et vous promettre que nous ferons tout ce qui est en notre pouvoir pour vous aider.

— Merci, répondit Soe, pendant que Lwin essuyait ses larmes.

Après une longue pause pendant laquelle LaPorte les dévisagea avec beaucoup de compassion, il reprit :

— Monsieur Zinc, puis-je proposer que les parents nous attendent dans une pièce voisine pendant que nous discutons ?

— Cela me paraît une excellente idée.

Un assistant surgi de nulle part conduisit les Khaing vers la porte. Une fois celle-ci refermée, LaPorte dit :

— Permettez-moi une ou deux suggestions. D'abord, mettons-nous à l'aise et détendons-nous un peu. On en a pour un bout de temps. Ensuite, appelons-nous par nos prénoms. Des objections, monsieur Zinc ?

— Absolument pas.

— Très bien. Nous sommes basés en Californie, notre culture d'entreprise est plutôt informelle.

Les vestes tombèrent, les cravates furent dénouées. Carl enchaîna :

— Comment proposez-vous de procéder, David ?

— C'est vous qui avez organisé cette réunion.

— En effet. Permettez-moi d'abord de vous donner quelques informations. Tout d'abord, comme vous le savez certainement, nous sommes le troisième fabricant de jouets des États-Unis. L'an dernier, notre chiffre d'affaires a dépassé les 3 milliards de dollars.

— Derrière Mattel et Hasbro, ajouta David poliment. J'ai lu votre bilan et toute une série d'autres documents. Je connais vos produits, votre histoire, vos chiffres, vos postes clés, vos effectifs, vos filiales, ainsi que votre stratégie à long terme. Je sais qui est votre assureur, mais bien évidemment j'ignore quel est le montant de votre couverture. Je suis heureux d'être ici, et suis disposé à discuter aussi longtemps que vous le souhaiterez. Je n'ai rien d'autre de prévu, et mes clients ont pris un jour de congé. Mais je pense que ce n'est pas la peine de traîner : nous savons pourquoi nous sommes ici.

Carl sourit et lança un regard à Dylan Kott et Wyatt Vitelli.

— Oui, on est tous très occupés, confirma-t-il, c'est clair. Vous vous êtes bien documenté, David, alors pourquoi ne pas nous dire ce que vous avez en tête ?

David glissa dans leur direction l'élément numéro un de son dossier et attaqua :

— Voici un récapitulatif des indemnisations accordées par des tribunaux à des enfants victimes de lésions cérébrales au cours des dix dernières années. Le premier verdict, rendu dans le New Jersey l'année dernière pour une affaire où un petit garçon de six ans avait ingéré du plomb en mâchouillant une figurine en plastique, était de 12 millions de dollars. L'affaire est en appel. Ou bien prenez le cas numéro 4 – un verdict de 9 millions dans le Minnesota, confirmé en appel l'année dernière. Mon père siège à la Cour suprême de l'État du Minnesota et il est plutôt réservé lorsqu'il s'agit de confirmer des jugements mettant en jeu des sommes importantes. Dans le cas présent, il a voté en faveur de la confirmation, comme l'ensemble de la Cour, unanime. C'était une autre histoire d'empoisonnement au plomb – un autre gamin, un autre jouet. Le cas numéro 7 concerne une petite fille de neuf ans qui a failli mourir noyée lorsque son pied s'est coincé dans la bonde d'évacuation de la piscine flambant neuve d'un country club de Springfield, dans l'Illinois. Il a fallu moins d'une heure au jury pour accorder 9 millions à la famille. Si vous voulez bien tourner la page à présent, je vous prie d'accorder votre attention au cas numéro 13. Un garçon de dix ans heurté par une pièce de métal projetée par une tondeuse à gazon dépourvue de protections. Il a subi de graves dommages au cerveau. L'affaire a été entendue devant un tribunal fédéral de Chicago, et le jury a accordé 5 millions pour le préjudice matériel et 20 millions pour le préjudice moral. En appel, le préjudice moral a été ramené à 5 millions. Je pense qu'il est inutile de passer en revue la totalité de ces cas, je suis certain que vous avez étudié la question.

— Il est bien clair, David, que nous ne souhaitons pas nous retrouver devant un jury ?

— Je le comprends. Mon but est simplement de souligner que cette affaire fait partie de celles qui vont droit au cœur d'un jury. Quand les jurés auront passé trois jours à regarder Thuya Khaing sanglé sur sa chaise, leur verdict pourrait être bien plus sévère que n'importe lequel de ceux que je viens de citer. C'est un facteur à prendre en compte dans notre négociation.

— J'ai saisi, répondit Carl. Que demandez-vous ?

— Eh bien, tout règlement comporte différents domaines d'indemnisation, certains sont assez faciles à évaluer, d'autres le sont moins. Commençons par le fardeau financier que constituent pour la famille l'entretien et le suivi de l'enfant. Aujourd'hui, cela leur coûte environ 600 dollars par mois en nourriture, médicaments et couches. Ce n'est pas grand-chose, mais pour eux c'est considérable. L'enfant a besoin d'une infirmière à temps partiel et d'un spécialiste en rééducation fonctionnelle à plein temps, au moins pour essayer de renforcer ses muscles et de rééduquer son cerveau.

— Quelle est son espérance de vie ? demanda Wyatt Vitelli.

— Personne n'est en mesure de le dire. Il y a trop de variables en jeu. Je ne l'ai pas estimée, parce qu'un docteur pronostiquera un an ou deux, quand, en off, un autre soutiendra qu'il peut atteindre l'âge adulte. J'ai interrogé toute sorte de médecins, aucun ne se hasarderait à prédire combien de temps il reste à vivre à Thuya. J'ai passé pas mal de temps en sa compagnie au cours des six derniers mois, et j'ai constaté des améliorations dans certaines fonctions, très légères, certes. Je pense que nous devons négocier comme s'il avait encore vingt ans à vivre.

Les trois hommes acquiescèrent rapidement de la tête.

— Les parents ne gagnent pas beaucoup d'argent. Ils habitent un modeste logement avec leurs deux autres filles, qui sont plus âgées. La famille a besoin d'une maison spacieuse, disposant d'une chambre spécialement aménagée pour les besoins particuliers de Thuya. Rien d'excessif, ce sont des gens simples, mais ça n'empêche pas de rêver.

À ce stade, David fit glisser vers ses interlocuteurs trois exemplaires du deuxième élément de son dossier, que ces derniers s'empressèrent de saisir. David respira un grand coup avant de poursuivre :

— Voici notre proposition de règlement. Tout d'abord, comme vous pouvez le constater, il y a les dommages spécifiques. L'élément numéro un couvre les frais que j'ai mentionnés, plus une infirmière à mi-temps, 30 000 dollars par an, plus la perte de salaire de la maman, 25 000 par an, car elle voudrait s'arrêter de travailler pour s'occuper du petit à la maison. J'ai également ajouté le coût d'une nouvelle voiture pour qu'ils puissent le transporter à ses séances de rééducation quotidiennes. J'ai arrondi ce montant à 100 000 dollars par an, sur vingt ans, soit un total de 2 millions. Aux taux d'intérêt actuels, une rente coûte environ 1,4 million. Le poste « rééducation » est une zone grise, car je ne sais pas aujourd'hui combien de temps celle-ci peut durer. Aux tarifs actuels, il faut compter un peu moins de 50 000 dollars par an. Sur vingt ans, cela revient à 700 000. Ensuite, il y a la question de la maison, dans un quartier agréable, avec de bonnes écoles, disons dans les 500 000. L'élément suivant concerne l'hôpital pour enfants de Lakeshore. Ce sont eux qui ont sauvé Thuya, et la famille n'a rien eu à payer, néanmoins je pense qu'il faut leur régler la note. L'hôpital n'a pas voulu me fournir d'estimation. Pour ma part, je l'évalue à 600 000 dollars.

David en était déjà à 3,2 millions, et aucun de ses interlocuteurs n'avait encore sorti son stylo. Pas de froncements de sourcils non plus, ni de signes de tête négatifs ; rien n'indiquait qu'ils trouvaient ça délirant.

— Passons maintenant aux éléments non spécifiques, si vous le voulez bien. J'ai inclus la perte de qualité de vie de l'enfant, la peine de la famille. Je sais qu'il s'agit d'éléments vagues, mais, selon la loi de l'Illinois, ce sont des préjudices indemnisables. Je suggère un montant de 1,8 million de dollars.

David croisa les mains et attendit une réponse. Personne n'avait eu l'air surpris.

— Cela fait 5 millions tout rond, dit Carl LaPorte.
— Quid des frais d'avocat ? demanda Dylan Kott.
— Mince, j'ai failli les oublier ! s'exclama David, et tous sourirent. Mes honoraires ne viendront pas en déduction des sommes allouées à la famille. Ils s'y ajouteront. Trente pour cent en plus du montant annoncé, soit 1,5 million.
— Un joli petit chèque, dit Dylan.

David faillit leur répondre que chacun d'entre eux avait, au cours de l'année précédente, gagné des millions en salaires et stock-options, mais il préféra ne pas relever.

— J'aimerais bien pouvoir tout garder, mais ça sera difficile.
— Six millions et demi de dollars, résuma Carl, qui reposa son exemplaire du dossier et étira les bras.
— Si j'ai bien compris, vous avez décidé de vous comporter correctement, dit David. Vous souhaitez éviter toute mauvaise presse, tout comme vous préféreriez ne pas tenter votre chance devant un jury.
— Notre image est essentielle pour nous, confirma Carl. Nous ne sommes pas des pollueurs ni des fabricants d'armes, nous ne fuyons pas nos responsabilités, et nous ne roulons pas le gouvernement dans la farine. Nous fabriquons des jouets pour enfants, c'est aussi simple que ça. Si nous sommes perçus comme des individus qui font du mal aux enfants, nous sommes morts.
— Je peux vous demander où vous avez trouvé ces gadgets ? s'enquit Dylan.

David leur raconta toute l'histoire : comment Soe Khaing avait acheté les Dents de l'Enfer un an plus tôt, et comment lui-même avait écumé le grand Chicago à la recherche du même produit. Carl lui expliqua comment sa société avait déployé tous ses efforts pour retirer les jouets du marché et admit que Sonesta avait fait face à deux cas similaires au cours des dix-huit derniers mois. Ils espéraient prudemment qu'il ne restait plus de Dents de l'Enfer en circulation, sans en être sûrs. Ils étaient en guerre avec plusieurs fabricants chinois et avaient déplacé leur production vers d'autres pays. L'achat des jouets Gunderson avait été une erreur coûteuse. Ils échangèrent d'autres histoires autour de la table pendant un moment, comme s'ils avaient besoin d'un peu de temps pour digérer la proposition de règlement qui leur avait été faite. Au bout d'une heure, ils prièrent David de bien vouloir les laisser.

David but un café en compagnie de ses clients. Quinze minutes plus tard, la même assistante lui demanda de revenir dans la salle de réunion. Elle ferma la porte derrière lui. David était prêt à conclure la négociation – ou à repartir.

Lorsqu'ils se furent rassis autour de la table, Carl LaPorte prit la parole :

— Nous étions disposés à signer un chèque de 5 millions pour en finir, David, mais vous exigez bien plus.

— Je ne peux pas accepter 5 millions parce que cette affaire en vaut le double. Six millions et demi de dollars, à prendre ou à laisser. Sinon, je déposerai ma plainte dès demain.

— Le procès peut prendre des années. Vous êtes sûr que vos clients peuvent attendre ? questionna Dylan.

— Certains de nos juges fédéraux recourent à une disposition particulière, la règle locale 83 :19, connue sous le nom « voie express ». Et croyez-moi, ça marche. La dernière fois, c'était pour un dossier bien plus complexe que le nôtre, et le procès a eu lieu dix mois après le dépôt de plainte. Pour répondre à votre question, je pense que mes clients pourront attendre que le jury rende son verdict.

— Votre dernière affaire, vous ne l'avez pas gagnée, n'est-ce pas ? demanda Carl en haussant les sourcils, comme s'il était au courant de tous les détails du procès Klopeck.

— En effet, j'ai perdu, mais j'ai beaucoup appris. Les faits étaient contre moi. Dans notre affaire, les faits sont de mon côté. Quand ils seront exposés devant un jury, vous regretterez de ne pas avoir transigé à 6,5 millions.

— Notre offre est de 5 millions.

David avala un grand coup, fusilla Carl LaPorte du regard et durcit le ton :

— Vous ne m'avez pas entendu, Carl. C'est 6,5 millions maintenant, ou beaucoup, beaucoup plus d'ici un an.

— Vous refusez 5 millions de dollars au nom de ces pauvres immigrés birmans ?

— C'est ce que je viens de faire. Je refuse de négocier. Vous êtes bien assurés. Les 6,5 millions n'apparaîtront même pas dans votre bilan.

— Peut-être, mais les assurances coûtent cher.

— Je ne suis pas en train de marchander, Carl. C'est oui ou c'est non.

Carl respira un grand coup et échangea des regards avec Dylan Kott et Wayne Vitelli. Il haussa les épaules, capitula avec un sourire et tendit la main à David.

— C'est oui.

David saisit la main et la secoua fermement. Carl précisa :

— À la condition que cet accord reste absolument confidentiel.

— Cela va de soi.

Dylan ajouta :

— Je vais demander à notre service juridique de rédiger un projet d'accord.

— Pas la peine, répondit David en ouvrant sa mallette.

Il en tira un dossier, prit quatre exemplaires d'un document et les leur distribua.

— Je pense que cet accord de règlement couvre tout ce dont nous avons discuté. La formulation est très claire, et les clauses de confidentialité vous donneront entière satisfaction. Je travaille pour un petit cabinet qui fait face à certains problèmes compliqués. Nous avons tout intérêt à ce que notre accord reste discret.

— Vous aviez préparé un accord de règlement pour 6,5 millions ? s'exclama Carl, incrédule.

— Pile poil. Pas un centime de plus. C'est ce que vaut cette affaire.

Dylan intervint :

— Le tribunal devra approuver l'accord, n'est-ce pas ?

— Oui, j'ai déjà établi un mandat de tutelle légale pour le garçon, au nom de son père. La cour approuvera l'accord et supervisera l'argent au fil des ans. Je serai tenu de préparer des comptes annuels et de rencontrer le juge une fois par an, mais le dossier peut être scellé pour garantir la confidentialité.

Ils lurent attentivement l'accord, puis Carl LaPorte le signa au nom de la société. David le contresigna, puis on fit entrer Soe et Lwin. David leur expliqua les termes de l'accord, et ils signèrent à côté de son nom. Carl leur offrit à nouveau ses excuses, puis leur souhaita bonne chance. Ils étaient sous le choc, submergés d'émotion et incapables d'articuler un mot.

Au moment où ils s'apprêtaient à partir, Dylan Kott demanda à David s'il pouvait lui accorder une minute. Les Khaing allèrent l'attendre près du 4 × 4. Dylan glissa discrètement une enveloppe blanche dans les mains de David en disant :

— Ce n'est pas moi qui vous ai donné ceci, d'accord ?

David glissa l'enveloppe dans la poche de sa veste.

— Qu'est-ce que c'est ?

— Une liste de produits, pour la plupart des jouets, avec un historique d'intoxications au plomb. La plupart sont fabriqués en Chine, mais il y en a qui viennent du Mexique, du Vietnam et du Pakistan. Ils sont fabriqués ailleurs et importés aux États-Unis par des sociétés américaines.

— Je vois. Et ce sont peut-être vos concurrents ?

— Vous m'avez compris.

— Merci.

— Bonne chance.

50.

La dernière réunion du cabinet Finley & Figg eut lieu le même jour, en fin d'après-midi. Sur l'insistance de David, ils attendirent le départ de Rochelle. Oscar était épuisé et à cran, ce qui était bon signe. Sa petite amie et chauffeur était repartie à 15 heures, après que David eut promis de raccompagner l'associé senior chez lui en voiture, après la réunion.

— Ça doit être important, dit Wally quand David eut fermé la porte d'entrée à clé.

— Ça l'est, répondit David en s'installant à la table. Vous vous rappelez l'affaire d'empoisonnement au plomb dont je vous ai parlé il y a quelques mois ?

Ils s'en souvenaient vaguement – il s'était passé beaucoup de choses entre-temps.

— Eh bien, lança David d'un air suffisant, il y a eu des développements intéressants.

— Je t'en prie, raconte-nous, dit Wally, sentant déjà que les nouvelles allaient être plaisantes.

David entreprit de leur faire le récit détaillé de ses activités au nom des Khaing. Il posa un jeu de « Dents de l'Enfer » sur la table pendant que l'histoire se rapprochait peu à peu de son merveilleux dénouement.

— Ce matin, j'ai rencontré le PDG et d'autres cadres dirigeants de la société, et nous avons négocié un règlement.

Wally et Oscar buvaient déjà les paroles de David tout en échangeant des regards inquiets. Lorsque David annonça : « Les honoraires d'avocat se montent à 1,5 million », ils fermèrent les yeux et baissèrent la tête, comme s'ils étaient en prière. David marqua une pause pendant qu'il leur passait à chacun un exemplaire d'un document.

— Ceci est le projet d'accord établissant le nouveau cabinet de Finley, Figg & Zinc.

Oscar et Wally tenaient le document dans les mains, sans même lui jeter un coup d'œil. Ils contemplaient David bouche bée, trop abasourdis pour émettre un mot. David poursuivit :

— Il s'agit d'une association avec un partage du résultat en trois parts, et un fixe mensuel en fonction des revenus nets pour chaque mois. La maison reste à vos deux noms. Je vous suggère de regarder le troisième paragraphe de la deuxième page.

Ni Wally ni Oscar ne bougèrent.

— Résume-nous ça, dit Oscar.

— OK. Il y est stipulé expressément un certain nombre d'activités qui seront exclues du champ du cabinet. Nous ne verserons ni pots-de-vin ni commissions d'apporteur d'affaires à des policiers, des chauffeurs de poids-lourds, du personnel médical ou qui que ce soit d'autre. Nous ne ferons pas de publicité dans les abribus, sur des cartons de loto ou tout autre support de piètre qualité. En fait, toute forme de publicité devra être approuvée par le comité de marketing qui sera exclusivement constitué de ma personne, du moins la première année. Autrement dit, les gars, la chasse aux ambulances est du passé.

— On ne va plus pouvoir se marrer ? dit Wally.

David sourit poliment.

— J'ai entendu parler de publicité sur des panneaux et à la télévision, reprit-il. Ce sera également interdit. Tout nouveau client devra obtenir notre accord à tous les trois. Pour résumer : notre cabinet respectera les normes les plus strictes en matière de déontologie. Toutes les sommes versées en espèces apparaîtront dans nos livres de comptes, qui seront tenus par un expert-comptable certifié. De fait, messieurs, notre cabinet fonctionnera comme tout cabinet juridique digne de ce nom. Cet accord sera valable un an, et si l'un de vous deux n'en respecte pas les termes, il deviendra caduc et j'irai travailler ailleurs.

— Pour revenir à la question des honoraires, intervint

Wally, je ne suis pas certain que tu sois allé au bout de cette partie de la discussion.

— Si vous êtes d'accord avec ces nouvelles règles, je suggère que nous utilisions le règlement Khaing pour rembourser le prêt de la banque et éponger définitivement le fiasco du Krayoxx, y compris les 15 000 dollars d'amende qui nous ont été infligés au cours du procès. Au total, cela représente dans les 200 000 dollars. Rochelle recevra une prime de 100 000 dollars. Il restera donc 1,2 million pour les avocats, que je propose de partager à parts égales.

Wally ferma les yeux. Oscar grogna, puis il se leva lentement, se dirigea vers la porte et regarda par le vitrage.

— Tu n'es pas obligé de faire ça, David, finit-il par lâcher.

— Je suis d'accord, ajouta Wally, sans grande conviction. C'est ton affaire, nous n'avons pas levé le petit doigt.

— Je sais, mais voici comment je vois les choses. Je n'aurais jamais déniché cette affaire si je n'avais pas travaillé ici. C'est aussi simple que ça. Il y a un an, j'avais un job que je détestais. Je vous ai rencontrés par hasard, et ensuite j'ai eu de la chance et j'ai trouvé cette affaire.

— C'est exact, répondit Wally, et Oscar n'eut pas de mal à être d'accord.

L'associé senior revint à la table et se rassit lentement sur sa chaise. Il se tourna vers Wally.

— Et mon divorce ? s'enquit-il.

— Pas d'inquiétude. La convention est signée. Ta femme ne peut plus rien demander sur des gains postérieurs à la signature. En janvier, le divorce sera prononcé.

— C'est bien mon avis, dit Oscar.

— Moi aussi, ajouta David.

Ils restèrent silencieux un bon bout de temps, puis CDA se leva de son coussin et se mit à grogner. Progressivement, on entendit le hurlement d'une sirène d'ambulance, qui devenait de plus en plus fort à mesure qu'elle se rapprochait. Wally jeta un œil nostalgique par la fenêtre proche du bureau de Rochelle.

— N'y pense plus, dit David.

— Désolé, c'est l'habitude.

Oscar gloussait déjà, et tous les trois ne tardèrent pas à rire à gorge déployée.

Épilogue

Bart Shaw abandonna ses menaces de poursuites pour faute professionnelle contre Finley & Figg. Ses efforts réussis pour harceler le cabinet et le contraindre à aller au procès dans l'affaire Klopeck lui valurent de toucher 80 000 dollars de Varrick Labs. Adam Grand déposa une plainte en déontologie auprès du barreau de l'État, qui fit long feu. Cinq autres clients de la catégorie « à risques » tentèrent la même démarche, avec le même résultat. Nadine Karros tint sa promesse et ne demanda pas de sanctions financières, mais cela n'empêcha pas Varrick de mener une campagne, parfois couronnée de succès, contre les autres avocats pour avoir intenté des procédures sans fondement sérieux. Jerry Alisandros fut frappé par une amende colossale en Floride, lorsqu'il s'avéra qu'il n'avait jamais eu l'intention de mener l'affaire du Krayoxx jusqu'au bout.

Thuya Khaing fut saisi de sévères convulsions et décéda trois jours après Noël à l'hôpital pour enfants Lakeshore. David et Helen assistèrent aux obsèques en compagnie de Wally, Oscar et Rochelle. Carl LaPorte et Dylan Kott se trouvaient également là. LaPorte rencontra brièvement Soe et Lwin et leur fit part une nouvelle fois de ses sincères condoléances en assumant au nom de sa société la responsabilité de ce qui était arrivé à leur petit garçon. Conformément à l'accord négocié par David, toutes les sommes restaient dues et seraient réglées.

En janvier, le divorce d'Oscar fut enfin prononcé. À ce moment-là, il avait déjà emménagé avec sa petite amie dans un nouvel appartement, et il n'avait jamais été aussi heureux. Wally était toujours sobre et faisait même du bénévolat avec d'autres avocats engagés dans la lutte contre les addictions.

Justin Bardall fut condamné à un an de prison pour avoir tenté de mettre le feu aux bureaux du cabinet. Il se présenta devant le tribunal en chaise roulante et le juge l'obligea à s'excuser auprès d'Oscar, Wally et David. Bardall avait coopéré avec les procureurs et négocié une peine allégée. Le juge, qui avait passé les vingt premières années de sa carrière à faire l'avocat de rue dans le sud-ouest de Chicago, portait en piètre estime les voyous qui tentaient de mettre le feu aux cabinets d'avocats. Il se montra impitoyable avec les patrons de Justin Bardall. Le propriétaire de Cicero Pipes fut condamné à cinq ans de prison, et son contremaître écopa de quatre.

David réussit à faire classer la plainte de Bardall contre Oscar et le cabinet.

La nouvelle association ne dura pas longtemps. Après son opération et son divorce, Oscar s'intéressa de moins en moins au cabinet, où il passait d'ailleurs de moins en moins souvent. Il avait de l'argent en banque, touchait une pension de la Sécurité sociale, et sa compagne gagnait bien sa vie en tant que masseuse. (De fait, elle tenait le salon voisin du bureau.) Après six mois de ce nouveau régime, il commença à laisser entendre qu'il comptait prendre sa retraite. Pas tout à fait remis de sa mésaventure avec le Krayoxx, Wally n'avait plus la même énergie pour dénicher des clients. Lui aussi avait une nouvelle petite amie, une femme un peu plus âgée que lui avec « un joli compte en banque », comme il aimait à dire. David savait qu'aucun de ses partenaires n'avait l'envie ou le talent pour monter des grosses affaires et, si nécessaire, les porter devant un tribunal. Très honnêtement, il ne pouvait pas s'imaginer devant un jury en compagnie de ces deux-là.

Son radar était activé. Dès qu'il capta les signes annonciateurs, il commença à préparer sa sortie.

Onze mois après la naissance d'Emma, Helen donna naissance à des jumeaux, des garçons. Cet heureux événement poussa David à envisager un nouvel avenir. Il loua, non loin de leur domicile de Lincoln Park, des bureaux d'où il voyait la magnifique skyline du centre-ville. C'était une vue qui l'exciterait toujours.

Lorsque les choses furent en place, il informa ses associés qu'il avait l'intention de partir à l'expiration de leur accord, douze mois plus tard. La séparation fut douloureuse et triste, mais tout le monde s'y attendait. Oscar en profita pour annoncer qu'il prenait sa retraite. Wally eut l'air soulagé. Oscar et lui décidèrent immédiatement de vendre la maison et de fermer la boutique. Le temps qu'ils échangent des poignées de main et se souhaitent bonne chance, Wally disait qu'il voulait partir vivre en Alaska.

David récupéra CDA. Et Rochelle le suivit également – ils en discutaient confidentiellement depuis un mois. Il n'aurait jamais pensé à la débaucher, mais dorénavant elle était libre. Avec un meilleur salaire et une meilleure couverture santé, elle fut nommée responsable des services généraux du cabinet et s'installa allègrement dans les locaux neufs de David E. Zinc, avocat à la cour.

Le nouveau cabinet se spécialisa dans le droit concernant la sécurité des produits. Lorsque David négocia deux autres règlements dans des dossiers d'empoisonnement au plomb, il devint clair pour Rochelle, leur équipe en pleine expansion et lui-même que le cabinet allait prospérer.

La plupart de ses affaires se réglaient devant les tribunaux fédéraux ; avec le développement de son cabinet, il se retrouvait de plus en plus souvent dans le centre-ville. Quand il en avait le temps, il passait Chez Abner pour un repas sur le pouce – un sandwich et un Coca light – et un quart d'heure de rigolade. À deux reprises, il but un Pearl Harbor en compagnie de Miss Spence, qui approchait des quatre-vingt-dix-sept ans mais continuait à s'envoyer quotidiennement trois de ces mélanges détonants. David avait du mal à finir le premier. Ensuite, il rentrait au bureau en métro et piquait un petit somme sur son canapé flambant neuf.

Composition Interligne
Loncin

Impression réalisée par

La Flèche

pour le compte des Éditions Robert Laffont
24, avenue Marceau, 75008 Paris
en avril 2012

Dépôt légal : avril 2012
N° d'édition : 52351/01 – N° d'impression : 67792
Imprimé en France